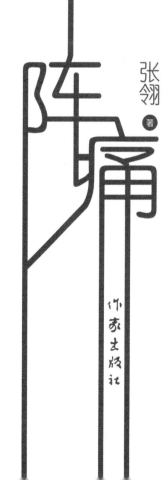

阵痛

张翎 著

作家出版社

作者在法国革命家、《国际歌》词作者欧仁·鲍狄埃墓前

张翎

浙江温州人。1983年毕业于复旦大学外文系，后就职于煤炭部规划设计总院任英文翻译。1986年赴加拿大留学，分别在加拿大的卡尔加利大学及美国的辛辛那提大学获得英国文学硕士和听力康复学硕士学位。现定居于多伦多市，曾为注册听力康复师。

二十世纪九十年代中后期开始在海外写作，代表作有《余震》《雁过藻溪》《金山》等。小说曾多次获得两岸三地重大文学奖项，入选各式转载本和年度精选本，并六次进入中国小说学会年度排行榜。其小说《生命中最黑暗的夜晚》被中国小说学会评为2011年度中篇小说排行榜首。根据其小说《余震》改编的灾难巨片《唐山大地震》（冯小刚执导），获得了包括亚太电影节最佳影片和中国电影百花奖最佳影片在内的多个奖项。根据其小说《空巢》改编的电影《一个温州的女人》，获得了金鸡百花电影节新片表彰奖、英国万像国际电影节最佳中小成本影片奖等奖项。其作品被翻译成多国文字在国际上出版发行。

（耶和华）又对女人说：

"我必多多加增你怀胎的苦楚，

你生产儿女必多受苦楚。"

《旧约·创世记》

逃产篇

上官吟春

（1942—1943）

上官吟春挎着沉甸甸的洗衣篮走到河边时，不禁吃了一惊。昨天的雨虽然下了大半宿，却是窸窸窣窣的那种细雨，听不出有多少劲道。早晨出门，院门外那棵桑树上的叶子虽然肥大了许多，却找不见几滴水迹，街边的积水也刚够浅浅地舔湿她的鞋底。没想到那雨轻言细语的竟把一条小河给灌得如此饱胀，三级下水的石阶，现在只隐隐约约地剩了半级。连那半级，也还得看风的脸色。若风是从西南来的，又略带几分气力，那石阶就完完全全淹在水里了。

命该今日，命该如此啊。她喃喃地自语道。

河叫藻溪。乡跟了水的名字，也叫藻溪。藻溪的水不长，流不了多远就叫另外一条河给吞噬了。藻溪的水也不宽，即便在最开阔之处，这岸的拢住嘴扯着嗓子吼一声，那岸的也就听见口信了。在最窄之处，这岸的把竹筐放到水面，拿扁担轻轻一送，那岸的再拿扁担轻轻一钩，便取到货了。轮到风和日丽的好天气，河水清朗如明镜，水底鹅卵石上的青苔，游鱼身上的斑纹，都历历可数。可是一到下雨天，藻溪立时就像个悍妇，说翻脸就翻脸，翻成浑绿的一片，人就是把面孔贴到水面上，半天也找不见口鼻眉眼。别看这河不长也不宽，方圆几十里人的生计，却都拴在它身上。浇田喝水淘米洗菜洗衣涮马桶，用的都是这片水。从矾山挑明矾石进城的后生，免不得在水边洗洗脚，歇一阵阴凉。米贩布贩茶叶贩也都得借这一片水，把小舢板划到四里八乡的大埠头。

吟春挽起裤腿，脱下鞋袜，把袜子塞进鞋窝里，摆放到水边一棵槐树下。想了想，又拎起鞋子走了几步，放到了高处一块岩石上，方安了心——谁也说不准一会儿的风会朝哪边刮，她舍不得水把鞋子卷走。这双鞋子是旧年年底做的，才穿了几个月，鞋底鞋面都是上好的布料和手工。婆婆吕氏是天足，脚只比她略小一两分。只要在脚趾头前面塞一块布，这双鞋婆婆也能穿。虽说大先生是吃官饷的，陶家在藻溪乡里也有几亩田，雇人耕种着，家道算得上殷实，可是婆婆生性节俭，这样一双八成新的鞋子，落到婆婆脚上，还能穿上好几年。

吟春把篮子里的衣裳，一件一件地掏出来放到石阶上。衣裳都是大先生的。这个时节大先生本来早该在杭州城里了,却因为城里在闹日本人,大先生的学堂延误了开学的时间,大先生就在藻溪待下来了。吟春拿起一件布衫,埋下脸去闻了闻,有淡淡的一丝油垢味,还有不那么淡的一丝烟草味——这就是大先生身上的味道。大先生的味道,和乡里那些种田杀猪的汉子,委实不太一样。她能在千个百个男人堆里,狗似的一下子把大先生闻出来。她把衣裳摊在石阶上,在袖口和领边处轻轻抹了一层洋皂。乡里人使的都是皂角,洋皂是大先生从省城捎回来的稀罕货。大先生是读书人,喜欢勤换衣裳。其实大先生换下来的衣裳,除了领边袖口有微微一丝汗垢,实在还干净得紧,她想省着点使洋皂。

一阵风吹过来,跟水打了个照面,水哆嗦了一下,漾出大大一圈的波纹。吟春只觉得天地翻了个个儿,早晨出门前喝的那半碗菜泡饭,毫无防备地涌了上来。她知道,此时她什么也不用做,只要听从了水的勾引,身子略微一斜,就可以一了百了地跟着水走了。

可是时辰未到啊,时辰未到,她还没有洗完大先生的衣裳。她就是走了,也得给大先生留几件干净衣裳。

大先生的名字叫陶之性,可是大先生的名字不过是一个摆设,只在跟她换龙凤帖的时候使过一回。整个藻溪乡里,无论男女老幼,一律叫他“大先生”,因为他是方圆几十里唯一的一个大学生。大先生念过大学,又在大学堂里教书,还懂好几国的洋文。可是大先生就是把学问做到了天上去,他依旧还是一个小小的藻溪乡里的孝子。大先生的母亲吕氏,二十一岁就守了寡,硬是靠家里的几亩薄田,把膝下唯一的一个儿子拉扯长大。大先生在省城里谋了教职之后,第一件事就是要把寡母带到杭州去住,无奈吕氏死活不肯离开藻溪。大先生是吕氏手里的一只风筝,吕氏让他飞多远就是多远,一寸不多,一寸不少。吕氏的手有时候很松,所以大先生一路飞过上海、苏州,最远的还去过天津,最后停在了杭州城。可是吕氏的手该紧的时候也很紧,所以大先生再开化,也得回来娶一个家乡女子,把心实实地拴在藻溪。一年里无论是逢年过节,寒假暑假,大先生都会老老实实地赶回家来陪老母亲。

吟春十八岁，大先生四十一岁，大先生比吟春的爹还大两岁。大先生先前娶过两个妻子，第一个妻子是从小买在家里的童养媳，比大先生大四岁，圆房之后的第二年，还来不及给大先生留个子嗣，就得寒热症死了。妻子死后，大先生就离开藻溪出门读书去了，这一走就是十余年。虽然年假节日依旧都回藻溪看母亲，却推三阻四的总也不肯再娶。一乡的人都在疯传，说大先生在外头自由恋爱上了，是个摩登的女同学。吕氏回回问儿子，儿子总不吭声。吕氏急了，便自作主张给大先生定了一门亲事，是邻近马站乡里的女子。那年大先生回家过年，吕氏强按着大先生的头，让他和那个女子拜了天地。大先生虽有百般不情愿，却拗不过母亲，只好认了，和那个女子不咸不淡地生活了七八年，可那女人肚腹里竟然没有一星半点响动。吕氏拜遍了菩萨，访遍了名医，依旧无用。眼看着乡里自己这个岁数的女人，个个都做了娘娘（温州方言：奶奶）和太婆，吕氏心里慌慌的没个着落，便张罗着要给儿子娶个偏房。大先生正了脸，对母亲说："如今民国都三十多年了，早就提倡一夫一妻制了，哪有读书人还娶个二房三房的？给人做封建落后的榜样。倒不如正式离了婚，也好叫人家将来再嫁。"吕氏依了大先生，果真包了一包银子，将那个女人厚厚地打发了，便又着急托媒婆物色新人。

这回大先生有了自己的主张，谁也劝不动。大先生说再娶可以，但这次一定要是个识字的女人，哪怕仅仅是粗通文墨。这下吕氏犯了难：待字闺中的读书女子本来就少，读过书还待在乡里的未婚女子，那更是少而又少。吕氏一辈子省吃俭用，打点媒婆的礼物上她却丝毫不吝啬。可是吕氏就是把礼物堆到了媒婆家的天花板，媒婆还是找不着大先生要的女人。

就在那个节骨眼上，吟春把自己送到了陶家门前。

旧年吕氏五十九岁。乡下人做寿，做九不做十，大先生趁寒假回家之际，张罗着给母亲暖寿，要宴请族里的各门亲戚和左邻右舍的乡亲。吕氏觉得十分有颜面，便罕见地大方了一回，要给自己和儿子各做几身衣裳，到喝寿酒时穿。藻溪乡里也有裁缝，可是吕氏瞧不上眼。吕氏听说二十里地之外的灵溪，有一位裁缝是专门从大上海拜师学艺回来的，就特意派人上门去请——那人便是吟春的表嫂。表嫂到陶家裁衣裳，顺道带了吟春过来帮着做锁扣眼缝裤边的下手活。

那日是大先生给她们开的门。大先生一见吟春，便怔了一怔。后来吟春才听说，大先生第一眼瞧见的，恍然间竟是省城里那位他恋了多年却不得娶回家来、后来终嫁为人妻的女同学——两人眉眼之间的神情，却怎是一个像字了得。这第一眼就像是一只尖尖的竹签子，在大先生的心头轻轻捅了一捅。大先生的心这些年里已经长了茧子生了痂，皮糙肉实，这一捅，自然是捅不出血来的，但却也刮了道痕，渗出一丝细细的怜惜来。大先生便随意问了声你叫什么名字？吟春说了，大先生又问是哪个字？吟春说是吟诗作对的那个吟。大先生哦了一声，说乡间难得有这样的名字。表嫂就笑，说她家幸亏只有四个女儿，她爸把春夏秋冬的名字全用完了，再多一个就麻烦大了。大先生又问吟春你识不识字？吟春低头不语，还是表嫂替她答的话。表嫂说这个丫头跟她爸上过四年学，是个小秀才。乡里人写信写春联什么的，她爸忙不过来的时候，就喊她帮忙。大先生这才知道，吟春的爸是个教书先生，在乡里的公学教国文。

吕氏的眼睛像刚揩拭过的镜子，儿子的心思哪怕轻得像一粒灰尘，落在镜面上也是一清二楚。吕氏找了个机会悄悄问表嫂要了吟春的生辰八字，送到算命先生那里一合，竟是绝配。当下大喜，就遣了媒婆去吟春家里提亲。吟春的父亲早就听说过大先生的名声，虽比自家女儿年长了许多，却是明媒正娶的妻室，便爽快地答应了这门亲事。从吟春见大先生第一面，到她正式被迎娶进陶家的门，前后统共不过半个月的时间，吕氏的寿酒和大先生的喜酒，几乎是背贴背地操办的。

乡间女子婚嫁前的感情经历，简单得就像是一尺白布，即使上面有一两个斑纹，也只能是媒婆留下的。媒婆的嘴，逗引得少女的心如春天的柳絮，明知靠不住，也忍不住要漫天飞一飞，直到落下地来，才知道原是一摊泥。而吟春不一样。吟春的感情经历虽然也是一尺白布，可上面最早的一块斑纹却不是媒婆的嘴唇沾染的 —— 那是大先生亲自画上去的。吟春在陶家住了三天，吟春用软尺给大先生丈量过身材，吟春也用眼睛丈量过大先生的性情。吟春的指尖记的是大先生的肩宽腰围，而吟春的眼睛，记的却是大先生的仁厚宅心。三天里大先生没跟她说过几句话，她更不敢主动挑大先生的话头。可是她用不着开口，她早就把话藏在眸子里，一把一把地甩给大先生了。她知道大先生接住她的话了 —— 也是用他的眼睛。后来当她看见媒婆颠着小脚在藻溪灵溪两头煞有介事地奔跑时，就忍不住暗暗地笑：这一切原来都是做给人看的，其实在她心里，她早就跟她的大先生自由恋爱过了。她虽然生在乡下，却和城里的女学生一样，在婚嫁的事情上时髦过一回了。

在陶家缝衣的日子里，吟春脑袋瓜子上生出了两副眼睛来：一副安在明里，一副藏在暗处；一副站在前头，一副躲在后边。走在前头的那一副，始终老老实实地落在衣料上，而藏在后边的那一副，就没那么老实了。它一直如向日葵似的转，只不过它的日头是大先生。它跟着大先生进进出出，它发现大先生的肩背有些佝偻了。大先生吃过午饭靠在躺椅上闭目养神的时候，颧骨之下的脸颊塌陷进去，像挨了人一拳头。大先生的鬓发有些灰白了，但梳得丝丝缕缕地齐整。大先生虽然有些老，却老得干干净净，有模有型。大先生这个年纪，早该做阿爷了，可是大先生连阿爹也没做上。

吟春看大先生的时候，大先生也在看吟春。当然，盯着吟春看的不只是大先生一个人，还有吕氏。吟春伏在案子上，把脸近近地贴在衣裳面上锁着扣眼，只觉得吕氏的目光像狗尾巴草上的毛须，一下一下地扫过她的腰臀，扫得她浑身酥痒。她知道她在想什么。她十三岁的时候，就已经长成现在这个样子了。阿妈笑过她，说这么宽的腰胯，将来一定是个肥鸡婆，能生一窝的小鸡仔。那天她本不想跟表嫂走这二十里地的，可是冥冥之中仿佛有一双手在推搡着她，叫她转不得身。她现在明白了，这双手就是命运 —— 命里注定她要走这二十里的石子路，贱贱地走到陶家来，给大先生做鸡婆的。

过门那一天，婆婆吕氏亲自端了一碗红枣莲子汤，喂给吟春喝——她知道那是"早生贵子"的意思。她喝完了，吕氏却没有走，依旧站在床前，定定地望着她，目光在她的脸颊上凿出一个个洞眼。她感到了热，也感到了疼。她躲开她的眼睛，垂下了头。吕氏叹了一口气，走到门口，又转回来，嘴唇抖了抖，说你，你多留他，住几天。

那天吕氏的眼神是急切的，像刀也像火；但是吕氏的语气却是懦弱卑微的，像剔去了筋骨的肉。乡里哪家的婆婆在迎娶儿媳妇的时候，都多多少少要摆出一个下马威的架势，然而吕氏没有。吕氏非但没有，吕氏还亲自喂儿媳妇喝了进门汤。不是吕氏不想摆那个架势——陶家原是一乡闻名的人家，只是吕氏摆不起。一个六十岁还没做成娘娘的女人，无论做过了多少个女人的婆婆，也是没有底气的。而且每多做过一回婆婆，底气就更泄了一分。泄到吟春这一回，便到了不绝如缕的地步了。如今吕氏在马下，吟春在马上，吕氏上不了吟春的马，吟春也不会自己下马。吟春的马就是吟春栀子花一样的青春年华，还有她身上那副磨盘般肥硕结实的臀胯。陶家长长远远的后来，还是要牢牢地系在她的臀胯上的。吕氏不糊涂，吕氏知道什么时候摆什么样的谱。倒是吟春不觉地对吕氏起了一丝怜悯之心，她抬起头来，对吕氏微微一笑，说妈你放心。当然，刚刚揭开了新娘盖头的吟春做梦也没有想到：这一声放心竟然如此沉重，它不仅要压弯她的腰脊，还会险些压碎她的小性命。

日头在树梢上颤了几颤，终于甩脱了枝叶的缠绕，一跃跃到了半空。四下突然光亮起来，日光把水、树和岸边的芦苇洗成了一片花白。天像是一匹刚从机子上卸下来的新布，瓦蓝瓦蓝的，找不着一丝褶皱和瑕疵。虽是秋了，日头无遮无拦地照下来的时候，天依旧还和暖，安静了好久的知了又扯着嗓子狠命地嘶喊了起来。知了一出声，万样的虫子都壮了胆，也跟着吱吱呀呀地聒噪，水边立时就热闹开了。

真是个好天啊。这是一年里正正中中的那一天。从这天往前数，天还太热；从这天往后数，天就嫌凉了。这样妥妥帖帖的天，一年里遇不上几回，今天叫她撞上了，却偏偏是最后一回了。

水上出现了一个黑点，渐渐地，就变成了一只小舢板。艄公脱在船头的蓑衣上，闪闪烁烁的全是水珠子 —— 前头大概还在落雨。艄公见到吟春，用竹竿乒地敲了一下船帮，远远地吆喝了一声："吃饱没？"艄公运送的是百家的货，吃的是水上百家的饭，艄公见了水边的人，不管认不认得，都会热情地招呼一声。吟春本想答一声"吃饱了"，可是她的嘴唇翕动了一下，那句话却生了刺似的哽在了喉咙口，因为她突然想起来，早上出门前喝的那半碗菜泡饭，竟是她的最后一顿饭了。船走出去很远了，她才感到脸颊上隐隐的刺痒。拿手去抹，方知道是眼泪。

她终于把衣裳都洗完了，一件一件拧干了，放进篮子里。又把用剩的洋皂上的水甩干了，放回到皂盒里去。她站起来走了几步，把竹篮挂到了高处一条树枝上去。她不用担心丢失 —— 乡间民风淳朴，无论是谁，只要看到那个皂盒子，就会知道那是大先生的物件，自然会送回到陶家来的。

她慢慢地走回到溪边，低头照了照水。夜雨搅起来的泥沙已经沉淀下去了，水面又清明如镜。风静了些，涟漪却不肯静，将她的脸一会儿扯成长的，一会儿扯成圆的。她咧了咧嘴，想咧出一个笑，可是看来看去，竟都不像是笑，便一蹬脚把水踢乱了。她的脸立时化成了无数个小碎片，被水一块一块地吞吃了。

这时她的肚腹突然抽了一抽，又一股酸水泛了上来，她忍不住趴在地上哇哇地呕了起来。她知道这是她肚子里的那团肉在拦着她，不叫她去死。其实她也不想死，她还想长长远远地活下去，替大先生生一地的娃娃，再给他养老送终的。她其实只是想叫肚子里的那团肉去死的，可是它不肯。它赖在她身上，就是不肯离开她。唯一让它死的法子就是她也去死。她死了，它就不得不死。

大先生。她喃喃地叫了一声。她舍不得啊，她真舍不得。她岂止是舍不得，她也是不甘啊。

可是她斗不过命。人斗不过命的时候，就只能认命。

她咬了咬牙，双眼一闭，脚一松，就栽入了一片无边无沿的黑暗之中。

嗡……嗡……嗡……

那是蜜蜂飞过的声响。

哦，不，不会是蜜蜂。这时节田里的油菜花、路边的桃花、坡上的紫云英早都开过了。这时节蜜蜂已经歇下翅翼，预备过冬了。吟春迷迷糊糊地想。

她想睁开眼睛，可是眼皮像抹了一层蜂蜜，黏厚得紧。

"醒了，总算醒了！"

她听见了一个欣喜的声音。

她的眼角上飘过来一朵灰色的云。她想用眼神抓住它，可是她抓不住 —— 她连动一动眼珠子的力气也没有。

再后来，她看见了一团发糕。发糕好像在水里浸泡过多时，松松胖胖的，上面嵌了两粒走了形的枣子。

过了一会儿，那发糕渐渐地清晰起来，变成了一张脸 —— 是吕氏浮肿的脸。那两粒枣子，原来是吕氏的眼睛。吕氏的眼睛布满了细蚯蚓似的血丝，眼角有一汪亮澄澄的眵目糊。

"你都睡了两天了，是师父把你喊回来的。"吕氏说。

吟春这才明白过来，那朵灰色的云原来是道姑的袍子。那嘤嘤嗡嗡的声响，是道姑在床前替她念经。

大，大先生呢？

吟春想问，可是她的嘴唇像压了两爿大石磨，她挪不动 —— 她的脑子差不动她的嘴。

她的脑子今天一点儿也派不上用场。平常的时候，她的脑子像一根指头，上头钩着无数根线，有管舌头的，有管眼睛的，有管耳朵身体的……那指头如同长在木偶戏师傅手上，灵巧得紧，想提哪根线就提哪根，想叫它向左它决不能往右。可是今天突然就不行了，指头还在，线也在，只是指头支使不了线了。

　　她知道大先生就在屋里，因为她闻见了大先生的烟斗。大先生是个节俭的人，可是有两样事大先生一点儿也不吝啬花钱：一样是买书，一样是买烟丝。大先生的烟丝，是从上海捎来的甲等特级烟丝。大先生一点起烟斗，便满屋生香。有一回见眼前没人，大先生撺弄着她也来抽一口。她拗不过，就真的抽了，结果满嘴苦涩辛辣，呛得直流眼泪水。自那日起她才明白，原来烟斗是抽着给别人闻的。

　　"之性，你再去叫镇里的孙郎中过来，把一把脉。"吕氏冲着屋角说。

　　吟春的耳朵噌的一声睁开了，睁得比眼睛还大 —— 它在等大先生回话。可是它睁了半天，也没听见任何响动，大先生没动身也没说话。

　　"胎，郎中来瞧瞧胎儿。"吕氏的声音大了起来。吕氏的嗓门本来就不宽，吕氏一发狠，嗓门就撕裂了，丝丝缕缕的，漏出来的都是惊恐不安。

　　咔嚓。咔嚓。大先生终于站起来，走出了门。大先生的鞋底擦着青砖路的声响很低很沉 —— 大先生好像乏得很，乏得抬不动腿。

　　接着又响起了一阵窸窸窣窣的脚步声，是吕氏进了她自己的屋。叮嘟。叮嘟。吕氏在数铜板。过了一小会儿吕氏走出来，千恩万谢地打发走了那个念经的道姑。屋里突然就静了下来，静得能听见一粒灰尘落地的声响。吕氏殷切的目光在吟春脸上扫过来扫过去，吟春起了一身的鸡皮疙瘩。

　　"你怎么能，这样不当心？"吕氏说。

　　这本该是一句责备的话，上面本该布满了针尖或者麦芒。可是吕氏小心翼翼地把针尖和麦芒吞进了自己的肚子。吕氏吞咽得很痛苦，满嘴满喉都是腥咸的血糊。吕氏知道这会儿的吟春，弱得像一张被水打湿的绵纸，吹一口气都能破。她只能自己忍。

　　"下过雨……路滑……没站稳……"吟春嚅嚅地说。

　　"要不是撑船的看见了，哪还有你的命？"吕氏说。

　　这不是吟春第一回出事。半个月前她出门砍柴，爬到半山腰，眼睛一闭就往坡下跳。那天她其实还不想死 —— 想死的心是后来才有的。那天她仅仅是想甩掉肚里的那块肉。可是她被一棵树钩住了，那块肉并没有甩掉，她却把自己摔得鼻青脸肿。她一瘸一瘸地走回家来，也是对吕氏说路滑没站稳。

"你给我，在祖宗神灵前发个誓，你不会再出，这样的事了。"

吕氏抓住了吟春的胳膊，指甲如钉子扎进她的肉里。一阵浓烈的口臭从吕氏的嘴里喷出，差一点儿叫吟春背过气去。吕氏这回的眼光很直很狠，钳子似的夹住了吟春的眼珠子，叫吟春再无可躲藏之处。

吟春的嘴唇颤了几颤，却没有颤出一句话来。话很多，可是哪句她也说不得。这个誓她不能起，起了就是死。可是不起也是死。起了她得罪的是祖宗神灵，不起得罪的是吕氏。祖宗神灵是看不见的，吕氏近近的就杵在眼前。反正一样都是死，不如就得罪那个看不见的吧。

吟春勉强撑起身子，点了点头。

"那好，我一会儿就去喊下街的月桂婶来帮忙。从今天起，你一步也别出门，就在家里好生养胎。"吕氏说。

吕氏说这话的时候，脸紧得像一块上过釉的木板，没有一丝裂缝可以插得进商量的余地。

"我给你炖了老母鸡汤，加了姜糖。"吕氏走进了厨房。

白浪费了，一只生蛋的好鸡。吟春暗想。她一吸气就觉出肚腹瘪了，是饿，又不全是饿，倒像是腹中的那团肉。但愿那团肉已经离开了她，化作了鱼肚里的一块食。可是她不能说，一个字也不能说。她只能等着郎中来了，让郎中把这话告诉吕氏吧。

她猜想吕氏大概会哭，也会骂。自从她嫁到陶家之后，她也做过几桩错事。吕氏偶尔也给过她一张黑脸看，却真没怎么骂过她。她不知道吕氏真狠起来是什么样子。她明白吕氏的隐忍和吕氏的爆发，都缘自同一个理由。她想好了，吕氏就是哭出一江一海的眼泪，骂遍了她十八代的祖宗，她也绝不回一句嘴。吕氏的眼泪总有干的时候，吕氏的咒骂也总有完的时候，日子如溪水总还得往前流。只要过了这个坎，她就再也没有什么可怕的了。

吟春只觉得这几个月里压在她心头的那座山，突然塌了，化成粉化成尘，身子虽然还重，却已经不是山那样的重了。

我终于可以，安安生生地，睡一觉了。

吟春两眼一闭，又昏昏沉沉地跌进了梦乡。

吟春后来是被月桂婶推醒的。月桂婶是下街的一个寡妇，丈夫儿子都病死了，剩了她孤孤单单一个人，吃着街上百家的饭。上街下街谁家有事，都喊她过来帮忙 —— 也算是接济的意思。

月桂婶扶着吟春坐起来，又在她腰上塞了一个枕头。

"不过年不过节的也有鸡吃，你算是嫁到好人家了。"月桂婶舀了一勺鸡汤，呼呼地吹着凉，羡慕明明白白地写在了眼睛里。

吕氏站在床尾看着吟春喝汤。日头落了，屋里很暗，吟春看不见，吟春是觉出来的。吕氏脸上有一样东西，像新添了油刚剪过蕊的灯盏似的，照得半个屋都亮。

那样东西是喜气。

"胎儿保住了。孙郎中说了，胎音很强。"吕氏说。

轰的一声，天塌下来，砸在了房梁上。房梁断了，砸在地上，把地砸出一个天大的坑。天没了，四处一片昏暗，吟春却看见金星在满屋子飞转。

"真能睡啊，你。孙郎中给你把脉开方，你一眼都没睁。"吕氏的声音还在耳边嘤嘤嗡嗡地响。

吟春伸出手，在黑暗中四下摸索着。地裂了，生出一条渊一样深的缝。她觉得她的身子掉在了那条缝里，正一下一下越来越沉地往下坠。她知道只有一个人能救她。那个人只要伸出手来，轻轻一拉，她就站住了。

可是那人没有吭声。

那人就是大先生。

吟春是在正月里过的门，正是大先生放寒假的时节。不仅是吕氏，其实吟春自己也想多留大先生住几日。可是大先生的学堂里有百十号学生在等着他开课，大先生吃着人家的饷，就得听人家的管，所以他还是一天不误地返回了省城。

那回大先生连头带尾统共才和她过了五天，可是这五天里大先生一晚没落地耕着她的田，有时候一夜能耕好几回。大先生不是青壮小伙子了，大先生只是想赶紧做爹。大先生耕起田来有些力不从心，气喘吁吁，汗流浃背。她心疼大先生，就想尽了各样法子把自己变得松泛些，再松泛些，好让大先生省一点气力。她很是惊讶：这样一桩她从没干过的生分事，她如何就能干得如此纯熟灵巧，仿佛她已经干过了一辈子。在耕田的事上，大先生只领了她一回，带着她上了路，接下来便是她引着大先生了。

大先生犁完田，身子虽是疲乏，却不着急睡下，总是点上一斗烟，一边抽，一边看着吟春，有时说几句话，有时一言不发。

"好啊，真好。"有一回大先生对她说。

大先生的话说得没头没脑，不过她用不着问，也知道大先生说的是她的身子。

大先生过完冬假，就回了省城。吟春一人躺在大先生睡过的床上，闻着枕巾上大先生留下的油垢味，一闭上眼睛，竟然想不起大先生的模样了。大先生像一阵风，说来就来，说走就走。她仿佛只是做了一场梦，梦一醒，她就已经睡到了别家的床上，从闺女变成了妇人。她的脑子虽然留不住大先生的模样，可她的身子却会留住大先生的身子的——大先生在她的田里撒了这么多的种子，总有一颗，会抽成穗结成实的。她坚信不疑。

从大先生走后的那天起，她就天天细细地查看着自己的肚腹，任何一个小小的不起眼的迹象，比如一声鼓噪，一个蠕动，一丝未曾见过的纹路，都能叫她沉浸在无端的揣摩里，她认定了那就是第一片芽叶第一条根须的动静。

她着急，吕氏也着急，可是刚开始的时候，她们都把各自的着急藏掖得很好，并不说破。

直到有一天。

那天吕氏吩咐她去桥下的南货铺买一斤北枣，回来的时候，她发现吕氏瘫坐在家里的砖地上，两个眼睛枯井似的望着她，身子瘪成了一张纸。再走近些，她才看见吕氏手里捏着她刚换下还来不及洗的内裤，上面有斑斑血迹——她来了月信。

她怔了半晌，才有气无力地扶起吕氏，坐到了凳子上。她想说一句宽慰的话，可是搜肠刮肚竟无所得。希望像皮囊，得一口一口地攒着气，才能把它吹得鼓亮。这一个月，日里夜里她都没敢懈怠。她花了一个月的时光终于把皮囊吹鼓了，可是，泄气只需要一秒钟。一件染了污血的内裤，如针尖顷刻之间就把皮囊扎漏了，一口气也不剩地漏到了底。她不知道，这一辈子她还会有多少口气可以这样地积攒，又有多少个皮囊可以这样鼓起来再瘪下去？陶家把将来放到了她的肩上，她原先觉得自己年轻力壮，掂一掂，熬一熬，就能扛起来了，没想到这世上也有光凭年轻还是扛不动的担子。她安慰不了吕氏，吕氏也安慰不了她，她俩只能踩着一地破碎的希望默默相看。

"你去，拿张纸，给之性写封信。"吕氏突然站起来，眼里又有了光亮。"你告诉他，你要去看他。"

"去省城？"吟春愣了一愣。吟春娘家在灵溪，如今嫁在藻溪，这两处就是她从小到大唯一去过的地方。她连县城都没有去过，杭州对她来说，那是跟天一样远的地方。

"你不去，还坐等着他回来？那又是好几个月的事了。我叫荣表舅陪你去杭州，你去守着他。你年轻，这回没成，下回就成了。"

吕氏眼里的这把火，不知烧过了多少回，又灭过了多少回。这一回又一回的，就把一个女人的青春烧成了灰。可是就是成了灰也得接着烧，要是没了那把火，日子就没法往前过了。

正当吟春收拾行囊准备去杭州探望大先生的时候，大先生突然来了信，说城里不太平，日本人正在那一带投毒气弹。大先生还说，这几天学校里都不上课，大家都在挖防空洞，今年可能会提前放假，好把学生安全疏散回家。

大先生果真没等到暑假就回了家。

几个月没见，吟春觉得大先生又成了陌生人。饭桌上她给他盛饭，他随意看了她一眼，就把她看成了一张大红脸。大先生端着一碗米饭，扒了几筷子，就放下了。吕氏夹了一块油汪汪的笋尖放到大先生碗里——那是他最爱吃的东西，大先生咬了一口，仍是无滋无味的样子。吕氏只道是舟车劳顿，便吩咐吟春去预备热水叫大先生洗脸烫脚，早点歇下。谁知大先生突然抬起头来，说了一句"洗个卵"。吕氏和吟春都怔了一怔：大先生是个斯文人，从来没说过粗话。这话从大先生的嘴里说出来，如同是细布包袱里抖出一颗糙粪蛋，怎么看都不像。

大先生放在桌子上的那只手，慢慢地捏了一个拳头，手背上的青筋，爬成粗粗的一条蚯蚓。这蚯蚓待在大先生的手上，迟迟不肯离去。过了一会儿，大先生的额上招魂似的，也生出了一条蚯蚓。那条蚯蚓比手上的那条更粗更狰狞，从太阳穴一路蠕爬到眉眼之间，在那里蜷成一团青紫。吟春半个身子站着，半个身子依旧还瘫坐在椅子上，一时竟不知如何行事。

半晌，大先生终于长长地叹了一口气。

"肖安泰，没了。"他说。

吕氏嘴里的一口饭，突然哽住了，在喉咙口鼓出硬硬的一个包。

"一个年轻后生，怎么说没就没了？"吕氏惊问。

"事先有人报信说日本人要来，他跟村里八个年轻汉子，都躲在庙中的柴火厝里。还是给搜出来了，挖了眼睛剜了心，一个也没活下来。"

"畜，畜牲。"吕氏撩起衣襟，擦起了眼睛。

肖安泰是大先生最得意的学生，富阳人。家里穷，成绩却是年年榜首。每一个学期，都是大先生在学校里替他交涉减免学杂费的事。去年暑假，大先生还带他回藻溪住了一阵子——也算是替他家里省些柴米的意思。他在陶家住着，包揽了陶家里里外外一应的琐事。都过去一年了，吕氏还记得他那双里头铺了一层油纸、前后都有破洞的老布鞋，还有他进门就给她磕头、喊她师奶奶的情景。

"他妈，就他一个指望啊……"吕氏说。

饭桌上的人都静默了，米饭突然就变成了沙子，生生硬硬地硌着舌头和喉咙，吐不出来，也咽不下去。

"这阵子睡觉，要警觉点。"大先生瞟了吟春一眼。

"横街陈家的姨娘说，日本人去了宜山，躲不及，她三姐的婆婆，六十多岁的人，也……要不，让吟春回娘家避一避？那边走水路，比这里要多摇几橹船。"吕氏说。

"不用了，日本人的行踪，谁也计算不了。肖安泰要是留在杭州，反倒没事。谁想到疏散去乡下，反而丢了性命？那天他不肯走，是我硬劝的。是我，害了他……"

大先生的眼窝很深。大先生的眼泪从心里流到眼角，要走很长的路。大先生的眼泪走到半途的时候，就走干了，大先生的眼泪最终也没有走出他的眼窝。

"我哪儿也不去。"吟春轻轻地说。

吟春站起来，撩起布衫的斜襟，露出裤腰上别着的一把剪刀。剪刀是新磨的，还沾着磨刀石的粉尘。"要是碰见日本人，逃得走算我捡条命，逃不走也没事，要么是他死，要么是我死。"

吟春说这话的时候，平静得像是说要去集市买一包针、一卷线，或是一尺头绳。

大先生和吕氏同时吃了一惊：他们看见了吟春身上有一样东西，藏在棉花一样厚实的温软里，隐隐闪现。

那样东西叫刚烈。

那天夜里大先生和吟春很早就睡下了。灯灭了，大先生一动不动地躺在床上，直直地瞪着天花板，两个眼睛像两颗磨旧了的玻璃珠子在黑暗中闪着钝光。吟春有点害怕，怯怯的，也不敢动，身子僵得如同正在蜕皮的蚕。后来大先生叹了一口气，侧过身来揽吟春。大先生的指尖一碰到吟春，吟春便活了。她伸出手来，捏了捏大先生的右耳坠，那块绿豆大小的肉还在 —— 这是大先生家里祖传的记号，从大先生的爷爷开始，传到大先生的爹，再传到大先生这一辈，所有的血亲右耳坠上都有这么一小块肉。大先生曾经说过，要是哪天世界上没

了光亮，两人黑灯瞎火地走散了，彼此瞧不见，凭着这块肉，她就能 18 ←
在人堆里找见他。

肉还在，他还是他。吟春突然就放了心。两人便又熟稔了起来，熟得仿佛一刻也不曾分开过。大先生的手轻轻地探进吟春的贴身小褂，一路爬过去，停在了那两团软绵上。吟春的身子潮润了，忍不住低低地呻吟了起来。

"重一点，再重一点啊。"她很想这样告诉大先生，可是她不敢。

男女的事，她原先是不懂的。不懂的时候，她什么都不想。可是现在她懂了，她就不能不想。她的身子原本是上着锁的，是大先生给她开了锁。锁一开，里头就冒出了一个精怪。那精怪在她身子里圈了十八年，她不认得它，它也不认得她，他们各自为政，两下相安。可是大先生松了它的绑，它开始在她的身子里横冲直撞，搅得她的血沸水似的翻腾，从此不得安生。大先生不在家的时候，她日日夜夜都想他，一个人躺在床上，只觉得衣裳裁得太紧，箍得她的身子喘不过气来；被褥纫得太厚，捂得人起一身的燥汗。现在终于把大先生盼回来了。大先生是斯文人，大先生耕起她的身子来，也是斯斯文文的。她喜欢大先生的斯文样子，可是在床上，她却情愿大先生有几分粗人的蛮劲。吟春被自己的想法吓了一跳，她觉出了自己的贱。

那天夜里吟春做了个怪梦，梦见黄鼠狼爬进了家里的鸡窝，叼了只芦花母鸡就走，一地鸡毛一路血。她跟着血迹跑啊跑啊，跑了好远也没追上黄鼠狼，却把自己追醒了。一身是汗地坐起来，摸了摸身旁，床是空的。心里咯噔了一声，就慌手慌脚地摸着火柴点亮了油灯，才发现大先生蹲在地上，头埋在两只膝盖中间，高高地拱着一个脊背。大先生的衣裳很单薄，两爿肩胛骨嶙嶙峋峋地从衣裳里顶出来，刀似的割着吟春的眼睛。吟春猜想大先生还在伤心肖安泰的事。吟春的脑子揉面似的揉来揉去，想擀出一句妥帖的话来安慰大先生，却终无所得。这才明白劝慰人的本事，跟绣花裁衣裳捏糖人的手艺一样，原本是天生的。她只好点了一斗新烟，送到大先生手里。大先生抽了一口，眼里才泛上一丝活意，却只看着吟春不吱声。那天大先生看吟春的眼神远远的，空空落落的，看得吟春竖起了一身的寒毛。

大先生从省城回来之后，还像从前那样，吃完早饭就散步到藻溪边上的那棵大树下，坐在树荫里读些闲书，午觉起来在堂屋里铺开纸墨练练字，得闲了去镇里几个旧同学家串串门。可是吟春却觉出了大先生的不同。大先生像是一块发了霉的箬糕，一条剔了骨的河鱼，在外人眼里，糕还是糕，鱼也还是鱼，只有吟春知道，那糕少了一层釉亮，那鱼缺了一点精气神。

大先生在家里住了半个月，吟春的妈托人捎信来，说吟春的爸得了重病，想让女儿回娘家一趟探病。吕氏备下了几样盘手（温州方言：糕点礼品），让大先生陪吟春回娘家一趟。可是那天早上大先生吃坏了肚子，上吐下泻，行不得路，吕氏只好临时喊了荣表舅陪吟春上路。吕氏让吟春换上了一件自己穿过的旧布衫，又抓了一把灶灰抹在她脸上，一遍又一遍地吩咐她要挑大路走，跟紧了荣表舅一步也不可落下，尤其是人多的地方。

两人原本说好在灵溪过一夜再回来，谁知还没到天黑，荣表舅就回来了——是一个人。荣表舅一头是血，进了门就拿拳头砸脑壳，说吟、吟春没了。原来他们走出十几里地的时辰，突然撞上了日本人的飞机投炸弹。炸弹正正地投在了集市里，人多，乱哄哄地一跑，两下就跑散了。荣表舅头上的血，是一头猪给炸飞了溅上来的。吕氏一听，两眼一翻，就瘫坐在了地上。倒是大先生镇静些，问炸死了几个人？荣表舅说看见人抬了两具尸首出来。大先生又问伤着了几个？荣表舅说伤了有十来个，只有两个伤得重些，丢了一只胳膊一条腿，其余的，只是叫砖头瓦砾擦破了皮。大先生又问这死的伤的里头，有吟春这个岁数模样的吗？荣表舅说他看过了，没有吟春。大先生松了一口气，说只要那里头没有吟春，吟春多半还活着。吟春是个机灵人，说不定找不着你，就自己回了娘家，等天亮再动身去她娘家找人吧。

那夜大先生一眼未合，巴巴地坐在床沿上等着曙色把窗棂纸舔白了好上路。好不容易听得第一声鸡叫了，便夹了一把桐油伞要出门。开了门，却发现门口的石阶上坐着一个满身灰土的人——是吟春。

大先生见了吟春，连忙伸手去拉，吟春害怕似的往后闪了一闪，大先生的膝盖一软，身子一个趔趄，几乎跪倒在地上。吟春也不去扶，两眼直直地看着大先生，仿佛在看着一个毫不相干的人。大先生的嘴唇颤颤地抖着，抖了半天，才抖出一个"你"字来。这个"你"字如同一把锥子，把吟春的痴愣凿出了一个小口子，眼泪这才流了出来。

吟春那天哭得很怪，两眼大大地睁着，如同两个黑咕隆咚的岩洞，不见悲也不见喜。嘴角紧抿，像是两扇上了重锁的门，没有一丝声响。只有眼泪，源源不断地从那岩洞里流出来，先是一颗一颗，再是一条一条，再后来，就成了一片一片。大先生从没见人这么哭过，一下子慌了，就抱住了吟春上上下下地看。只见吟春的髻子散了一肩，头发上沾了几片草秆和鸟屎；脸上的灶灰隔了天，已经淡了，上头却盖了一层新土，眼泪在那层厚厚的灰土上钻出歪歪扭扭的路。鞋子跑丢了一只，没鞋的那只脚上，布袜早磨烂了，露出一块血糊糊的脚掌。

大先生就坐在门前的日头底下，给吟春挑脚上的刺。挑坏了好几根针，挑出来的草刺和细石子染得青砖地一片红。大先生挑一下，咝一声，仿佛那刺不是扎在她的脚板上，倒是扎在他的心尖子上。大先生越咝，吟春越哭得咬牙切齿，泪珠子在大先生的手背上砸出一个一个的坑。大先生终于忍不下那个疼了，扔了针，在屋里大步走来走去，嘴里不停地念叨着："这个荣表舅，这个荣表舅！"

"这事怨不得阿荣，要怨也只能怨日本人。"吕氏斜了大先生一眼，"行啦，行啦，活着回来就是菩萨保佑，叫你媳妇把眼泪收了吧，再哭就要把天哭塌了。"

"我以为，再，再也见不着你，你们了。"吟春已经哭过半晌了，把一张脸都哭得抽巴了，听了这话才终于收了泪，抽抽噎噎地说。

原来日本人的炸弹一落到地上，一个集市的人就炸了窝，谁也不看路，只是犯了失心疯似的狂跑。跑出好远，吟春才发现荣表舅没跟上来。等到人群终于松动了些，她死命地挤出来找荣表舅，往前走了大半个时辰也没找着，便又折回来，想走到原地等他。走着走着，天就渐渐黑了，不知不觉之间，她已经迷了路。本想随意找户人家借个宿，等天亮了再赶路，谁知一村的人被日本人的飞机吓着了，都出门逃难去了，竟没有一户开着门。她摸黑找到了村尾的一个小庙，躺在一个稻草堆上就睡着了。睡到半夜，被一阵窸窸窣窣的声音惊醒，借着月色，才发觉自己竟躺在一口棺材边上。那声响原来是从棺材里发出来的 —— 棺材的盖板动了，有东西正在往外钻。她吓得魂飞魄散，拔腿就跑，跑出了半里地，才发现自己把鞋子跑丢了。

吕氏听了，呸地吐了一口唾沫，叫吟春赶紧烧盆水洗洗晦气。

"洗过的脏水要倒在没人处，倒完水到街上转一圈再回来，千万别叫那不干净的东西跟进家门来。"吕氏吩咐道。

尽管吕氏千叮咛万嘱咐，那"不干净"的东西，还是跟着吟春进了陶家的门。

吟春受了惊吓，回家就生起病来。起先是寒热症。请镇上的孙郎中开了无数帖方子，竟全然无用。那寒热晚上走，早上回来，日日掐着指头般地精准，一下子就把人烧得脱了形。原先鼓鼓的腮帮子，仿佛叫人剜走了两刀肉，忽地塌陷了进去。一张脸远远瞧过去，只剩下两个黑窟窿似的大眼睛。平日除了昏睡，就是呆呆地躺在床上，默不出声地盯着天花板看，那眼神如同两根绷得紧紧的线，直直硬硬的找不见一道弯。

吕氏看那样子便说是失了魂，就找镇上的道姑去喊魂。道姑拉了一位六七岁的童子，一起去了那日吟春和荣表舅走散了的地方，一前一后，一呼一应，喊了约有一两个时辰，回到家来，却也不见吟春的病情有丝毫起色。道姑就摇头，说这走散了的魂魄，若在五日之内，尚还可能有救。若过了五日，怕是走得太远，找不见了。大先生听了连连叹气，只说愚昧啊愚昧。

吟春的寒热症还没好，却又添了一样新病：无论吃什么，饭食还没进肚腹，便先呕出来。到后来只剩了一口黄水，依旧还呕，人呕成了一根篾丝。大先生实在无法，只好亲自坐船去了县府敖江镇，专程请一位据说在英国留过洋的欧阳大夫，来藻溪给吟春瞧病。

欧阳大夫带了一个沉甸甸的药箱子，进了陶家的门，仔仔细细地查过了吟春的病，出屋来便给吕氏道喜，说你家儿媳是怀孕了。有孕在身的人，这退烧的事还得十二分当心。西药见效是快，却怕药性太狠，伤着胎儿，还得采用物理降温，再辅以中药，慢慢将息。

吕氏和大先生听了这个消息，一时怔住。

前脚送走了欧阳医生，后脚吕氏就颠着小脚，去镇上的香火铺买了香烛，给祖宗牌位上香祭拜。拜完祖宗，便进了吟春的屋，跪在地上咚咚地给吟春磕头。

"人说生病七分靠郎中，三分靠自身。郎中的七分，该做的都做了，剩下的三分，就在你了。你若想好，这病就能好。我先替陶家的列祖列宗拜你了。"

吕氏这一拜，一下子把吟春给拜醒了。吟春光脚下了床，颤颤地就来扶婆婆。刚出了一身虚汗，身子软得像一团和得太稀的面，却终于站稳了。

从那刻起，吟春的病才一日一日地好了起来。

吕氏搬了一张凳子，坐到窗前的一块太阳光斑里缝帽子。吕氏手里的帽子像是瓜皮帽，又不全是，瓜皮的外沿厚厚地翻卷过来，中间钉了一个生愣的虎头 —— 这是吕氏的创新。吕氏年轻时，针线女红的本事是远近闻名的。后来上了年纪，眼力不如从前，手就懒了。自从知道吟春有了身孕，她的手就痒了，搁置了多年的针线篓，又被重新翻了出来。

这是吕氏缝的第二顶帽子。第一顶也是虎头。

"妈，你得信科学。生男生女，各有一半的运气。"大先生曾经这样说过她。

"胡说！生男生女的事，是菩萨说了算。菩萨爱待见谁家就待见谁家。"

"凭什么，菩萨就待见你家了？"这样的话，大先生平日里是能忍得住的，可是那天不知为什么，大先生没忍住，大先生脱口而出。

吕氏那天被儿子说得愣住了——她从来没想到过别的可能性。她的想法是一条多岔的路，可是等在每个岔路口上的，都是虎头。她心里从来没有给牡丹芍药留过一厘一毫的余地。

吟春从屋里慢吞吞地走了出来，走到院子里，舀了一大勺泔水，拌在糠里喂鸡。鸡是不认时辰的，鸡只认天光。日头已经升到树枝分叉的地方了，鸡饿疯了，唧唧喔喔蜂拥而上，踩了吟春一鞋面的鸡屎灰土。看见鞋面上那团还带着隔夜潮气的绿屎，吟春肚腹里仿佛有根绳子抽了一抽，没忍住，哇的一声就吐了，呕在地上的几粒饭糊被鸡一抢而光。吟春想抬脚轰鸡，可是脑瓜子却差不动腿——病虽然好了，身子还依旧倦怠，只是懒得动弹。

吟春喂完鸡，手搭了一个凉棚往院门外眺望。陶宅的地势高，一眼望出去就可以望见藻溪。日头不那么生猛的时候，溪是清绿的，近得仿佛就在脚下。日头把水推远了，远成一条和灰土路模模糊糊地交织在一处的白线。此刻在白线某处的某一片树荫之下，坐着她的大先生。

大先生今天很早就出了门。其实这只是吟春的猜测：吟春是从饭桌上那碗只挑了一筷子就放下了的泡饭上猜出来的。

不知大先生今天在树荫下看的是什么书？也许他压根儿没有在看书，他只是在想心事。大先生近来的心事很多——这也是吟春的猜测。吟春是从大先生的神情里猜出来的。大先生的话越来越少了。大先生虽然不说话，可是大先生的心事会自作主张地替大先生说话。大先生的心事磨盘似的坠在大先生的眉眼上，大先生的眉眼吃不了那样的重，便拉着大先生的脸，低低的几乎要垂挂到地上。吟春隐隐觉得，大先生这么多的心事里，有一桩是和她肚腹里的这团肉相关的。大先生盼这团肉，盼了一生一世。可是这团肉真的来了，大先生似乎又不那么盼了。不仅不那么盼，反而还有那么一两分的生分、犹豫、冷淡。吟春搜肠刮肚，想找一个合适的词来形容大先生的心情，似乎哪个都有那么一点模模糊糊的相近，却哪个也不是严丝合缝的贴切。

她大概永远也不能真正摸透大先生的心事。大先生心里的那个世界很大，大到乡里人就是一刻不停地走一辈子的路，怕也擦不到大先生眼界的一个边。大先生是乡里人贫瘠的语言系统里一个信手拈来无所不在的代名词。乡里人显摆自家孩子聪明，会说那是"大先生的脑袋瓜子"；夸某人的见识高，会说那是"大先生的世面"；甚至连损某人愚笨，也会说那人没读过"大先生的书"。大先生是藻溪人视野的极限，藻溪人眼睛再明再亮，也翻不过大先生这堵高墙。对藻溪人来说，大先生之外再别无天地。吟春是一乡里识字最多的女子，可是即便是她，也只是近近地站在了大先生的门外，从微启的门缝里看到了大先生世界里的一线天。

"怎起得这么晚？鸡都叫炸了。"吕氏停下手里的活，问吟春。

吟春回过头来，目光盯在吕氏的手指上，突然吃了一大惊。

"妈，您能，自己纫针了？"

"我孙子，成了我的眼了。"吕氏指了指吟春的肚子说。吟春觉得那一指头很尖利，隔着一个院子，她的肚皮紧了一紧。

"昨晚没睡安生啊？"吕氏问。

吟春迟疑地点了点头。

"不能，由着他，胡来。"吕氏说这话的时候，低头看着手里的帽子，口气仿佛是在数落帽檐上的虎头。只是那一句话瓣成了三块，每一块中间，都连着一根蛛丝一样看不见却觉得着的细线。

吟春是从那根暧昧的细线里悟出了吕氏的意思的。轰的一声，一股热气涌了上来，两颊烫得如同灶灰里扒出来的番薯（温州方言：红薯）。

"没，没有。"吟春低了头说。

吟春的话回得没头没脑的，不知是说她没由着他呢，还是说他没胡来。

其实，自从知道她怀孕之后，大先生就没有再碰过她。不仅没碰过她，而且和她分了床。每天夜里，大先生都会拖出一床篾席，铺在地上单睡。她原先以为他是怕自己熬不住念想，伤了她肚子里的孩子，后来她看见他到早上鸡叫头遍的时候，就匆匆起身，把篾席卷成一个筒子，塞在床底下——为不叫吕氏看见，这才觉出了事情的蹊跷。

夜里她睡床上，他睡地下，她听得见他清瘦的身子翻碾过篾席时发出的嘎啦声响，也觉得出他几近无声的叹息将长夜戳出一个一个的洞眼。有他在她身边的时候，黑暗是一床丝绵被，把她和他连头到脚地裹住，柔软得找不见一根毛刺一条棱。他不在她身边的时候，黑暗突然就长出了角，她略一翻身，它便如岩石一样粗粝地磨着她的身子。等到她终于和岩石磨合出一个彼此勉强相容的姿势时，天就蒙蒙亮了。

有一天她醒了大半夜，实在煎熬得难受，就起身，光脚跳下地来，躺到了他身边。她知道他也是醒着的，因为他的脊背颤了一颤，毛孔刺猬似的开放，每一根毛尖都涂满了戒备，她被扎得措手不及地呻吟了一声。

是什么东西突然就把他们分开了——分得那样的近在咫尺却遥不可及？

她绝望地坐起来，把脸埋在手掌上哭了。长夜里每一处都是冰冷尖硬的，容得下她的脸的，只有她的手。她的手捧着她的脸，焦急地呼唤着眼泪，眼泪却在从心腑朝眼睛奔涌的过程中，迷失干涸在某一处荒漠里。她惊恐地发现，她再也没有眼泪了——她的眼泪在那个和大先生劫后重逢的一天里都流干了。

她想问他："你到底怎么了？"可是她觉得喉咙就像是溪滩一样，堆满了大大小小的鹅卵石。她在黑暗中坐了很久，想把那些卵石一块一块地挪走。石头太多太沉，话埋得太深太久，等到话终于千难万险地爬到舌尖的时候，已经气若游丝。

她刚刚吐出一个"你"字，院子里的鸡公就喔地喊出了第一声。一只领了头，便有一群跟班的，咿咿喔喔的合着伙，把夜给搅散了。鸡公搅散的，还有她的心思。灰白的曙色里，她看见大先生翻了一个身坐起来，瓮声瓮气地说："我起了。"他说这话的时候，依旧背对着她，但她知道他是要她回到床上去，他好把篾席卷起来，省得吕氏看见。平日精明得眼里容不得半粒沙子的吕氏，这一回被吟春肚子里的这团喜给搅浑了脑壳，竟然没有觉察儿子在自己眼皮底下的反常。

"凭什么？"吟春说。

吟春被自己的语气吓了一跳。这句话像是收剩在田头被风吹过了一个冬季的芋头，经过她的牙缝时硌得她牙床一抽一抽地生疼。她从来没有这样硬地和大先生说过话。这话原本不是用来抽打大先生的——她不敢，也不舍得。她只是想用这样硬的一句话，来激大先生的一句话，哪怕是呵斥和咒骂。她和大先生的心里，各有一扇门。她的门很宽敞，她的身子处处都是钥匙。大先生无论挨着哪一处，就走进了她的门。而大先生的门很高很窄，大先生的门只有一把钥匙，那就是大先生的嘴。大先生一沉默，吟春就被关在了大先生的心思之外。大先生不说话的时候，吟春便丢了东西南北，心慌慌的就像溺水的人找不着一样可以攀援的物什。

这些日子里，大先生岂止是不说话，大先生甚至连看都很少看她一眼。其实这话并不确切。大先生并不是不看她，大先生只是挑她不留神的时候看她。其实这话也不确切。大先生只是挑他以为她没留神的时候偷偷地看她，比方说当她在院子里晾衣裳的时候，或是她在锅台上洗碗的时候。她背对着他，却感觉得到他的目光如一片一片的叶子贴在她的脊背上，有的凉，有的不凉也不热，有的毛烘烘地刺痒。她知道大先生的目光里多少还剩着点爱，只是那爱已经不是她刚进他家门时那种清清朗朗的爱了。如今的爱像是被大雨搅浑了的藻溪水，夹杂着许许多多的泥沙，那泥沙或叫怨，或叫恨，或叫悔，或叫吟春一时还说不明白的别的名字。

可是没用。这个凌晨吟春把那句话铁杵一样地甩给大先生，咣当一声，她听见这话把苟延的夜色瓷碗似的砸得粉碎，可是她还是没有砸碎大先生的沉默。大先生躲过铁杵，缓缓地穿上布衫，佝偻着腰，头也不回地走出了房门。

今天，就是今天了。今晚无论如何得拉住他，问一个清白。吟春暗暗地想。

可是这天晚上吟春依旧没有逮着机会问大先生。

这天大先生午觉起来就出去找上街的一位儿时朋友喝酒去了，直到二更的梆子都敲过了，大先生也没回家。吟春吹了灯躺在床上，耳朵竖得野兔似的，听着院子里的各样声响。窸窸窣窣，那是夜风啮咬树梢的动静。唧唧咕咕，那是熟睡的鸡鸭发出的梦呓。枝头的蝉正缩蜷在壳里沉沉地睡着，养着嗓子好等着天明醒来大嘶大吼。有一片细碎的哗啦声，轻得几乎像是耳膜上的一丝震颤，倒叫吟春愣了一愣，半天才想明白：那是月儿拽着星星在慢慢地往下坠。百样的声响里，就是没有一样是门声。吟春等了又等，眼皮渐渐沉涩起来，终于昏昏沉沉地睡了过去。

吟春是被光亮惊醒的。惊醒吟春的不仅是光亮，还有热气。吟春只觉得脸上辣辣的，像洒了一层胡椒粉。睁开眼睛，只见眼前晃动着两盏灯。那灯有些怪，生着绿莹莹的钝光，有些像夜里行路时看见的鬼火。刷的一声，吟春身上的寒毛针似的竖了起来。过了一会儿，她才醒悟过来那是大先生的眼睛 —— 大先生正站在床前，弓着身子看她。大先生的脸凑得很近，近得她都能听得清他毛孔里嘶嘶地冒出来的酒气。大先生的目光里有一种她从未见过的神情，像是老鼠终于被猫逼到了死角时的那种决绝，又像是屠夫经过一番繁琐的挑挑拣拣之后终于找到了一把好刀时的快意。吟春被大先生的神情吓了一跳，一下子就醒利索了，坐起来，摸摸索索地想穿衣裳，却被大先生按住了。

"还想，骗我，到什么时候？"大先生问。

大先生的话是一个字一个字从牙缝里挤出来的，挤得太辛苦，话肉都挤掉了，剩下的全是光秃秃的骨头，一根一根的很是生硬。吟春被硌疼了，哆嗦了一下。

"骗，骗了你，什么？"

大先生哼地冷笑了一声："别装了，我就等着看你什么时候有句真话。说吧，是谁的，孩子?"

终于，来了。吟春闭上眼睛，暗想。

自从她知道自己有了身孕起，她就在等待着这句话。这句话像一把刀悬在她的头顶，似乎分分秒秒都有可能落下。刀虽然是悬在半空的，可是刀上的那根绳子，却是拴在大先生的指头上的。他的每一声叹息，每一个眼神，似乎都在告诉她：他在松动着手里的绳子。刀一寸一寸地近了，她甚至已经觉出了头皮上的飕凉。她每天都把心揪在喉咙口，等待着刀落下来的那股剧疼。直到这一刻她才明白过来，悬而未决的恐慌，那才是疼中的最疼。刀真正落下来时，虽然也是疼，却是一种踏实的疼了。

她突然就定了心。她在和大先生掰腕子，她不能松懈，一丝一毫也不能。她若泄了她的气，她就会被大先生压在手下，永世不得翻身。而她的气，就是她的眼神。

"你喝多了。除了你，还能是谁的?"她睁大眼睛，定定地看着她的男人说。

"胡说!"他突然揪住了她的衣领。他揪得很紧，她觉得她的心被挤出喉咙，掉在了舌头上。气越喘越窄，天渐渐地变了颜色，先是灰的，后来就变成了淡红，再后来就成了赤红的一坨。房顶倒扣过来成了地，而原先是地的地方，却升腾到了半空，上边胡乱飞着些星星。

其实，死了也好。至少现在死在他手里，在外人眼里她还是个干净的女人。吟春突然就放弃了挣扎。

可是他却松开了她。他手里虽然提着刀绳，可是他归根结底不是个屠夫，他下不了狠心。他咚的一声木桩似的颓坐到床上，震得床板颤颤地抖。他喘着气，她也喘着气，可是他俩喘的，却不是一样的气：她是逃生的侥幸，而他，却是对自己懦弱的颓恨。

"回来前我在省城看过医生。"他把头埋进手掌里，她听见他的声音泥浆似的从指缝里艰难地挤出来，满是褶皱和裂纹。

"医生说了，我没，没有，生育能力。"他低声说。

哗的一声，塌过的天又塌了一回，满地都是瓦砾灰尘。她心存的最后一丝侥幸，也被压成了齑粉。

这孩子，果真不是他的。

她这才明白，为什么这次回家，他看上去这样颓蔫。原先她以为是为肖安泰之故。肖安泰的死固然伤着了他的心，那却是一时一刻的伤。真正压瘪了他的，是因为他丢失了指望 —— 一个男人彻根彻底的指望。

"医生不是菩萨，医生也有错的时候。"

她坐起来，伸手把他揽在怀里。她肚腹里虽然孕育着一个孩子，可是她压根没有把它当做孩子。而她怀里的这个男人，才叫她觉得真是她的孩子。她没当过娘，她不知道怎么来安慰一个受了伤的孩子。这伤不是寻常的伤，这伤是伤到了五脏六腑的伤。她只懂得一个法子来舔这样的伤，那就是用她的身体。

她摸索着解开了他的衣裳，又摸索着解开了自己的衣裳。她用她赤裸的胸乳和刚刚开始有些鼓胀起来的肚腹，轻轻揉搓着他的脊背。他已经有一阵子没碰过她了，他没说话，可是他的身体忍不住在替他说着话 —— 他的身子渐渐地有了些动静。她不知道这是他的哭 —— 那种无声也无泪的哭，她只一味地想叫他快活起来，叫他忘掉那个咧着天一样大口子的伤处。

他倏地站起来，一把把她推倒在床上。

"贱人！"他咬牙切齿地说。

他的这句话像刀。其实先前的几句话句句都像刀，只是这句话的刀刃更薄更利，一下子割透了她铁甲钢盔的防备，她的气力突然就泄了。她瘫软在床上，再也直不起身。

后来她徐徐地除下了髻子上的玉簪，朝着手背扎了下去。有一颗黑珠子从皮底下冒出来，渐渐地爬成了一条黑虫。黑虫越爬越粗，最后跌落在床上，摔成一团黑浆。

"菩萨在上，我心里，只有你一个人。"她说。

那日荣表舅陪吟春回娘家，半路上遇到了日本人的飞机投炸弹，两人慌乱之中跑散了。吟春走了很远的路，天渐渐黑了，她不敢再走，只好摸进一个庙里胡乱睡下。半夜醒来，才知道是睡在一具棺材边上，她吓出一身冷汗，起身便跑。

这事吟春跟大先生说过。可是当时吟春只挑了开头和结尾来说，吟春跳过了中间的一些事。而中间发生的事，才是整个故事的瓤。其他的，跟瓤相比，不过是可以忽略不计的皮壳。

那夜吟春从庙里跑出来，身后跟了一串喊喊嚓嚓的脚步声。她一下子听出来不止一个人。怕归怕，却不是先前的那种怕法了，因为她知道追她的是人而不是鬼——鬼是孤鬼，人才成群。

没跑多远她就明白了她跑不过那些人。她虽也是贫寒出身，却没真正下田劳作过，身上的几斤蛮力足够她走几十里远道，却不够她跑几步快路。她索性停下来，转过身来看追她的人。那些人没料到她会猛然停住，一下子傻了，便也停下，怔怔地打量着她，彼此都有些不知所措。

那是个大月亮的夜，月光照得满地白花花的，不用灯笼火把，她就把他们看得清清楚楚了：一共是五个，都是男的，很年轻，十几二十几的样子。都穿着军装，是一种带着隐隐一点青色的白布军装。她知道那是月光做了手脚——她见过当兵的，没人会穿那种颜色的军装。

其实，月光掩盖了的，不仅是他们军装的颜色，还有许多其他的东西，比如他们绑腿上斑斑驳驳的泥浆，他们头发里一坨一坨的灰尘，还有他们脸上被太多的鲜血和死亡浸染得麻木了的神情。

在吟春打量着他们的同时，他们也在打量着吟春。吟春的发髻早就跑散了，头发耷拉下来，遮住了半拉脸，衬着那露出来的部分越发显得尖细了。早晨出门时吕氏给她面颊上涂的那层灶灰，早被这一路的汗水洗去了七八分，剩下的，又被月影舔没了，那一刻她只是一味的白皙细嫩。身上的那件灰布衫，一看就不是她自己的，不仅样式古旧，而且很是宽大，衣领胳膊腰身没有一处合体。风把那件布衫朝后吹去，她丢失在布衫里的身子突然就露出了藏掖不住的凹凸。这群男人交换了一下眼神，立刻都读懂了彼此眼中的话——这个女人，是这群疲惫肮脏的男人这一路上见过的最好景致。

一个男人说了一句很长的话。另一个男人回了一句很短的话。无论是那句长的还是那句短的，吟春都没有听懂一个字。吟春的血刹那间凝固住了，变成了一坨冰，身子沉沉地坠到了泥里。她突然明白了：她碰上了日本人。

那一刻她没想到逃 —— 她知道她逃不过那群人，她只是想到了死。她想到了腰里揣的那把新磨的剪刀。她揣了这把剪刀，仅仅只是把它作为一样壮胆的摆设而已，她并没真想把它派上多少用场。没想到用场这么快就来了，还没容她把那两片乌铁揣暖。她伸手撩起了衣襟。她完全疏于操练，根本没想好到底该把它扎进哪里才能死得稳妥：是喉咙？还是心尖？还是太阳穴？后来她曾无数次回想过当时的情景，她猜想她当时其实并不真的想死，所以才会有那片刻的犹豫。她若真想死，她就一定死得成。谁见过一个铁了心要死的人还活在世上的？当然，那是后话了。

就在那片刻的犹豫里，她丢失了最好的时机。一个男人冲上来，轻而易举地卸下了她的剪刀，随手一扔。剪刀在空中划了一个利索的弧线，无声无息地扎进了刚刚收割过还带着农人汗水潮气的泥土里，轻盈得仿佛不是一件铁器，而是一只纸叠的鸟儿，或是一朵布裁的花儿。

五个男人齐齐地拥了上来，把她围在中间。其中的一个对她嚷了一声，她立刻就明白了，他是要她跟他们回到庙里。其实她并没有听懂他的话 —— 她用不着，因为她已经看见了他亮出来的那把刺刀。刀看上去一点儿也不锋利，甚至有些愚钝，刀尖上带着一些形迹可疑的锈迹。可是跟她丢失的剪刀相比，这才是真正的铁器。

扑上去啊，扑上去。她只要身子朝前一倾，往那件看上去笨重而愚钝的铁家伙上一扑，她所有的恐惧就能彻底了结了。

可是，她自己也没想到，还有一样怕，像山一样，压住了所有其他的怕。跟这样怕相比，所有其他的怕，只是小卵石而已。这样怕就是死。也许，这拨人只是想问她几句话 而已 —— 她家里曾经住过兵，对她爹妈也是彬彬有礼的，得了闲还扫过她家的院子。假若他们真要轻薄她，她总是可以在那个时候死的。她虽然没了剪子，她总是可以撞墙的。庙虽然破，墙却还是结实的。她的脑壳撞上这样的墙，还不是鸡蛋碰上石头吗？不到那一步，她总还是可以等一等的。她不想死，她真的不想死啊。

于是，她被他们押着，走回了庙里。

从大月亮地里走进来，庙里黑洞洞的，她一下子觉得丢了眼睛，什么也看不见了。可是眼睛虽然没用了，眼睛却把攒下来的力气递给了耳朵，耳朵里就忽闪地生出了另一双眼睛——一双替耳朵把门的眼睛。她听见一阵咔嚓咔嚓的声响，她知道是有人在擦洋火。洋火大概受了潮，擦来擦去擦不着。那人咿里呜噜地骂了一句，便有几个声音夹杂了进来，有的在说话，有的在笑。话吟春听不懂，笑她却是听得懂的，低低的，浑浑的，像含了一口痰在喉咙口。她听过这种笑——那是坐在田头歇息的男人看见过路的女人时发出的笑。那笑声在空中相互挤碰着，越挤越扁，也越挤越脏。

墙。墙在哪里？吟春的耳朵开始飞快地四下搜寻着。可是来不及了，她被人粗蛮地推倒在地上——不是那团铺着散发出梅雨腐烂气味的旧稻草，而是一块全裸的地，因为她的脊背隔着薄薄的灰布衫觉出了地面上石子和瓦砾的尖利。她想挣扎着站起来，可是她的腿被人钳子似的按住了，动弹不得。一双手伸过来，焦急地解着她的裤腰带。失去了剪刀把守，裤腰带很松很垮，三下两下就散了开来。原来有些事根本用不着光亮，在明里暗里都一样顺畅。

嘶啦一声，有人撕开了她的内裤。

一阵尖锐的懊悔如吃坏了的食，从她的胃里涌了上来，她的喉咙紧紧地抽了一抽，似乎要呕。后悔啊，她真后悔，在她还有眼睛还有腿的时候，她没有撞上那把刺刀。那时死离她真近啊，近得可以看得见它身上的寒毛。她只要稍一迈腿，就能把它拽在手心了。可是她还是让它溜走了。她错过了那个痛快的死。现在她既没有眼睛也没有腿，她找不到也追不上死，只能由着死或紧或慢，猫戏老鼠似的来找她了。

啊的一声，她扯着嗓子喊出了她的懊丧。她被自己的声音吓了一跳——她没想到她的嗓子里竟然也带着一把刀。那把刀爬过她的喉咙舌头牙床，带着一路血糊糊的肉末，飞到了房顶上。房顶颤了一颤，刷刷地抖落了一地的尘土。

这时角落里有人说了一句话。那句话很短，三五个音节，吟春听不懂，但是她一下子听出了这是一个陌生的、她先前未曾听过的声音。那些人的声音都像铁，干干涩涩，生着重重的锈斑，钻过人的耳朵会划出一道道的疤痕。这个声音也像铁，不过是一块平滑干净些的铁，外头似乎包了一层薄薄的新棉。那一丝的柔软反而叫芯子里的硬越发有了重量。屋里的人突然都静了下来。

这静默也许只有几秒钟，也许只有几分钟，但在吟春听来，仿佛长得像过了几个时辰。

哗啦一声，终于有人划亮了一根洋火。洋火很小，小得像豆粒，却把黑暗和静默都撕开了一个边角模糊的口子。那人拿着洋火，在神龛跟前找到了一盏灯。灯其实也不是灯，不过是个破碟子而已，碟底浅浅地剩了几滴从老鼠嘴里剩下来的油，油里拖着一根烧了多半的灯芯。灯芯在洋火里嗞嗞啦啦地抽了几抽，终于点着了，摇曳的火光里，吟春看见了点火的那张脸。她记得他，因为他是这几个人里面唯一一个留着胡子的人。胡子是络腮胡子，很密，却不怎么浓，微微的有些发黄，像是旱天里的禾。那人的嘴边长了一颗痣，圆圆鼓鼓的，犹如一粒被秋意催熟了的绿豆。这是一颗在乡人眼里意味着走遍四方永远有得吃的福痣，但长在这个男人脸上，似乎跟吃食福气之类的联想毫无干系，倒是把那些绷得很紧的五官，扯出微微一丝的松泛。

长痣的男人朝那几个男人看了一眼，那几个人就跟风中的苗似的矮了下去。男人朝他们说了一句话。那句话是从鼻孔里出来的，轻得几乎像是一声哼哼，但是那几个人顷刻间就站了起来，齐刷刷地朝门外走去。他们路过他跟前的时候，谁也没敢抬头看他。他的目光是天，他们被他的目光压得低若蚍蜉。吟春一下子觉出了他是他们的头。

一切的嘈杂瞬间静了下去，屋里只剩了她和他。她知道她逃过了一劫——被乱刀凌迟至死的劫；可是她却逃不过另外一劫——被单刀慢慢剐死的劫。她的身子一动不动地躺着，她的脑子却在飞快地转动着，找寻着任何一个可以逃脱的计谋。在她眼角的余光里，她看见那个男人开始脱衣服。先是皮带，然后是外套，再后是靴子。男人的军装跟着男人走过了很多的路，男人抖落衣裳的时候空气里弥漫起一阵浓郁的尘土味，吟春忍不住打了一个喷嚏。

机会，来了。吟春暗暗地对自己说。现在她已经有了眼睛有了腿，她不仅已经找到了墙，也已经算出了离墙最近最直的距离。现在她只需要悄悄地憋上一口气，把全身的气力都送到两条腿上，然后站起来，闪电一样地朝那堵墙扑过去，一切的一切就都可以结束了，她就会永远地逃离那些劫难——无论是乱刀还是单刀。

可是男人毕竟是带过兵打过仗的，男人即使在背对她的时候，脑勺和脊背上都长着眼睛。男人转过身来，看了她一眼，说："想都别想，没用。"

吟春怔了一怔，才醒悟过来男人说的是中国话。吟春一下子泄了气，吊着她精神气血的那一根筋断了，她如一滩水似的软在了地上。她的腿颤得厉害，哆嗦了很久才终于扶着墙站了起来。失去了腰带的裤子早已脱落在地上，在她的脚踝上开出一朵灰褐色的花。她的腿很瘦，但也不全是骨头，该长肉的地方也长着肉，肉把骨头裹得很严很平滑。他的眼睛突然跳了一跳。那个一路上经历了无数丝毫不需要眼睛参与的肉体掠夺的男人，在那一刻里突然感觉到了眼睛的存在。眼睛轻轻地挠了挠他的心，心里就生出了一丝连他自己都没有知觉的悸动。

他光着脚走过来，弯腰替她提起了裤子。她的手也颤得厉害，裤腰带在她指间抖得如同一条草间穿行的蛇。终于系上了，她膝盖一软，噗通一声跪了下去，对他磕了一个头。这个头磕得很响，她的额头撞出了一个粉红色的包。

"杀了我，求求你。"她说。

他没说话，但她知道他还在那儿，因为她看见了他的影子，依旧黑黑地压在她的眼帘上。过了一会儿，他伸出手来，把她扶了起来。

"我有，那么可怕吗？"他说。

他的中国话很糟糕，磕磕巴巴的，像是一条颠簸不平的羊肠小道。可是她听懂了。她只是低着头，没回他的话，因为她不知道怎么回 —— 怎么回都是错。

他用一根指头抬起她的下颌，逼着她看他。他抓住她的手，探进了他的衬衣。她的手缩了一缩 —— 她被烫着了。他胸脯上的肉很硬很高，像一垄一垄新翻过的地。

"你，也是种田人么？"

有个声音颤颤地响了起来，却不是他的。半晌吟春才发现那是她自己的声音 —— 她在问那个男人话。这句话没经过她的脑子，也没经过她的心，甚至没经过她的喉咙。这句话是在她舌尖上自己生成，又自己落地的，连她也不认得。她说话的口气仿佛他只是一个路过她门前敲她的门讨水喝的人，她忘了他是割人脑袋脱人裤子的畜牲。一股羞辱凶猛地涌了上来，把她的双颊烧得通红。

男人不说话，男人只是弯下腰来，倏地把她抱了起来。男人抱着她就像是渔网兜着鱼一样地踏实沉稳。男人从屋这头走到那头，然后把她轻轻地放了下来 —— 她被放进了那口棺材里。

借着碟子里的那点剩灯油，她终于看清了这是一口新寿材，三四指宽的杉木，刚刚油过了一两水，木头的纹理还没被盖住，在浅浅的桐油底下水波一样地荡漾。棺材里铺了厚厚一层的稻草，不是地上那些发霉长了虫子的旧草，而是刚从田里收下来的新草，草秆里还残留着谷子被镰刀猝然斩断时流下的汁液。吟春突然明白过来，这是村里某个大户人家新置的寿材，存在庙里，原本是等桐油彻底风干的。结果那个嘴边长了一颗痣的日本男人，夜里钻进这口寿材睡了一觉。他起身小解的时候，吓住了她。她一跑，又惊动了他们，才有了后来的这些事。

屋里很是安静，男人没吱声也没动弹，他只是站在棺材边上默默地看着躺在棺材里的吟春。他的目光如蛾子的羽翼在她脸上扫过来扫过去，留下一路的刺痒。她闭上了眼睛。她逃不过他，但是她至少可以把他关在门外——她的眼睛就是她的门，她闭上了眼睛，他就进不了她的门。她不知道这个男人到底要怎么样她。即使闭着眼睛，她也知道，在她脚下，也就是寿材的尾巴上，搁着一块厚实的板。那个男人只要挪过那块板，往下一合，她就会在这个木头匣子里慢慢地憋死。从那几个男人押着她走进庙里的那刻起，她就想过了很多种死法，可是偏偏就没有想到这种死法。假如她死在这里，没有人会知道。一直要等到这口寿材的真正主人想起再油一层新漆的时候，他们才会发现她，而那时她兴许已经化成了虫化成了蚁。

大先生，大先生永远也不会知道，她到底去了哪里。

想到这里，吟春忍不住打了一个寒噤。

这时她听见了一阵窸窸窣窣的声响，睁开眼睛，她发现他正在往棺材里攀。棺材是架在两张高凳上的，可是男人到底是打过仗的，男人轻轻一跃，就跳进了棺材里。男人进了棺材，却踌躇了起来：这口寿材是乡里能找得见的最宽的寿材了，可是再宽也容不下两个身子。男人对她轻轻地扬了扬下颌，她明白是叫她给他腾一块地。她虽然还怕，却不是刚才的那种怕，因为她知道她一时半刻死不了了——至少不是那种慢慢憋死的死法。

贱啊，真贱，到什么时候，还是想活。吟春暗暗地骂着自己，却顺从地侧过身子，把脊背后面的那块空地让给了那个男人。男人在她身后躺下了，也是侧着身子。两人都不动，身子绷得像两块木头，吟春只觉得男人的鼻息在她的颈脖里烫出一个一个的燎泡。

终于，男人的手从她身后摸摸索索地伸过来，捏住了她胸前的那两团肉。

"枝子……"

男人叫了一声。

吟春不知道，枝子是那个男人的妻子的名字。吟春也不知道，这一辈子，她的长相带着她走过了怎么样的祸和怎么样的福。那个冬天就是因为她长得像大先生迷恋了多年的女同学，她才突然成了陶家的儿媳妇。这一刻又因为她长得像一个千里万里之外的日本女人，她才逃了一死。

她是不会知道的，她永远也不会知道。

男人的手越箍越紧，紧得几乎要把她挤出水来。她觉出了剧烈的颤抖——这一回，不是她，而是她身后的这个人。男人的下颌抵着她的头，有一股温热的东西，从她的头发上滚下来，滚落到她的脸颊上。她用舌头一舔，舔出了咸味。那是眼泪——这个杀人如宰鸡的男人，竟然哭了。

男人的眼泪突然给了吟春胆气。吟春猛然一挣，挣脱了男人的手。吟春坐起来，转过身，直直地看着男人。从进庙到现在，她从来没有那么直那么正地看过这个男人。他是屠夫，她是他手里的羊。屠夫想怎么看羊就怎么看，屠夫用不着管羊怎么想，可是羊却不敢看屠夫。即使知道了横竖是一个死，羊也不敢抬头。可是这一刻，羊敢了，那是因为羊看见了屠夫身上的一个死穴。

"你为什么，不回家，种你的田？"她问他。

男人怔住了。男人觉得被人当胸捅了一棍子。男人一时想不好到底该把棍子拔出来还是把棍子捅得更深——两个都是同样的疼。吟春的目光让男人意识到：他已经叫这个支那女人窥见了心。战场，这是在战场。他突然醒悟：在战场上谁让人先瞅见了心，谁就得先倒下先死。

他像一头野猪似的号叫了一声，猛然扑过去，把吟春压在了身下。他和刚才那群男人一样，粗野地扯着她的裤腰带。他见过她怎么系裤腰带，所以他扯起来毫不费劲。夏天的衣裳没有多少内容，他很快就找见了她的身体。他掰开她的双腿，提起自己，就要朝她的身子捅过去。这几年这样的动作他不知做过了多少回，这一回和那一回也没有多少区别。支那女人，全都一样。他对自己说。女人有一股味道，一股他非常熟悉的味道，酸酸的，又不全是酸，酸底下微微地藏掖了一丝的甜——那是服侍一家老小的女人特有的汗味。

这是他妻子的味道。

他感到他身上的某些地方依旧硬挺，而另外一些地方却不由自主地软了下去。他紧紧地搂住了女人，把脸埋在了女人胸前的那片谷地里。女人颤了一颤，却没有挣扎。女人知道挣扎也没用，女人只能顺从地打开了自己。他进去了，一路使着力。他已经在支那的土地上无数次进入过女人的身体。女人低低地哀号了一声，像哭，又不像哭。他听出来那是女人努力压抑了的羞辱——女人在为自己如此低贱感到羞辱。

吟春离开破庙的时候，守在庙门外的那几个兵正靠在墙上呼呼地睡。她没有回头，也没有跑——她知道他们即使醒着，也不会追她，因为他不会让他们。

天还没有亮，但夜色已经不像先前那么紧了，天边隐隐有了第一缕鱼肚白。她昏昏沉沉地朝着鱼肚白走去——那是她家的方向。可是这一刻她并不想回家，她只想找水洗一洗身子。她不能带着这样的身子，回家见大先生和吕氏。她很快就找着了水，是村口一户人家屋外的缸。缸摆在猪圈边上，逃难的主人慌慌张张地走了，没带走圈里的猪。猪饿疯了，听见她的脚步声，都摇摇晃晃地站起来，拿嘴呜噜呜噜地拱着猪圈的门。她顾不得猪，她迫不及待地掀开缸盖闻了闻——水还没臭。她三下两下脱去了身上的衣裳，蹲在水缸后头，舀了一瓢水，便往身上浇。虽是夏了，水淋在身上依旧还有几分凉，激得她起了一身的鸡皮疙瘩。

没有布，她只能用手指蘸着余留在身上的水，狠命地搓。一天的汗水和尘土在手指的挤压下变成了一条一条的泥绳。她一瓢又一瓢地舀着水，一次又一次地搓着身子。可是即使扒了一层皮，她的身子依旧还记得那样的羞辱。

天杀啊天杀！她低低地骂道。她在恨自己，恨那个畜牲。

她从水缸后头站起来，晨风带着软软的舌头，已经把她身上的水舔得七八成干了。被水激过的身子响亮地鸣叫了起来，她这才想起她已经饿过两顿饭了。她记起临走时那个男人扔给她的一包东西。"路上吃。"男人对她说。她从裤腰里摸出了那个包 —— 是一个油纸包着的扁长盒子，有些像洋火匣，上面印着些蝌蚪似的字，她一个也认不得。她用牙齿撕咬了半晌，终于把油纸撕开了，里头是一片黑黢黢的东西，像是炭末子压成的饼。还要过很多年，她才会在一本书里读到，这玩意叫压缩饼干，行军打仗的人，都是靠这个东西活着的。她有些怕这样的颜色和形状 —— 她无论如何不能把这个东西跟入口的饭食联系起来。她犹犹豫豫地咬了一小口，那味道很是陌生。过了一会儿，她才觉出有几分像锯末 —— 在煤油里浸泡过的锯末。她呸的一声吐了，将剩下的油纸包扔进了猪圈。猪欢天喜地拥上来，抢起了食。

这只是梦，一个做歪了的梦。大先生用不着知道。谁也用不着知道。

除了老天爷。

当然，还有她自己。

吟春穿好衣服，跌跌撞撞地朝家走去。

走到大路上的时候，她终于遇到了一个逃难归家的老人。从那个老人嘴里，她才知道这个村子叫朱家岭。

吟春终于把那天在庙里发生的事从头到尾讲给了大先生听。当然，吟春的叙述是粗枝大叶的，她略过了一些细节。

这件事像一块石头，已经压了她两三个月了 —— 睡着醒着都压。醒着时坠在她心窝窝里，行路喘气都嘶嘶地疼。睡着的时候，又是另外一种折磨法。梦是一只蛮不讲理的手，把回忆撕成没有规矩的碎片，一会儿长，一会儿扁，塞满了长夜的每一个时辰。

她从庙里回来之后，她的脑壳就给劈成了两半，一半要她赶紧告诉大先生，另一半要她不动声色地隐瞒下去。这两半像乡公学里的小学生在玩拔河游戏，绳中间的那条手绢歪歪扭扭的，一会儿倒向东一会儿倒向西，总也没个定准。两头拉着绳子的，都是恐慌，却是不一样的恐慌。渐渐地，有一方占了上风，那是因为她实在背不动心里头的那块重石头了。说出来就好，说出来就好啊，说完了这石头就卸了，要死要活，听凭大先生发落。她这样对自己说。

就在她要对大先生开口的时候，却发生了一件事。这件事使绳子中间的那条手绢，一下子无可挽回地滑到了另一头，瞬间终结了拔河的游戏。

她发现她有了身孕。

突袭而来的身孕，堵住了所有其他的可能性，她只能把庙里的事情严严实实地吞进肚子里，仿佛从来不曾发生过。

大先生坐在床沿上，一路听，一路脸色越发阴沉起来，像是一炉被雨淋湿生不着火的炭。吟春不怕雨也不怕火——水和火都有对付的法子。吟春怕的是水和火中间那片怎么也撩拨不去的阴郁。那阴郁像黄梅天似的低低地罩在她头顶，压得她连气也得掰成一丝一丝地喘。

"孩子，说不定，是你的。"吟春小心翼翼地说。连她自己都听出来了，那话里包着的是一个软芯子，没有多少底气。

大先生不说话，大先生只是用两只手牢牢地拄着头，仿佛那头太重了，稍不留神就要跌落到地上砸个粉碎。大先生的腮帮子一鼓一瘪的，吟春知道那里头行走着千句万句的话，可是哪一句也没有找到出口。

"大先生，你是怨我，没有去死吗？"吟春问。

大先生的身子颤了一颤。大先生抬头望了一眼吟春，眼里是一丝茫然的惊讶，仿佛震惊于吟春的无知，又仿佛是突然叫吟春说中了心事。

"我想死，想过了很多回。我只是，舍不下你。"吟春伏在大先生的膝盖上说。

大先生感到了腿上的濡湿——那是吟春的眼泪。吟春的眼泪很烫，烫得大先生的身子起了焦味。大先生很想一把抱起吟春，对她说："我怎么会？"可是这句话长满了糙刺，怎么也拱不出他的嗓门。还有一句话，也同样长满了糙刺，紧紧地堵在喉咙口。那句话是："你若真死过一回，我就信了你。"这句话和那句话如同是两只斗架的蝈蝈儿，紧紧地掐着对方的脖子，谁也不肯给谁让路，最后却叫另外一句话占了先。

"谁的，我都认了，偏偏是……"大先生说。

吟春一下子瘫坐在了地上。吟春听明白了，大先生是绝对不肯认下她肚子里的那块肉了。

吟春也明白了，她只有把肚子里的那块肉除了，她才有可能和大先生过下去——隐忍地、低贱地过下去。

就在那一刻，她心里有了主张。

她知道怎么对付肚子里的那块肉了。

吟春躺在床上，睡睡醒醒，醒醒睡睡。道姑早已走了，念经的声音，却还像春日树林子里的飞丝，在她的耳朵里缠绕不清，缠得她脑壳糨糊一样的浑。她想伸一根手指把耳朵好好掏一掏，可是胳膊太沉，指头也太沉，她差不动身上的一根筋一丝肉。

从藻溪里捞出来的时候，她的肚子胀得犹如一口缸。艄公把她倒扣在船上，骑牛一样地压着她，挤出来的水，几乎淹满了舢板的地。这一切，她都不记得了。她依稀记得的，倒是在水里的情景。

藻溪的水流过藻溪乡，乡有多大，水就有多长。水被岸上的人分成了几段，各有各的用场。谁也说不清到底是谁立下的规矩，反正那是祖宗传下来的习俗，世世代代如此：小石桥下的水，是上游。那里的水，是乡里人挑回家来存在水缸里，用明矾石沉淀干净了，拿来淘米洗菜烧水喝的。从石桥往下走，到了那棵千年古榕底下，就是中游了，那是女人洗衣裳孩子游泳洗澡的地方。再往下走，走到刘家埠头那儿，踩过一串碇步，就是下游了，那是男人们从田里归来洗泥脚，婆姨们洗马桶涮尿壶的地方。自从嫁入了陶家，吟春每天都要和这条河打几回照面，渐渐的，她就把水的性情给摸熟了。她知道什么时辰的日头照出来的水最清爽，什么样的风能搅起什么样的水波纹，什么样的水波纹能翻上什么样的鱼，什么样的风势里洗衣裳最省力。可是，那只是面上的水。底下的水，她却生疏得很。

直到那天她身子一斜，歪进了水里，她才知道，原来底下的水和面上的水竟是如此的不同。

刚落到水里时，水还是清的，她甚至看见了日头在水里的光影。可是她的身子渐渐地坠下去，水就浑了 —— 她不知道那是她眼花了。她越坠越深，水越来越浑，浑得成了一潭黑厚的泥。一根水草漂过来，缠住了她的脸。她拿手去扯，却越扯越紧，紧得像捆粽子的细麻绳。鱼游过来了，很小的鱼，小得犹如水蚯蚓，却很有劲，直直的箭一样地朝她冲过来，在她胳膊上啄出一个个口子。她疼得哎呀一声喊，就把自己喊醒了，才知道是个梦。自从被救上岸之后，她已经在床上昏昏沉沉地躺了好几天，岸上的事，水里的事，从前的事，现在的事，全都混成了一团，像粢糕上的灶灰一样，她再也分不清拍不开了。

屋里很暗，是日头落了却又没挨到点灯时节的那种暗。来帮忙的月桂婶大概已经回家，床边的柜子上还放着半碗笋汤 —— 那是月桂婶喂她喝剩下来的。怕她醒过来还想喝，月桂婶把那个盛汤的碗搁在一个装了热水的小锅子里保着温。月桂婶是吕氏请来帮忙的，吃的是吕氏的饷，理当听吕氏的差管，可是月桂婶做的，却远不止饷里的那份事。

自丈夫儿子死后，月桂婶也曾收过一个养女。那女孩是跟着奶奶从苏北逃荒到浙南的，遇到月桂婶的时候，一老一少已经饿得走不动路了。月桂婶用半箩番薯的价从老人手里买下了那个女孩，心里攒了个私念想留她在身边养老送终。藻溪的日子再穷，也比一路的颠沛流离强。女孩知恩，便像亲娘一样地待月桂婶。终于把女孩养到了十七岁，月桂婶正想托媒婆寻访一个愿意入赘的女婿，没想到女孩却在上山砍柴的路上失足摔到崖下丧了命。至此月桂婶才明白自己命该孤寡，不再做儿女送终的梦。那日吟春被人从水里救上来，醒来后抓住床边月桂婶的手，迷迷糊糊地喊了一声娘。月桂婶明知吟春是神志不清认错了人，心里却忍不住生出一份怜惜来。又见吟春娘家总也没人过来探视 —— 她不知道吟春是有意对娘家瞒下了怀孕之事，便格外地放了些细致的心思照看起她来。

锅里的水凉了，汤也凉了。笋是在肉丁里煨的，冷油的味道像鼻涕虫钻进吟春的鼻子，腥得她嗓子紧了一紧，差点想呕，却没有力气呕。吕氏向来手紧，吕氏平常十天半月才去横街的肉铺子割一回肉，可是这阵子为了她，家里的锅碗几乎天天都有油星。

她很快就觉出来屋里还有一个人——她是闻出来的。这些天她的神志乱得如同一床满是窟窿眼的棉絮，可是她的鼻子却警醒得像一只饿狗。她闻出了一股烟丝和头发上的油垢混杂在一起的气味。

是大先生。

她一下全醒了。她突然明白过来，她等这个气味，已经等了很久了。

她想坐起来，可是黑暗中有一只手伸过来，压住了她的身子。她没多少力气，那只手也没多少力气，可是她还是听了他的——她总是听他的。

他没说话。沉默如一块无所不在的边角凌厉的山岩，她怎么也绕不过去，她把自己蹭得遍体鳞伤。皇天，你让他开口说句话啊，就一句。她暗暗地乞求。

他依旧没说话，可是她听见了一丝异样的鼻息声。她的耳朵也彻底醒了，醒得跟鼻子一样清明。她伸出手来摸他的脸，她觉出了疼，她的手已经认不得他的脸了。他的颧骨是山峰，峰底下是谷——那是他的颊。无论是峰还是谷，都是一种她所不熟稔的尖刻，她几乎被割破了手。几天，就几天的工夫，他瘦了这么许多。她的手沿着谷底走下去，突然就碰触到了一片濡湿，冰凉的，没有一丝热气的濡湿。

那是大先生的眼泪。

她从小跟着阿爸上学堂，她记得阿爸跟她讲过男人的两大忌讳。一是男儿膝下有黄金——男人不能轻易给人下跪；二是男儿有泪不轻弹——男人可以流血舍命，但就是不能轻易流泪。大先生是从不掉眼泪的，即使那天讲起肖安泰的死，他也只是叹气。她作下了什么样深重的罪孽，竟然叫大先生流了眼泪？

她听见哗啦一声巨响，她的心碎了，碎成了粉尘。她的心不过是个糙木匣子，原本只是为了装大先生这尊菩萨的。大先生在，她就得好好地守护着这个匣子。可是现在大先生碎了，她还守着这匣子做什么？

菩萨，你为什么，不叫我死？她狠狠地咬着自己的嘴唇，她的牙齿觉出了腥咸——那是血。

大先生挪了挪身子，躲开了她的手——大先生不愿让她摸到他的眼泪。

一阵窸窸窣窣的声响，是大先生在掏手帕揩脸。大先生开口的时候，声音里还有几丝破绽。

"你是故意投河的，是不是？"大先生问。

眼泪毫无预兆地涌了上来。这阵子她的眼睛是两口枯井，从干涸到泛滥，中间原来只经过了一句温存的话。

她没有回答，因为她知道她一开口，她就会号啕失声。

"上一回在崖上，你不是滑下来的。我走过了那条路，一点都不滑。"他说。

此刻她再也管不了眼泪，眼泪也管不了她。她的脸颊是路，而眼泪只是借了她的脸颊自行其是地赶着它自己的路程。她的话还没出口，就已经被眼泪冲成了丝丝缕缕的烂棉絮。

"我，真的，真的，想……菩萨就是，不让……"她哽咽着说。

"我舍，舍不下啊……"大先生低低地号叫了一声，扑倒在她身上。

大先生的身上原本背着一座山。大先生开了口，大先生就把山卸下了。没了山的大先生，突然就浑身散了架。大先生把他的筋他的骨东一条西一根地扔在了吟春身上。

吟春被大先生吓了一跳。大先生把自己端了这么久，她没想到大先生没端住的时候，竟然是这样一盘散沙。

"我以为，你，你是想我死的。"她喃喃地说。

"你……走了，我怎么活？"

吟春知道，大先生话里那个停顿，原本藏着的是另外一个

字 —— 那个字是死。那个字太硬太绝，走到大先生舌尖的时候，大
先生受不下了，临时换了一个字。

"我不死，你怎么活？"吟春说。说完了，吟春吃了一惊，不是为
这话本身，而是为说这话的语气 —— 话里包着一个芯子，有些硬，也
有些冷。她从没想过用这样的语气跟大先生说话，可是她管不住自己。

大先生仿佛被这句话给砸中了，瘫成一团的身子，又渐渐地硬了
起来。他把那些散落在吟春身上的筋骨，一根一根地捡了回来。搜肠
刮肚的，他想找一句话，一句可以压住吟春那句话的话，可是他找不
着，一个字也找不着。

她死了是一样疼，她活着又是另一样疼，这两样疼，哪样也替代
不了另一样。他实在想不出，哪一样会更绝更疼。

他捏紧了拳头，咚咚地砸着太阳穴。吟春觉得，大先生已经把他
的脑壳子砸成了浆 —— 像茄子泥那样的浆。她再也忍不下了，她紧
紧地闭上了眼睛。

"我认了，我认了那个狗东西。"大先生低沉地咆哮着，把头埋进
了手掌。

"只要你，不告诉任何人。"他说。

吟春蹲在藻溪边上，拿着一个木勺在水里捞草虾。这两天捞虾的
人很多，都抢在大清早天还没亮透的时辰。吟春不跟人挤，偏偏挑了
黄昏时节。晒过了一整天日头的草虾眼睛是瞎的，身子也最懒，在水
草丛里一窝一窝地藏着，一舀就是一勺。吟春把勺里的水滗出去，再
把虾倒进身边的木桶里 —— 已经攒了灰黢黢的小半桶了。

草虾很小，是那种长不大的小，身子薄得透亮，看得见里头细丝
线似的黑肠子。咬在嘴里，还不够塞牙缝。这种虾，寻常的日子里，
连街上的猫都不吃。只有钓鱼的孩子，偶尔捞来当鱼饵用。

可是现在不一样了，现在家家的碗盏里都能看见草虾。河里的草
虾再多，也经不起一乡人的一日三餐。谁知道眼下的情景还得维持多
少时日呢？得省着点吃。吟春已经想好了几种做法：先是水煮，蘸酱

油醋下饭。吃剩下的，就拿盐腌了，摊在米筛里晒干，当做虾皮吃。

今天是个集日，可是横街直街上没有一个人影。非但没有人影，连鸡鸭猪狗都缩在自家的屋檐底下，不敢出门——都是叫日本人的飞机给吓的。

日本人的飞机这几天里接连来了两趟。第一趟是日头落山的时候来的，只是低低地擦着地巡了几个圈，卷起漫天的飞尘就走了。大先生已经回杭州教书去了，家里只剩了一老一小两个女人。吕氏心慌，便叫月桂婶在家留宿壮胆。那天夜里吕氏不敢躺在床上睡，怕睡得太沉飞机回来了也不知晓，就让月桂婶搬出那床存在柜子里的九斤棉胎，铺在饭桌上，三个女人坐在桌底下勉勉强强地挨过了一夜。虽然已是深秋了，三个人挤在一个不见天日的黑窝里，还是捂出了一身的汗。如此平安无事地过了两天，吕氏紧绷的神经就略微松泛了些，见吟春怀着身孕实在睡不安稳，就让众人都回到床上睡去。谁知还没到大天亮，飞机又回来了——这次是动真格的。

第二趟飞机投了一串好几个炸弹，把进藻溪的那爿石桥炸塌了一个角。桥上有个贩鱼的男人当场给炸飞了，身子找不见，肉末子却红糊糊地涂满了桥栏，浓烈的血腥味叫过路的人远远就捂了鼻子。

飞机过后，乡里两家米铺里的存货，叫人一抢而光，连盐和明矾都断了货。家家的饭桌上，只有一碗稀得照见人影的米粥，却没有下饭的菜，因为鱼贩肉贩菜贩子都不敢在桥上卖货了。吟春便趁着吕氏打盹的空子，溜出门来捞草虾。

吕氏这几天里一下子老了十岁。上了年纪的人，远远瞅过去还隐约是个周正的架子，可是近了看才知道，其实连接着架子的榫头，早就烂透了。一阵风一场雨一个颠簸，就能叫那架子顷刻之间散成一堆朽木。经过了那两场空袭，吕氏人就不怎么清明了，该睡的时候，睁着两个大眼睛定定地瞅天花板。该醒的时候，却时时刻刻都能眯瞪过去。不过吟春知道，尽管吕氏的榫头从里到外快烂透了，可是还有一根筋，在勉强支撑串联着吕氏的架子，一时半刻还散不了——那根筋就是她肚子里的这个孩子。

　　吟春看了看桶里的草虾，大约够三五天的量了，就歇了，把木勺丢进桶里，在水面上盖了一张挡灰的荷叶，拎着桶往家里走去。日头几乎落尽了，身后起了些风。风不大，却长了嘴，啄在她的脊背上，一下子把她的布衫啄得满是窟窿眼，就觉出了衣裳的单薄。

　　大先生走的时候，天还没有这么凉。旧年吕氏做寿的时候，叫吟春的表嫂来家里，给大先生做了一年四季全套的衣裳，有夏天的短衫，春秋时节的长袍夹袄，入冬穿的丝绵袄。再冷的衣裳倒不用做了，因为大先生已经有了一件羊皮袄。大先生的这件皮袄用的不是糙皮，而是从刚生下两天的羔子身上剥下来的嫩皮，轻软得像丝葛，摸上去就暖手。大先生是个体面人，体面人就要有体面的衣装。这是吕氏常年挂在嘴上的话。可是这回大先生出门，却只带了一薄一厚两件夹袄。大先生说路上不太平，行装越简单越好。临走时吕氏把祖传的两只金戒指一左一右戴在了大先生的手上。吕氏什么话也没说，大先生心里却是明白的：兵荒马乱的年头，路途上要是遇见什么事，这戒指说不定就能救人一命。

　　得寻思着找个人去杭州给大先生送衣服了。吟春想。

　　手里的木桶越来越沉，她的步子也渐渐地慢了下来。其实这点重量，在平日实在算不得什么。她在娘家的时候，虽然没有下地劳作过，却也帮家里挑过水，给阿爸学校的食堂舂过米打过年糕。她明白她走不动路，是因为她的腰身肥了。腰身是一日一日渐渐地饱实起来的，她原也不觉得，可是身上的衣裳忍不住告诉她了。裤腰裹着她的肚腹，开始觉出了紧，尤其是蹲下再起身的时候。她知道现在不是年也不是节，又在乱世里，吕氏是不会在这个节骨眼上给她添置新衣的。她只能找月桂婶把裤腰略微松开一两寸，勉强再穿些时日，等空闲了，路上也太平些的时候，再回趟娘家，问表嫂要几件宽松些的衣裳。表嫂生过五个娃娃，家里有一堆怀孕时穿过的旧衣裳。

　　吟春走上了桥头，远远地就瞧见一群蝇子，黑云似的爬在桥栏上，嘤嘤嗡嗡地聒噪着，声响震得人耳朵发麻。她知道它们叮的是那团糊在桥上的人肉。吟春憋住气，正正地看着脚下的路，眼睛不敢往那个方向斜。这团肉两天之前还是一个活生生的人，那人早上一脚跨出门来，怎么会想到，肚子里的那碗粥，竟是他一辈子的最后一餐饭食了？听说那人的婆娘是个独眼龙，是下雨天摔在石头上戳瞎了眼睛的。家里有五个孩子，还不算肚子里怀的那一个。

畜牲啊，千刀万剐的畜牲。吟春暗暗地骂道。

吟春骂的是日本人。

突然，吟春的肚子抽了一抽，有样东西狠狠地顶了她一下。她怔了一怔，才明白是她肚子里的那团肉。那团肉长了脚也长了胆了，那团肉在隔着肚皮踢她。吟春放下木桶，捂住肚子，当街站住了。

兴许，他听见了我的骂？

吟春猛然想起了那个唇边长着一颗痣、在她肚腹里种下了这团肉的男人。这些日子里，她已经很少去想那夜庙里发生的事了——她不让自己想。自从大先生说要认下这团肉起，他们就再也没有提起过那晚的事，可是她知道他没忘。大先生虽然回到床上跟她睡在一头了，但是大先生再也不是从前的那个大先生了——大先生从此和她疏隔了。偶尔和她亲热一回，他总吩咐她捻灭了油灯。他不愿意看见她的身子——那个被别人撺肥了的身子。日子久了，长了忘性，兴许就好了。她一次又一次地安慰着自己。

贱啊，她还是贱。

吟春终于拎着木桶慢慢地走过了石桥。街上依旧很静，连鸡鸣狗吠也听不见一声。家家户户都紧紧地关着门，她的鞋底在悄无人迹的路面上擦出窸窸窣窣的回音。突然嘎的一声响，倒把她吓了一跳，原来是天上的雁。雁排着队，齐齐整整悠悠然然地飞过长天，渐渐飞远了，成了天边的几粒粉尘。

雁不知乱世，雁只知天凉了是秋。就是地上的世道翻过了几个来回，雁也只晓得一路南飞。

雁比人强啊，雁不用操心地上诸般的烦恼事，雁只用认得一条回家路就好了。吟春忍不住感叹。

转眼就到了腊月。这个冬天真是冷得邪门，月桂婶在河边洗衣裳，木棒一捶就能捶出一片碎牙似的冰碴子。回到院子里，湿衣裳还没来得及铺上晾衣绳，就已经被风猎猎地吹成了一坨硬木。吟春已经有五六个月的身孕了，脸儿蜡黄蜡黄的，眼窝深得像两口枯井，一身的气血精神仿佛单单给了肚子——那肚腹大得似乎随时要生。虽然从表嫂那里讨了几身肥大的旧布袄穿着，腰身却像要在衣裳里炸出几块肉来。吟春早就做不得蹲下身子洗衣淘米择菜的活了——这些活现在都是月桂婶在帮忙。

月桂婶说肚子显得这么早，一定是个男种，说不定是两个。吟春知道月桂婶这话是说给吕氏听的，为了给吕氏长点精神。

还没熬到入冬时节，吕氏的身子骨就哗啦一下散了，竟行不得路了。天色好的时候，吟春就让月桂婶搬张藤椅到门口，让吕氏坐着晒晒日头，顺便看看街上的景致。遇到阴雨天，吕氏便只能昏昏地在床上躺着了。吕氏时而糊涂，时而清醒。糊涂的时候，就喊吟春把家里的被子都拿出来盖上，她严严实实地蒙在被子里头，身子瑟瑟地打着哆嗦——是被日本人的飞机吓的。清醒的时候，反倒没有话了，只是愣愣地望着天花板出神，安静得让人心慌。

吟春现在能做的事，就是给肚子里的娃裁剪衣裳。这样冷的天真不是捏针动剪的天啊，指头僵得像是长在别人手上的肉。月桂婶端了个汤婆子放在吟春腿上，吟春时不时地要焐一焐手才能接着干活。可是还没容她锁完米粒大的一个扣眼，手又僵透了。吟春就后悔没在天和暖的时候备下几件衣裳——那时候她的心思全没在这上头。

其实，天就是再和暖，她也缝不出什么新巧的样式来。虽然从小看过表嫂在家里摆弄裁缝铺子，略长大些又跟着表嫂做过些锁扣眼缝裤边的下手活，吟春的女红手艺，实在只能算是平平。可是这会儿除了她，陶家再也没有别人可以操持缝缝剪剪的事了，便只能将就。

这天晌午，吟春正坐在床沿上给一件开裆裤锁边，就听见月桂婶慌慌张张地跑进来，说你，你妈不好了。吟春紧跟在月桂婶身后进了吕氏的屋，只见吕氏两眼紧闭，两只手蜷成拳头伸在半空，仿佛在紧紧拽着一样物件，嘴里喊着"至深"。至深是吕氏男人的名字，至深已经死了三四十年了，横街直街上的人，有一多半都不知道他。月桂婶听得起了一身的寒毛。吟春也怕，却没怕成月桂婶那样，因为她心里多少是有底的。吕氏的寿材和全套寿衣，早就已经预备下了，若真有个闪失，只要着人去省城把大先生喊回来就行了。只是年关已近，眼下不是举丧的时节，怎么的也得让吕氏把那一口气喘到过完了年。

吟春在吕氏床前坐下来，把吕氏的两只手团住，塞进被窝里，贴着吕氏的耳朵根说："大先生来信了，这几天就到家。"这当然是一句谎话，可是吟春把它说得神闲气定。吕氏倏地睁大了眼睛，嘴里果真就安静了。吟春猜想她要问大先生到底哪天到，可是她没有，她只是定定地看着吟春不松眼。吟春以为她在看她的肚腹——吕氏没事就常常这样盯着吟春的肚腹看，可是过了一会儿，她渐渐感到大腿发烫，才明白原来吕氏的眼神停在了那件搁在她腿上的缝了一半的小裤子上。

这样的小裤子吟春一气做了三件，是从同一块蓝土布上剪下来的，边边角角都用上了。一式一样的颜色质地，一式一样的裁法缝法，简单结实耐洗，图的是将来把屎把尿的便利。唯一的不同是这件裤子的布兜上，缝了一朵用粉红色的零头布剪出来的花。

一直到了腊月吟春才开始预备孩子的衣裳。若依她自己的意思，她只想问街坊亲友讨几件孩子穿小了的旧衣裳就打发过去了，可是吕氏不让——吕氏要她的孙子从娘胎里钻出来就脚不沾地地落到新衣新鞋里去。吟春缝的这几件衣裳，都是平平实实粗针大线的，没有任何花头经。吕氏说了几回让她绣个虎头羊头——孩子会生在羊年。吕氏和她死去的男人都属羊，再添一个，家里就有三只羊了。三阳开泰，大吉大利。

吕氏说吕氏的，吟春只推说她不会绣羊头就给搪塞过去了。其实倒不是真不会，她只是不愿，也不敢。她肚腹里的这块肉是乱世匆匆塞给她的，乱世没问过她的意思。她想过了各样的法子把那块肉剜出来扔还给乱世，可就是没剜成。这块肉明明知道她的心思，却没有记恨她的歹毒，依旧忍气吞声地在她的肚腹里赖着。他在她的肚腹待了五六个月，日子久了，渐渐地就把她的身子给煨暖了，不知从哪天起，她就习惯了他的存在。她不再恨他，可是她也没有忘记他的来路。她不能像横街直街上的女人一样，把身孕肆意地举在眉梢嘴角上，把得意招摇地缝在虎头羊头里。她的孩子还没出生就注定了要在没有虎头没有羊头的衣裳里低眉敛目地活着 —— 活在大先生的眼皮底下。吕氏自然是不知底细的，幸好，她到死也不会知道。

然而不知为什么，今天吟春心血来潮地在这件裤子上缝了一朵花。这朵花很小，小得就像是一滴偶然落在布上的菜汁。可是吕氏看见了。虽然吕氏已经是一盏油浅得见了底随时要灭的灯，吕氏依旧是火眼金睛。吕氏的嘴唇颤颤地抖了半晌，却只扯出了一个字："狗，狗……"

吟春知道吕氏在想什么。吕氏老早就请族里最德高望重的老人，给吟春的孩子起了名字。大先生的辈分是个"之"字，大先生叫陶之性。大先生若生了儿子，该排"运"字，于是孩子的学名就叫"运达"。这个名字里有一朵大云两个走之，取的是飞黄腾达的意思。

学名是族长起的，小名却是吕氏自己起的，叫"狗尾"。吕氏说孩子在家里要叫个贱名字，才能躲过阎王小鬼的眼目。狗尾是乡里河边坡上最常见的野草，旱也长涝也长，连石头缝里都长 —— 吕氏要的就是这份载得住富贵的粗贱。吕氏可以勉强忍受一个男孙在乱世里落地的简陋，吕氏可以没有虎头羊头，但是吕氏绝不能看见花。小布裤上的那朵粉红色的花，像一粒烛火烧得吕氏两眼起了焦煳。吟春看着不好，说了句月桂婶你快给妈端二煎头，便匆匆逃出了屋。

吟春走到门外，心依旧跳得擂鼓似的，一街都听得见 —— 她觉得被吕氏看穿了心思。这些日子，她隔两天就去庙里烧香，当然挑的是香客最清闲的时候，因为她跟菩萨要的东西，是不能给任何人听见的。如果她肚腹里的那团肉非要在乱世里出生，就让它变个女身吧。她对菩萨说。他若是个男身，他活着就会永无解脱地煎熬着大先生也被大先生煎熬，死后会把耻辱永久地写在陶家世世代代的族谱里。而他若是个女身，她最多低低贱贱地在陶家活个十数年，就可以嫁到别人家里去——一个不知道她来头的家里，永远不需要在大先生的眼皮底下出现。

吟春所惧怕的事，后来一件也没有发生——是没有发生的机会。假如吟春当时就预见到了后来的结果，她倒宁愿把求菩萨的话一一讨回来——但这都是无可挽回的后话了。

不知不觉的，吟春就走到了藻溪边上。风本来就狠，过了河的风又比寻常的风凶猛了许多，东一下西一下地剜着她颊上的肉。吟春把颈子缩在衣领里，看着水面上来来往往的船，又比平日多出了些——大约都是送年货的。铺在舱口的棉布帘子上，已经贴出了五谷丰登年年有余的新画。明天就是腊八了，家里已经泡上了香米红豆花生仁，晚上就要熬腊八粥了。过了腊八就是年，可是大先生还没有信来。自从大先生开学去了省城，只给家里来过一封信，一张纸几行字，只是报个平安而已。可是吟春知道，大先生来不来信，到了年关学堂都是要放寒假的，放了寒假大先生总是要回家过年的——大先生放心不下他的娘。大先生离家前，曾说过寒假要去富阳乡下，把肖安泰的老母亲接到藻溪来过年。肖家只有肖安泰一个儿子，肖安泰一死，就剩了老太太孤孤单单一个人了。大先生绕道去富阳，路上肯定要耽搁些时日，也不知到底哪一天能回到家？

日头渐渐地沉了下去，河水一跳一跳地舔着日头，日头化了些在水里，水就变得肮脏浑浊起来。水鸟嘎嘎地飞过河面，找寻着归家的路，翅膀把天穹撕成一条条的破棉絮。吟春知道，一天又过完了。

她转身朝家里走去，迎面就撞上了南货铺的章嫂。

"没等到大先生啊？"章嫂随口问道。

"谁等他了？我只是出来透透气。"吟春仿佛冷不防被人揭了个短，脸刷的一下红到了耳根。

章嫂就笑："这个天，打狗都不出门的，你要透透气？骗谁也不能骗你老嫂子。我都看见了，你天天来这里，不等他等谁啊？"

吟春说不得话，掉了头就走，直拐到自家的那个街口了，脸上的燥热还没有散尽。便忍不住恨自己：又不是偷汉子，怎的这般脸皮薄？他是她的男人，她还不能想他吗？

她突然就很想他了。她想起他看她时的眼神，含蓄，隐忍，什么都没说却又什么都说了的样子；她想起他用手背蹭着她头发的酥麻感觉；她想起他身上那股烟草和油垢混在一处的气味……不过那都是从前的事了。自从有了肚腹里的这团肉，他就变了一个人。这团肉是一道坎，他跨不过去，又不叫她跨过来。她只能站在这头，眼睁睁地看着他站在那头，煎熬着自己也煎熬着她。他们隔得那么近，仿佛伸一伸手就碰到了。却又那么远，望穿了眼也望不着的远。她和他的好日子，短得就像是雷雨天里的一道闪，还没容她回过神来就没了。可那是什么样的亮啊？那是照得她五脏六腑通明的亮；那是叫她暗夜里爬十里百里的山路也走不丢的亮啊。他叫她知道了原来日子是有这样一种过法的。若她从没见过那样的亮，她大约也是忍得下暗的。只是她见识过了那样的亮，她怎么还能回到暗里头去，那种永不见天日一生一世的暗？

街尾的车马店，已经挑出了街上的第一盏灯笼。天黑了，灯笼把夜掏出了一个橙黄色的边角模糊的窟窿。有人在那窟窿里进进出出，那是在车马店里歇脚的挑矾汉子。

又是一个，长夜。

吟春沉沉地叹了一口气。

吟春天天到河边的船埠头等，直等到祭灶王爷的日子都过了，也没等来大先生。吕氏起先是天天问，一天问几遍，而吟春的回话总是"快了快了"。这话说多了，把吟春的舌头和吕氏的耳朵都磨出了茧。渐渐的，吟春再说这话的时候，就没有先前那么顺溜硬挺了——那话里仿佛少了根芯。

吕氏听出来了。吕氏清醒的时候，比世上所有的人都精明。吕氏糊涂的时候，也比好些糊涂人明白。吕氏就不问吟春了。其实吕氏还是问，只是换了种方法——用眼神。吕氏的眼神是一根软刺，扎到人心尖上，不是真疼，只是毛毛糙糙择不干净。吟春忍不下那样的眼神了，就决定求荣表舅去一趟省城找大先生。

这天早晨，吟春用红纸包了几样桃酥云片糕芝麻酥之类的应景儿糕点，就往荣表舅家走去。才走了几步，便觉得走不动了，身子沉得像个装满了米的麻袋，而腿却是饿着肚子的挑夫，怎么也挑不起身子的重量。便只好靠在路边的一棵槐树身上，想歇一歇再走。刚歇下，眼皮就噗噗地跳了起来，跳得很凶，仿佛那上头有两只螳螂在斗着法。吟春放下糕点，正想揉一揉眼皮，突然啪的一声，头上落了样东西。心想怎么这时节还有没落尽的树叶，便拿手去抹，谁知一抹就抹出了一掌的湿 —— 原来是一摊鸟屎。一抬头，只见一只乌鸦嘎的一声从她头顶飞过，翅膀张得像一把乌黑的剪子。

她站在街边，心咯噔了一下。

皇天，是大先生，一定是大先生出事了。

荣表舅去了一趟省城，没找着大先生，门房说大先生去了富阳。荣表舅虽然没有把人带回来，却总算带回消息了，吟春才略略地安了心。又等了一阵子，直等到年都过了，却还没有大先生的人影，吟春便知是凶多吉少了。就收拾了几件衣裳，要动身去富阳找人。月桂婶拦不住，又实在不放心，就要陪她上路。两人正要出门的时候，大先生却意外地回到了家。

正月初十的傍晚，大先生被几个学生用担架抬进了藻溪。大先生是去富阳接肖安泰母亲的途中遇上事的。富阳县城是日本人在把守着，经过城门的时候，行人都得停下来向膏药旗鞠躬行礼。大先生不肯行礼，便被抓了进去。等到消息传回省城，大先生学校的校长亲自出面保人的时候，已经是两天之后的事了。这两天在里头遭了什么样的罪，大先生怎么也不肯说。其实不用说，只要看到大先生的样子就猜个八九成了。

大先生从监狱里出来，马上给送进了县城的医院。医院包了包伤口，就让大先生回家了 —— 医生说那些伤只能回家慢慢将息。

大先生的右手 —— 那只捏毛笔写字的手，已经断了，现在打着厚厚的夹板。大先生的肋骨也断了几根，轻轻咳嗽一声都疼得冒汗。大先生的两颗门牙没了，嘴丢了掌门的，便一下子塌陷了下去。这些伤看着揪心揪肺，却都是皮毛上的，慢慢的都能将息过来。真正的伤，却是皮肉上看不出来的——大先生的腰骨残了，大先生永远也站不起来了。

吕氏叫月桂婶搀着，挣扎着爬下床来看儿子。儿子离家的时候，是站着的，回来的时候，却是躺着的。吕氏只看了一眼，就牙关紧闭昏厥了过去，月桂婶慌得只知道拍着腿哭。

吟春看见屋里人进人出——都是闻讯赶来的街坊，听见哭声喊声叹息声响成一片，只觉着平日重得像磨盘的身子，这会儿轻软得仿佛要往天花板上飘。她的腿脚站不到实处，她想找个地方靠一靠。

"吟春，吟春你拿个主意啊！"

月桂婶的喊声把她的耳膜扎了个大洞，她突然就醒了：她没的靠了，她再也没的靠了。陶家的天已经塌了，整个塌在了她上官吟春的身上了。从今往后，她谁也指望不上了，她只能一个人跪着爬着，一毫一寸地，把这塌了的天再慢慢地扛回去。

她突然就镇定了。

她吩咐月桂婶赶紧去喊郎中，又指挥大先生的学生过来，把吕氏抬回到床上去掐人中浇凉水。终于把吕氏救过来了，郎中也赶到了。吟春把吕氏交到郎中手里，就派前来帮忙的妇人们生火烧水煮米汤。自己便翻箱倒柜地找条干净的旧衣裳，撕成条，在滚水里煮过了，再捞出来哑哑地吹凉。

吟春拿过吕氏平素念经拜佛用的蒲团，铺在地上，跪下来给大先生洗脸揩身。她的肚腹磨盘一样地压在她的膝盖上，她的腿很快就麻木了，像有千千万万只的虫蚁在蠕爬啮咬，可是她顾不上。大先生闭着眼睛，她擦一下，他蹙一下眉头。他疼。她也疼。可是这会儿她也顾不上疼。大先生身上的伤口像旱天里的田地般地咧着嘴，此刻她唯一顾得上的，是把这一路上沾染的泥尘尽快地从那些口子里清洗出去。

"别怕，有我。"

　　她趴在大先生的耳边说。这句话她说得很轻，轻得像一丝从树叶子里漏过去的风，可是她知道大先生听见了。这句话她是讲给大先生一个人听的，因为别人就是听了也不会信。谁能信一个十九岁的连平阳县城都没去过的女子，能扛起一爿碎了的天？可是她不在乎，她只要大先生信就好。

　　大先生睁开了眼睛，嘴角抽搐了一下，石板一样严实的脸上，渐渐裂开了一条细缝。这条细缝在通往微笑的崎岖小道上艰难地爬行着，可是就在几乎成行的那一刻，却骤然消失了。它消失得那样迅速，那样毫无踪迹，它让每一个在场的人都开始怀疑它是否真的曾经存在过。

　　大先生的目光，停在了吟春肿胀的肚腹上。大先生仿佛突然记起了一样他很想忘却也几乎忘却了的事。大先生挣脱了吟春的热布，别过了脸。

　　吟春凑过身子去扳大先生的脸。大先生不让，吟春不放，两人僵持了一会儿，大先生突然挣起半个身子，推了吟春一把，用那只没上夹板的手。吟春没想到浑身是伤的大先生竟然还有这样的力气，身子一歪，就米袋似的跌落在地上。屋里的人惊叫了一声，都怔住了。

　　吟春在众人不知所措的目光中缓缓地捡拾起自己的身子，端起那盆半是污血半是泥尘的脏水，默默地走出了屋子。她知道她不能回去 —— 至少现在不能，因为大先生在推她的时候，说了一句话。这句话从大先生缺失了门牙的嘴里说出来，听上去像是一声含混不清的叹息。唯有吟春听清楚了 —— 吟春总能听懂大先生的话。

　　大先生说的是："贼种。滚。"

　　贼种。

　　吟春躺在床上，眼睛睁得大大的，在想今天大先生说的话。

　　屋里响着各式各样的鼾声。脚底下那片纺棉纱似的鼾声是月桂婶的。月桂婶今天跑前跑后忙了一整天，月桂婶撑不住了，还没挨着枕头就睡着了。月桂婶死过了丈夫死过了儿子又死过了养女，月桂婶的心糙得像沙子，这世上没有什么东西能拽得住她的睡眠。

隔壁屋里的鼾声，是那班学生娃的。学生娃的鼾声很心急，不经过喉咙就直接钻进了鼻孔，一听就晓得了他们还年轻。他们在大先生跟前打着地铺，轮番守候。刚躺下的时候，他们还不想睡，唧唧咕咕地说了许多话，说的是停学去打日本人的事。有人说要去重庆，有人说要去延安。大先生从来不赞成学生从军从政，可是今天大先生却没有吱声。学生娃吵来吵去吵了多半个时辰，才渐渐静了下来。今天他们抬着大先生走了几十里的路，他们的脑壳子不想睡，身子却困了。脑壳子没有几两力，脑壳子打不过身子，身子就拽着脑壳子咕咚一声掉进了睡梦。

连吕氏也睡着了。吕氏的鼾声像灭了火的茶壶，虽还冒着些热气，却是有气无力了。吕氏是一屋子人里最不想睡的那一个，吕氏的心上挂着千样万样的事。吕氏把那些事翻来覆去地想过了几遍，渐渐地，那些事就在她跟前打起架来，你一拳我一脚地把她打糊涂了，她扛不住，就睡着了。

大先生，大先生呢？

吟春竖起耳朵听着那屋的声响。吟春的耳朵是张细网眼的米筛，吟春把满屋的声响都滤过了一遍，网眼里留下的，依旧还是没有大先生的动静。

兴许，大先生还醒着。

突然，她听见了一丝声响，她立刻知道那是大先生的呻吟。大先生真能忍啊。她给他洗伤口，他至多蹙一下眉头，可是他连哟都不肯哟一声。她发现他的下唇有一层层的痂，有的长硬了，有的还流着汤——那是他的牙印。他要是醒着，他绝对不能发出那样的呻吟。

大先生也睡着了。吟春想。这世界，人即便浑身是伤，心就是碎成了千丝万缕，也还得睡觉啊。谁也抵挡不住困意啊，就像谁也抵挡不住死。

月亮已经很低了，低得压到了河边的苇叶。再过半个时辰，鸡就要叫了。车马店的鸡，总是第一个开叫的。那里的鸡多，一醒就是一大窝。那儿的鸡一叫，就把别家的鸡吵醒了。等到镇上的鸡都叫过了头遍，天就要亮透了。这些日子吟春时常睡不着，吟春已经把各样的夜声都渐渐摸熟了。

贼种。是啊，贼种。

这是大先生亲口说的。

大先生没有说杂种，大先生说的是贼种。

如果大先生说的是杂种，或许事情还有救 —— 大先生至多只是厌恶了她肚腹里的这团肉。厌恶是山石，很重，却不是她忍不下的那种重。或许她搭上她的一辈子，还是能从那样的山石里钻出一条缝的 —— 一条勉强容得下她和孩子栖身的缝，只要她肯像泥像尘那样低贱地活着。

可是大先生偏偏说了贼种 —— 那是决绝的、一生一世的、眼不见了也还在心里存着的恨。那样的恨也是山石，却是她忍不下的重。世上没有水能滴穿那样的石头，世上也没有人能挨得下那样的重。

她肚腹里的那块肉又踢了她一脚。自从今天她摔了那一跤之后，他就再也不肯柔顺安生地待着了，他开始不停地踢蹬她，一脚比一脚狠。一股尖锐的疼痛从腰腹之间弥漫开来，她的身子弓成了一只草虾。

"挨千刀的，天杀的！"她咬牙切齿地骂道。

突然，一股温热顺着她的大腿根流了下来。她拿手一抹，是黏的。

她猛然明白了，那团肉听见了她的诅咒，他再也不肯忍那样的歹毒了，他要提早出世了。

皇天。我打死也不能，把这个贼种生在大先生眼前。

吟春挣扎着爬下床，穿上棉袄，趔趔撞撞地摸出了家门。

外头大约是正午了。只有正午的日头，才有这样的气力。

在两阵剧痛的间隙里，吟春迷迷糊糊地想。

她是根据落在她脚前的那一线雪白的光亮猜出时间的。

这世上任什么秘密也是有破绽的，把守不住的。她头顶上的那条石头缝比头发丝宽不了多少，却把天机泄漏给了她。她看不见天，却知道日头在，天也还在。

现在她已经完全适应了洞里的幽暗，她的眼睛在洞壁上走过，嶙峋的山岩渐渐有了轮廓和形状。她吃了一惊：从她躺着的地方到洞口，竟有这么长的路。早上爬进来的时候，她爬了很久。她以为只是自己没有力气，没想到洞果真有那么深。

洞不是她发现的，她只是听说了而已。早在她嫁入藻溪之前，这个洞就已经在乡人的舌头上活了千百年了。据说在万历皇帝年间，有一对苟合的男女被人抓住，男人给投了河，女人被关进了这个山洞，活活饿死。至今还有行夜路的人，看见那个女人披头散发地站在洞口乞食。乡人害怕，就都避开了这条路。

吟春也怕。只是如今有比这更怕的事，吟春就顾不上这个怕了。

又来了，疼。

这辈子她也不是没挨过疼。七岁那年，她跟哥哥去砍柴，不小心一刀砍在了手背上，血流如注，至今手上还有一条蚯蚓似的伤疤。还有那回从破庙里跑出来，光着一只脚赶了一二十里的路，脚板上扎满了刺。刺扎进去的时候，她还不怎么觉得 —— 她一心只想逃命。回到家，大先生给她拔刺的时候，她才觉出了疼。

可是，那些疼又怎么能和这个疼相比？那些疼是皮肉的疼，这个疼却是慢刀剜心的疼，这个疼让那些疼都变成了痒。这个疼把时间扯成一条没有头也没有尾的长绳，她才在这里待了几个时辰，却觉得已经挨过了整整一生。这个疼让她过去十九年的日子，快得就像是一眨眼的工夫。

还好，洞里没有风。她没穿棉袄 —— 棉袄脱下来铺在身下了，她却不觉得冷。疼把所有的感觉都拧了个麻花，她已经不识冷热了。她只知道身下是黏的，棉袄已经被血污湿透了。棉袄的袖子破了，挂出片片棉絮 —— 那是被她的牙齿咬的。她实在忍不下疼的时候，就把衣袖塞进嘴里。她不能喊，怕招来人。

可惜啊，可惜了一件只穿过一季的棉袄。

她忍不住想起了大先生 —— 她就是穿着这件棉袄走进陶家的院

门，成为大先生的女人的。大先生的目光在这件棉袄上贴下了多少个印记啊，温软的，眷恋的，带着微微一丝老人家的慈祥。这些目光，棉袄没忘，她也没忘，大先生却忘了。大先生昨天把她推倒在地上的时候，看她的是全然不同的目光，仿佛是在一碗年夜饭里猛然扒到了一只绿头苍蝇，又仿佛是穿了一双新鞋刚出门就一脚踩进了一堆狗屎。

她一下子泄了气。

记得从前阿妈跟她说过：女人生孩子就是过一趟鬼门关，和阎王爷的脸就隔着一层纱。她不知道鬼门是什么样子的，可是她不怕。她没有力气了，她不想去抗那个疼了。就让那个疼拽着她，一步一步地把她拖进鬼门去吧。鬼门再作孽，还能作孽得过她现在的日子吗？

还没容她把身子松懈下来，一阵温热突然从她腿间流了出来。这股温热很有劲道，像山洪挟裹着石头般地扯着她的五脏六腑哗的一声冲出了她的身子。过了一会儿，她才意识到她的身子空了——是没着没落的那种空。

她觉出了一样东西，正在她的两腿之间蠕动着。她欠起身，就看见了那团肉。那团肉还在她肚子里的时候，把她的肚子撑得像座小山，可是他出了她的肚子，却是这样的瘦小，小得就像是没来得及长好就僵在了枝蔓上的一个冬瓜。丑啊，他实在是丑，整个身子裹在一层叫人看了想呕的黄汤里，手掌脚掌脸上全是千层饼一样的皱褶。她只是没想到，这团才七个月大的肉竟长了一头的好发，粗粗硬硬的，密得像一树林子的松针。

他刚从她的身子里掉出来，他还离不远，因为他和她中间，还连着一根青紫色的麻花绳——吟春猜想那就是脐带。早上出家门的时候，她怕被人发现，她走得很急，什么也没带。她身边没有剪子也没有刀。她四下看了看，发现脚下有一块石头。她拿脚去探，有些松动。勾过来，还真有个角。她吐了几口唾沫在那石头上，用棉袄的里子擦过了，便来砍脐带。石头太钝，脐带太软，砍了几下才砍出个烂牙似的缺口。吟春狠命地扯了几下，才总算扯断了。那块肉被翻了个身，嘴里发出了田鼠一样吱吱呜呜的微弱哭声。

千万，千万不能让人听见这声响啊。

吟春一下子慌了。

贼种，你是贼种。吟春喃喃地说。你本不该生到这个世上来，你没生的时候，就该死了，可是你一回一回的，总赖在我肚子里不肯死，你死活要熬到出了娘胎见天光的日子。可是没用啊，你就是见着了天光，你还得死，谁叫你是个贼种呢？人世里容不得你啊，你不如这一刻就死，省得过一辈子腻腻歪歪的糟心日子。

吟春狠了狠心，扯出身下垫的那件棉袄。就在她要把棉袄蒙上那张赤红色的长满了褶皱的脸时，她一下子怔住了 —— 她看见了他的右耳廓里，长着一团细米粒大小的肉。她以为自己看花了眼，便拿手去捻。真真切切的，她摸到了一块肉 —— 一块和大先生耳朵里一模一样的肉。

皇天啊，皇天。吟春捂着心口瘫软了下去。

过了一会儿她才猛然醒悟过来，她忘了做一件事，一件早就该做的事。

她俯下身来，分开了孩子紧紧交缠在一起的两条腿。

是个女孩。

这是她殷殷切切地跟菩萨讨来的。菩萨烦了她一遍又一遍的啰唆，菩萨果真给了她一个女儿。她得着了才知道原来她求错了。

她用棉袄把孩子裹起来，抱到了怀里。孩子饿狗似的咻咻地闻着她的奶头，有些痒，也有些暖，可是她只是木木地坐着，不知该悲还是该喜。这一天里发生了太多的事。这一天叫她觉得她已经过了三辈子：一辈子是大悲，一辈子是大喜，还有一辈子是不悲不喜的麻木。前两辈子像是梦，替后来这辈子做着半虚半实的铺垫，只有这后边的一辈子才有点像是脚踩在地上的真日子。

你真是命大啊。吟春看着怀里的孩子喃喃地说。你总比阎罗王跑快一步，他揪住了你的头发，你还能从他的手心里逃出去。

你的名字该叫小逃。当然是小名，像"狗尾"那样结实而低贱的小名。你是女儿家，用不着"运达"这样的大名 —— 这样阔气排场的名字该留给你后来的弟弟。大先生一定会给你取一个适合女孩儿家的秀气名字。大先生识的字多，况且，他是你的亲爹。

朱三婆早晨醒来，只觉得天亮得邪乎，便奇怪鸡怎么还没叫。起身开门，却吓了一大跳：门前的这条路，还有对过的林子，统统都没了。昨晚睡下时，她迷迷糊糊地听见了房顶上渐渐沙沙炒豆子的声响，知道那是雪霰子。没想到这一夜里霰子就下成了这样的大雪。

这雪，把鸡都吓蒙了。她想。

朱三婆出生的时候，光绪爷还是个年轻后生。她活了六十多岁，见过了几个朝代，可她就是没见过这么大的雪。雪的手掌真是肥大啊，轻轻一抹，就将那长棱长角的东西统统抹圆了，全变成了大大小小的圆包。一眼望去，一天一地里，除了白，再也没有第二样颜色。

天还早，街上没什么人，只有一串梅花脚印，从街尾一路通到了山林子里 —— 大概是个什么野物。雪停了，风却没停。风打着旋儿把地上的雪舀起来再洒下去，漫天便都是眯眼的粉尘。朱三婆揉了揉眼睛才看清了路，便颠着小脚去开柴仓的门。一屋的人都还在睡觉，她得趁他们还没起身就把炉子生上。她知道今天省不得柴火，今天屋里怎么也得有个暖炉。家里有娃娃，大人忍得，娃娃忍不得，这个天不生火怕是要冻出人命。

柴仓的门很沉。她以前开过很多回了，却不记得有这么沉。她死命地推了几下，终于推开了，才发现门后蜷着一团黑乎乎的东西。她以为是找窝的野狗，便拿脚去踹。这一脚把那团东西给踹散了，踹出了一声哼哼 —— 原来是个人。

是个女人。

女人抬起头来，朱三婆就看见了女人眼角那一堆结成了痂的眵目糊和嘴唇上几个流着汤的裂口。女人的髻子散了，头发脏成了一条条泥绳。女人身上穿着一件已经说不出颜色了的棉袄，袖子破了，挂着丝丝条条的棉絮。

"你，你是谁？"朱三婆捂着心口，颤颤地问。

女人的嘴翕动了几下，却说不出话来 —— 女人的舌头冻僵了。女人的舌头虽然没说出话来，女人的嘴唇却在替她的舌头说着话。女人唇上的裂口又撕开了，污血像黑虫子似的从那口子里钻出来，一路爬到了下颌。

皇，皇天。来人啊！

朱三婆朝着屋里大喊了起来。

屋里头出来了几个人，半搀半抬地把那个女人弄了进去，靠墙放到一堆稻草上 —— 女人身子太虚，自己坐不住。

炉火生起来了，屋里渐渐有了些暖气，女人的眼神活了过来，舌头也松泛了些。女人的嘴唇扯了扯，这一回，总算扯出了声音。"汤，米汤。"女人说。可是女人的身子依旧是僵硬的，女人双手紧紧地掩着怀，仿佛棉袄丢了扣子。

米汤端上来了，朱三婆舀了一勺喂给女人喝。女人只尝了一口试了试凉热，就不喝了，用下颌指了指怀里，说给她吧。女人松开了怀。女人的棉袄果真没扣严，里头藏着一个赤身裸体已经冻得有些青紫了的婴孩。

众人啊的一声惊叫了起来。

朱三婆的儿媳妇脑壳子灵光些，马上去后屋找了件旧衣裳，把孩子裹了，抱到了火炉边上。孩子咧了咧嘴，想哭，却哭不动，已经奄奄一息。朱三婆舀了一勺米汤要喂，孩子的嘴太小，小得像一粒豌豆，勺怎么也伸不进去。朱三婆只好含了一口米汤在嘴里，再往孩子口里送。进的少，出的多，汤汤水水流了一颈脖。如此这般折腾了小半个时辰，总算把半碗米汤喂进去了。孩子有了一丝力气，一扯嗓子哭了起来，声音却细得像蚊蝇。

女人听见了，嘴角一吊，吊出了一个有气无力的笑。

"你，又逃了一命。"女人自言自语地说。

孩子把自己哭得精疲力尽，终于哭不动了，沉沉地睡了过去，屋里很快就响起了纺纱线似的细碎鼻息声。

女人一口气喝了两碗米汤，又吃了一大张咸菜麦饼。麦饼是昨天剩下的，硬得像铁。女人等不及热。女人把麦饼撕碎了，扔在米汤里泡着，嚼也不嚼连干带稀呼噜呼噜地吞咽了下去。女人吃得太急了，喉咙口鼓出一个包。

女人终于吃饱了，额上冒出一层薄薄的汗，两颊泛起了一丝潮红。

女人缓过来了，眼皮就像抹了蜂蜜似的渐渐沉涩起来。可是女人不能睡——女人知道她还有路要赶。女人和自己的睡意狠命地掐着架，太阳穴上爬出了几根蚯蚓似的青筋。

"这是哪儿？"女人问。

"鱼岭头。"朱三婆说。

女人吃了一大惊：大雪埋藏了所有的标记，叫路都改了样子。她知道自己迷路了，却没想到迷得那么远，竟一路到了鱼岭头。

"你从哪儿来？"朱三婆问。

这么一个简单的问题却似乎难倒了这个女人。女人的脸一鼓一瘪的——女人在踌躇寻思着答案。半晌，女人才嚅嚅地说："不，不远。"

朱三婆不再发问，只是上上下下地打量着女人。女人经不住，在朱三婆的目光里渐渐地低矮了下去。

"你们都到那屋去，我跟她说几句话。"朱三婆对她的儿女说。

众人都散了，屋里只剩下她和她。女人蜷着身子，低着头，眼睛一动不动地盯着自己的光脚丫子，仿佛那上头歇着一只虫子——女人的鞋袜早叫雪水湿透了，现在正铺在炉架上烘烤。

"说吧，你做了什么下作事，生下了这个野种？"朱三婆在女人跟前坐下，板着脸问道。

女人仿佛被人猛地抽了一鞭子，身子颤了一颤，说话的声调就走了音。

"她有爹，她爹是个学问人。"

"那你怎么，会把孩子生在路上？"朱三婆追着问。

"孩子，是在娘家生的。坐完了月子，我想赶回家去，早点叫她爹瞧瞧。天下雪，迷了路。"女人说。

女人的话里，一半是真，一半是假。只是那假的掺在真的里头，像一粒老鼠屎坏了一锅粥，叫那真的也听上去像是假的。女人这时还没学会撒谎，女人的语气里全是斑斑驳驳的漏洞。女人终究将渐渐学会脸不变色心不跳地撒谎，她会把假话说得天衣无缝，甚至比真话还真。

当然，那是后来的事。

"别骗我了，那孩子的脐带，还没收回去。瞧瞧你那身子。"朱三婆指了指女人身下垫的稻草，那上头有一摊污黑的血迹。

"你这个样子就上路，将来一辈子，还不知要坐下什么样的病。"朱三婆摇头叹息着。"你在这儿歇几天再走吧。等雪化了，我叫我儿子赶驴车送你回去，反正正月里也是闲着。"

这晚女人就在朱三婆家里住下了，在稻草堆上打了个铺。女人讨了一盆热水，给孩子洗过了，又就着这盆水给自己也洗了把脸。女人问朱三婆的儿媳妇借了把梳子，给自己梳头。女人梳洗过了，脸儿湿湿的搂着孩子斜靠在墙角上，突然就有了几分姿色。

"什么男人啊，能叫你遭这样的罪。"朱三婆忿忿地说。

女人想找一句话来回，可是找来找去竟无所得，只好把脸埋在孩子身上，叹了一口气。

"命。"女人说。

第二天早上，朱三婆起床的时候，发现女人已经走了。家里少了两样东西，一样是儿子垫驴车用的一块旧布，还有一样是头天晚饭吃剩下来的一块箸糕。

桌子上却多了一样东西——是一个翡翠手镯。

吟春刚踩上进藻溪的那爿石桥，就觉出了不对劲。不是眼睛，而是鼻子——她闻出了空气中的异常。

日头还在天上，只是斜了。斜了的日头就像是剔了骨头又放过了几日的肉，软绵无力，颜色和样子都不对路。风换了个方向，今天北风停了，刮起了南风。南风虽然也带着嘴，南风的嘴里却没有钩子。

南风舔在身上有微微的一丝湿意，叫人想起清明之后梅雨将临的那些日子。就是在那阵风里，吟春闻到了一丝奇怪的、说不出来的味道，似乎有点像被秋雨沤在泥地里的败叶，又有点像常年不洗头的老太太终于松开了发髻。很多年后，当她回想起这一天的情景时，她才会恍然大悟，这个味道有个名字，它就叫死亡。

这天是正月十八，她到底没赶上元宵，不过她还是给陶家带来了一份厚实的年礼。她知道吕氏不稀罕女娃子，可是她带给陶家的不是女娃子，而是盼头：大先生只要能播得下花种，他就一定也能播得下虎种。大先生要是得了这个盼头，他的伤就能好上一半。

吟春甚至已经想好了怎么跟吕氏解释这次的出走。这几天她想了几个版本的说辞，直到今天中午才终于定下了一个。一路上她都在仔细打磨这个故事，把这个故事里的毛刺都捋过了一遍，它现在已经顺溜光滑，毫无瑕疵。

她编的故事是：她那天早上出门，是给大先生拜佛祈福去的。大先生伤得严重，她不想去镇里的那座小庙，她想多走几步路去香云寺烧香——听说那里的菩萨最灵。她烧完香回来，没走多远阵痛就发作了——是早产。几个过路的挑矾汉子把她抬去了邻近的接生婆家里，她就在那里生下了孩子。

尽管这个绞尽了脑汁编出来的故事最终没有派上任何用场，她撒谎圆谎的才华却在这里开始了第一次的展示。在她后来的岁月里，这个本事还将守护着她走过无数沟壑坎坷，化险为夷——她当时只是不知道而已。

桥边的店铺，都还开着门。桥虽然不宽，却是南来北往的必经之地。过客中，最多的当属从矾山挑明矾石到灵溪装船的汉子们。那几年正是矾矿的鼎盛时期，挑担客的光脚板把桥面都磨薄了几层。这些人路过桥边总是要喝杯茶歇歇脚，在旁边的店铺里给家里的女人和娃娃们买几样矾山没有的稀罕货，所以桥边是一乡里最繁华热闹的地方，店铺一家挨一家，最是密集。一眼看过去，就有糕点铺、南货铺、裁缝铺、剃头铺，甚至还有一家小小的冥纸铺。这里无论是不是集日，每天都有来来往往的人。正是煮夜饭的时辰了，家家店铺里都在淘米洗菜生火。外边的世道再乱，也挡不住人过日子的念想。哪怕飞机把城都炸成了瓦砾，灾难把人心都撕成了碎片，也总会有小小一块地方，能容得下一顿简简单单的夜饭。

到底过完了年，店铺的生意比先前略微清淡了些。可是那家冥纸铺的铺面上，却摆满了崭新的花圈挽联 —— 不知是哪家的白喜。吟春忍不住暗叹：这家人真知道挑时辰啊，总算熬过了年关才发丧。

吟春下了桥，远远地看见南货铺的章嫂在铺子门口搬货，便随意招呼了一声。章嫂见了她，掩了嘴，下颌就掉在了手上。

"你，你还活着？"章嫂说这话时的神情，仿佛是暗夜里行路迎头撞上了鬼。

章嫂的话，犯了这个时节的一个忌讳。可是吟春不在意。吟春的心里正涌流着一股巨大的欢喜，她承受得起任何失礼。

"你看我像是死了的样子么？"吟春说。

吟春说完了，才意识到，她犯了一个比章嫂更大的忌讳。她说出了那个不该说的字。那个字溜出舌尖牙膛的时候，辣了她一下。不要紧，她带来的吉利比天还大，可以化解得了任何纠结疙瘩。

她对章嫂扬了扬手里的那个布包："我生了，孩子。"

布包里的那张脸，长满了皱褶 —— 却不是刚钻出娘胎时的皱褶了。刚钻出娘胎的时候，那皱褶还是浅显柔软的，用好日子轻轻一抹就能抹平的。可是这一路的风霜已经把那些皱褶吹打得硬实了，硬得像泥塑木雕。仅仅几天的工夫，这孩子已经老了。

孩子看着章嫂，眉眼额头上的皱褶游走了几个来回，终于固定在一个诧异的表情上。突然，那张脸裂开了一条缝，孩子咧嘴笑了一下。

章嫂仿佛被那笑割了一刀，把手从嘴上挪下来，捂在了胸口。

"皇天……"章嫂喃喃地说，"你怎么，才回来？"

章嫂的神情里有一样东西，突然在吟春的欢喜里掏了一个洞，快乐如水一下子漏光了，浮上来的，是斑斑驳驳的惶恐。

"出，出什么事了？"吟春颤颤地问。

"你，你家……"章嫂避开了她的目光，欲言又止，"你还是，赶紧回家看看吧。"

吟春撇下章嫂，便朝家里飞奔而去。孩子爬出她身子时撕开来的那个伤口，到现在还没有收拢，依旧淅淅沥沥地流着血水。一路脚上磨出的水泡已经挤破了，血结成了痂，痂黏在袜子上，走一步撕她一块皮。她浑身没有一个地方不疼，她实在跑不动了，现在是她的心在拽着她的身子跑。风迎面吹来，像柳条一样抽着她的脸，舌头上泛着飞尘的泥腥。她顾不得了，她什么也顾不得，她得赶快回家。

心一急，路就长，从桥头到家里这几步路，她却像跑过了万水千山。

等我，大先生，天大的事也等我回家。我把指望带回来给你了，我把小逃带回家了。

吟春终于跑到了家门口。门关着，却没上锁，她轻轻一推就推开了。她在门洞里站下了，慢慢地喘顺了气，才往里走去。

正是天有些黑却又没黑到要点灯的尴尬时节，屋里暗蒙蒙的什么也看不清。她颤颤地喊了一声："妈?"

没人回应。

"大先生?"

依旧没人回应。

过了一小会儿，里头响起了一阵喊喊嚓嚓的脚步声，是月桂婶。月桂婶手里挽了一个蓝布包袱，似乎正要出门。她怔怔地看了一眼吟春，包袱突然抖落到了地上。

"婶，别怕，我活着。我带孩子回家了。"

吟春把怀里的那个布包递过去，可是月桂婶没接。月桂婶甚至连看都没看。月桂婶只是咚的一声瘫坐在了凳子上。

"命啊，你这是什么命?"月桂婶沉沉地叹了一口气。

原来那天吟春不见了，大先生立刻派了人四下寻找，娘家婆家所有的亲戚家里都找遍了，也没找见人。荣表舅在离家不远的石子路上，发现了一摊血，众人便猜想吟春是叫人给劫害了——这些天乡里的日子很不太平。大先生急火攻心，到了夜里就大口大口地吐起血来，怎么也止不住，没到天亮就咽了气。中医西医说的都是一样的话：是日本人打的内伤犯了，内出血。吕氏眼看着儿子在她跟前走了，不哭也不闹，只是呆呆地在床上躺着。众人只当是她伤心得糊涂了，也没防备，就由着她昏睡。谁知第二天早上却怎么也喊不醒，才知道是吞了老鼠药。现在两人都停在庙里，等着吉日下葬。

吟春这才看清了堂屋墙上那两幅蒙着黑框的放大相片。脸上木木的，竟看不出伤心哀恸。噩耗像山洪里滚下来的石头，太急太猛，毫无防备地把她砸蒙了。她倒是倒下了，却还不知道疼——疼是后来的事。

大先生死了。

大先生是叫她害死的。其实害死大先生的，也不全是她。大先生是叫慢刀乱刀凌迟至死的。起先是肖安泰的事，再后来是省城的那个庸医，再后来是那个唇边长着一颗痣的日本人，再后来是她肚腹里的那块肉，再后来是富阳城楼里插的那面膏药旗……一刀接一刀，一刀又一刀。这刀那刀的都混在了一处，谁也说不清楚到底是哪一刀最后送了他的性命。大先生一刀一刀地挨着剐，到最后大先生就没了心。大先生对家没了指望，大先生对国没了指望，大先生对世道没了指望。大先生是丢失了所有的指望才死的。

吕氏也是。

大先生的指望很多，可是吕氏的指望却只有一个——吕氏的指望就是大先生。大先生走了，吕氏自然没的活了。

"好硬啊，你的命。"吟春喃喃地对怀里的孩子说。孩子累了，睡得很沉，鼻孔一扇一扇的，扇出两股细细的暖气。"你和你爸是前世的冤家，你来了，他就得走，你俩照不得面。"

一声叹息落在了孩子的脸上。叹息太重，在孩子的颊上砸出了一个坑。孩子给砸疼了，猛地睁圆了双眼，放声大哭起来。

危产篇

孙小桃

（1951−1967）

谢池是一条巷的名字。你若拿一把圆规在小小的温州地图上画个圈，谢池巷就正正地落在了那个圆心上。从巷口看到巷尾没有一座楼，全是矮秃秃的平房。那平房见过了太多的朝代太多的烂事，那砖那瓦那门那窗都是一脸的愁苦相。

　　站在谢池巷口往前走两步，再往右一拐，就到了城里唯一的那家百货公司。三层楼，层层卖的是不同的货，有城里人常用的明星花露水、百雀羚雪花膏、各色绣花丝线，也有城里人不常见的梅花牌手表。再往里就到了金三益老字号，那里卖的是铜板一样厚实的洗一百水也不褪色的华达呢料子，还有用指头轻轻一抚就能钩出线头来的细软苏杭绸缎。

　　你若不想朝前走，往后拐也有几个去处。略退几步，就到了小学校。学校不大，甚至算得上寒酸。可是从这所学校里走出去的人，有几个也成了略有名气的文官武将。于是每任的校长都把他们的画像恭恭敬敬地奉在走廊上 —— 也算是学校的另一幅门脸。

　　巷不长，走几步就到了底。你若走累了，想歇歇脚，从巷尾往右一拐，就到了中山公园，那里有一座九曲桥，是城里人穿戴齐整了拍全家福照片的背景。你若有个头疼脑热，就往左拐，那里有城里最大的一家医院。那里的医生若治不好你的病，你也就真是无药可救了。

　　你若不想歇脚也不想看医生，那你就接着走几步去爬一爬山。城里地势平坦，其实没有山。那被人叫做华盖山的玩意儿，其实就是一个土丘。丘上有路，全是大块石板铺的，一路到顶，有座凉亭，你可以坐下，买碗茶水乘乘风凉，顺便看一看山下的花红柳绿。

　　谢池巷就是这么一条巷子，破烂抠搜，毫不起眼，可是城里没有一样热闹能逃得过它的眼睛。

　　勤奋嫂的老虎灶，就开在谢池巷口上。

　　老虎灶听上去有些吓人，不知情的人，还以为是杀人越货卖血馒头的店面，其实那不过是一爿小小的卖热开水的铺子。小城的人没见过什么大世面，说话难免有些夸张。既然能把小河湾叫成江，矮土丘子叫做山，把开水铺子称作老虎灶也实在不是什么天塌下来的离奇。况且，用老虎二字来形容那灶台和木桶的硕大，还真有那么一两分传神。

勤奋嫂的老虎灶选在这个地方，是因为它的静，也是因为它的闹。它的闹是因为这里离哪里都只有几步路，出行一方便，住家就密集。住家一多，来灌暖瓶的人也就多。静是因为这条巷子里没有工厂机关的宿舍，这里的人都是住在平房里的散户，平日不在一个单位上班。各人捧着各人的饭碗，各人归各人的领导管，平日在家时眼睛就不带钩子，邻里之间彼此看得就不那么死紧 —— 勤奋嫂喜欢的就是这份闲散。况且住宿舍楼的人，通常单位里都有食堂，吃过了食堂顺便灌个暖水瓶回家也是常有的事，他们成不了勤奋嫂的常客。

勤奋嫂的老虎灶，最先的时候只卖清一色的开水，一百块钱（旧人民币，合新币一分钱，下同）灌一个热水瓶，两百块钱灌三个。两眼大灶，两个风箱，两个大木桶，就是勤奋嫂的全部家当，至多在热水桶的龙头上再蒙一块纱布，怕开水溅出去烫着人。后来渐渐的，勤奋嫂的铺子里就摆出了些其他物件，比如一百块钱一沓的草纸，两百块钱一包的牙粉，一百块钱两根的烟 —— 那是勤奋嫂用旧报纸自己卷的。勤奋嫂铺子里的东西，没有一样超过两百块钱。勤奋嫂的利头，得把毫子剥成几瓣来计算。可是勤奋嫂靠着这个老虎灶，硬就是养起了一个三口之家。勤奋嫂的女儿，衣裳虽然有补丁，却总是干干净净齐齐整整的；而勤奋嫂自己，头发上总夹着一枚闪闪发亮的塑料发卡。

勤奋嫂今年二十七岁。勤奋嫂脸太扁，眉眼太细，怎么看也不是个大美人。可是勤奋嫂有两样东西，却是街上的女人比不过的。一样是白，一白就把千样的丑给遮盖过去了。还有一样是爱笑。勤奋嫂的眼角拐着一个小小的弯，勤奋嫂生气的时候，也像是在笑。勤奋嫂一笑，天上无云，地上无尘，一片月朗风清。巷子里的人暗地里都说勤奋嫂怎么看也不是寡妇相，可勤奋嫂偏偏就是一个寡妇。

勤奋嫂搬进这条巷的时候，就已经守了寡。众人没见过她的男人，理所当然地以为勤奋就是她死了的男人的名字。勤奋嫂听了就笑，说哪里呢，这是我爹给我起的名字。就是这个名字，叫我劳碌一辈子呢。

勤奋嫂果真是个劳碌的命，每天鸡还没叫头一声的时候她就起床了。舍不得点灯，摸着黑就开始生火做水。两口海灶，生火也不是寻常的生法，得先用引火柴点着了碎柴皮，再用碎柴皮点着大块的木柴。等着木柴烧成了炭，才能往上加煤饼。两大海桶的水烧滚了，至少也得一个小时——那是火顺的时候。若遇着柴湿点不着火，三两个小时也是有的。还没等水开，屋外已经响起了敲门声——那是急等着灌开水洗脸上班的人。一直到把上班的人全打发完了，她才能坐下来歇一口气，已经累得吃不下早饭了。

晚上的忙又是另一种忙。勤奋嫂刚把晚饭端到桌子上，还没来得及伸筷子，灌水的客人又来了，这回是下了班急等着做饭洗涮的人。勤奋嫂一年到头也吃不上一顿安生的晚饭，她一手端着碗，一手数钱找钱，嘴也不闲，一边吞食，一边和客人聊天。只要灌过一回水，勤奋嫂就记住了人的名字。若来的是孩子，勤奋嫂还会给人塞一小把爆米花。

午饭前后是老虎灶最清闲的时候，上班的已经走了，下班的还没回来。老虎灶闲下了，勤奋嫂却闲不下，那是她做针线活的时候。勤奋嫂手里忙的是一样事，眼里忙的却是另一样——勤奋嫂爱在飞针走线的缝隙里看书。勤奋嫂断断续续地读过几年书，识字不多，书也不能看得太深。勤奋嫂看的，只能是女儿学剩下来的语文课本。

勤奋嫂家里除了女儿，还有一个姨娘。姨娘排行第二，勤奋嫂就管她叫二姨娘。二姨娘其实不是亲姨娘，她只是勤奋嫂的一个远房表亲。二姨娘没儿没女是个孤寡之人，勤奋嫂的亲爹娘也都过世了，勤奋嫂就把她带在身边过日子，算是个帮手，遇事也好有个人商量。

这一天吃过午饭，二姨娘擦净了饭桌，站在灶台边上洗涮锅碗。勤奋嫂坐下了，开始织前一天刚开了头的一只线袜。袜子是女儿的。女儿今年八岁，正在十分淘气的岁数上，新织的袜子还没等穿小，袜头袜底就先磨穿了。勤奋嫂把旧袜子上的好线拆下来，织在新袜子的脖子上，再用新线织袜头袜底，是为了耐磨。其实，新线也不能算是

真正的新线 —— 勤奋嫂从来也舍不得买新线来织袜子，线是从一副劳保手套上拆下来的。勤奋嫂的常客里有一位叫仇阿宝的人，在机械厂里做供销员。他那个厂子，每个月给职工发两副劳保手套。仇阿宝用不上，一年到头积攒多了，便时不时地送些给勤奋嫂。那纱线的质地好，拿牙都咬不烂，看着还有一层隐隐的光亮。勤奋嫂就把手套拆了，洗干净了再染上各样的颜色，用来织袜子围巾。

这时外头走进来一个提着水瓶的客人，二姨娘把油腻腻的手在围裙上擦干净了，才走过来拧龙头灌水 —— 怕弄脏了那块刚换上去的纱布。

"你这里，卖针吗?"客人问。

客人说的是普通话，二姨娘没听懂。二姨娘跟着勤奋嫂从乡下到温州城里也待了两三年了，可是二姨娘笨，连温州话也没听懂几句，更别说普通话了。

"你来你来，这个四只眼的话，鬼才听得懂。"二姨娘冲勤奋嫂喊道。

勤奋嫂抬头看见了来人，就有些吃惊:"谷医生你怎么今天不上班啊?"

谷医生叫谷开熙，是杭州人。省城的医学院毕业后，分配到温州最大的那家医院当了内科医生。谷医生的家眷至今还留在杭州，谷医生一个人过日子懒得开伙，三顿吃食堂，也时时来勤奋嫂的老虎灶灌开水，两下便都熟了。二姨娘管他叫四只眼，只因为他戴了副金丝边眼镜。

"明天要下乡巡回医疗，单位放我半天假准备行装。"谷医生说。

"不是刚回来吗? 怎么又走?"勤奋嫂问。

"没办法，三个医疗队一起走，医院的人手不够。"

"医生都走了，医院里谁看病啊?"

"我提过意见的，没人听。"谷医生摘下眼镜，擦了擦，又戴回去。"天天下乡看病，能看几个人? 还是解决不了问题。应该把基层的医生，轮番送到城里接受培训。授人以鱼，不如授之以渔。"

勤奋嫂就忍不住笑:"你说的是什么话啊,难怪二姨娘听不懂。你这些牢骚,别到处乱发,领导不爱听的。"

"是领导让提的……"谷医生有些不服。

"你还真信?谁乐意听难听的话?轮到我也不情愿。"勤奋嫂说。

谷医生从口袋里掏出五百块钱,放到灶台上。勤奋嫂一看,也不找,就塞了回去。

"这个时候没人来灌水,灶都没添火,水是温吞的,哪能算你钱?"

一个不肯收,一个不肯往回拿,两人在老虎灶前推了半天。"这怎么行?这怎么行?"谷医生的手紧紧地护着衣裳口袋,额头冒出了细细一层汗珠子。

勤奋嫂扑哧地笑出了声:"不就一瓶开水吗?我收了就是了,看把你给急的。你刚才要针做什么?"

"我的蚊帐破了一个洞,要补一补明天下乡用。"

"我不卖针,可是我有针。你一会儿拿过来,我帮你缝两针就是了。"

勤奋嫂便进了屋去找针线篓,出来时发现谷医生还没走 —— 谷医生在翻她放在饭桌上的一张报纸。

"勤奋嫂你识字?"谷医生问。

勤奋嫂的脸一下子红到了脖子根,仿佛穿了一件太紧太小的衣裳,不小心露出了身上的肉。

"瞎看的。生字太多,总得跳着看。"

"哪天我教你怎么查字典。"谷医生说。

"你觉得写得怎么样,这篇文章?"谷医生指了指勤奋嫂的报纸问。勤奋嫂看的是《谁是最可爱的人》,那是她从卷烟用的旧报里挑出来的一篇文章。

勤奋嫂怔住了。勤奋嫂在谢池巷开了两年的老虎灶,这两年日子不长,她却也见识了形形色色的人。这些人削尖了她的眼睛耳朵磨滑了她的舌头,她的眼睛耳朵和舌头就配搭得很是顺溜起来。眼睛把看见的耳朵把听到的刷地扔给舌头,舌头就飞快地生出一句对应的话来。不知不觉的，她就变得八面玲珑伶牙俐齿起来。可是，这一次不行，这一次耳朵扔过来的话舌头没能接过去，舌头意外地卡了壳。脑子本想接过来的，可是脑子也突然卡了壳，因为这是一句陌生的话——一辈子里没人问过她对一篇文章的看法。

"蛮，蛮感动……"勤奋嫂的舌头一下子笨拙了起来，扯来扯去，才扯出了半句话。

"这个字，你不认识?"谷医生指了指勤奋嫂画的问号，那是一个"淳"字。

勤奋嫂点了点头。

"这个字跟单纯的纯发一样的音，其实意思也差不多，就是单纯。"

"那你，能把这一段，给我念一念?"勤奋嫂的舌头终于松泛了些，勤奋嫂开口的时候，脸上的热还没散尽。

谷医生的近视很严重，谷医生的眼镜度数浅了，有些不够用。谷医生拿起报纸来，近近地贴着鼻子念了起来：

　　他们的品质是那样的纯洁和高尚，他们的意志是那样的
坚韧和刚强，他们的气质是那样的淳朴和谦逊，他们的胸怀
是那样的美丽和宽广！

谷医生的普通话有点大舌头。谷医生说话很慢，念书更慢，仿佛喉咙里有一只手在拽着话尾巴不让走。

长点，那话尾巴再长点就好了。勤奋嫂暗想。勤奋嫂就是爱听那样的柔软。

"我总觉得，出门打仗的孩子，可怜啊。"勤奋嫂轻轻地叹了一口气。

谷医生的眉毛，惊讶地扬了起来："人家说的是可爱，不是可怜。"

勤奋嫂似乎没有听见谷医生的话，勤奋嫂的目光越过谷医生，迷迷茫茫地落到了谁也看不见的远方。

"爹娘老婆不在身边，这些孩子，在别人的地盘上，出门久了孤

单啊。"勤奋嫂喃喃地说。

孙小桃不喜欢她的家。

每天进门出门，她闻到的就是两样味道：煤饼在炉膛里烤出来的硫磺味，还有木桶在开水长久的浸蚀中发出的腐烂味。这两样味道日复一日年复一年地浸泡着她的嗅觉，渐渐的，她的鼻子就忘了世上还有其他的味道。

家里只有一张四尺长三尺宽的桌子，这张桌子的功能向来瓜分得十分明确。靠里的那一端常年放着一个圆竹罩子，罩子底下摆的是剩饭剩菜。外边那一端是妈妈和二姨婆卷烟丝的地盘。卷烟用的报纸，是二姨婆从五邻六舍那里讨来的。纸张的质量差，没放几天就开始变色。在二姨婆的剪刀之下，这些颜色形状各异的报纸就成了一张张尺寸大体相同的方纸片。妈妈拿过纸片，撒上烟丝一捻一卷，再用舌头轻轻一舔，就做成了一根卷烟。妈妈的卷烟散卖起来比商店里最便宜的盒烟还要便宜许多，所以妈妈的卷烟卖得飞快，天天得添货。

竹罩子和卷烟纸中间的那块狭小空间，才是她每天做作业的地方。她没有地方摊开课本，她只能把作业本压在课本上，挪来挪去地看。她一只肘子顶着竹罩子，另一只肘子压在卷烟纸上，小心翼翼地躲着烟丝。一只十五支光的电灯，把课本上的每一幅插图都熏得跟旧火柴盒上的商标一样昏黄。每卷几支烟，妈妈总要停下手，凑过脸来抽她的课本看，问她一些她答不上来也不想答的问题。妈妈白天说了这么多的话，妈妈晚上依旧还有这么多的话。也许妈妈觉得只有晚上的话才真算是话，可是妈妈从来没想过，她的话并不是她的话。妈妈的话和她的话中间，隔着二十余年的路途。

小桃也不喜欢学校。

小桃报名上学的时候比别人晚了几天，她辖区的小学已经超员，她就给稀里糊涂地划到了离家略有几步路的另一所学校。那所学校校舍大些，有一个刚刚平过的操场。教室里的课桌椅都是修缮过的，上了一层油亮的清漆，连黑板也重新涂过了黑。站在玻璃窗外往里一看，很有几分气派。对刚到城里没多久、几乎什么世面都没见过的孙小桃来说，这大概就是她连做梦都不会梦到的学校模样。

可是当她在最后一排靠里的那个固定位置坐下之后，她才渐渐发现了课桌上那层新漆没能遮住的虫眼和裂纹。

她的班级里有三个群体。第一个群体人数很少，确切地说只有两个，是一姐一弟。姐姐叫坚持，弟弟叫抗战，两人相差一岁。姐姐晚了一年上学，就和弟弟安排在了同一个班级。他们是当时南下干部为数极少的从老家带出来的子女。在未来的十几年里，他们的群体会像面团一样地发酵，因为他们的父亲将和在江南再娶的娇妻，雨后春笋般地生下众多南北合璧的弟妹。

坚持和抗战个子不高，甚至有些面黄肌瘦，江南的和风细雨还没来得及抹平战乱和饥饿在他们脸上留下的疤痕。城市终将慢慢地抹去这些印记，可是在这一切发生之前，他们却已经开始在改造着城市，悄悄地，用连他们自己也不知晓的方式。

因为他们的缘故，老师上课开始使用普通话。老师的普通话很蹩脚，舌头拐不了弯，像根硬木棍子横冲直撞，在老师的嘴巴和学生的耳朵里划下血淋淋的伤。当时无论是老师还是学生都没有意识到，这所学校普通话授课的历史，是在坚持和抗战手里正式翻开了第一个篇章的。

他们从不穿城市孩子穿的衬衫和裙子，一年四季他们只穿军绿和灰蓝的衣裳，冬棉夏单，都是从他们父亲脱下来的旧军装改造过来的。在十几年之后一场轰轰烈烈的大革命中，他们的这身装束，将成为风靡全国的时尚 —— 那是后话。

他们并不聪明，学习成绩也很一般，一直在及格和良好中间的那个灰色地带徘徊不前，可是他们并不在意，就像他们对许多别的事情一样。在听老师讲课的时候，他们从不吵闹，却也不专注，眼神远远地飘在一个谁也不清楚的地方。后来学校里请了他们的父亲来讲南下工作团跟随百万雄师过大江的壮举，大家才知道：当这里的孩子还赖在母亲怀里吃奶的时候，坚持和抗战却趴在母亲的背上参加了支前担架队。当这里的孩子刚脱下开裆裤的时候，坚持和抗战已经是儿童团员，在大人忙不过来的缝隙中守护着土改成果。大家突然就明白了他们看人时眼神里的含意，那是怜悯 —— 是海见到了溪、山面对丘时的怜悯。

他们很少主动和同学搭讪。他们用不着。他们像一座岛屿静静地耸立在这个五十六个人的班级中，总有水从四面八方涌来，把自己像浪花般簇拥拍打在他们的礁石上。一年级一开课，班主任就对全班同学说："坚持和抗战同学的家长在为全城人民奔忙，没有时间照看自己的孩子。大家都要多多关心他们。"于是，每隔一两周，班主任就会把他们带到自己的宿舍里，给他们洗头发剪指甲。逢年过节，就有人带来粽子年糕，塞到他们课桌的抽屉里。新学期发新课本，也会有人替他们代领，拿回家包上结实的封皮第二天再送还给他们 —— 是那种四个角都加固了的包法。他们接受着众人的好，却从不感激涕零，他们很小就懂得了有一种力量叫不卑不亢。

小桃班级里的另一个群体人数更少，只有一个人，但是那个人的周围，却也聚集了一群人。这个人的名字叫赵梦痕 —— 光听名字就知道是来自什么样的家境。她家拥有江南最大的绸缎庄，温州城里婚丧寿诞四样大事上，很少有不用她家布料的。她父亲把生意一路做到了南洋，而且从不跟政府为难。温州解放的时候，她父亲是最早把五星红旗插到浙南纵队进城的路上的。抗美援朝的战争刚一打响，她父亲就毫不犹豫地把自己的名字签在了飞机大炮的认购单上。国庆和春节，她父亲总是以爱国资本家的身份，戴着红花坐在市委地委的领导人身旁。她父亲挥洒自如健步如飞地行走在新旧两个时代交替的短暂宁静里，可是无论他走得怎么快，新时代的潮流终究要追上他。当他不无得意地看着自己的名字频频出现在各样报纸上时，他还不知道，一个叫公私合营的大浪头，很快会舔上他的脚跟，先是湿了他的衣裳，最终把他彻底吞没。

他不知道，他的女儿更不知道。赵梦痕活在一个巨大的肥皂泡里，从那里看出去天只是变了点小颜色，她依旧还可以夜夜笙歌到黎明。和坚持抗战一样，她的功课并不出色，倒不是因为愚笨，她只是不肯上心。对她来说，每天上学的目的不过是显摆一下身上的新衣。她家虽然是做绸缎生意的，她的衣着行头，却都是从上海采购过来的洋货；脚上皮鞋一天一个样式，颜色很少雷同。她的可爱，不仅在于小城人罕见的时髦，也在于小城人罕见的大方。若有人称赞她发卡的样式，她会毫不吝啬地摘下来，塞到别人手里。夏天天热，看见家境贫寒的同学盯着沿街叫卖的冰棍贩子，她会毫不犹豫地买下一打最贵的奶油红豆冰棍请客。她甚至记不得请的是谁，因为她压根儿没有想得到感激。

在课间短暂的休息时间里，总有女生围着她探讨蝴蝶结的不同扎法。每天下课，她身后总跟着一群人，要到她家里听她父亲从南洋带来的八音盒、她母亲唱机里存的梅兰芳。在那个旧的审美观还没被彻底打碎、新的审美观还没来得及成形的混乱年代里，朴素是一种吸引，时新也是一种吸引，两种吸引拽着一群孩子时而东时而西地游移着，于是，南下干部子女和资本家的女儿，都在这个群体里找到了各自的追随者。

在这里我们不得不提这个班级里的第三个群体 —— 一个几乎囊括了所有剩下的孩子的群体。这所学校附近有一大片宿舍区，那里住的是几个大工厂的工人和他们的家属。这些人的孩子，就自然而然地成了这所学校的主要生源。农民的革命已经结束，工人的时代即将来临，孩子们隐隐约约知道他们将是这个城市的主人。尽管他们这个群体围绕着坚持抗战和赵梦痕分分合合，这些分合不过是漂在水面上的浮油。油迹轻轻一抹就散开了，底下的水才是切不碎的整体。

在这三个群体的边缘地带里，孤单单地坐着孙小桃。小桃刚进这所学校的时候暗自庆幸过，因为它离她的家有几步路，没有人会知道她住在哪里。她从来不去同学家里串门，怕的是别人也会上她家串门。每天放学，她都要在鼓楼洞里转个圈才回家 —— 怕人跟上她。可是她的庆幸没能维持多久。一年级的第二个学期，班主任按照她入学登记表上的地址找到了她家。那不过是一次例行的家访，可是那天老师带来了她所属的学习小组的组长。第二天，全班都知道了孙小桃有一个开老虎灶卖擦屁股纸的妈。再后来，孙小桃的名字被渐渐淡忘，替代它的是"老虎灶西施"。到现在这个绰号已经跟随了她整整一年。她并不知道这个绰号像一根断在她肉里的刺，还将跟随她一生一世。很多年后，当她早已离开了这个小城，这根刺还会时不时地把她从噩梦中扎醒。

从那次家访之后，孙小桃就被这三个群体彻底地摒弃了。

孙小桃在入学登记表上的家庭成分一栏里填的是"城市贫民"，可是这个城市并不待见它的贫民。这个城市已经旗帜鲜明地划分出了它的领导阶级，而这个领导阶级也将很快划分出即将被它打倒的阶级。这两个势不两立的营垒，却在一桩事情上取得了少有的共识：他们都看不起开老虎灶卖草纸为生的女人以及她的女儿。

孙小桃在三个人的家里没有可以说话的人。孙小桃在五十六个人的班级里也没有可以说话的人。孙小桃在人山人海的城市里还是没有可以说话的人。孙小桃的心上不着天下不着地地浮着，没有一个依托之处。

八岁的孙小桃感到了空前绝后的寂寞。

在整个温州城里，唯一能让她的心落到实处的只有一个地方，那就是鼓楼洞底下的画儿书（温州方言：连环画）摊。其实，这样的书摊全城到处都是，在谢池巷口就有一家，可是她不能去——怕被妈妈看见。

每天放学，拐个弯走进鼓楼洞，她就要在书摊前坐下。有钱的时候，她会掏出一百块钱，看两本书再回家。没钱的时候，她就看着那些画儿书的封皮发呆。看书的钱是从家里偷出来的。她知道妈妈每天的进账都锁在楼上的小柜子里，钥匙只有一把，拴在妈妈内裤的裤腰上，睡觉也不摘下，她想都别想能拿到那把钥匙。可是她也知道妈妈每天都要在身边留些散钱，那是第二天老虎灶开张的找钱，还有去小菜场买菜的开销。妈妈把这些零钱随意放在外套口袋里，睡觉时把外套脱下来，往墙上的木钉上一挂了事。小桃和二姨婆睡一张床，妈妈睡在另一间屋里，可是妈妈的外套却挂在两间房中间的过道上。每隔几天，小桃都会强忍着不睡，等妈妈和二姨婆的鼾声响起，才假装小解蹑手蹑脚地起床，从妈妈的衣服口袋里摸出一百块钱。她不用点灯，她早已凭着手感知道了纸币的面值。不多不少，她每回只拿一百块——多了妈妈可能会发现。她从来不用这个钱买零嘴，她只是用它来借画儿书看。

书摊不大，书也不多，看来看去就是那么几本——画儿书的辉煌时代还要再等几年才会来临。书在很多人手里走过，旧了，厚厚地卷着毛边，书页上沾满了指痕和鼻涕痂。《水浒》《三国演义》《红楼梦》，还有那本永不过时的《三毛流浪记》。每一本她都来来回回地看过了许多遍，她只是忍不住还想再看一遍。有时她把书摊在膝盖上，闭了眼睛仰着头，仿佛在想一件天大的心事。摊主见了忍不住问："娃，你花了钱又不看，是为啥？"她笑笑，却不回答。其实她只是想把那些画刻在脑子里，深一些，再深一些。别人看画儿书是看故事，而她不是。故事只消看一遍就够了，画儿却不。画儿每看一遍，总会有新的发现。比如那头发丝的细节，那眼神里的韵味，那手势里的表情，那树叶尖上风的感觉，那裙子上流水般的皱纹……那些画面像一条一条的细线，一闭上眼睛就来牵她的心，心给牵得丝丝地痒，心就有了着落。

孙小桃在画的世界里找到了让她神魂颠倒的东西。

小桃拐进巷口，远远就看见妈妈站在门口等她。

每天放学回家，都是妈妈和二姨婆准备晚饭的时候。她们家的晚饭，比别人家里要略早半个小时，为的是避开打水的客人。妈妈从来没有在这个时候站在门口等过她。

她的心有点慌，步子就乱了。她低着头，想从妈妈身边绕过去。

"站，住。"妈妈说。妈妈的话就两个字。妈妈把这两个字掰开了，又没掰断，中间连着一根细细的铁丝，听起来就有一丝隐约的硬实。

她站下了，依旧低着头。

"我问你，这几天的作业，都做了吗？"

她的脑子飞快地转动起来，开始寻找各样的答案。很快她就意识到没有必要，这个问题只能有一种回答。

"做了，你都看见的。"她泰然自若地说。

"算术，也做了吗？"妈妈问。

"都，做了。"片刻的沉默之后，她说。她的回答里有一个明显的疙瘩，像是赶车的人碰到了一道高低不平的坎，吃饭的人咬着了一粒硌牙的沙子。

"我再问你一遍，算术作业，也做了吗？"妈妈抬起她的下颌，妈妈的目光严严实实地骑在她的目光上。

"做，做了……"

她的话还没说完，只觉得眼前刮过一阵风。风太快，她想躲，却没来得及，风就扇在了她脸上。风很奇怪，不凉，反而是灼灼的烫，她的脸颊渐渐地麻了，像裹了一层厚厚的镪刀布。过了一会儿她才醒悟过来，那是巴掌 —— 妈妈扇了她一巴掌。

她一下子怔住了，不是因为疼，而是因为惊讶。从小到大，她不是没挨过妈妈的打。妈妈用戒尺，用扫帚，用晒被子的藤条，用手里使用着的各样东西打过她 —— 当然是气极了的时候，可是妈妈总是揪着她的胳膊打她的背抽她的屁股。妈妈从来没有扇过她耳光。脸是人的门面，小桃的门面被人刷的一下撕没了，没了门面的小桃突然就有了一种豁出去了的胆量。

小桃哇地喊了一声，摘下身上的书包狠命一扔，把墙砸出了一个浅坑。她不知道她喊得有多响，她隐隐觉得她的嗓子撕裂了，呼出的气里有一丝血腥。她不想哭，可是情绪只要咧开一个小口，便再也关不住，眼泪汹涌地肆无忌惮地流了下来。她原先只想哭那一巴掌的，不知怎么的，她却哭起了和那巴掌并不相干的事。她哭起了"老虎灶西施"的绰号，她哭起了她从没见过的父亲，她哭起了那张连课本也翻不开的桌子，她哭起了屋里那股永远也不会消散的木头腐烂味道，她哭起了那胆战心惊地偷来的一百块钱，她哭起了她在文具店里看了无数回却永远也买不起的水彩颜料……所有的不如意排山倒海地涌了上来，她没想到自己八年的日子里竟然有这么多可以哭的事，她只觉得眼泪和嗓子都不够使。

"皇天，我这是，什么命啊。"

妈妈咚的一声坐在门槛上，妈妈的身子一起一伏抽动得像抛进滚水的虾蛄——妈妈也在哭。

"唉，真是的，真是的。"二姨婆一声一声地叹着气，二姨婆想劝，却不知劝哪一个。二姨婆掏出手绢，想递给妈妈，也想递给小桃，最后却揩到了自己脸上。

"这是谁惹的谁啊？没看见天下雨啊，怎么屋里到处漏水？"一个男人提着两个空热水瓶嘻嘻哈哈地走了进来——是供销员仇阿宝。

妈妈擤了擤鼻子，站起来，接过男人手里的水瓶。妈妈再生气，也不会扔下一桩生意一个客人。

"还能有谁？小冤家呗。"

妈妈拧开龙头灌水，妈妈说话时还带着浓重的鼻音。

"我看这孩子，两眼放光，脑袋好使。"

小桃也止了哭，倒不是因为客人，而是因为知道了羞耻。

"就是用歪了地方，用来骗人。"妈妈说。

"来，给叔叔说说，你是怎么骗你妈的？让叔叔也学学。你妈什么脑子啊，你要是能把她骗了，你本事可以啊。"

仇阿宝走过来，拿胳膊撞了撞小桃。仇阿宝是老虎灶的常客，灌完开水很少立刻就走，总爱站着东扯西扯地吹一阵子牛，渐渐的便和全家都厮混熟了。仇阿宝一年到头在全国各地跑业务，算是个见过世面的人。码头跑多了，说话就免不了有那么一股子油滑，倒也不招人烦。小桃被仇阿宝逗乐了，嘴巴歪了一歪，想笑，又忍住了，扭了头不说话。

"她能说给你听吗？她能先把她自己臊死了。每天看她写作业，原来都在糊弄我。老师今天来告状，说是两个星期没交算术作业了。"妈妈说。

"作孽啊，小桃。你妈这一辈子，为谁啊？还不就你一个指望？你不学好，她活着还有什么意思？"二姨婆蹲下身来，收拾着散落在地上的书包。铅笔盒子开了盖，米达尺、铅笔和橡皮擦滚了一地。课本倒都还在包里，只有一个作业本子飞到了桌子底下。二姨婆有些发福了，钻不进去，就支派仇阿宝爬进去把本子取了出来。

仇阿宝拿着本子，随手翻了几翻，突然就愣在了那里。

"这是，你画的？"他问。

小桃不说话。

仇阿宝把本子扔给了妈妈。"你看看，你看看，你这个女儿。"

妈妈拿过本子，只见那本子正面反面上上下下密密麻麻地画满了画。有的画她认得出来，是武松景阳冈打虎，关云长桃园三结义，刘备三顾隆中请诸葛，也有好些她不认得的，比如有个鬓角簪花的女人躺在一块石板上睡觉——她不知道那是史湘云，还有一个头上长了三根头发的孩子，在身上涂了一层炭黑权当衣服穿着——那是流浪儿三毛。那些人物有的简单有的复杂，各式各样的姿势眼神，都极其灵动。

"真是你画的？"妈妈的眉毛挑到了头顶上。

小桃点了点头。

"你照着样子画的？"妈妈追着问。

小桃摇了摇头。"我自己想的。"

"你凭空，就想出这些样子来了？"妈妈的眼睛睁得如同两个铃铛——她只是不信。

"也不是，我是看了画儿，记在脑子里，再画出来的。"

小桃说完了，就知道自己又闯了祸：她的话里有一个大大的漏洞——一个和零钱相关的漏洞。她就是把自己都填进去，也填不满这个洞。

还好，谁也没在意。

"你用了这个本子画画，就没本子做算术作业了，是不是？"妈妈问。

小桃没回答。

她没法回答。一百块钱可以走的路程很短，去了画儿书摊，就去不了文具店。她可以不去文具店，但是她不能不去书摊。

"天才，勤奋嫂你懂什么叫天才吗？一家人里出一个，不叫天才。一条街上出一个，那才叫天才。算术有啥稀罕？是个人叫老师指点一下都能学会。画画可不是，画画的本事是天生的。你看你这个女儿，谁教过她？人家是生下来就会的，她爹娘血里就有的。你得好好培养培养，将来就是个艺术家啊。"

仇阿宝扔下这些话，就提着水瓶走了。当时他并不知道，就是他这番信口开河的话，把一个叫孙小桃的女孩子推上了一条她做梦也没想过的路——一条老虎灶西施们极少走的路。不管他情不情愿，在她今后的幸和不幸里，他都已经无可推诿地担上了干系。

这天晚上来灌水的客人比平常少，妈妈罕见地吃了一顿安生饭。只是这顿饭吃得太寂静，筷子敲在碗沿上的声音响得有些瘆人。

"妈，我爸到底是做什么的？"小桃突然问。

妈妈像被马蜂蜇了一下，手一颤，筷子咚的一声掉了下来，桌上丢了几个饭粒。

二姨婆给妈妈换了一副干净的筷子，又夹了一块咸鱼放到小桃碗里。"你妈不是说过吗，你爸是农民。"

"我爸要真是种田的，我怎么生来就会画画？"小桃的眼睛睁得大大的，疑惑明明白白地写在了里边。

妈妈看了一眼二姨婆，摇了摇头，说这仇阿宝的话，她也敢信？还真以为自己能成什么艺术家。"孙小桃你给我听着，你把算术好好学会了，将来能靠上个男人最好，要是靠不上自己也能有饭吃。"

小桃没吱声。小桃似乎在找什么东西，又似乎什么也没找，小桃的目光遥遥地落在了窗外的夜空里。

妈妈的话，和学校里听到的不一样，和广播里说的也不一样。妈妈的话里散发着一股和家里的开水桶一样的霉味。妈妈和这个时代，中间隔的是万水千山。妈妈只认得一条老路，那不是她的路。她的路只有她自己找了。

"你明天，去文具店买一个算术本子。多下的钱，买根冰棍吃。"

妈妈从兜里掏出一沓散钱，放到小桃手里。

小桃小心翼翼地把钱藏好了，正要起身收拾碗筷，又听见妈妈说："多下的钱，再买一个本子吧，画画的。"

孙小桃小学毕业的那一年，学校设立了中学部。于是小桃和她的同班同学连窝儿也没挪一下，就原封不动地升入了本校的初中。

只是班里少了一个人。那个人是坚持。

坚持的父亲和老家的原配离了婚，新娶了师范学校的一位女教师，并很快生下了一对双胞胎女儿。坚持对这件事的反应程度超出了所有人的想象。坚持在父亲的办公室里当着秘书的面痛骂父亲，还当场砸瘪了他挂在墙上的渡江纪念章。坚持倒是从来不骂那个取代了她母亲的女人，她压根儿不和她说话 —— 她只是不屑。坚持的激烈反抗维持了几个月，父亲忍无可忍，最后只好把她送回了山东老家。有几个同学去码头送行，回来说坚持在甲板上依旧神情激动，骂不绝口。众人这才明白了先前那些沉着稳重不卑不亢其实只是一层纸，经不起日子轻轻的一捅。纸破了，底下的肌肤跟旁人没有两样，也流血也疼。

在这场家庭剧变中，抗战一直保持着沉默。相对于坚持的激烈，父亲似乎更害怕抗战的沉默。世上所有的激烈都有边界，身经百战的父亲能够对付任何边界，哪怕再深再宽。可是沉默没有边界。沉默不仅没有边界，沉默也没有方向。沉默像一汪表面平静如镜的海洋，底下孕育的却是深不可测的不知要把人卷向何方的惊涛骇浪。父亲不知如何对应这样的沉默，于是父亲看抗战的眼光里，就有了一丝如履薄冰的忐忑不安。

就这样，抗战在由他父亲他继母和两个同父异母的妹妹组成的新家里留了下来。他从来不和别人提他家里的事，只是每天很早就来上学，很晚才离开学校。早上他会沿着操场长长地跑上几个大圈才进教室上课，放学了他会练很久的双杠和哑铃才汗流浃背地走回家去。他依旧不怎么主动和同学搭讪，可是小桃觉得他现在的沉默和从前有些不一样。从前的沉默是两个人的，坚持扯一个角，他扯一个角，两人把沉默方方正正地扯成了一面旗子，沉默就成了一种姿势一个宣言。可是现在坚持走了，沉默塌了一角，沉默就变得单薄起来，沉默就仅仅只是沉默而已了。有几回小桃悄悄地望着抗战，觉得这个十三岁的少年人的额角眉梢竟然有了隐隐几丝纹路，她想这大概就是日子在他脸上磨下的印记。

抗战的学习成绩依旧平平，乏善可陈，可是初一的时候，抗战却在另一个领域里显示出了超群的才能——那就是他的声音。发现他声音的过程其实极为偶然：一次年级里排练歌唱五年计划歌咏会的节目，有一个声音突然从众多参差不齐的声音里钻了出来。那个声音还未经过任何打磨，满是毛刺和瑕疵，却如此原始浑厚坚实，在老师们的耳膜上留下了剧烈的震颤。于是抗战就被挑了出来，做了那一次和后来很多次的领唱。事后大家都议论纷纷：这不是第一次集体大合唱，也不是抗战的第一次参演，为什么从前谁也没有发现过抗战的歌喉？小桃不说话，但小桃却知道答案：抗战的嗓子从来就埋在他的血液里，就像她画画的本事一样，只是从前它还没找到一个可以钻出身子的破口。现在它终于找到了——是因为坚持的走。坚持的离开在抗战的心里凿开了一个洞眼，抗战的声音就从那个洞眼里倏地钻了出来。推着那声音一路往前走的是一股蛮力，那股蛮力的名字叫孤独。

小桃暗暗有些欢喜，因为在这个五十几个人的群体里，她不再是唯一的孤独者。尽管她也知道，南下干部儿子的孤独，和老虎灶女儿的孤独，不是同一种孤独。这两份孤独无论走得多远，也汇不到一条路上。她无法在他的孤独里沾边，他也无法，他们只能遥遥相望，各自守着各自的阵地。

其实也不完全是这样。

比如有一回，她就非常近距离地撞上过他的孤独。假如把他的孤独比作一座房子，那一次她毫不知情地撞了上去，回头才发现她蹭掉了他的一块砖。当然，她自己也蹭破了一层皮。

那是好几年以前的事了，那时他们还在读初二。那一天他们在上常识课，刚开课没多久，就拉起了空袭警报。

那时候南北的领土基本已经全部解放，新时代的风携带着新时代的热情像一层沙子似的覆盖住了旧时代的一切痕迹——除了天空。那时候的天空还远远不是清朗的天空。从海峡那头来的飞机，隔三岔五还会在沿海的城市上空出现，不是那种低眉敛目蹑手蹑脚的试探，而是毫不遮掩肆无忌惮的张扬。那时朝鲜在轰轰烈烈地打着仗，蒋介石挑的正是那个谁也顾不上的空当。有时那些飞机会变换着各样的队形，像候鸟一样缓慢高傲秩序井然地兜着圈子巡视着小城，有时那些飞机的尾巴上会吐出浓密的烟雾，把天空抹成一张花脸，然后扬长而去。次数多了，大家就习惯了，飞机就渐渐成了不痛不痒的一份日常。

可是那次不一样。那次的飞机飞得很低，低得让人一眼就看清了机身上那块青天白日的标记。轰隆的声音似乎就响在屋顶上，校门口插的那面红旗，被飓风压成了一张满弓。

"要投炸弹了！"有人惊恐地喊了一声，教室里一下子就乱了。

老师也慌了，老师当即决定带着学生疏散。其实老师心里也不知道怎么办，因为学校附近并没有防空洞。老师跑到教室门口的时候临时决定把大家都带到操场上，那里有一片简陋的雨棚可以蹲着隐蔽起来，万一有事，跑动起来也容易些。

小桃刚跑出门就被人踩掉了鞋子，等她终于把鞋子捡拾起来的时候，大队人马已经跑远了。鞋带断了，鞋子不跟脚，她光着脚走了几步就意识到她跟不上了。于是她干脆不走了，找了一片树荫坐下来。炸就炸吧，她想，至少还有棵树挡在头顶上。

飞机俯冲了好几个来回，一回比一回低，巨大的轰鸣声里，地上卷起了一片眯眼的黄沙。等她终于能睁开眼睛的时候，它们已经飞远了，变成了天边的几只蝇子——到底还是没投炸弹。

"你脚上流血了。"她听见身后有人说。

回头一看，是抗战。原来抗战和她一样，也没跟着老师疏散。抗战是班里体育成绩最好的学生，如果他想跑，他跑得过所有的人，包括老师。可是他选择了留下。

那时她已经和抗战做了几年的同学，可这还是头一回他主动和她搭腔。她觉得她的舌头短了一截，回起话来有些结巴。

"你，你为什么，不跑?"她问。

抗战手里抓着一张树叶子，他把它揉来揉去地揉碎了，捏成一团，远远地扔了，才哼了一声，说："炸了才好呢。"

小桃吓了一跳。抗战的这句话在这个神经绷得很紧的年代里，可以有多种解释。其中有一种，可以导致一个人的名字被画上一个鲜血淋漓的叉。

抗战从小桃的眼神里看出了她的恐慌，便笑了笑，说："炸了，我就省得回家了。"

两个孩子都沉默了。他不说话是因为他没话好跟她说，她没说话却是因为她不知道跟他说什么好。她第一次意识到：他其实和她一样，也没有父亲。不过她的没有是彻彻底底干干净净的没有 —— 她生下来就没见过父亲。而他的没有却是黏黏糊糊拖泥带水的没有 —— 他有，却又像没有。

她突然就有点心疼他了。

小桃升上初中之后，生活中还发生了一些别的事，比如谷医生的离去。

谷医生每次来老虎灶打水，勤奋嫂都会拿出几个不认得的字跟他讨教。谷医生倒有耐心，从发音到意义到用法不厌其烦地给她讲解，勤奋嫂感叹说谷医生你没当了教书先生真是可惜。谷医生就笑，说还是当医生治病救人更紧要。

后来有一阵子谷医生不来了，勤奋嫂的生字就攒了高高的一摞。勤奋嫂以为他又下乡巡回医疗去了，并没在意，直到有一天仇阿宝来打水，偶然说起医院里的情况，她才知道谷医生犯了事。

谷医生果真是祸从口出。

谷医生平素爱给领导提意见，什么科室的责任分工不明确啊，下乡巡回医疗是形式大于内容啊，领导对医疗知识太无知啊，等等等等。谷医生虽然想到了这些话兴许不招人待见，但他打死也没想到会给他招来灭顶之灾：医院的反右运动一开始，他第一个就被定了性。

有一天谷医生突然来了，勤奋嫂一下子没认出人来。勤奋嫂只觉得是眼镜太宽太大的缘故，再仔细一看，眼镜还是那副眼镜，脸却不是那张脸了——脸整整小了一圈，架不住镜框了。几个星期不见，谷医生瘦得脱了形。

谷医生那天是来辞别的。当然，辞别是勤奋嫂后来悟出来的意思，谷医生自己并没有这么说。

谷医生进了门，站在老虎灶跟前，怔怔地望着大木桶盖上冒出来的水汽不吱声。天冷了，谷医生还没换上棉衣。谷医生的眼镜片上蒙着一层街上带进来的雾气，人中上结着一块干鼻涕。

勤奋嫂想找一句安慰的话来说，搜肠刮肚，竟没有找到一个字。这才知道，原来世上所有的话，充其量也只够用来抚一抚皮上的伤。遇上刮到了筋剜到了心的大伤痛，话语竟然一丁点儿也派不上用场。她平素在人前之所以能那样伶牙俐齿，只因为那些人都还没经过事。

"见过孩子了吗？"勤奋嫂终于找着了一个合宜的话题。孩子是指望，孩子在，人就不至于断了念想。

谷医生的嘴角吊了一吊，吊出一朵阔阔的笑。只是那笑有点儿古怪，不像是找着了指望，倒像是放下了千斤的重担。

"刚签了字，孩子归他妈抚养。我总算，这辈子，替他们做了一件好事。"

"定了吗？下放，在哪儿？"

一阵长长的沉默之后，勤奋嫂小心翼翼地问。勤奋嫂选择了"下放"这个词，其实她知道，那不是下放，而是充军。

谷医生又笑了一笑，这回，是满不在乎的笑。

"不重要了，上哪儿都一样。"

谷医生递给勤奋嫂两只空热水瓶，又拿出夹在腋下的一个牛皮纸信封，放到桌上。勤奋嫂刚要去拧龙头灌开水，却被谷医生拦住了。

"这水瓶留给你用吧。信封里有一本新版的《新华字典》，也留给你。"

谷医生走出了勤奋嫂的家门。谷医生走路的样子摇摇晃晃，仿佛撑不住衣裳的重量。

勤奋嫂打开信封，里边果真是一本字典，却又不只是一本字典。字典的皮套里，夹着一张十块钱的纸币（新人民币）和两张汤圆券。

勤奋嫂的心咯噔地跳了一下，走到门口往街上一望，谷医生早已不见了踪影。

"二姨娘你看着店，我出去一下。"

勤奋嫂的声音裂开了几条缝，慌乱中她一脚绊在了门槛上。揉了揉膝盖站起来，她咚咚地朝街上跑去。

就是，这儿了。

勤奋嫂在门外站定，暗想。

谷医生曾告诉过她住在哪个院子，但却没说是哪个门。勤奋嫂是凭门上贴的那张风景图片认定的。那张图上的景致是西湖，谷医生给她看过一张差不多样子的明信片，说他杭州的家就离西湖不远。

门关着，是从里头上了锁。她敲了几声，没人回应，就不敢再敲了 —— 怕惊动四邻。她知道他在里边，因为她看见了他脱在门外的那双布鞋。做学问的人就是爱干净啊，这个时候了，居然还记得要换鞋进屋。

他不应门。她明白他不想开门。

兴许还有一个原因，是他开不了门。

勤奋嫂的心紧了一紧：天爷，千万不要，出事。

只剩下窗这一条路了。

窗也关着，但没上闩，她推了几下，居然吱扭一声推开了。窗台很高，可是她攀着窗架一抬腿就爬了上去。她被自己吓了一跳：人真急了，什么事都能做得出来，隔了这么些年她依旧腿脚灵便。

屋里暗蒙蒙地点着一盏瓦数很低的灯，那光亮把一屋子的黑铰出了一个昏昏黄黄的窟窿。她的眼睛在窟窿里走了一遍，没人。她摸摸索索地朝着窟窿之外的那团黑暗走去，却冷不防撞到了一样东西上。

是人腿。

皇天！勤奋嫂的脑子轰的一声炸开了无数朵金花，那金花在眼前飘来飘去，渐渐的，就把她的眼睛点着了——她适应了屋里的昏暗。

她看见了他，凳子，还有绳子。

凳子还在他的脚下，绳子还在他的手中。他还没来得及，做那件连后悔都没机会后悔的蠢事。

勤奋嫂膝盖一软，还没来得及哼一声，便面团似的瘫倒在了地上。

醒来时她坐在他的床上，背上垫着他的被子。他端着一缸茶，正用勺子喂她喝。他从不在家里开伙，他的煤油炉子已经锈得拧不动开关，他甚至已经没有了热水瓶。这缸茶是他家里唯一可以入嘴的水——那还是头天夜里喝剩的。

屋里又开了一盏灯，略微敞亮了些，勤奋嫂就看清了这个家。房间不大，铺了一张床，便只有一张桌子两张椅子的地盘了。墙上有几个钉眼，勤奋嫂猜想是原先挂全家福照片的地方。这就是这个男人的所有了，如果不算上那些书的话。书倒是不少，把桌子都摊满了。实在放不下了，就搁在了地板上。地板上的书是一摞一摞叠着的，高的那摞几乎贴到了天花板。

"你终于醒了。"谷医生嘘了一口气。

"也不知怎么的，眼睛一黑，就过去了。"

"我把你，着急的……"谷医生一脸愧疚地说。

"我是来救你的，倒反被你救了。"勤奋嫂想笑，却觉得这不是该笑的事，就咳嗽了一声，把笑收了。

"这些，你都看过吗？"勤奋嫂指了指堆在墙边的书，问谷医生。

谷医生摇了摇头："哪能呢？读书是一辈子的事。"

"一辈子，你还有一辈子吗？我要是晚来一步的话。"勤奋嫂哼了一声。

谷医生叹了一口气，说你要是晚来一步，我就在乐土了。

勤奋嫂抓过谷医生手里的茶缸，往地上狠狠一掷。咣啷一声，缸子瘪了一块，搪瓷豁了，露出底下乌乌的金属皮。隔了天的茶叶像扑开翅膀的灰蛾，顺着水缓缓地流进了床铺底下的那片黑暗。

"乐土？你去过吗，那个地方？"勤奋嫂恶狠狠地问。

"我只是受不了，这个冤屈。"谷医生蹲下来捡拾地上的缸子，勤奋嫂发现他头发上沾了厚厚一层的灰土。再仔细看了一眼，才知道那是白头发。

"这头的苦再大，也是有边的苦。那头的苦没边。"

"你怎么知道？"

谷医生的话，像一根竹竿猛地插在了勤奋嫂的胸口，把勤奋嫂杵在了墙角。许久许久，她才拔出了那根杆子，脸疼得蹙成一团。

"我去过，那头。"勤奋嫂有气无力地说。

谷医生拿着茶缸的手，惊讶地停在了半空，残水从倾斜的缸口流下来，滴到已经剥了漆皮的旧地板上，滴答，滴答，响得瘆人。

"不，要，死。"勤奋嫂一字一顿地说。勤奋嫂把一句话掰成了三个字，每个字中间都灌着水泥捂着铁皮，严严实实的，没有一根针的余地。"没有什么委屈，是熬不过去的，只要你想熬。"

谷医生没说话。谷医生只是放下茶缸，把脸埋进了手掌。谷医生的身子颤颤地抖了起来，肩胛骨尖得几乎要割透那件单薄的中山装。

"活着，只要活着，十年河东，十年河西，你什么都能看见。"勤奋嫂咬牙切齿地说。

有一股冰冷的水，从谷医生的指缝里漏了出来。勤奋嫂也不劝，由着他默默地哭过了，在衣袖上擦干了眼睛。

好了，好了。男人只要流出了眼泪，就再也不会，走那条路了。勤奋嫂松了一口气。

"他们到底要送你去哪里？"勤奋嫂问。

"朱家岭。"

"哦？"勤奋嫂的话尾巴往上挑了一挑 —— 她没藏住惊讶。

"你知道那个地方？"谷医生问。

勤奋嫂不说话，只是一下一下地揪着手上的死皮。冬天的风长着尖尖的嘴，在她的手掌上啄开了一个又一个的裂口。老裂口结了痂，便是一层老皮。又有新口子生出来，新皮又渐渐成了老皮，一层一层的，手心就厚了许多。勤奋嫂揪得狠了，皮扯开了，血像黑蚂蚁似的从破口里钻出来，越爬越大，爬成了一颗黑豆。

"我没去过。"终于，勤奋嫂开了口。"那里有医院吗？"

"医院？"谷医生一声冷笑。"那里有一间民房，他们管那个叫卫生所。除了红汞碘酒，你大概找不着第三样药品 —— 如果你把红汞碘酒也叫做药的话。"

勤奋嫂忍不住扑哧笑出了声 —— 有学问的人，发的牢骚都不一样。"那些地方，一辈子连兽医也见不着一个，你去了，他们得把你当神供着。宁当鸡头不做凤尾，你懂这意思吧？"

谷医生从来没听过这样的劝慰，虽觉得无知，眉头还是松了一松。

"还有你那些书，不是没看完吗？到了乡下，没人开你的会，你就好一本一本地看啦。"

勤奋嫂站起身来，找她的鞋子穿 —— 她想起了家里那两个嗷嗷待哺的一老一小。突然一阵头重脚轻，又有点要倒下的意思。她赶紧撑着墙闭了一会儿眼睛，方渐渐好些。

"你好像有点贫血。明天上医院挂个号，抽个血查一查。"谷医生说。

勤奋嫂把头摇得像个拨浪鼓："不用不用不用，哪有这么金贵？这都是刚才着急的。你可别再让我急。"

谷医生猜到勤奋嫂是舍不得医药费，知道劝也没用，就说你买菜时可以适当买点猪肝，那东西不贵，是补血的。

勤奋嫂说知道了知道了，就走出了谷医生的家门。

拐到街口，只见二姨娘正在门外探头探脑地等她。

"怎么才回来？去哪儿啦？"二姨娘见着她，一脸焦急地迎了上去。

勤奋嫂也不回话，只一个劲地说可怜啊，可怜。二姨娘听得一头雾水，追着问到底出了什么事？三口人在饭桌上坐下了，勤奋嫂才把谷医生的事前前后后说了一遍，二姨娘听了也是唏嘘，说好人啊，那是个好人。

　　勤奋嫂瞪了小桃一眼，说谷医生的事不许往外瞎说，你记得祸从口出。小桃瘪了瘪嘴，说祸要出也是从你的口出，就你话最多。勤奋嫂说你妈一个家庭妇女，能有什么祸？你将来读了书，是知识分子，知识分子才最容易犯错误。这世道人听不得真话。小桃说那你什么意思？让我撒谎啊？勤奋嫂说谁让你撒谎？你能不能不说话啊？知识分子就是忍不住话。小桃哼了一声，说那我就不做知识分子好了。勤奋嫂把筷子往桌子上一拍，说你要把我活活气死啊？你妈这一辈子什么苦都吃得起，只要你给我好好的当个知识分子。小桃见勤奋嫂真急了，才不吭声了。

　　吃完了饭，二姨娘拿出卷烟用的报纸，正要开剪，却被勤奋嫂拦住了："我累了，今天想歇一歇。"

　　可是勤奋嫂到底也没歇。勤奋嫂拿出一件织了一半的绒线衣，拔出竹针，刷刷地拆了起来。这件绒衣是用一件旧绒衣拆下来的线，合着仇阿宝拿来的劳保手套的新线一起织的。因是两样线，怕染花了，就染了一个深蓝颜色 —— 她是给自己织的。二姨娘有些惊讶，说好好的，怎么又拆了？勤奋嫂说反正我也不喜欢这颜色，给他织件绒衣吧。就要走了，连件像样的衣服都没有，乡下比这里冷。

　　二姨娘看着那件深蓝色的绒衣在勤奋嫂的手里渐渐小了下去，最后小成了一个细圈，就对小桃说："你上楼给姨婆拿牙签来。"待小桃走了，二姨娘才扯着勤奋嫂的衣袖，轻声问：

　　"你是不是，喜欢上那个四只眼了？"

　　勤奋嫂不吱声，只是埋头卷着那拆下来的线，一圈，又一圈。半晌，才轻轻一笑。

　　"姨娘，其实也不是，我只是喜欢有学问的人。"

　　二姨娘叹了一口气："有学问的男人心思多，你又不是不知道。外头天天喊打右派，你还是别沾这个边。"

　　勤奋嫂对饥荒的最初猜测，是从粮店来的。先是好米越来越难买了，什么时候去粮店，看到的永远是早白（一种质地很差的米）。早白硬得像石子，泡上几个小时再煮，煮熟了嚼在嘴里依旧糙如茅草。后来渐渐的，连早白也不能全量供应了，十斤粮票，只能买到八斤早白，另外两斤是搭配的番薯干。番薯干是发了霉洗过了再晒干的，怎么也煮不烂。勤奋嫂只好把它剁碎了拌在糠里喂鸡，可是连鸡也跳过了薯干只吃糠。勤奋嫂没办法，只好扔掉了那两斤粗粮的定量。只是这样一来，家里一人一个月二十五斤米的定量，一下子只剩了二十斤，十六岁的小桃正在长身子，饭量一天大似一天，勤奋嫂量米做饭的时候，就不得不格外仔细地算计了——一天一人三顿饭的量最多不能超过六两半。没有多少油水的肠胃留不住饭，饭落到肚子里走几步路说几句话打个滚就没了。勤奋嫂的心思，每天都得挪了一大块在伙食上。肉是有钱也买不着的金贵货——一个人一个月只有六两的量，鱼倒是到处可见。小城靠海，海鲜不值钱，潮汐一来满街都是卖鲜货的人，八分钱可以买一斤小黄花，一毛钱能换到一大串螃蟹钳。菜蔬也是贱货，半篮子豌豆才八分钱。勤奋嫂每天换了法子地烧鱼蒸蟹——那是下饭的菜。而豌豆却不是拿来当菜用的，勤奋嫂另有主张。勤奋嫂把豌豆放到锅里炖烂了，剥了壳，用铁勺把豆子碾成泥，再放到饭锅里和着米一起煮，煮出来的饭就多了一半。小桃天天吃这样的米饭，晚上躺进被窝就说臭死了——豌豆吃多了就放屁，勤奋嫂便骂她不知好歹，臭死也总比饿死强。

有一天勤奋嫂正在煮豌豆饭，仇阿宝急慌慌地走进门来。仇阿宝不是来灌开水的，他只是让她赶紧拿粮票和户口本，说农垦到了。农垦是好米，煮起来有一股子油香，粮店里一个月也到不了一批货，到了众人就要排长队打破头地抢。仇阿宝有个哥儿们的小姨子在粮店里当出纳，所以农垦米一到仇阿宝总能比别人先知道。

勤奋嫂拎了个米袋就要出门，仇阿宝拿过她手里的粮票看了一眼，说怎么就十斤？勤奋嫂说不是限量供应，一家只给十斤吗？仇阿宝从口袋里抽出一个户口本在手背上拍了拍，嘿嘿一笑，说我的那份也给你，怎么样？反正我这个月的粮票也用完了，都买了早白。勤奋嫂喜出望外，谢了谢正要走，仇阿宝说祖奶奶你背得动吗？我替你走一趟就是了。勤奋嫂说路不近呢，二十斤的东西。仇阿宝又笑，说二十斤的人我背不动，二十斤的米小意思。也不等回话，就咚咚地出了门。

过了三刻钟，仇阿宝肩上扛着一袋米，腋下夹着一个油纸包回来了，颈脖子上全是汗，背上的衣裳也湿了两大片。勤奋嫂赶紧拧了条热毛巾给他擦过了汗。正好饭菜也都摆上桌了，二姨娘看着不过意，就顺口留仇阿宝吃饭。仇阿宝也不推辞，把手在裤腿上擦了擦，果真就坐下了。

"本来不该在你家吃饭，不过我今天带了定量来了，就敢吃你一顿。"仇阿宝撕开那个油纸口袋放到桌上，众人才看清是一个蛋糕。全城所有的粮制品都要粮票，只有这样东西不要，所以它就按天价卖。勤奋嫂在城里那家高级食品店见过，是十块钱一个 —— 那是一个人一个月的伙食费。

勤奋嫂吃了一惊，说皇天，这个价的东西，你也敢买来吃？你咽得下去啊？仇阿宝歪了脑壳看着小桃笑，说给革命接班人我舍得割肉。小桃你咽得下吗？

小桃从来没见过这样的糕点，蓬蓬松松的蜜黄色的圆筒，上边洒了一层雪白的奶油。那奶油也不是随随便便洒的，那奶油旋成了厚厚一圈的花，海波浪似的，一朵接着一朵地开。小桃没说话，可是小桃的话全都写在小桃的眼神里了。

仇阿宝抽出一个汤勺，挖了一勺蛋糕递给小桃。小桃不接，只是扭头看着她妈的脸色。勤奋嫂叹了一口气，说买都买了，你就吃吧。

小桃接过勺子吃了起来。小桃吃得很慢，把一口掰开了好几口。还是不经吃，一会儿就吃完了。小桃猫似的，把勺子正面背面都舔了个溜光。

"多大的人了，还是贪嘴。"勤奋嫂骂道。

"这倒挺好，省得洗碗了。"仇阿宝又挖了一勺，递过去给小桃。

这回小桃一口就吃完了。看着小桃的馋样子，二姨娘就摇头。

"这孩子，可怜见的，好些日子没有放开肚子吃了。"

勤奋嫂就问仇阿宝你见多识广，是不是咱们国家有饥荒啊？弄得粮食这么紧张。

仇阿宝回头看了看，见屋里没别人，才压低了嗓子说："你们天天待在家里，根本不知道外头的事。灾情严重着呢。我刚从四川湖北出差回来，一路听说饿死了不少人呢，又不叫出来逃荒。"

勤奋嫂说难怪啊难怪。咱们这里还算好，饿死还不至于，最多勒紧裤带忍一忍，也就熬过去了。

仇阿宝哼了一声，说你去医院门口看看，得青紫病的有多少？腿肿得紫茄子似的，都是乡下来的。乡下的日子不比城里，难熬啊。

一朵阴云飞过勤奋嫂的眼睛，勤奋嫂的脸一下子暗了 —— 她想起了还在朱家岭的谷医生。谷医生走了有两年了，这两年里她给他邮过两个包裹，一次是织好的绒衣，一次是炒熟的麦粉。她知道他不会做饭，麦粉倒上开水一拌就能吃，放糖放盐都行。不过那也是半年以前的事了，现在她就是刮牙缝也刮不出多余的粮食可以寄给他了。

谷医生给她写过几封信，每封信都是寥寥几行字，说的都是差不多的话：朱家岭的医疗条件差，不过那边的人很好，他在劳动人民中间学到了不少东西，正在努力改造。也顺便问她那本字典好用不？又学了多少生字？她知道他在那个情况里不能随便说话，他能说的，大概也只有这几句。

吃完饭，送走了仇阿宝，二姨娘避开小桃，拉了勤奋嫂到门口，悄声问："这个阿宝，老婆死了这些年了，也不娶，是怎么回事？"

勤奋嫂咦了一声，说他娶不娶，你该去问他，问我做什么？

二姨娘正了脸色，说你要是对他没意思，就别让他来了，省得邻居嚼舌头。勤奋嫂恼了，说你这个人怎么啦？是你留他吃饭的，又不是我。他来打水，我还能叫他别来？二姨娘说我就怕是剃头担子一头热，你对他没意思，又接受他的好，将来欠人家太多，你拿什么还？

勤奋嫂站在街头，看着那些昏黄稀疏的路灯一盏一盏地亮了起来，把一个城市照成了癞痢头。

"你以为我想白受他的好啊？可是我好歹得熬到小桃上大学。除了他，我还能指望谁？"

二姨娘忧心忡忡地看着勤奋嫂，脸蹙成了一个苦瓜："你这不是在，耽误你自己吗？"

勤奋嫂咧了咧嘴，扯出一个淡淡的笑："姨娘，我这辈子被耽误的事情多了，还在乎这一桩？"

二姨娘嘬着牙花，半天没说话。勤奋嫂以为二姨娘把话都说完了，正要往里走，只听得二姨娘吐了一口沾了牙花的唾沫，说可惜啊可惜，你没看上这个男人。

孙小桃上初中二年级的时候，终于戒掉了看画儿书的瘾念。其实她依旧还是喜欢看，只是因为现在坐在书摊上看书的人，岁数上都比她小了许多。画儿书终于成了一件她穿得太小了而不得不扔掉的旧衣裳。

现在每天放学，她再也不用在鼓楼洞里拐个弯再回家，因为全班，不，全校的人，都知道了她家是开老虎灶的。"老虎灶西施"的绰号已经跟了她六七年了，渐渐的已经把她的耳朵磨出了茧子，她再也没有理由去死死捂住那块早已经是公众秘密的疤。

现在放学她还是不直接回家。不过现在她换了地方 —— 她会去九山湖边坐一会儿再回家吃饭。湖边人迹稀少，只有一片草地和一棵遮天蔽日的槐树，往那树底下一坐，无论晨昏都是一片幽暗。她坐的次数多了，已经知道朝阳那面的树身上，有一块塌陷的疤，她坐下来，正好可以把身子和脑袋搁进去，那树身就成了她的椅背她的床。靠在那里，她看得清世界，世界却看不清她。她喜欢下午的日头把湖水渐渐变得浓稠起来的感觉，也喜欢风穿过水面和青草地的清凉气息。

她随身带着几支粗细不一的铅笔和一个长方形的白本子。那本子有一个厚实的塑料套，上面写着三个烫金字"速写册"—— 那是仇阿宝出差去上海的时候买来送给她的。仇阿宝不懂什么叫速写，只知道里头的白纸可以画画。其实她也不懂，不过没关系，懂不懂她都是拿它来画画的。她不画她眼睛里看见的东西,她只画她脑子里存的东西。她眼睛看见的东西若不在她脑子里存过一遍,她的笔就不认。她脑子里存的东西很多,有花鸟景致山水楼阁。当然,还有各式各样的人。她很节省地使用着这个本子,把每一页纸都隔开了上下两部分,正面反面都用,可是很快,本子已经用了一半。

当然,她也不是回回都画。有时候她只是在树底下坐一坐,听着头顶上鸟儿唧唧啾啾地叫着,懒懒地看着远处水变成了天的地方发呆。这种时候她就觉得脑子被水洗过了一遭,十几年的日子竟然没有留下一丝痕迹,空得她都想不起来她到底是谁 —— 她就很是快活了起来。

这一天她下了课照常往湖边走,远远的她突然就闻到了一股异味。她和她的母亲勤奋嫂一样,嗅觉极为发达。她的鼻子,总要遥遥领先地走在她的眼睛和耳朵之前,有时甚至回过头来阻拦了眼睛和耳朵的路。她那天闻到的,是树林子里的野物闻到自己的窝巢被别的野物侵占的那种味道。

她警惕地停下了步子。她的鼻子引领着她的眼睛一路走过去,停在了那棵熟悉的槐树下。她看见了一个穿着海魂衫的身影 —— 是抗战。抗战这两年一下子长高长壮了,衣服的每一处都有了饱实的内容。青春已经把早些年颠沛流离的痕迹从他脸上彻底抹去,他远远看上去几乎已经是一个真正的男子汉。他正靠在树身 —— 她的树身上,悠悠地吹着口琴。突然他的身子斜了一斜,仿佛在跟人说话,于是她就看见了另一个身影,一个穿着白衬衫蓝花裙子、梳着两根齐腰长辫子的身影。她的心突然停跳了一拍,因为她醒悟过来,那个人是赵梦痕。

梦痕这两年也长高了,却没长胖,不是因为饥饿,而是因为恰到好处的营养搭配。她父亲的绸缎庄已经被公私合营,她父亲现在不再到公司上班,只在家里吃着定息。他的名字,也不再那么频繁地出现在报纸的新闻版上。他们家已经不如从前那么阔了,但远还没到潦倒的地步。真正潦倒的日子,还要过几年才会到来,所以她依旧可以消消停停地享用着她父亲和她父亲的父亲积攒下来的家产。她身上的那件蓝花裙子，就不是一般的货色，那是上海滩最精纺的东方绸，按照最时新的样子剪裁的。本来她裙子上的蓝和他海魂衫上的蓝是截然不同势不两立的两种蓝，可是那天他们头顶的那片天，身前的那汪水，身后的那棵树，突然就叫那两样蓝变得相得益彰。

其实，离他们站立的地方略走几步，就可以看到饥荒的影子。可是饥荒离他们再近，也挨不到他们身上。她有丰裕的过去可以汲取，他有绵长的未来可以预支，在那一刻，他们跟苦难和灾荒都还无缘。

梦痕从口袋掏出一只口琴，也跟着他吹了起来。他们吹的是同一首歌，都是《红莓花儿开》。刚开始的时候，他吹他的调，她吹她的，他们的调子中间有一条阔阔的缝，缝里灌着风。渐渐的，她就试试探探地找着了他的调，他也找着了她的，两个调便严丝合缝了起来。

他们本是一条线上离得最远的两个极端，可是离得最远的两个点，也可以顷刻之间成为贴得最近的，如果把那条线绕成一个圆。小桃暗想。

这天晚上，小桃躺在床上做了一夜的梦，每一个梦里，都有那两种蓝。

第二天到了学校，小桃冷眼看着那两个人，他们坐在各自的座位上，中间隔着好几排人，他没看她，她也没看他。他们脸上浮现的，是一种从未认识过的陌生，和一种丝毫没想打破这种陌生的漠然。

后来小桃再也没有在九山湖边见到过他们的身影。

小桃开始怀疑，那天她在湖边见到的，是否仅仅只是一个幻象。

内科医生谷开煦觉得他在医学院接受的五年正规教育和在医院里积攒的数年临床经验，到了朱家岭并非完全学无所用。事实上，在朱家岭的四年里，他的医术在某些方面进步巨大，当然，这些进步是以其他方面的巨大退步为代价的。

卫生所的条件使他已经完全失去了医治重病大病的机会。可是，正是因为诊断设施的严重缺乏，他的眼睛鼻子和手指却变得格外地敏

锐起来 —— 它们是他除了听诊器之外的唯一依靠。人体上任何一丝略微反常的颜色气味形状质感，都能飞快地调动他的脑神经，让他在以分秒计算的时间范围内做出精准的判断。他的直觉可以带他走很远的路，尽管还走不到头 —— 他的精准只能停留在诊断阶段。除了头痛脑热腹泻之外，几乎所有其他的病人都得送往县医院治疗。

除了看头痛脑热和腹泻之外，他常做的另一件事是外伤处理，当然是指简单的外伤。从前一直在内科工作，离开医学院后他几乎完全没有接触过外伤。可是在朱家岭的四年里，他见过了一辈子加起来也没见过的五花八门的外伤，有农器的割伤，有火烛的烫伤，有牲口的踩伤，有两口子打架的划伤……他现在熟知每一种清理和消毒方法，而且能把伤口缝合得像一块精美的绣花布。

他甚至学会了给牲口看病。开始时只是一种无奈 —— 人能送往县医院，而牲口却不能。老乡们是抱着能给人看病就能给牲口看病的盲目信任，把牲口牵进他的卫生所的。他只能一边翻看他从城里带来的一本《兽医手册》，一边寻找对应的症状和治疗方法。几次见效之后，他的胆子渐渐大了，竟然敢给牲口开刀接生。

这一天早上，他起晚了，是被敲门声惊醒的。他就住在卫生所里。所谓的"住"，其实就是一张单人床，铺在卫生所的墙角，来人了就把布帘子扯上。工作和睡觉都在一个地方，就无所谓上班下班，只要有人来便随时开门。

头天夜里朱家岭有户人家娶亲，请他过去做证婚人，免不了多喝了几杯酒，有些上头，就一觉睡过了。醒来一看，日头已经升到院子里的那棵桑树枝上了。他应了一声门，就慌慌地披衣找鞋。已是三月了，风吹过来虽然还有几分寒意，不过那寒意只是一张稀薄的纸，轻轻一捅就破，芯子里早已是一片软乎乎的糖稀一样的春暖了，可是谷医生却还没换下棉袄和那条肥得几乎没了裆的棉裤。床前的那双棉鞋沾满了昨夜路上的灰土，已经脏得看不出颜色。他懒得掸土，胡乱趿上了就去开门。

今天的病人面生，一问，才知道是从陆家埠头送过来的。脚还没进院子，身后已经跟了一大群人。朱家岭一年到头也来不了几个外乡人，朱家岭的鸡狗都眼浅，见了生人就倾巢出动，更别说是饿着肚子的人。饿着肚子的人格外喜欢热闹 —— 热闹是气，虽然管不得饿，却能暂时填一填肚子里的空地。

病人是个六十来岁的老太太，一个星期前早上醒来，耳朵突然就聋了，说夜里有鬼附在她脑袋里喊了一宿的话。从那天起，那鬼就昼夜不停地跟她说话，搅得她白天黑夜睡不得觉，人就有些疯癫了。村里岁数大些的都说她中了邪，撞上了不该见的东西。家里人也悄悄请巫师神婆赶过鬼，服过符纸仙丹，却都不管用。后来她儿子听说朱家岭有一个温州城里来的大医生，就走了几十里路把老太太抬了过来。

老太太见了谷医生，噗通一声跪了下来："菩萨神仙啊，你要是能把鬼赶出来，我情愿折几年寿。"众人便笑老太太脑瓜子糊涂。谷医生把老太太扶起来 —— 早已是一头一身的灰土。搬了张凳子让她当院坐下，就拿出耳镜做检查。谷医生把耳镜伸进老太太的耳道里转了几转，眉毛却越蹙越紧，渐渐地紧成了一团乱线。众人七嘴八舌地问到底看见什么啦？谷医生也不回话，只叫人进屋里拿出一瓶甘油来，往老太太的耳朵里滴了几滴，叫她歪着头坐着，竟不再搭理。

谷医生擦了手，从兜里掏出一个烟盒，抽了一根烟出来，点着火抽了起来。

谷医生抽起烟来也急也慢。急是抽进去的时候，三口并作两口，仿佛有人在后头追抢。慢是吐出来的时候 —— 谷医生抽进去好几口，才恋恋不舍地吐出来一口。那一口带着几口的劲道，一路悠悠地升到半空，那圆圈才慢慢地打开了，开成一朵肥软的花。

谷医生好不容易把一根烟抽到了烧指头的地步，却也不扔，又掏出另一根来，按在前一根的屁股上点着了，再接着抽。众人急等着看好戏，锣鼓响了半晌，却不见大幕扯开。越等，便越觉得这戏值得等，紧张得连大气也不敢喘，生怕就在那一口粗气里错过了开场。

终于熬过了两支烟，谷医生站起来，拿了张旧报纸垫在老太太的肩膀上，让老太太侧过头来，这回是朝另一边。众人等了半天，慢慢的，就见那张旧报纸上滴下来一团烟垢似的脏东西 —— 是稀释了的耳屎。

就在那团耳屎里，蠕爬着两只黑乎乎的东西。

众人啊地惊叫了一声，倒抽了一口凉气。

报纸上爬着的，是两只蟑螂。

"这就是我给你赶出来的鬼。"谷医生把报纸团成一团，扔进了垃圾堆。

"娘，怎样了？"老太太的儿子们围了上来，急切地问。

"我又不是聋子，用得着这么喊吗？"老太太说。

众人轰的一声笑了，院子里鸡飞狗跳地热闹了起来。

老太太的儿子拉着谷医生的手，谢了又谢。围看的人说光谢顶屁用？有米就送些过来，谷医生的口粮不够吃。那儿子脸上就有了几分难色，说这日子谁家能有闲米呢？要不就挑些番薯来吧。围看的人就起哄，说吃番薯都放了一年的屁了，谁稀罕。谷医生推着那儿子往外走，说你也真是，一句玩笑也听不懂。你妈没事了，还可以活一百年。

那家人又千恩万谢了一番，终于走了。众人正要各自散去，却突然听见有人扑哧笑了一声，说谷医生你的医术越发高明了。众人转身一看，才发现院子里的那棵桑树底下，站着一个陌生女人。女人臂弯上挽了个竹篮，大约赶过了路，面颊上泛着两片汗湿的潮红。女人剪了一头齐耳的短发，一侧的头发被一枚塑料发卡夹起来，露出一个白白净净的耳垂。女人身穿一件洗过了多水的蓝布夹袄，衣裳的袖口已经薄得挂了丝，却依旧干净合体。女人的穿着原本是素净的，肩上却围了一条红色的方巾，那红便烧得一个院子噌地一下亮了起来。

众人先前的心思都在老太太的耳朵上，竟没留神这个女人是什么时候进来的。朱家岭安静了很长时间了，朱家岭的人不知道该怎么应付这突如其来接二连三的热闹，一时慌了手脚。半晌，才有一个抱着娃的女人说了句话："是谷医生的老妪（温州方言：老婆）吧？"有人就说瞎扯淡，没听说谷医生有老妪。人群立时就分成了两拨，一拨说是，一拨说不是。相持不下，便都转过脸来看谷医生。

"谷医生你给个话，是还是不是？别不好意思。"有人大声嚷了起来，众人便又哄哄地笑了开来，一下子找回了感觉。

谷医生有些窘，不知如何回应。倒是那女人大方，仰脸冲大伙一笑，说别乱点鸳鸯谱，我是谷医生的妹子。众人见女人不认生，胆子也大了，就说谷医生长得不怎么样，妹子却是漂亮呢，到底是城里人。谷医生挥挥手说散了散了，看了半天热闹，肚子不饿吗？赶紧回家吧。众人哪里舍得散？里三层外三层的，圈子围得越发紧了。女人解下围巾，啪啪地拍打着衣裳鞋面上的土，只觉得前襟后背贴满了大大小小的眼睛，连颈脖子都烫。

"谷医生跟妹子也总有几句话要说。都回家吧，家里要是有吃的就拿点过来。"终于有个年长些的，扯着嗓门嚷了一句，众人才百般不情愿地散了。

谷医生接过女人的竹篮，领着女人进了屋。女人正想坐，却被谷医生一把拦住，说那张凳子什么病人都坐过，别脏了你的衣服。便把床铺上的被子往里推了推，腾出一块空地来，让女人坐下。被子蟒蛇似的盘成一团，露出一个油渍渍的被头。女人心里抽了一抽，心想从前那么爱干净的一个人，现在的日子怎么就过得如此对付？

屋里只剩下了两个人，空气突然就重了，一扭身子撞上了，硌得人浑身都疼。谷医生已经把方才的自如都丢在了院子里，他想说话，可是他的话像一管用得只剩了一个底的牙膏，他费尽气力终于把话挤到了嘴上，却发现嘴短了一截舌头。

"勤奋，我没想到，你会来看我。"

谷医生哆哆嗦嗦地扭上了一直敞开着的棉袄扣子，他依旧还没有从巨大的惊愕中挣脱出来。

勤奋嫂的心很响地跳了一声。

他叫她勤奋。他从来没有这样叫过她。勤奋和勤奋嫂，只相差了一个字，可是那个字里却藏着万千玄机 —— 被人叫做勤奋嫂的时候她是一个寡妇，而被人叫做勤奋的时候她是一个女人。

勤奋嫂想说的话也很多，可是说出来的，却不是最想说的那一句。"仇阿宝，你认得的，他们厂子在朱家岭旁边有个外包加工车间，我搭了他们的便车来的。"她说。

谷医生倒了半杯水给勤奋嫂。他是想倒一满杯的，可是热水瓶只剩了一个底，杯子的水里浮着几片蛾子似的瓶渣。勤奋嫂顾不得，她端起杯子咕咚咕咚就喝 —— 她真是渴了。喝完了，就问你在这边，好吗？谷医生说还好。勤奋嫂说那些人，像是待你不错呢。谷医生说是不错。勤奋嫂又说听仇阿宝讲，现在有的地方已经开始摘帽了，你争取争取。谷医生说知道了。勤奋嫂抿嘴一笑，说你这样，我真不习惯。谷医生说什么不习惯？勤奋嫂说你话怎么这么少了？你不发牢骚的时候我真不习惯了。

两人便一起笑了起来。那笑把厚硬的空气戳出了一个孔，便有风在屋里流动起来。

"什么时候学会抽烟的？"勤奋嫂问。

"乡下，人人都抽，就跟着学了。"谷医生说。

"为什么，把头发剪了？"谷医生歪过头来看着勤奋嫂。

"难看吗，剪了？"

谷医生沉吟半晌，才说："好看。只是剪了头发，就真像城里人了。"

"城里人，不好吗？"

"不是不好，只是我已经习惯了乡下。我现在，就是一个农民。"

勤奋嫂张了张嘴，却把涌到喉咙口的话咬断在了舌尖上 —— 她不知道该说是还是不是。四年的光阴不算长也不算短，却刚够把谷医生从上到下变了个样。不在老，不在黑，也不在瘦。再老再黑再瘦，只要眉眼还在，总能认出个样子来。谷医生变的是样子，不是眉眼。从说话的口音，到穿衣的样式，到走路站立的姿势，谷医生看上去已经是个地地道道的农民，除了鼻梁上那副裂了一条缝的眼镜。

勤奋嫂取下盖在竹篮上的毛巾，说这是我给你带的豌豆饼。其实都是豌豆，没几两面粉。要在从前，这也就是喂牲口的饲料，可现在只能凑合了，粮票实在不够。谷医生说你该留着给小桃，这个年纪，胃口正开。勤奋嫂说城里的供应再怎么也比乡下强，乡下的日子难熬，也不知你这里怎么样？谷医生说我在老乡家里搭伙，虽然不能顿顿都吃饱，倒也没太饿着，总有人送吃的。我给哪家都治过病，不是人就是牲畜。做医生就剩下这么点好处了。

谷医生便问小桃怎么样了？勤奋嫂说今年上高二，再过一年就考大学了。谷医生问想好了考什么专业？勤奋嫂说这孩子爱画画，就考个跟美术多少有点关系的专业吧，最好进个包吃包住的学校，家里少点负担。

两人正说着话，就听见屋外有人声。开了门，只见院子里站了一群人，手里都端着锅碗瓢盆——是送饭来的。谷医生说这么多东西，我们也吃不了，不如大家都在这儿一起吃算了。众人也不推辞，当下便有两个年轻汉子进了屋里，把卫生所看病的那张桌子抬了出来，摆在那棵桑树底下。众人就放下了手里的物什。勤奋嫂一眼望去，只见有蒸番薯、烤番薯、番薯粉丝海米汤、番薯粉掺面粉做的窝窝头。都是海碗，却见不着米。菜有水煮萝卜、盐腌雪里蕻、豆腐乳、炒青椒片、芹菜豆腐丝，也都是清汤寡水的找不见几个油星子。还有人拿的是瓜子北枣麦芽糖的干货。只有一户人家端来了一碗面，那面上头撒了厚厚一层的葱花，还卧了一个鸡蛋。众人的眼睛，便都落在了那碗面上，却谁也不敢动筷。

谷医生拿出勤奋嫂的竹篮，说这是我妹子带来的城里货，一人一口，别打架。我知道你们都盯着这碗面，那就一人一口分了算。不过鸡蛋是我妹子的，你们谁都别想。众人便笑，围着桌子站成了一圈，你一筷子我一筷子地吃了起来。有人就叹气，说妹子，拿这种东西招待你，真是给朱家岭丢脸哪。勤奋嫂说这里的番薯，不知比城里的强多少。城里粮店卖的，跟铁砂似的，连我家的鸡都咬不动。谷医生说你先别拣好听的说，我要是告诉你这些番薯粉丝是在哪里晒出来的，看你还敢不敢吃？勤奋嫂说我什么事没见过？你轻易吓不着我。谷医生说都是在坟头盖上晒的。勤奋嫂嘴里的一口番薯粉丝，就哽在了喉头。终于咽下去了，就哼了一声，说只要不是在茅坑里晒的，我有什么不敢吃的？众人哈哈大笑，说妹子果真和谷医生一样爽快。

话还没说上几句，一桌子的干稀已经风卷残云似的给扫得精光。众人吃完了，一边嗑着瓜子，一边感叹：这最苦的日子，总算要熬过去了，听说上头已经在发救济粮。谷医生说大幸啊，咱们朱家岭没有饿死人。

这是一天里谷医生说的最接近牢骚的一句话了。勤奋嫂朝他斜了一眼，算是提醒的意思。谁知众人看见了，就说妹子你别担心，这里山高皇帝远，谁也管不得谁。勤奋嫂被人看穿了心思，面色就有些讪讪的。

就有人问谷医生听说你跟公社申请了两间房，要扩大卫生所？谷医生说房子批了，县里还送了一批抗菌素。等到县里培训的小张回来，咱们卫生所就能看些小病了，用不着个个都送县医院。众人就兴奋起来，问将来这儿能接生不？谷医生说牛可以，人得看情况。众人又哈哈地笑了起来。

有人拿出一瓶家酿的米酒，倒在碗里就要喝。谷医生瞪了那人一眼，说你酒糟鼻刚好些，又要造次？这回我可不管你。那人在谷医生的眼光里矮了下去，只嘿嘿地笑，说我哪是自己喝的？是带来给妹子尝的。就把酒碗递给了勤奋嫂。勤奋嫂抿了一口，很是清香可口，倒没有多少酒味，便忍不住又喝了一大口。谷医生朝她摇了摇头，轻声说这酒有后劲，一会儿就上头。众人说你别拦我妹子。上头怕什么？横竖是在卫生所，打一针就是了。谷医生说你以为针药是拿来醒酒的？那再开个十间八间的卫生所都不够你用。

众人就说谷医生你干脆留下来别回城里去了，城里有什么好？人人乌眼鸡似的，你掐我我掐你。你在这里管个卫生所，你就是山大王。有个婆姨说那你先给谷医生说个女人，没老妪谷医生能待得住吗？又有人接了这个茬，说陆家埠头有个女人，刚守的寡，三十岁，带一个八岁的儿子，谷医生你看怎么样？谷医生说酒不是你喝的，怎么醉的是你？你都说过好几个啦。是不是天下死的都是男人，要不怎么剩的都是寡妇？

众人笑得人仰马翻。

勤奋嫂看着这一桌子的人，只觉得他们是水，谷医生是桨。桨插在水里，水裹住了桨。桨划着水，水推着桨，两下都是说不出的自如畅快。她在谷医生身上找见了一样城里找不到的东西。

那样东西叫自信。

吃完饭，众人散了各自回家，勤奋嫂就对谷医生说你带我出去走走吧，乡下有乡下的景致。谷医生问去村头还是去村尾呢？勤奋嫂说我是从村头进来的，就去村尾看看吧。

两人便出了院门。

日头极好，照得满枝的新叶毛茸茸的黄。人和狗都撑不住这样的乍暖，沉沉地歇着晌午的困倦。只有鸡还警醒着，四下聒噪着寻食。人饿了多久，鸡就饿了多久，这一路上的鸡看上去都是皮瘦毛长。

谷医生也热了，终于把棉袄脱了提在手上。谷医生身上只剩了一件洗得认不出颜色的球衣，脑门上依旧冒着湿湿的汗气。卸了那层陈年老皮，人突然就年轻了。

"十二月党人，是什么东西？"勤奋嫂突然问。

谷医生惊讶地扬起了眉毛："你怎么想起问这个？"

"你枕头底下的那本书。"勤奋嫂说。

谷医生松了一口气。"那是普希金诗集，里头有些诗，是献给十二月党人的，最有名的是那首《致西伯利亚囚徒》。"

"普希金是谁？"

"是俄国有名的诗人。"

"没听过世上还有个党是拿月份起名的。要都这样，指不定将来就有清明党立春党了。"

谷医生禁不住被勤奋嫂逗笑了。"那其实不是党，只是一群人，合谋着想推翻沙皇政府。那场起义发生在俄历十二月，所以就叫十二月党人。"

"后来起义失败，他们全给流放到西伯利亚，他们的妻子放弃了爵位和一切的奢华，跟着男人去了西伯利亚。你知道她们见到久别的丈夫做的第一件事是什么吗？是跪下来亲吻他们的脚镣。"

这"亲吻"两个字，叫勤奋嫂的脸突然热了一热。她认得这两个字，也知道是什么意思。这两个字若印在书里，她看得很是坦然。可是这两个字若挂在一个男人的嘴唇上，突然就有些触目惊心。勤奋嫂低了头，躲开了谷医生的眼睛。

"所以普希金就写了诗，献给这些夫人。"谷医生说。

"那你，给我念一首，给夫人的诗。"勤奋嫂央求谷医生。

"我只记得几句，是长诗《波尔塔瓦》里头的。'西伯利亚凄凉的荒原，你的话语的最后声音，便是我唯一的珍宝、圣物，我心头唯一爱恋的幻梦。'"

谢天谢地，那口大舌头的普通话还在。勤奋嫂暗想。

"这些十二月党人，是不是跟右派差不多？"她问。

谷医生一把捂住了勤奋嫂的嘴。"这话你千万不能瞎说。十二月党人是反政府的，右派只是跟政府提意见。这里的差别大了。"

勤奋嫂扑哧一声笑了，说怎么吓成这样？脸都白了。我不就跟你一个人说嘛，莫非你要举报我不成？

谷医生的脸色，这才渐渐地平复了下去。

"勤奋，你现在，还学字吗？"谷医生问。

"你送给我的那本字典，都快翻烂了。这些年倒是学了不少字，小桃的高中课本，我基本上都读懂了。"

"勤奋，难为你了，一直给我写信。这些年，只有两个人给我写过信，一个是你，一个是我妈。"

谷医生说这话的时候，嗓门有些嘶哑。谷医生一离开朱家岭的人群，就像是桨离开了水，突然就抽巴了。

"要谢，也是我谢你。你要是不教我认那些字，我拿什么给你写信？"勤奋嫂说。

"你的信，倒是越写越通顺了。"谷医生说。

"那，你孩子……不给你写信吗？"话一出口勤奋嫂就后悔了。她原先想说的是"你孩子他妈",话溜到舌尖的时候被她拽住了一半。就是这剩下的一半也是一根刺,一根粗刺啊,他的皮就是再糙再厚也忍不下这样的疼。

他不语,只是呆呆地看着墙上那条已经被雨水淋成白色的超英赶美标语,仿佛那一笔一划里都藏着玄机。半晌,他才叹了一口气:"他们,已经有了,新家。"

勤奋嫂一时不知说什么好,两人便都沉默了,慢慢地朝村尾走去。

村尾有一所门面破旧的小学校,正是课间休息时间,一群女娃娃正在庭院里跳橡皮筋。见生人来,便都停止了嬉戏,愣愣地望着他们不出声。乡下的孩子没见过世面,不知道怎么招呼客人。

"这是朱家岭小学,只有一个民办老师,教三个年级。岁数大些的孩子,还得跑远路去别的学校读书。"谷医生说。

勤奋嫂心不在焉地哦了一声,就朝里走去。校舍虽然加搭了两间房,地方还是窄小,庭院叫女娃们占了,男娃就只能缩在墙角拍香烟纸盒玩,拍一下扬起一片飞尘。勤奋嫂在孩子们惊讶的目光中杀出一条血路,一路径直走过去,走到了最尽里的那间教室门口。

停下了,就抚着教室门外的那根柱子发怔。

"这里曾经是一座庙。"勤奋嫂喃喃地说。

谷医生有些惊讶,问你是怎么知道的?

勤奋嫂不说话,只是用指甲抠着柱子上的油漆。柱子已经刷过了很多层漆,最后刷上去的那层是朱红。即使是那层,也见过了几阵风雨,指甲轻轻一抠,漆皮就爆了,露出底下的旧漆——还是朱红。她不知道那层朱红底下还有没有另外的朱红。每一层漆就是一个朝代啊,有多少层漆这根柱子就见过了多少朝的变更。

"你看这柱子上'普济众生'的老字都露出来了,还能不是庙吗?"勤奋嫂对谷医生说。

当然,还有一些话,她是不能跟谷医生说的。即使她跟他走得再亲近,她心里还有一块地方,是谁也不能进的,包括小桃。

"我得走了,仇阿宝的车在等。"勤奋嫂神色恍惚地走出了小学校的门。

日头有些斜了，便不如晌午那样和暖。天上有一阵刷刷的声响，是一群鸽子飞过，似乎正出发，又似乎要归家。

"勤奋，你不要，再来看我了。"谷医生迟迟疑疑地说。

勤奋嫂的眉毛惊讶地扬了起来，仿佛叫人从背后拍了一掌："为，为什么？"

"要是传到温州城里，对你影响不好。"

"我一个开老虎灶的，已经低到泥里了，还能再往哪儿低？"

"可是你有小桃。"

"等小桃上了大学，就影响不到她了。"

"还有工作分配，有些事能跟她一辈子。"

勤奋嫂在路边站下了，两眼炯炯地望着谷医生。

"你给我，赶紧，把帽摘了。"她一字一顿地说。

当那个穿着灰色中山装的精瘦老头推门进来的时候，屋里的空气一下子就给压瘪了，瘪成了一张纸。老头的青布鞋刷拉刷拉地踩过来，仿佛随时要把这张纸踩成碎片。三个考官齐齐地站起来，喊了一声"宋书记"，老头点了点头，算是回应。老头坐下来，却不说话。老头用不着说话，老头的重量恰恰就在沉默上。老头拿起桌子上那一沓纸，随手翻了起来。老头看字的速度很慢，似乎那纸页上写的都是些深奥难解的天书。每翻过一页，老头的眉头就紧一分，还没翻到一半，老头的眉心已经蹙成了一团纠结不清的烂水草。

这是布料设计专业考生报名表。确切地说，是通过了美术初选的考生报名表。在美术作业环节里，一部分考生就已经被先行淘汰。现在进行的，是考生的面试环节。

老头终于停了下来，抬头看了一眼坐在桌子跟前的那位考生，又扭头看了一眼考官。靠老头最近的那一位考官最先明白了老头的意思，就拿过那沓报名表，翻到了其中的一页上。

"……基础……差……"考官趴在老头的耳边说。考官的声音轻得几近耳语，可是教室太安静了。太安静的教室就像是一个极善打听的妇人，总能从人的舌头嘴巴里拽出一两个断断续续的话头。

"你是孙小桃吗？"老头问。

老头的普通话带着一点大舌头，一听就不是南方人。老头的声音实在说不上洪亮，甚至有几分沙哑。老头的威严不在声音里，而在眼神上。老头的眼神是一把质地厚实形状模糊的鞘，谁也猜不出那鞘里藏的是什么样的刀。在老头的目光里小桃突然觉得自己是一个行窃时被当场擒住的贼，她若认了那个名字就是认了刚被拿住的那桩罪。她的嘴唇颤了几颤，颤出来的那个"是"字，轻得连她自己都听不清。

"你爹叫孙粮食？"

小桃点了点头。

"你娘叫刘勤奋？"

小桃听见考官席里发出一阵压抑了的低笑。她知道他们笑的是她父母的名字。这样的名字，不过是有关她身世的那潭水上的一层表皮而已，再往下捞，还会有更多的可以引发他们笑声的内容。从坐在这张椅子上起，小桃就没敢抬头看考官。不过她不需要。就在她进门的那一刻，她已经看过他们一眼了。她的眼睛是世上最精准的照相机，只需看过一眼，她就已经把他们的长相衣装定格成了永久性记忆。坐在右边的那个人，是三人中唯一的一位女老师。那位女老师戴着一副金丝边眼镜，穿着一件湖蓝色带白花的布拉吉（俄语：连衣裙），两根长辫子上缠着一对天蓝色的蝴蝶结。穿着这样的衣装戴着这样蝴蝶结的女老师，是绝不会有叫"孙粮食"和"刘勤奋"这样名字的父母的，也是一辈子不会被人叫做"老虎灶西施"的。

老头呵地咳嗽了一下，笑声顿时静了下去。笑声虽然止住了，笑意却依旧还星星点点地残留在那几个人的眉眼之间，如同下过雨的天气，雨虽然住了，湿意却还要在地皮上存留很久。

"你爹是什么时候去世的？"老头一边看着报名表，一边问小桃。

"我没见过我爸。"小桃说。

"怎么了？"老头的眉毛又拧紧了一圈。

"我还在我妈肚子里的时候，我爸就死了——是被日本人杀的。"

老头哦了一声，沉默了片刻，又问："你妈一个人，是怎么把你拉扯大的？"

那个让她最为难堪的问题，终于来了，小桃看见它的影子乌瘆瘆地停在了她的脚前。她知道她躲不过，她只有迎头撞上去了。

"我妈，卖开水，养我，一分钱一瓶。"小桃说。

小桃说"卖开水"的时候，艰难得像是在说"卖身子"。也许是那副金丝边眼镜，也许是那一对天蓝色的蝴蝶结，也许是那一身鲜亮无比的布拉吉，也许是那一团窸窸窣窣老鼠咬纸似的窃笑声。它们像一把细沙子裹住了她的喉咙她的舌头，什么样的话从那样的重围里走出来都会跌跌撞撞，千疮百孔。

"穷苦人家啊。"老头对考官们叹了一口气。"你们问吧，还有什么问题。"

"你练过静物写生吗？"

一个湖蓝色的声音远远地飘了过来。

小桃摇了摇头。

"跟老师上过素描课吗？"

小桃又摇了摇头。

"学过人体透视原理吗？"

小桃疑惑地看着那副金丝边眼镜，仿佛她说的是某一国的外语，可是那副眼镜却没给她任何解释甚至暗示。小桃最终还是摇了摇头。

考官们咬了一阵子耳朵，小桃只钩着了两个字"……难怪……"。

"你交的那个作业，《吹口琴的少年》，是你自己创作的吗？"坐在中间的那个男考官问。那人说"自己"两个字的时候，停顿了一下。那个停顿中间夹着一根软刺，叫人刚刚觉出来，却又不够疼。

小桃点了点头。

"孙小桃同学，你应该知道，没学过人体透视原理，又没有任何素描写生经验的人，是不可能创作出那样的画来的。"男考官的脸，突然阴沉了下来，阴得仿佛随手能拧出一把水。

"如果美术专业没通过，你还可以转考我们学校的其他专业。可是如果你撒谎，那就是道德品质问题，我们可以取消你的考试资格……"

血一下子涌上了小桃的脸。考官还说了许多话，可是小桃一句也听不清了。小桃不知道她有这么多的血，也不知道她的血竟然有这样大的力气。血像一帘粗大的瀑布，凶猛地击打着她的耳膜。血有多少力气冲过去，耳膜就有多少力气挡回来。两股蛮力撞在一起，满耳便都是惊天动地的轰鸣。

"我没有撒谎，那画是我想出来的!"

话一出口，她就知道那是一声喊，因为她听见了自己的声音，在一切轰鸣之上。

"你脑子里想什么，就能画出什么吗?"很久没吭声的老头，突然插进了一句话。

"只要是我见过的。"小桃说。

"你娘卖开水，你总见过吧?"老头说。

老头说话的语气很平，听不出是戏谑还是认真。考官们相互交换了一个眼神，眉眼间浮出隐隐一丝笑意。这是小桃熟悉的笑意——这是由她父母的名字引发的笑意里残留下来的尾巴。先前的笑意埋是埋了，却埋得太浅，经不起引逗，轻轻一拨弄就要露出痕迹。

血又一次涌上了小桃的脸。还好，先前的潮红还未褪尽，新红藏在旧红背后，没人看得出那是两层不同的红。血在占领了小桃脸上的每一个角落之后，渐渐地安宁了下来，耳朵不再轰鸣，小桃的声音里终于有了第一丝的镇定。

"我能画。"小桃说。

穿湖蓝布拉吉的女老师拿来了一个小画板和一支带着橡皮的铅笔。

"草图就行。"她说，语气里带着临终送别的怜悯。

小桃把画板夹在膝盖和肘子中间，双手拢着头，闭着眼睛久久不动。被大同小异的面试折腾了一个上午的考官们，到此时耐心终于给磨出了破洞。中间那个管事的用钢笔敲了敲桌子，说算了孙小桃，我们叫下一个吧。

这时小桃突然睁开眼睛，说五分钟，老师，你就给我五分钟。

小桃开始俯下身来画画。

小桃的脸近近地贴在画板上，整个身子拱成了一个圆，仿佛在竭尽全力地呵护着手底下一个惊天动地的机密。

小桃画得很快，甚至没有用满五分钟。她把画板递给了考官，就开始收拾自己的书包。她知道，她的梦在还没有开始的时候，就已经结束了。梦碎在这个时候，疼是疼，终究还是干净利落的短疼，总比忍半辈子的钝疼强。老虎灶的女儿，天生就懂怎么挑选疼痛。

考官们的脸近近地凑在一起看着小桃的画，半晌没人吱声。

也没人笑。

小桃推门出去的时候，突然听见背后有人说话。那话不是说给她听的，只是顺道刮进了她的耳朵而已。

说话的是那个穿着灰色中山装的老头。

"阶级感情啊。"他说。

这个夏天小桃闲得无所事事，不用上学，不用赶功课，也没有返校日，时间多得如同空气，一抓一大把，可是无论抓了多少把，却也不见少。每天睡到日上三竿才起床，起了床也是坐在窗口发怔，一坐就是一两个钟点。勤奋嫂见不得她这副样子，便轰她出门找同学玩。实在被母亲催不过，小桃只好百般不情愿地出了门 —— 当然不是去找同学玩。

她原先的学校没有高中部，所以上高中时她换了一所学校，依旧没有几个说得上话的朋友。一毕了业，同学里有的参军，有的嫁人，有的回乡务农，有的参加了工作，日日碰面的一群人，呼的一声就散成了一把沙子，顺着城市的筋脉无影无踪地流走了，仿佛从来就不曾相识聚首过。

小桃走到街心，才醒悟过来她原是无处可去的。心没主意，脚却自有主张，拽着她的身子浑浑噩噩地朝九山湖走去。脚并不是听心调派的，脚只是跟着记忆走 —— 这些年里那汪湖那棵树一直是她无处可去时的去处。心糊涂，脚不糊涂。

天很热，日头把石板路晒得滚烫，凉鞋踩上去有些稀软，鞋底仿佛随时要化在石板上。知了扯着嗓子吱呀吱呀地喊，把人的脑瓜子喊成了一块什么也兜不住的破布。树叶子被日头晒蒙了，蜷成一排排纹丝不动的拳头。街上没有一丝风，连狗都懒得跑动，蹲在树荫底下哈嗦哈嗦地吐着舌头。小桃没走几步路，汗水就把眼睛眯住了，却又懒得回去拿草帽，终于走到湖边时，早已浑身湿透。

在那棵槐树底下坐了，脊背和脑袋一下子就找到了树干上那个凹陷之处——也是凭记忆认的路。天终于裂开一条缝，刮起了一丝风。风很轻，还不够叫湖面上的水略略地蹙一蹙眉头，却已经把小桃的睡意勾起来了。自从那天从考场回来之后，她就是一副睡不醒的样子，早也困晚也困，每日三餐，还没放下饭碗，眼皮已经沉涩不堪。困意像是一匹匹长得扯也扯不断的布，而清醒的时刻，倒反像是布匹之间细细的接缝。

她知道，那是因为她已经彻底放下了心思。心思原来是有重量的。心思像沉甸甸的铁钩，一个一个地挂在睡眠上，就能把睡眠钩出千疮百孔。可是现在她放下了，她终于放下了所有的铁钩，再也没有什么东西可以捅破她的睡意。

前几天她在街上闲逛，偶然看到一张通告，是一家街道皮鞋厂的招工消息。她也没和母亲商量，就自己去报了名，当场就给录用了，因为她是这个小厂里唯一的一名高中生。下个月正式上班，学徒工，十五块钱工资，满一年加两块，直到满三年出师。出师后每月能拿二十六块钱，外加三块营养费，因为做鞋底的橡胶有毒。

那天她回家把这事告诉了母亲，勤奋嫂一天都没说话。晚饭的时候桌子上出现了一碗油汪汪的红烧肉——那是一家人一个月的肉票。母亲和二姨婆都没动筷子，却都往她碗里夹肉。她一连添了两碗饭——饥荒的年代总算过去了，她现在终于可以略微地纵容一下自己的胃口。母亲和二姨婆忧心忡忡地看着她，眼光里的怜悯很沉很黏，压得她无论如何也打不出那个裹了油腥的饱嗝。后来她终于张开了嘴，笑笑说没事，挺好。

是的，挺好。

从考场回来之后，她就把画纸画笔和颜料打成一个卷，扔进了阁楼。她今生不会再去碰那个梦。梦是肥皂泡，日头一照五颜六色煞是好看。只是梦太经不起摔打了，梦轻轻一碰就碎，碎得那样彻底，连团水迹都找不到。若不想忍受那份破碎时的痛楚，兴许从一开头就不要去吹那个肥皂泡。

她突然就很是认命了。

小桃的头一挨上树干，就轰的一声跌入了黑甜乡。这一觉像一张刚刚从本子上撕下来的新纸，干净得没有一星半点的梦迹。睁开眼睛，饥肠辘辘，才明白自己已经错过了一顿饭。惊醒她的不是饥饿，而是一个人。那人站在她跟前，用一把拢成一束的纸扇，轻轻地拍打着她的肩膀。见她一脸茫然，便扑哧一笑，说孙小桃你不认得我了？我是赵梦痕。

小桃一下子就醒透了。

升高中时赵梦痕分在了另一所学校。两所学校其实相隔不远，温州又是这么小的一个城市，两人本该有千个百个机缘在某一个街角相遇，可是三年里她们竟然没有见过一次面。梦痕长高了许多，长辫子剪成了齐耳朵的短发，身上穿的是一件洗得有些挂丝的白短袖衬衫和一条灰布裤子。裤子没有裤缝，膝盖裤腰处有几条深刻的褶皱。小桃从没见过这个样子的梦痕，一时怔住，半天才问，你，你怎么在这儿？梦痕指了指前方，说我陪爸爸出来透透气，家里太闷。

顺着梦痕手指的方向，小桃看见不远处的林荫道里，行走着一个半老不老的男人。男人和梦痕一样，穿的也是白短袖衬衫灰布裤子。男人手里捏着一把裹了布边的葵扇，此刻正挡在头顶遮阳。其实日头已经偏了，没有多少气力，那抹灰黄涂在男人的背影上显得有些肮脏。男人走路时鞋跟低低地黏在地上，仿佛没有力气好好抬一抬腿。这样的一个男人若扔在街上，寻常得大概连狗也不会多看上一眼。小桃暗暗地叹了一口气：世道真像是一把粗沙子啊，在人身上滚过一回，就把一个显赫一时的公子哥儿磨得走了样。其实还没有人认真碰过他呢 —— 碰他的日子还在后头。他只是经过了一场公私合营而已，他不过仅仅是感觉到失去了用场。

"今年考大学了吗？"

梦痕摸出一条手绢铺在草地上，在小桃身边坐了下来。

这是一句已经在小桃喉咙口堵了半天的话 —— 小桃一早就想问的。小桃没问的原因，是怕她反过来问她。可是她却抢了她的先。

小桃摘了一根狗尾巴草，在手心搓来搓去搓成了粉，扬在风里吹散了，才哼了一声，说考了也是白考。梦痕问怎么说这个话？小桃叹了一口气，说你是明知故问吗？我是什么基础，你不会不知道吧？

梦痕哦了一声，像是不知道如何应答。小桃就问你呢，你也考了吗？梦痕咬了咬嘴唇，说和你一样，考了也是白考。

怎么能一样？小桃暗想。梦痕如果考不上，绝对不可能是成绩。自从升了初中之后，梦痕突然就对功课上起心来。她父亲专门给她请了最好的私人教师，在家辅导她的俄语和数学，她的成绩一下子跃到了年级的前几名。她若落榜，只有一个理由，那就是她的家庭出身。虽然"一视同仁"的话一直在报纸上喊，可是就连二姨婆这样大字不识一个完全看不懂报纸的人都知道，功臣的儿子哪能和罪臣的儿子坐在同一条板凳上？这几年出身不好的学生，想上大学是越来越难了。

此刻老虎灶的女儿和绸缎行的千金突然有了一丝同病相怜 —— 她们都被大学摒弃了。赵梦痕的生活之路拐到这一程的时候，和孙小桃有了小小一段的交集。可是，在赵梦痕的路还没拐到孙小桃的路上来的时候，赵梦痕拥有过什么样的风光？而她孙小桃从生下来的那一刻起，兴许到老到死，都永远是老虎灶的女儿。她的路一眼就看到了头，她的路永远也不会拐出什么惊心动魄的弯道。小桃暗想。

"我到这儿这么多次，后来就一次也没看见你了。"小桃说。

"你见过我，在这儿？"梦痕有些吃惊。

小桃定定地看了她一眼，说我看见了，你和抗战，在这儿吹口琴。

梦痕愣了一愣，半晌，才转过身来，也定定地看着小桃，说那你为什么不叫我们呢?

梦痕说这句话的时候,眼神像一汪好天,清朗得没有半丝云翳。小桃想找一句话来回,搜肠刮肚的,竟然找不出一个字,只觉得脸颊渐渐地烫了上来,便很是恼怒了自己:遮遮掩掩的应该是她,到头来脸红的竟然是自己。

好在梦痕也没往下追问,只是摇了摇头,说抗战嗓子不错,口琴也吹得好,可是他就是听得太少。他以为俄罗斯民歌只有《红莓花儿开》和《喀秋莎》,后来我妈给他放唱片,他就听傻了。他耳朵很灵,一听就听出来什么是好东西。

"他去你家,听唱片?"小桃想掩饰,可是没用,她的嗓子不服她管——她的嗓子大大地咧着惊诧的口子。

"我妈会弹钢琴,家里存了很多音乐唱片。柴可夫斯基的全套,肖邦的大部分都有,格林卡的也不少。抗战想好好学唱歌,光嗓子好没用,得有音乐素养。"

没变,赵梦痕没变。赵梦痕就是剪成了秃头,穿着满是补丁的衣裳,她还是赵梦痕。她身上有些东西,是生下来就有了的。不,是还没生下来的时候就有了的——那是从她爹娘的血里传到她身子里去的。她爹娘活着,这东西就活着。就是她爹娘死了,这东西也还活着,再透过她的血,传给她的儿女,长长远远,世世代代。哪怕这会儿她没了耳朵没了舌头成了聋子成了哑巴,那东西还能从她的寒毛孔里一丝一丝地往外冒,叫人一眼就认出来了。抗战身上没有这个东西,抗战也想要这个东西。抗战的父亲打了一辈子的仗,就是为了消灭梦痕父亲这样的人。他即使再打上三辈子的仗,也阻挡不了他儿子想要梦痕身上的那些东西。只是抗战的父亲也给了抗战一张脸皮,这张脸皮让他要起梦痕身上的那些东西时,有些羞羞答答躲躲藏藏,总也不那么理直气壮。

小桃突然就明白了抗战在人前对梦痕的冷漠。

可是小桃还要过很多年,才会明白梦痕身上的那些东西到底是什么。

那些东西叫做贵族气息。

"抗战，怎么样了？"小桃问。升入高中后，抗战分在了梦痕的那所学校，所以小桃和抗战，也是有一阵子没见面了。

"抗战回山东老家了。"梦痕说。

"为什么？"小桃又吃了一惊。

"他妈为了一点小事，和他吵了一架。他爸下班回家不问青红皂白，就打了他。他离家出走了几天，后来就回了山东老家。"

"后妈。"小桃喃喃地说。

"其实，也不是天底下所有的后妈都是这个样子的。"梦痕说，"我妈也不是我的亲妈。我亲妈很早就死了，我这个妈嫁过来的时候，我才三岁。可是她对我，就像是亲妈。"

小桃没想到梦痕会和她说这些话。从小学到初中，她和梦痕一起上过九年学。九年里她和她说话的次数，加起来也不够一双手十个指头。这些年里赵梦痕从公主沦为了平民，可是她身边总还围着那么几个人。喜欢她也好，恨她也好，她自始至终是班级里的一个话题。而小桃不是。小桃是话题边缘上的那团暗影，所有的话题都长着脚，绕着小桃走开去了，没人在意小桃的看法。现在她和赵梦痕不再是同学了，偶然的重逢，竟然撞出了这么多的体己话。隐隐的，小桃心里就有了几分感动。

"我爸也死得早，我都没见过他，连张照片都没有。"小桃说。小桃从来没和人说过父亲的事，除了那个考官，那也是他问了，她躲不过去才说的。

"如果一个人命中注定不能父母双全，那我还是宁愿有妈。"梦痕说。

两人突然就安静了下来，都觉出了话题的沉重。

"下一步，有什么打算吗？"半晌，小桃才问。

梦痕摘下落在头发里的一片树叶，微微一笑。"走一步是一步，我不信，这么大的世界，就找不到一只写着我名字的饭碗。"

"你呢？"梦痕问。

小桃就说了自己下个月去皮鞋厂上班的事。

"也好，做皮鞋西……"

话还在喉咙口的时候，梦痕就知道了错。可是已经晚了，半截话已经顺着舌尖滑出去了，梦痕想拽，却死活拽不回来了。

"不就是皮鞋西施吗？你说好了，我不在乎。"

"小桃，你知道，我不是这个意思……"

小桃是从梦痕的声音里听出了她的着急的。梦痕的话吊起了一个尾巴，尾巴太高，从话身子上生生地扯断了，断口处满是瘢痕。

小桃忍不住扑哧一笑，说真的没事。我这样的人，干哪行都得让人叫"西施"。你也好不到哪里去，无论你怎么努力，终究也落得个"千金"。

那日小桃往家里走的时候，太阳已经落山了，白日的暑热已经散去，夜晚的清凉正在徐徐揭开帘幕。小桃的脚踩在路上，觉得有些沉。是饿，又不全是饿。这一个下午赵梦痕给了她太多的惊讶，跟一早出来的时候相比，她的身子似乎添了重量。

当然，这时她还不知道，这一天还远远没有完结。还有一个更大更沉的惊讶，正藏在这一天的尾巴里，等待着把她扑翻在地。

一拐入谢池巷，小桃就看见母亲站在路口等她。母亲很少在门外等她。母亲若等她，那必定是她闯了祸。可是今天，母亲的脸上没有怒意。母亲非但没有怒意，眉眼上甚至有一团肥肥的笑纹 —— 母亲的脸被欢喜浸泡得走了形。

"你疯到哪儿去了？"母亲远远地对她扬着手 —— 母亲的手里有一封拆了口的信。

"你的，录取通知书！"

母亲说这话的时候上气不接下气，仿佛跑了很远的路。

消息最早当然是从勤奋嫂这里传出去的。可是出了口的话就像是出了锅的糍粑，走一路沾一路的灰，再传回到勤奋嫂的耳朵时，已经全然不是原先的样子了。

谢池巷的人来老虎灶打水的时候，都免不了要跟勤奋嫂道一声喜。有的说小桃考上了工程师，有的说小桃进了裁衣裳的大学，也有人说小桃被挑去学怎么织布。勤奋嫂忍不住笑，总是捺着性子一遍又一遍地跟人解释："我女儿考上了大学，是纺织服装学院，学的是布料设计专业。"

接下来的半个月，日子过得像一阵旋风，所有的事情就像是刮在半空的粉尘，一件跟一件混在一起，又快又乱，却是不着地的模糊虚晃。

勤奋嫂先是请了一个弹棉花的匠人，把家里的几床被褥都重新弹过了一遍。屋里没有放弹花架的空地，只能把摊子摆在门口，于是老虎灶里里外外都飞扬着细柳絮般的棉尘，来打水的人，只能绕着路捂着嘴从嗡嗡的弹花声中进进出出。一连弹了三天，才总算完了工。最厚实的那套被褥，当然是留着给小桃带到学校去用的。

接着，勤奋嫂把一家人剩下来的布票统统找出来，给小桃裁了一件布拉吉。小桃从没穿过布拉吉，挑布料的时候就乱了神，竟不知挑什么花色好。其实一整个店面里总共也没有几匹布，小桃在那几样有限的色布格子布和花布跟前转了好几圈，才终于指着一匹湖蓝色带小白花的东方绸点了点头，算是定了。

三天后衣服从裁缝铺里拿回来了，小桃试了试，哪儿都好，只是略微地长了几分。小桃的身量长在前头，小学里一直是全班女孩里数得着的高个子。等十四五岁来了月经，便停住了不再长。二姨婆说把裙子送回去让裁缝再改一改，勤奋嫂懒得这麻烦，拿出针线箩来，自己动手把裙边拆了重新收口。

老虎灶还没打烊，客人却已经稀少了。二姨婆坐在门口，在给小桃箅头发。小桃的头发很长，梳成两根辫子，一路能垂到腰下。小桃洗起头来是件烦死老天的事，满满一脸盆的热水，才刚刚够把头发浸湿。换了四五盆水，还淘不清那些肥皂花。勤奋嫂见一遍，唠叨一遍，说要不是老虎灶谁供得起那样的热水？可是小桃还是舍不得剪。

洗起来是一样麻烦，干起来是另一样麻烦。从水里捞出来，擦干了，还得花一两刻钟才能把那一头乱草慢慢梳通。若遇见有风的天，还好说些。若遇见阴雨的日子，有时候一整天也干不透。平常洗头，只能挑在星期天一大早，可是今天吃了晚饭，小桃心血来潮非要洗，说是头痒难熬。勤奋嫂说你这一洗，怕是要等到天明才能干透。小桃说不怕，我湿着头也能睡，多垫一条枕巾就是了。勤奋嫂拧不过她，只好由了她。

　　洗过了，就央求二姨婆来篦头。二姨婆用的是一把细齿的竹篦，那篦齿走在头皮上嘶啦嘶啦酥酥痒痒的，小桃一身的骨头就散了架，再也挂不住一两肉。

　　篦头发这样的事，小桃是从来不会叫妈妈做的。小桃是牵着二姨婆的衣角长大的，走不动路时背她的是二姨婆而不是妈，从小她都是闻着二姨婆脚上的汗馊味入睡的。淘气的时候，二姨婆和妈都会骂她，可是二姨婆的怒气是一层稀薄的纸，一捅就破，里头是一团软面泥。而妈妈的怒气也是一层纸——一层她从来不敢去捅的纸，因为她不知道那纸底下藏的是什么东西。在这个家里，二姨婆其实更像是妈。小桃没见过自己的爸，却见过别人家的爸。她觉得她的妈倒有点像别人家的那个爸，撑着家里的一爿天，整天担忧的是天别塌下来，就没有多少细致心思管她。

　　二姨婆的篦子唑唑地行着路，小桃觉得脖子上时时有股细细的风——那是二姨婆无声的叹息。自从小桃收到了录取通知书，二姨婆就常常这样叹气。二姨婆不说话。可是二姨婆用不着说话，小桃猜得着她的心思。二姨婆看不懂报纸，不晓得朝鲜越南美国在哪里，二姨婆完全不知天下事。在二姨婆的心思里头，一个女人最好的出息，就是嫁一个顾家的男人，生一群活得下来的孩子，所以二姨婆心底里更愿意小桃别去上那个劳什子大学，而是守在家门口安安生生地做一辈子的皮鞋西施。不过叹息归叹息，二姨婆明白这件事上她做不得主，所以她就闭了嘴。其实这件事非但二姨婆做不得主，甚至连妈妈也做不得主——小桃自有主张。只是幸好妈妈的主张恰好也是小桃的主张，要不然小桃可以翻了脸六亲不认，一条窄路独自走到黑。

　　勤奋嫂的针在篑里放过一阵子，沾了潮气，有些锈涩，走起来便不怎么顺畅，一不小心扎了指头，便忍不住哎哟了一声。二姨婆见了就摇头，说你这个手艺，难怪你婆婆当年就看不上眼。勤奋嫂哼了一声，说她家里有压箱底的货，她瞧得上谁，除了她儿子？

　　小桃听了，免不得好奇，就问妈你不是说我爸家里是农民吗？那我奶奶怎么会有压箱底的货？勤奋嫂一怔，便笑了，说十年河东十年河西，风水轮流转，好日子也不能都让她一个人过。到了你爸手里，他们家就败落了。

　　小桃又问我爸家里就再也没有别的人了吗？我爸死了，怎么就没有堂叔堂伯什么的呢？勤奋嫂说你爸是独苗，他死了我们又搬了家，亲戚就远了。小桃想了想，像是有几分不甘，又问妈你也没有亲戚，二姨婆也没有亲戚，为什么我们家所有的人都是独苗，没有堂亲表亲远亲近亲？

　　勤奋嫂抬头剜了二姨婆一眼，二姨婆立时就明白了那意思：她在怪她一不小心张嘴啄了一个小口子，没想到那小口子底下连着一个大坑。现在她想填那个小口子，却已经晚了，她首先得填住那个大坑。

　　"你去路口风大的地方吹一吹头发，就这样睡下了，还不给你捂出一头虱子？"

　　二姨婆停了手里的篑子，推着小桃往屋外走去。

　　小桃披着一头湿发走到了街上，木屐在石板路上踩出啪嗒啪嗒的声响。天黑透了，头顶上飘浮着几片薄云。云虽不厚，却长着牙，把月亮啃成了一张边角残缺的麦饼。走到路口，风越发急了，枝叶沙沙地在路面上投下大团大团的鬼影。刚吃过夜饭的街市还很热闹，夜风里挟裹着层层叠叠的街音：受了委屈的狗在高一声低一声地呜咽；挨了打的孩子在撕心裂肺地哭嚎；不知哪家把收音机开得震天响，里边广播的是一桩关于越南的新闻。再往前走几步，就听到了一阵隐隐约约的口琴声。琴声很轻，像一条细细的棉线，被压在重重的杂响之下。小桃的耳朵兔子似的竖了起来，听了半响，终于挑出了线头——原来是《小扁担三尺三》。小桃忍不住暗暗地笑了：这阵子电影《李双双》红遍了大江南北，每一只口琴里吹出来的当然都是小扁担。吹这只口琴的大约是个新手，断断续续的半天也找不着音准。小桃知道不是抗战，可是她忍不住还是想起了抗战。那年抗战在九山湖畔吹口琴的样子，如一把刻刀在她的脑壳里刻下了一个磨不烂的模子，从那之后，仿佛世上的每一只口琴都与抗战相关。她这一辈子后来听到的所有口琴声，都不过是从那个模子里浇铸出来的副本。

也不知抗战在山东，还吹不吹口琴？也不知道他今年，有没有考上大学？小桃暗想。

由抗战想开去，小桃就想到了梦痕。接到录取通知书之后，她曾动过心思去找梦痕，问问她是不是也接到了通知 —— 前几天在九山湖的偶遇之后，梦痕突然成了她心思里的一个角落。可是踌躇再三，她还是没去。她不去，是因为害怕：要是梦痕落了榜，她怕自己声气里掩藏不住的喜气会伤着她，也怕梦痕眼里掩藏不住的失望会伤着自己。虽然她的录取和她的落榜没有任何关联，她在她的命运里是个毫无分量的过客，可是一个人的喜气在另一个人的哀怨面前，总多少有些不那么理直气壮 —— 她免不了要生出那么几分愧疚。

可是，她不愿意，她实在是不愿意，承当那本不该由她承担的愧疚，哪怕是一丁一点。十九年，她活了十九年了。这十九年里，只有这个夏天的这两个星期，是值得她放在记忆里时时拿出来翻晒一下的。抗战，梦痕，老虎灶，甚至整个温州城，都是她生命天幕中的流星。无论他们在她的心里留下过什么样的划痕，他们都已经属于过去。而几天之后，她就要乘船离开那条叫瓯江的河流，驶向东海，驶向一个她一无所知却注定要成为她的未来的都市。既然终究要成为过去，不如现在就让它们过去吧，为什么要让那些与她无关的愧疚打湿这或许只是昙花一现的快乐？

不知不觉间，小桃就走到了五马街口。

如果把温州城比作一盏灯，五马街就是灯泡里的那根钨丝。如果把温州城比作一颗汤圆，五马街就是汤圆里的那团麻心。小城的白天是从这里揭晓的，小城的黑夜也是从这里落幕的。这是小城肉中的肉，心中的心。小桃从前也来过这里，可是小桃从来不敢驻留。她觉得这样的街是给梦痕抗战这样的人行走的。梦痕可以理直气壮地走在这里，因为她兜里的那个荷包，能买得起任何一家店铺里的任何一样货色，还有任何一家店铺里的任何一个笑容。而抗战走在这里，也可以抬头挺胸，因为他免不了要想起十几年前他父亲的布鞋踏上这条街，把一面蓝旗扯下来换成一面红旗时的情形。可是她孙小桃呢？她走在这条街上，脚是软的，眼睛也是软的。她的眼睛不再是眼睛，而真正的眼睛，却是街两边的橱窗。那些镶着霓虹灯的眼睛张得大大的，无声却放肆地嘲笑着她的寒酸和贫穷。可是今天她突然不同了。她依旧寒酸，依旧贫穷，但她兜里却有一张纸——一张大学录取通知书。这张纸虽然不够她买任何一家店里的任何一样货色，却叫她有了足够的胆气，可以抬起眼睛把这条街神闲气定地好好看过一遭——她觉得她的脚她的眼睛突然都长了劲道。

五马街口的大众电影院门口，第一场电影刚散，第二场电影正要进场。两拨人马撞在一起，就撞出了一些白天没有的热闹。广告牌上写的是两部片子：《红楼梦》《槐树庄》。其实演什么都不打紧，小桃要的只是嘴里含着一枚糖橄榄，静静地坐在有扶手的椅子上，听着放映机沙沙转的那份感觉，哪怕银幕上放的只是新闻纪录片。上次进电影院，已经是一年多以前的事了，还是学校组织去的。小桃很后悔今天出门前没问妈妈要一毛钱——那是一张电影票的价格。她知道妈妈会给的。这个夏天她让妈妈在谢池巷的人跟前大大地长了脸，为了这个脸面，妈妈的手指头就松了许多。妈妈既然舍得请人来给她弹一床全新的棉被褥，在她身上花去全家一年剩下来的所有布票，妈妈也一定会舍得请她看一场电影。要是妈妈高兴了，说不定还能提前打烊，全家三口一起来看一场《槐树庄》。

就在这时，小桃突然在散场的人群里看见了一张熟悉的脸——是仇阿宝。阿宝身上背着一个大包，身边走着一个女人。小桃想躲，却晚了，阿宝已经冲着她大声喊了起来："阿桃，你怎么在这儿？"

一条谢池巷的人，包括她妈和二姨婆，都管她叫小桃，只有仇阿宝叫她阿桃。闭着眼睛，小桃也听得出那是仇阿宝的声音，高高的，粗粗的，带着点被香烟割伤了喉咙的沙哑。

仇阿宝挤过人群，把一个开了口的纸包塞到小桃跟前："橄榄，冰糖腌的。"小桃推了推，阿宝就蹙了眉，说怎么啦？还没上大学呢，就瞧不起你阿宝叔了？小桃只好挑了一颗含在嘴里，轻轻一咬，一股清香从舌尖弥漫开来，满嘴便都是甜味。

"我干闺女，艺术家，大艺术家。"阿宝指了指小桃对身边的女人说。阿宝说这话的时候，脸颊上浮开一团油汪汪的笑。

女人是小桃从未见过的，三四十岁的模样，长得还算白净，只是面颊上有几个淡淡的麻点。女人看了小桃一眼，笑了笑，却没说话。

小桃想说谁是你干闺女了？却碍着那个女人，只好换了句话，说阿宝叔你怎么这阵子都没来打开水呢？阿宝指了指身上背的那个大包，说你看看，我今天出差才回来，还没回家呢。小桃说你没回家，怎么就知道我考上大学啦？阿宝嘿嘿一笑，说我有耳报神，你们家什么事也瞒不过我。

女人在一边听着，神情就有些不耐烦起来，屡屡地拿眼睛催阿宝。阿宝撩起衬衫下摆放到鼻子上闻了闻，对女人说我得赶紧回家打瓶水洗一洗身子，这一路住的都是些什么旅店？都臭了，搞不定还有虱子。女人有些不情愿，嘴唇翕动了一下，像是还有话说。阿宝挥了挥手，刀似的斩断了女人还没出口的话头。

"你先走吧，得闲了我找你。"

女人只好快快地走了。

女人刚一拐出视线，阿宝就对小桃挤了挤眼，问饿不，闺女？小桃哼了一声，说谁是你闺女？阿宝想板脸，没板住，反而板出了一脸的笑。在老虎灶所有的客人中，小桃跟仇阿宝最熟，小桃从小就不怕他。

"好你个忘恩负义的童子痨（温州方言：坏孩子）。下回你妈打你，我要是再拉她我不是人。"

说完了阿宝便叹气："转个眼阿桃你就是大人了，你哪还用得着你阿宝叔拉架？"

一句话说得小桃心里突然就有些难受起来——是那种在快乐上洒了一层细灰的稀稀薄薄的难受。小桃说了半句"阿宝叔你……"，就不知再说什么好了。

阿宝拉了小桃就往街对过走去。"走，叔请你吃饭。叔这辈子还没请你吃过饭呢，再晚就请不上了。"

小桃说我吃过饭了。阿宝说你饱了我还饿着呢，就算是你请我吃饭，我来付账，好不好？

阿宝去的那个地方，是温州酒家 —— 那是小城里最排场的一家餐馆。小城的人结婚娶媳妇，请柬上若写的不是温州酒家，面皮已经丢了一半。小城的人想巴结人，送什么礼也抵不上酒家的一顿饭；小城人吹牛扯皮，堵人心窝子的一句话是："你有本事到酒家摆两桌给我看看。"小城人赤皮紫脸赌咒发誓的时候，除了拿爹娘猪狗说事之外，也时不时会拿酒家做筹码，嚷嚷一声："要是骗你，我立马拉你去酒家开一席。"

小桃虽然连酒家的门也没踏进去过，却猜也猜得到那里的价码，便有些犹豫起来，说我还是不去了，我妈等我回家呢。阿宝哼了一声，说有我呢，你怕什么？再说了，让她也知道知道等人的难受。

两人就挑了个靠边的位置坐下。阿宝跟服务员说说笑笑的，熟门熟路地点了几个菜。小桃问阿宝叔你是不是常来这儿吃饭？阿宝瞪了小桃一眼，说你是不是想让我犯贪污罪啊？我吃得起吗，常来？小桃说不常来你怎么都知道点什么菜？阿宝说我们厂里来外地客户，若是大户，就会拉到这儿请客。老实告诉你，你阿宝叔还是头一回，自己掏腰包在这里吃饭呢。下回你真成了大艺术家，你给我好好记住了：当年你阿宝叔在温州酒家请你吃过一顿饭 —— 那是半个月的工资啊，大小姐。

小桃啊呀了一声，嘴就再也没合回去。阿宝夹了一块热腾腾的鳜鱼肉放到小桃碗里，说这样的炸法，你在家里是一辈子也吃不到的。小桃放进嘴里，那鱼皮炸得脆生生的，嘎巴一口咬进去，刚过了皮尝到了肉，还没来得及品出味道来，那肉便已经棉花糖似的化在了舌头上。

小桃一边吃，一边看着阿宝笑，却不说话，直看得阿宝心里发毛，就说阿桃你有话就讲，别给我装模作样。小桃又笑了半天，才说那个阿姨，你怎么不请人吃饭啊，这么好的菜？阿宝哼了一声，说请她？没的冤枉。小桃说阿宝叔你才装模作样。你要不待见人家，怎么出差回来家也不回先去请人家看电影？阿宝说谁请她去的？我还没下船，人家就来接了，直接接到了电影院，也不管我吃没吃饭。小桃说你要不告诉人家什么时候回来，人家怎么会去码头接你？还是你先招人家的。阿宝无话可说，只骂你这个小混虫什么时候也长脑子了，大人的事，你懂什么？小桃说谁是小混虫？我三千年前就是大人了。我妈说了，你在找对象结婚。阿宝的眼睛眯成一条缝，看着小桃嘿嘿地笑，说别人说这话你都可以信，只有你妈说这话你可不敢瞎信。小桃问为什么？阿宝不答，只说回家问你妈去。

小桃其实肚子不饿，只是嘴饿，图新鲜吃了几口，便连嘴也饱了，就放了筷子，问阿宝叔这趟你出差去了什么地方？阿宝没好气，说能有什么好地方？刚换了个新厂长，什么好地方都派自己的小舅子去，没人去的烂地方才轮到我。小桃说去哪儿也比哪儿都没去过强。阿宝说商丘宝鸡，连麻雀都不生蛋的地方，你去吗？小桃想了想，才犹犹豫豫地说不去也行，两人便哈哈地笑了。小桃又问上海，好吗？阿宝说世上当然是苏联最好，可惜咱们去不了莫斯科。眼睛能看得着的地方，就数上海最好了。不过再好，那也不是咱们的地盘。你到了上海，就等着挨欺负吧，在上海人眼里，咱们都是乡下人土包子。小桃哼了一声，说乡下人又怎么啦？毛主席靠的就是乡下人，才赶走了蒋介石。

两人扯了半天皮，阿宝才终于犹犹豫豫地问阿桃你妈这阵子，还好吗？小桃说她天天如此，也没什么好不好。

阿宝从裤兜里摸出一个烟嘴，点上一根烟，慢慢地抽了起来。从十五岁做学徒开始，他就跟着师傅学会了抽烟，到现在已经抽了二十几年了。阿宝在万事上都得过且过，只在抽烟这件事上穷讲究。他的这个烟嘴，是正经的老坑和田玉料，是他那个当了一辈子烟鬼赌徒的爸，从别人手里赢来的唯——样值钱货。他爸一死，自然就落到了他手里，从此形影不离。这个烟嘴在两代人的口涎和烟垢里浸润得油光碧绿，夜里关了灯，放在桌子上都能看得出亮儿。阿宝抽烟不仅一定要用这个烟嘴，而且只认一个牌子，就是牡丹。阿宝一个月也只挣四十六块钱，虽说有几个出差补贴，却还要供养寡母，可是阿宝对勤奋嫂店铺里卖的那些一分钱两支的卷烟，却从来没拿正眼瞧过，说到了阴曹地府再抽那个也不晚。

不仅认烟嘴认牌子，阿宝抽烟的时候还要摆足样子。点上火之后，他总要跷起二郎腿，仰着头闭上眼睛，才轻声轻气地噏上一口，仿佛那烟嘴里藏着一个弱不禁风的女子，他若一睁眼，略略喘一口大气，就能把人吓得魂飞魄散。

小桃等得不耐烦，只好又舀了半碗鱼圆汤来喝。汤自然是一等一的鲜汤，只是实在太饱了，几勺下去，就觉得肚子像是一个吹得稀薄透亮的气球，轻轻一捅就要炸。

阿宝终于慢条斯理地把一根烟抽到了尾，拿出手绢擦过了烟嘴，放进兜里，才指了指椅子叫小桃坐正了，脸色是少有的正经。

"阿桃，你从没想过给自己找一个后爸?"阿宝问。

小桃怔了一怔，被这句话，也被这个神情。仇阿宝搬进谢池巷，到现在也有十二三年了，他有一个哥哥在乐清乡下，他的寡母就在两个儿子家里轮换着住。轮到母亲不住身边的时候，阿宝就不开伙了，三餐吃在单位食堂，回家就到老虎灶灌两瓶开水洗脚擦身了事，多年里和老虎灶厮混得滚瓜烂熟。小桃从小长大，看惯了阿宝嬉皮笑脸的样子，阿宝乍一正经起来，她倒给吓了一跳，嘴里的一口汤突然就变成了糠，怎么也咽不下去了。

后爸这两个字要是拆开来看，她从小学一年级就会认了，可是把这两个字摆在一起，却是一个完全陌生的词。过了一会儿，她才明白了这个词跟她妈妈的关系。又过了一会儿，她才明白了这词不仅跟她妈有关系，似乎还跟眼前这个叫仇阿宝的男人有关系。这个词太重太猛，像块砖咚的一声砸上了她的脑壳，她躲不及，给砸得晕头转向，说出来的那句话结结巴巴，文不对题。

"我，我们家，太小，住，住不下……"

阿宝定定地看了她一眼，说你家没地方，我家有。

小桃想找另一句话，一句更切题的，一下子就能把阿宝的话砸死的话，可是那句话曲里拐弯地藏在肚腹的某个角落里，小桃钩扯了半天，也没把它钩扯到喉咙上。

"阿桃你知不知道，你妈是为了你，才不找男人的？"阿宝说。

小桃又吃了一惊，半晌，才嚅嚅地说我妈没，没跟我讲过。阿宝顿了一顿，说你妈跟我讲过，要等你上了大学再说。你明白这个再说是什么意思吗？

小桃今天出门的时候，脑壳还清醒得如同是显微镜底下的新布，经是经纬是纬，经纬交织有头有绪。可就是这顿饭，把一匹布拆绞成了一团乱线，她找来找去再也找不出一个头。

"回家吧，天晚了。"小桃匆匆站起来，走出了酒家的门。

一顿饭的工夫，天上的薄云就散尽了，月亮终于露出了脸，把石板路照成了一个黑白分明的棋盘 —— 凸的地方很白，凹的地方很暗。晚场的电影还没有散，街上人声稀少，听得见风钻过梧桐叶子的窸窣细响。八月的风没有骨头，八月的风是轻轻软软的，却带着隐约一丝的香 —— 那是路边卖花女子竹篮里装的茉莉花串。

小桃听见身后有一阵踢踢踏踏的脚步声，知道是阿宝付完账追上来了。

"阿桃，今天的事，不要跟你妈讲。"阿宝期期艾艾地说。

望着阿宝脸上的斑驳汗迹，那句在肚肠里曲里拐弯地藏掖着的话，突然就毫不费力地跳到了小桃的舌尖上。

"阿宝叔，其实，你做我的叔，就挺好。"小桃说。

这一天，老虎灶打了烊，二姨娘提了一桶水在擦地，勤奋嫂坐在灯下清算一天的进账。桌子上摊着一封信，是小桃写来的。小桃走了已经两个多月了，勤奋嫂和二姨娘还没有把小桃留下的那个空当填满。二姨娘每天醒来睁开眼睛，一蹬脚还是要叫一声"桃啊晚了快起床"；勤奋嫂端上饭菜，还会时不时地摆上三副碗筷。小桃走后，她们再也不用赶着点吃饭，再也不用担心学校里送来的大考小考成绩单，她们甚至可以把卷烟用的旧报纸随心所欲地摊满整张桌子，可是这份随意这份宽松却叫她们心慌。现在她们终于明白了，她们就是在温州城里住上两辈子，叫得出谢池巷里每个人每条狗的名字，她们的日子也还是浮萍，没根没底。小桃是她们的秤砣，是小桃坠着她们叫她们生了根。小桃走了，她们不知道还能不能找到自己的根。

"桃的信就这几句话啊？"二姨娘问。二姨娘这句话一天里已经来来回回地问了好几遍，每问一遍，勤奋嫂就再念一次信。念得多了，勤奋嫂闭着眼睛也能背得下信里的每一个字还有字中间的标点符号了。

"天说冷就冷了，你写信告诉她，叫她记得晒被褥。你说她知道怎么晒吗？我忘了给她带晾衣绳。"二姨娘说。

勤奋嫂忍不住笑了，说你最好把自己也打成行李跟着她过去。现在后悔了吧？从小没好好教她做家务。二姨娘却很是不以为然，说那孩子大学都考上了，还能学不会家务？那是阿猫阿狗都会的事。等她哪天嫁了人生了娃，你看她会做不会做？

勤奋嫂听见"嫁人"两个字，就像有根针扎了心，有些麻，也有些隐隐的疼，半天才缓过一口气来。

"那天抱她回家，好像才是昨天的事。皇天，一晃就是二十年了。这孩子命大，七个月就落了地，硬是活下来了。"勤奋嫂说。

"那年走在路上，她拉了十几天的肚子，连肠子都拉出来了，谁见了都说不行了，可她就是逃过了一命。"二姨娘说。

"十三年，咱们到城里都十三年了。二姨娘你说大先生的坟还在不在？这么多年没回去看过了。"勤奋嫂问。

"你还惦记着他呀？"二姨娘没好气地哼了一声。

"到底，是我害了他。"勤奋嫂喃喃地说。

"是你害了他？我看是他害了你。书读多了，人就读出怪毛病来了。要不是他那副小肚鸡肠，哪会有后来的事？"

勤奋嫂无言。这样的话，二姨娘已经说了许多年。刚开始说的时候，她只觉得二姨娘无知荒唐。后来说的次数多了，这话在耳朵里进进出出的擦出些暖意来，勤奋嫂渐渐地就有些半信半疑起来。

"他要是看过了小桃一眼再走，这些年，我想起来兴许也就不那么难受。"勤奋嫂沉沉地叹了一口气。

"死人的事不去管了，咱们只能先顾活人。"

二姨娘拧干了拖把，在勤奋嫂身边坐下，两人不约而同的，就想起了十三年前的旧事。

关于土改的消息，最先是从大先生的一个学生那里听说的。那个学生没毕业就偷偷跑去了延安，后来随解放大军南下，在平阳县委里当了个头头脑脑。那人家境贫寒，在学校念书时常受大先生的接济，心念旧恩，就悄悄来找吟春，说县委工作队就要下乡开始土改了。虽然大先生和吕氏都死了，可是大先生家里留有田产和雇工，吟春十有八九会被评上地主成分。那人让吟春带着小桃赶紧逃走 —— 城里刚刚解放，流动人口多，容易躲藏。吟春开始不想走，说大不了把田地都没收了，总得留一口饭给我吃吧？一个寡妇，还能把我怎么样？那人冷冷一笑，说凭什么不能把你怎么样？脱了衣服搜，掘地三尺找金银财宝，上吊的投河的，这些事解放区都发生过。

吟春听了就打了一个寒噤。

可是最后让吟春定下心思走的，却是那人的另一句话。那人说你不走可以，可是小桃呢？大先生就这么一个后裔，你忍心叫她成为地主的女儿，永世不得翻身？就是这句话，让吟春改了心思，连夜开始收拾行装。那时月桂婶在陶家帮着照料小桃已经好几年了，她无儿无女，舍不下吟春和小桃，便假扮是吟春的表姨，跟着那母女两个一起逃到了温州城里。三人改名更姓，和乡下所有的亲戚都断了联系。吟春典当了几样随身带出来的细软，在谢池巷口租了个地方住下，开了这家老虎灶至今。

"二姨娘，不知为什么这一阵子我心里像有一面鼓在咚咚敲，走在路上谁多看我一眼都叫我心慌，怕是哪天要叫人认出来。"勤奋嫂忧心忡忡地说。

"早些年还罢了，现在？谁能认出你来，那得长着孙猴子的火眼金睛。"二姨娘劝慰道。

勤奋嫂摸了摸脸颊，说二姨娘我就老成这般模样了？二姨娘说你这个人啊，有人看你你心虚，没人看你你生气，你到底想怎么样？勤奋嫂扑哧一声笑了，说老就老了呗，除了天皇老子，谁还能扛得住不老？不过到了这一会儿，就是认出来也不怕了，咱们小桃已经上了大学，还能把她给退回来不成？二姨娘说真要退回来倒也好了，她安安心心待在我眼前，将来找个好人家嫁了就是了。不论哪个皇帝当朝，女人最紧要的还是嫁人。

勤奋嫂说二姨娘你不读书不看报，哪里懂现在的事？现在是越来越讲究家庭成分了，成分高的女孩子，连嫁人都难——有户口的嫁没户口的，大学生嫁农民，水不往高处流，只能节节往下走。二姨娘听了，扪住胸口，倒吸了一口凉气，说那你别穿那么鲜亮了，还是往老里打扮，千万不能让人认出你来啊。

勤奋嫂看了看身上的衣裳不吱声。她今天穿的是一件灰卡其的春秋两用衫，洗得已经褪了色，肘子上有一块小补丁。勤奋嫂知道二姨娘说的"鲜亮"，不是指衣裳，而是指她脖子上翻出来的那一条衬衫领子。衬衫是姜黄色带白圆点的府绸料子，去年做的，还有几成新。红的绿的她不敢穿，青的蓝的她敢穿，却又不屑穿，所以她选了这个在不敢和不屑中间的黄。

明天，明天得把这件衬衫换下来，换回那件灰格子的。勤奋嫂暗想。

就在这时，两人突然听见了敲门声。先是一下，很轻。接着是一个小小的停顿，然后又是一下，依旧很轻。这敲门声听起来迟疑警觉，甚至有点鬼鬼祟祟，像是电影里地下党人的接头暗语。

这个时间来人勤奋嫂一般都不开门，因为店铺已经上了门板，卸起来有些麻烦。勤奋嫂喊了一声："熄火了，明天再来吧。"门外就静了。勤奋嫂以为那人走了，便又接着数点进账。没想到隔了一会儿，敲门声又响了起来。这回的声气比先前大了些，有人呵呵地清了清嗓子，隔着门叫了声勤奋开门，是我。

勤奋嫂的心咚的一声撞了起来，撞得胸腔子一下一下地疼。她听出了是谁——全天下只有这个人不叫她勤奋嫂而叫她勤奋。

她把桌子上的零钱哗地拢成一堆，转身就朝楼上跑去。一边跑，一边对二姨娘说："是谷医生，你先去开门。"

上次去朱家岭看谷医生，已经是两年前的事了。这两年里她依旧还给他写信，他也回，两下都是疏疏隔隔的几个月一封。最近一次来信，是半个月前的事了，在信里他说起了摘帽的事。那次他用半瓶甘油从那位老太太耳朵里取出了蟑螂，当即治好了她的"鬼附身"。当时围看的人有半条街，都把他当作了神人。本来很简单的一件事，却传到了老太太一个侄子的耳朵里，那人正是朱家岭所属的那个镇的党委书记。书记当下就给上级写了报告，请求摘除谷医生的右派帽子。上级却没说话。上级没说话的原因，是想让谷医生在乡下多待些日子，帮着扩建乡里的卫生院。谁知这一拖就拖了两年。虽然谷医生上封信里说过摘帽的事情最近可能会有进展，勤奋嫂只是没想到他会这么快就回到了温州城。

勤奋嫂上了楼，关起门来，在屋里慌手慌脚地找衣服换。这几天家里正请泥水匠补灶，衣服头发上免不了沾了些灶泥。她不在乎他看见自己袖子上的补丁，但是她不能让他看见衣裳上的脏。楼下木桶里浸着一大桶的衣服还没来得及洗，现在能换的只剩下一件棕色的灯芯绒外套。那件外套比身上这件还旧，肘子袖口都已经磨掉了绒，可是总还算干净。勤奋嫂换了衣服，把衬衫领子翻出来对着镜子照了一照，还好，黄色和棕色搭在一处，看起来还算顺眼。

又找了把梳子梳头。梳子找着了，捏在手里却颤颤地抖，嘶啦嘶啦地扯断了好几根头发。终于把头梳平整了，勤奋嫂便忍不住暗笑：这是怎么啦？他不是她的男人，她也不是他的女人，她慌的是哪门子的神?

下了楼,一眼就看见二姨娘的对面坐着一位男人。男人背对着她,她看不见他的脸,却看见他穿了一件灰色中式夹袄,后脑勺的头发上有几绺灰白。他手边的桌子上,放着一个油渍渍的纸包。听见楼梯响,男人转过身来,勤奋嫂就看清了他的脸:他的面皮被日头晒成了紫铜色,笑起来额头眼角上有几条黑虫子在来回爬动——过了一会儿她才明白过来那是皱纹。两年前在朱家岭见到他时,他就已经像个农民。今天再见到他,他依旧还像农民——却是个老农。

他站起身来,冲她伸出了手。这是一个她不熟悉的姿势,她有些不习惯。正犹豫间,她的手已经被握在了他的手心。男人的手掌像锉刀,磨得她的手有些生疼——那是被日头晒爆了的老茧皮。她心里有很多话,一句一句的排长队等着出口,挤到了最前头的那句话其实并不是她最想问的。她听见自己问他是什么时候回来的?他说今天下午。她问他这次来了还走吗?他说医院把行李也运回来了,一时半刻可能不会走了。

两人便突然没了话。

二姨娘见状,就指了指桌子上的杯子,说这是仇阿宝从泰顺带回来的新茶,谷医生你喝一口,我上去洗把脸。

谷医生上上下下地掏口袋,终于找出了一个烟盒,打开来,却是空的,就揉成一团扔在桌子上。勤奋嫂拿过来,找了几根自己卷的烟把盒子撑饱了,又划洋火点着了一根,送过去给谷医生。

烟丝很辣,谷医生抽不惯,呵呵地咳嗽了一阵子,才把一根烟抽完了,眉眼就渐渐松泛起来。

"到底是'新节',真香。"谷医生端起茶杯闻了一闻,鼻尖上漾起了一小片水汽。勤奋嫂知道他在学二姨娘的蹩脚普通话。

"他们终于放我走了。"他说,"我给他们培养了六个土医生,现在卫生院有好几张床位,发烧打吊针,小儿种牛痘,都不用去县医院了。"

"摘帽了吗?"她焦急地问。问完了她才醒悟过来,这其实是堆在她喉咙口的第一句话，却叫别的话抢了先。

他点了点头。

"让你回医院工作了？"

他又点了点头："医院换了领导，新领导是学医出身的，说现有的专业人才不够用，就把我调回来了，还不知道分在哪个科室。"

勤奋嫂暗暗地松了一口气：谷医生绕了大大的一圈之后，终于又回到了最先的起点 —— 只是他再也不是从前的那个人了。

"还住原先的房子吗？"她问。

"那地方早有别人搬进来了，现在暂时住在医院的单身宿舍里。"

"哪天我去帮你收拾收拾，刚回来，肯定乱。"

他没说话，算是认下了她的好意。他慢慢地喝了几口茶，就问小桃上学还好吗？勤奋嫂说她基础差，功课有些难。不过他们班主任是苦出身，特别关照贫困学生。就是他推荐小桃入了团，还叫她争取入党，只是我们小桃政治上不怎么积极。谷医生说这样也好，认认真真学一门专长，省得像我，不懂政治还偏偏卷进麻烦。勤奋嫂就宽慰他说你现在摘了帽，就是普通人了，跟那些右派不一样。

谷医生微微一笑，不答，却问小桃助学金够她花销吗？勤奋嫂说学校给她评了个二等助学金，十二块五毛一个月 —— 还有比她更困难的农村生。谷医生说这个钱刚够吃饱饭，学美术课还得购置颜料写生本画笔什么的，女孩子也总得有几个零花钱买点日用品。勤奋嫂说我每个月再给她寄个三块五块的，也只能是这样了，开水灶的生意不如从前。

谷医生又点着了一根烟，慢慢地抽了起来，这回就摸顺了烟脾气，不再呛咳。沉吟了一会儿，才说勤奋我现在有正常工资了，我想每个月给小桃寄十块钱。

勤奋嫂被这话一下子打蒙了 —— 是欢喜，但更多的是惊讶。这些年，她一直是牵挂这个男人的。从第一面起，他就让她想起了大先生。在遇到大先生之前，她是懵懵懂懂的，她不知道自己喜欢的到底是哪一路的男人。若没嫁过大先生，她兴许一辈子都是糊涂的，可是她偏偏就是嫁过了大先生。大先生给她开了窍，叫她突然明白了她喜欢的就是读书人。有过了大先生，别样的男人就再也走不进她的心。这个叫谷开煦的男人一步跨进她的老虎灶，就走到了离她心很近的地方。可是她还来不及跟这个男人熟稔起来，他却又走了。这些年，她似乎在等他，又似乎没在等他，因为她从未真的指望他会回来。没想到他果真回来了，依旧还对她好，可是她不知道这是什么样的一种好。二姨娘说过男人的钱放在哪里，男人的心就在哪里。现在这个男人要把钱放在她女儿身上，她能断定他肯把心放在自己身上吗？她吃不准这个男人的心思，就像她从前吃不准大先生的心思。可她就是贱，她喜欢让她吃不准的男人。

"不行。"她说，"我们小桃从来不随便收别人的钱，除非……"

这句话其实有个尾巴，这个尾巴被她咬在了舌尖上。她咬得很刻意，一听就听出了断痕。

那咬断的半截话是："除非你是她的什么人。"

这半截话，若两年以前在朱家岭的时候，她兴许还有胆子对他说 —— 那时她还年轻，身上还剩了些牛犊般的莽撞。那时他们还没分开那么久，先前的记忆还留着些余温，能叫人恶从胆边生。可是现在不一样了。这几年里人人都迈过了一道槛，小桃从孩子变成了大人，二姨娘一脚就踩进了老年的门，而她自己走路也学会了前瞻后顾。这些年他们虽然还疏疏地通着信，可是那些信只是一根软软的吊在他们中间的线，只够叫他们知道他们依旧是相识，却不够叫他们有胆气随意去捅破相识这张纸，看看后面到底藏了些什么东西。她故意藏了那后半截话，原是想激他开口的。她期待着他说："难道我只是那个随随便便的别人么？"

可是他没说这句话，他只是放下茶杯，换了一个话题。

"那个送你茶叶的仇阿宝，还好吗？"他问。

勤奋嫂听出了他话语里的一根刺，就哼了一声，说你还没问我好不好，倒先问他了。谷医生嘿嘿一笑，说我问他就是问你的一种方式。

这话有点绕，她没听明白，就问什么意思？

"我还没走的时候，就听这条街上的人说，他对你挺好。"他避开了她的眼睛，迟迟疑疑地说。

她的脸一下子紧了，冷冷一笑，说你要是多来几趟，人家也会说这样的话。寡妇门前，不就这些事吗？

他想解释，却觉得越描越黑，一着急，面皮就紫涨了起来。

"勤奋，你，你知道，我不是这个意思。"

她把眼睛别开了，不看他，只定定地看着墙。

他呆坐了片刻，终于坐不住了，就站起来，拿过桌子上的那个油纸包递给她。

"朱家岭的人知道我要走，昨天特意杀了猪请我，我让他们卤了一副猪肝给你。你贫血，吃这个最好。"他说。

勤奋嫂只觉得心里有一团东西涌了上来，堵在喉咙口。她呵呵地清了几回嗓子，才终于把它咽了回去。

这个男人，对我终究还是上心的。她想。

谷医生起身告辞，勤奋嫂送他走到了街上。外头是个好天，只是月亮累了，蔫蔫地泛着黄边。几乎就是个满月了，却就是差了那么一丁点儿，依旧还是不圆。天晚了，街上没有几个人，一辆黄包车擦着路面走过，扬起细细一阵风——那是消遣完了的人正赶在回家的路上。

勤奋嫂听着谷医生踢踢踏踏的脚步声渐渐消失在谢池巷里，就暗叹：其实人是什么东西？人不过就是住的那个地方。谷医生原先住在城里，就是城里人的样式。谷医生在乡下待了这么些年，他就成了乡下人的样式。现在谷医生回到了城里，还要过多久，他才能蜕下身上的那层乡下皮，再变回城里人？

兴许，她更喜欢那个在乡下的谷医生。

第一学期的美术基础课让小桃彻底反了胃，现在她终于醒悟她小时候喜欢的那个"画画"和大学美术课程中间，原来竟相隔了十万八千里的路程。她喜欢的那样东西是云，而她脑壳里的想法是风，风走到哪里，云就能飘到哪里，没有束缚羁绊，也没有线条边界。而美术基础知识是绳子，绳子像捆粽子似的捆住了云，她的风再也吹不动她的云，因为她的云不再是云。几次考试下来，她明白了她无论如何努力也是徒劳，因为她不是那块料。

布料设计专业的学生人数不多，二三十个人，只有三名女生。那两名女生是上海本地人，隔三岔五跑回家去改善伙食，和她几乎没什么话可说。她和纺织工程系的几个女生同住一间宿舍，大家专业不同，上的课程也不同，彼此没有多少交集。从小城到了大城，从中学到了大学，小桃不过是从一种孤独走进了另一种孤独，她依旧没有朋友。

一个学期没上完，小桃就坚决要求转系——转到任何一个不用上美术基础知识课程的系。小桃的动静闹得很大，惊动了许多人。从班主任到班委会到系领导，一轮又一轮的思想工作，像一张又一张粗码细码的砂纸，轮番打磨着小桃的脑壳。可是小桃的脑壳是生铁，砂纸改不了形。最后让小桃打消转系念头的，不是砂纸，而是宋书记的几句话。

宋书记是新近才提上来的官。宋书记在担任校党委书记之前，曾经是小桃这个系的总支书记。当时的面试，就是宋书记的一句话，服装学院的新生录取名单里才有了孙小桃这个名字——当然，小桃并不知情。

宋书记把小桃叫到了他的办公室，自己却只顾埋头批阅文件，并不理睬她——他需要好好地把她晾一晾。当了十几年的干部，他知道什么是攻坚战。他在等着她开口，只要她先开了口，他就有了一半的胜算。

果真，小桃站了一会儿，心就虚了。在她有限的眼界里，一个大学的党委书记是她见过的最大的官。渐渐的，她站不住了，额头上渗出了细细的汗珠。

"宋书记，你找我，有事？"她嚅嚅地问。

他依旧一页一页地翻看着手头的文件，仿佛没听见她的问话。过了半晌，才取下鼻梁上的眼镜，抬头淡淡地看了她一眼。

"你觉得你身上的衣服好看吗?"他突然问。

她吃了一大惊 —— 她打死也没想到他会以这样的方式开始他们的谈话。这个问题彻底打乱了她的阵脚,她开始慌慌张张地寻找对策。她今天穿的是一件方领白衬衫和一条蓝布裙子,她不能说好看 —— 那实在有点假。可是她也不能说不好看 —— 街上一半以上的女孩子,穿的都是这个式样。

看见她无所适从的样子,他从鼻孔里哼出了一口气。

"你说实话就好,我不喜欢人跟我撒谎。"他说。

她终于摇了摇头,说不好看。

"你知道为什么不好看?"他问。

她又摇了摇头,说我不知道。

他用手里的钢笔狠狠地敲了一下桌子,说那是因为你偷懒!你完全可以,却偏偏不肯,设计出好看的布料给人穿。

她想辩解,刚开了一个头就被他狠狠地切断。

"我跟系里的老师打过招呼了,这个学期的美术基础课程,一定会让你及格。下个学期就是实际应用课程了,你再也不用去画那些没用的空壳大花鳖了。"

她忍不住低低地笑出了声。"空壳大花鳖"。她想不出这样的话。可是他说出来了,她突然觉得那其实也是她的话 —— 深埋在她肚腹里等待着出世的话。她只是不知道她系里的老师们听见这话是什么感受。

"听说你的色彩感觉不错。我就等着街上的人穿你设计的花布,我老了,别让我等太久。"他说。

他没等她回话,就挥了挥手让她走。她是憋了一肚子话来的,可是他的一句"空壳大花鳖",像根针在她的肚皮上扎了一个眼,她的话瘪了气,她就再也没有争辩的精神头了。

她走到门口,又被他叫了回去。

"你是劳动人民的孩子,我指望你来打扮劳动人民。我信不过别人。"

他说这话的时候，神色异常凝重。他的脸紧成了严严实实的一块板，找不到一丝裂缝。

她的眼眶热了一下，她赶紧低头往外走去。她知道她要再在他的屋里待下去，她可能会当场出丑——她不能当着他的面流泪。

就是从那一天起，她安下了心，决定在这个系里待下来。

今天的课是人体写生。

和专业美术学院不一样，小桃系里的美术基础知识是压缩了的课程，只有两堂人体写生。今天是第一堂。

小桃一走进教室，就觉出了气氛的不同。屋里多出了一扇屏风，所有的人都知道那后面藏掖着一个让人耳热心跳的秘密——一个除了一名已婚调干生之外谁都没有见识过的秘密。没人说话，可是期待却无所不在地潜伏在每一双眼睛之中。窝藏了这样的期待的眼睛像贼，既兴奋又惧怕，所以每一条视线都躲躲闪闪地走着自己的羊肠小路，生恐一不小心撞见了别人。空气犹如一块大玻璃，绷得很脆很紧，任何一声轻微的呼吸和咳嗽，都能在空中擦出噌噌的回声。

今天领课的老师叫宋志成。宋志成虽然才三十出头，却是个老革命。当年解放大军开进北京城时，他是队伍中的一个小小兵。他从小喜欢画画，在鲁艺听过几堂美术课。进城后脱下军装当了几年文化干事，就被保送进了大学，在美术系学了三年的速成班，毕业后分配到了这所大学任教。他的那点功底，只够教小桃这样没有什么美术基础的学生。在班里有些入学前就打下了厚实基础的学生面前，他就有几分捉襟见肘。他对付捉襟见肘的方法很简单，就是坦诚。

"要不是家里穷，我也不会参加革命。你们拿笔的时候，我在扛枪。等我放下枪再拿笔的时候，笔已经不听我使唤。可是，时代总是需要有些人为它做出牺牲。我不行，不代表你们不行，你们从这里走出去，将来个个都是专家。"

这就是他第一堂课的开场白。

他把自己的短处做成了一面旗子毫不藏掖地举在手上。他举旗子的样式极是堂正磊落，叫人牢牢记住了他的姿势，而几乎忽略了旗子上的内容。一样短处高声呼喊出来之后，听起来反倒不觉得是短处了，而嘲笑这样短处的人，却反而有了些不恭的嫌疑。所以学生上他的课，都很安静配合。

屏风后传来一阵窸窸窣窣的声响，小桃知道模特儿就要出场。宋老师在喋喋不休地交代着写生的要求和注意事项，他的话像一颗一颗的珠子，叮叮当当地散落在小桃的耳膜上，却怎么也连不成串。他终于讲完了，便有一个裹着一袭红色纱巾的女人，慢吞吞地从屏风后头走出来，坐在一张有靠背的椅子上。

"身子斜一点，把手靠在椅背上，就这样。"宋老师在给女人做着示范。

女人坐定了，手一松，纱巾轻轻软软地跌落在了椅座上，小桃的眼睛猝不及防地撞上了两团雪白。那两团雪白浑圆饱实，中间开着两朵小小的粉红色的花。小桃飞快地闭上了眼睛，心跳得犹如万马奔腾。可是来不及了，她已经被那样的雪白割伤。

千万，不要脸红。她暗暗地警告自己。

没用，她已经感到了热。血涌了上来，先是脸颊，再是额头，再是颈脖，最后是耳垂。她的头像一个浇了煤油的火把，烫得足够可以点燃一片森林，太阳穴里仿佛有两面大铜锣，当当地敲得她两个耳朵嗡嗡响。

天杀的，小家子气啊，你。她恶狠狠地咒骂着自己。

这时，她发现她的画板上落下了一团黑影，便知道她身边站了一个人。在眼角的余光里她扫到了一双黑色的皮鞋——是宋老师。宋老师没说话，只是递给她一张便条。

"一开画就好。"便条上说。

太阳穴里的铜锣渐渐地敲累了，她就听见了教室里的另一种声音。刷，刷，像油菜花地里蜜蜂的翅膀在相互撞击。过了一会儿她才意识到，那是铅笔在画板上爬行的声音。

脸凉了，她终于可以抬头正视那个女人。女人的身子依旧雪白，却不再割她的眼睛。她发现她的目光走过女人身上的凹凹凸凸时，是在搜寻埋在肉底下的骨骼筋络。她甚至有些憎恨那些肉——肉挡住了她的眼睛。

拿起铅笔的时候，她知道她已经过了一道坎。那道坎的名字就叫世面。

这堂课的作业，她是最后一个完成的。等她把素描从画板上卸下来时，教室里的人早已散尽了。别人画素描，是把眼睛所见的直接传送到手上，而她却要把人物整个地存进脑子，然后凭记忆再把那些细节一寸一寸地恢复到纸上。别人在临摹，而她却是在默写。她的眼睛和手中间，始终站着一个笨拙的脑子。她像牛需要一个冗长的反刍，而就是这个反刍过程，使得她比别人慢了好几步。

宋老师一直在等她交上了作业，才和她一起走出了教室的门。

"终于，迈过了这第一步。"他说。

她明白他指的是什么，可是她不敢接他的话头 —— 她怕自己一不小心还要脸红。这个秋天她不知犯了什么毛病，风吹草动都会让她脸红。

"我们在鲁艺的时候，纸和颜料都非常紧张，经常用树枝在沙子地上画腹稿。后来进城上大学，头一回画人体素描，我站在教室门口死活不敢进去。"

她忍不住笑了。他在课堂上多次讲到过在延安的日子，那是讲给大家听的。可是这一回不是。这一回他是讲给她一个人听的 —— 是为了安慰她。

"世上所有的事，都有第一关。过不了第一关，你肯定是死。过了第一关，你就有指望活下去了。"他说。

"我，能活吗?"她问。

他没回答，只是微微一笑。

"哪天我请你吃饭，孙小桃同学。"他说。

屋顶很高，天花板也许是乳黄色的，也许是粉红色的，上边或许还雕着朦朦胧胧的花纹。楼上那层的楼梯扶手上似乎也有花，却不知是什么花。小桃还想再看一眼，看得仔细一些，可是来不及了，屋顶的灯光已经暗淡下来，只剩下一盏聚光灯，在紫红色的幕布上镂出一个雪白的圆圈。今天的公共汽车误了点，他们刚落座，演出就要开场。

一路上宋老师给小桃讲了许多关于这个戏院的历史。宋老师说的人名里，小桃只听说过梅兰芳马连良和袁雪芬——这是妈妈和二姨婆告诉她的。几年前仇阿宝做了一个矿石收音机送给妈妈，虽然接收效果不怎么样，讲话唱戏都是一片沙沙声，家里毕竟有了些热闹可听。妈妈爱听京戏，二姨婆爱听越剧，听多了就讲得出几个名角的名字。宋老师还给小桃讲了几个别的名字，比如黄金荣，比如范瑞娟、傅全香、尹桂芳——这些人她就一个也不知道了。宋老师说1947年曾经有一群妙龄越剧女伶，把法国名作家大仲马的小说《三剑客》改成了中国式的戏剧《山河恋》，在这个剧院里上演，直演得荡气回肠，动地惊天，散场后接她们去吃消夜的黄包车，排满了整整一条街。小桃有些惊讶，说宋老师你人在陕北，怎么会知道十里洋场发生的事？宋老师笑了，说那时候上海滩的文艺青年，后来有一半去了延安。宋老师讲到"一半"两个字的时候，脸上的每一个毛孔都放着光。

椅子也是紫红色丝绒的，已经很旧了，布料早已被磨得失去了经纬交织的劲道。小桃暗想这个座位上也不知都坐过些什么样的人，她总觉得自己的屁股底下压着几代的鬼魂。宋老师见她坐立不安的，就问怎么啦？小桃说我是第一次，来剧院看戏。宋老师看了她一眼，说以后还会有许多第一次的。新中国就是要让我们这样的人，享受过去永远也不可能享受的美好。

昨天下课的时候，宋老师叫住了她，说今天要带她出来看看上海。宋老师说这话的时候，旁边还有别的同学，可是谁也没有感觉惊讶。除了教一门课，宋老师还是他们的班主任。宋老师是单身，没有家累，一个月的工资花不完，都补贴在了学生身上——宋老师时不时地会在周末带家境困难的外地同学出去吃饭。不过，宋老师这是第一次邀请女同学。小桃当时其实是想推辞的，可是小桃犹豫了一下，最终没说话。小桃没说话的原因，是因为害怕。小桃在不同的阶段有不同的怕，小时候是害怕被同学知道家里是开老虎灶的，而现在是害怕被人说成小家子气。况且，她心里也真的想看一看上海。平时周末她都待在宿舍里恶补功课，很少外出。虽然她来到这个向往已久的城市已经几个月了，她对它依旧一无所知。

宋老师先带她去了一家叫红房子的西餐厅吃饭。宋老师说这是上海最老最好的西餐馆。服务员递上菜单，小桃看得一头雾水——不仅看不懂英文，甚至那上面的中文字也似乎变成了外文。她看懂了每一个字，可是这些字连起来却是一片云雾，似乎与菜名全然无关。宋老师说别看那玩意了，你爱吃鱼还是爱吃肉？她毫不犹豫地说吃肉——饥荒的年代留给她身体的记忆还很新鲜，她的肠胃至今还会在半夜醒来高声呼唤着油腥。宋老师替她点了一个洋葱汤、一客牛排和一份巧克力蛋糕，这三样都是她从未见过的稀罕。

洋葱汤端上来，小桃舀了一勺，说怪，这味道真怪。宋老师问怎么个怪法呢？小桃说像是煮熟了的烂皮鞋。宋老师忍不住哈哈大笑，说慢慢的，你就习惯了，这可是法国人最爱喝的汤。小桃终于把那一碗汤熬下去了，牛排就上了桌——全然不是她想象的肉模样。宋老师耐心地给她示范着刀叉的用法，小桃忍不住地问宋老师你是什么时候学会吃西餐的？宋老师说我也是在实践中学习生活。过去这些地方只是一小部分人可以进来的，我们现在所做的努力，是要让所有的人都能吃上牛排。宋老师说这话的时候，眉宇之间浮上一丝隐隐的阴影，脸上便突然棱角分明起来。小桃想笑，可是她最终还是忍住了笑意。小桃同时也忍下了一句话。这句话是：不就一块肉吗？怎么和人类解放事业搭上边了？小桃的阅历还很浅，浅得几乎是一张白纸。一张白纸的小桃那个时候还不懂得，世上有一种人永远不能空手行路，他得把一样理念当做行李扛在肩上，即使是快乐的时候，也依旧沉重。

小桃一点不剩地吃完了那块牛排，不是因为味道，而是因为家教：从小长大，妈妈绝不允许她在碗里剩东西。这块牛排化整为零地躺在她的肚腹里，却没有往常肉食的那种温润妥帖。她打了一个饱嗝，那东西几乎要随着气流泛上她的喉咙——幸亏这时来了甜食。

小桃从没见过巧克力，只觉得那玩意儿黑黢黢的有些形迹可疑。直到她吞下了第一口，才知道在巧克力面前，世上所有的糖都不过是加工过的面粉。蛋糕虽然早就咽下去了，那股甜却在她的舌头齿间和口腔里黏留了许久许久。小桃咂咂嘴，说这是我一辈子尝过的，最好吃的蛋糕。说完了她又忍不住想笑，因为她记起来她一辈子总共才吃过两回蛋糕，一回是几年前仇阿宝买给她吃的，一回是今天。

宋老师看着她，不说话，眼里流溢着一丝纵容的、几乎接近慈祥的微笑。小桃突然感觉这个比她只大了十一二岁的男人，看起来有些像她的父亲。她虽然没见过父亲，可是父亲的感觉是蕴藏在血液里与生俱来的，不用人教，眼睛认得自己的路，一眼撞上了自然能从一万张脸里顷刻辨认出那一张来。其实，在她十九岁的生命里也不是没有遇见过让她有父亲般感觉的男人，比如仇阿宝，再比如谷医生。可是那些人和她中间，严严实实地站着她的母亲。那些人对她的好，都得经过母亲。母亲如导体，能量经过母亲辗转抵达她身上时，已经消耗了许多——母亲在不知不觉中已经克扣了他们对她的好。可是眼下的这个男人，却是世上唯一的一个与母亲无关，单单因为她而对她好的男人。她很想说一声谢谢，可不知为什么那声谢到了嘴边突然就卡住了，化成了一丝不知所措的傻笑。

她就这样傻笑着离开了红房子，跟在宋老师身后去剧院看演出。天刚下过了一场雨，那是秋的最后一场脾气了，再往后，天气的事就该交给冬来做主了。树叶已经落尽了，光秃秃的枝条像一根根筋脉凸显的指头，颤颤巍巍地指着天空。落叶被积水一团一团地黏在街边，冷风刮起来，街上竟干干净净的没有半丝飞尘。

小桃正在换季的尴尬上，上身已经穿了厚厚的毛衣，腿上却还是薄薄一件秋裤。宋老师走得快，走到了路口又回过头来等她，说天冷了该穿棉裤就早穿棉裤，不能怕难看，将来要得关节炎。小桃扬了扬眉毛，说棉裤难看吗？宋老师扫了小桃一眼，说当然没有布拉吉漂亮。国庆晚会那天，你穿那件湖蓝色的布拉吉，真的很好看。

小桃刷地涨红了脸，一直红到了发根——不是羞涩，而是兴奋。在她以往的人生经历中，她从来都是所有群体边缘上的那片影子，没有人注意过她的存在，更不要说她的衣着打扮。

"我妈和二姨婆，把一年剩下的布票都给了我。"小桃轻声说。说完了她就觉得愚蠢：不知为什么，在这个男人面前，她忍不住想讲实话——一些也许没有必要讲出来的实话。

宋老师呵呵一笑，说那好啊，明年我也把我的布票省一省，再给你做一件布拉吉。下次要做红颜色的，年轻女孩子就该穿红。

小桃愣住了。一股湿软从心尖尖上涌出来，慢慢地渗到喉咙，正要往舌尖走的时候，却突然改了道，一路攀援着往上蹿，眼见着就要在眼睛里找到出口，小桃赶紧扭过了头。这一辈子，除了母亲和二姨婆，她还没有受过谁这样多的好。她有些害怕。人对人的好像粮票，得一顿一顿地算计着，慢慢地掰着花，这样才能永远不挨饿。她害怕把所有的好在一天里头花完了，她将来的日子将一无所有。

宋老师看着她窸窸窣窣地擤鼻子，就叹了一口气，说小桃你知道吗？我下面本来还有三个妹妹的，两个很小就饿死了，我和大妹妹跟着叔叔去了队伍上，眼看就要熬到胜利进城了，她却夜里行军从马上摔下来死了。如果我的妹妹们都还活着，说不定也会跟你一样上大学呢。

小桃不知说什么好。两人突然就沉默了，一路无话地走到了剧场。

那天的演出是华东地区歌舞节目汇演，内容是小桃从未见识过的精彩。小桃看得很是投入，在每个节目之间的缝隙中忘我而疯狂地鼓着掌，把两个巴掌拍得辣辣地生疼。小桃的兴奋一直持续到男声表演唱上场，在那以后她的心思就再也没有回到节目上。

表演唱的曲目是《我是一个兵》——是那阵子红遍了大江南北的歌。最初只是几个演员在唱，后来那歌声如雪球一路滚一路粘带上了各样的声音，到最后几乎场上的每个人都在那个雪球里找到了自己的那一嗓子。看着看着小桃的心咯噔了一下，因为她在八个小伙子中间看到了一张似曾相识的脸。她忍不住暗笑：天底下长得相像的人很多，怎么可能会是他？可是第一段歌词唱完了的时候，那人从兜里掏出一把口琴吹起了间奏。刹那间一切疑云迷雾轰然散开，她准确无误地认出了他。

那首歌颠来倒去地唱了好几个来回，终于下场的时候小桃没有鼓掌 —— 小桃在寻思她该怎么办。下一个节目开始的时候，她终于想定了主意。她对宋老师说了声我去厕所，就弓腰走了出去。她当然没去厕所 —— 她钻进了后台。

后台的人很多，将要上场和刚刚下场的擦肩而过，碰溅出各样喧哗的声响。小桃像一条蚯蚓在厚厚的人墙里钻出一条细长的坑道，终于在化妆间最靠里的那个位置上找到了那个人 —— 他正用一块涂了凡士林的棉花卸妆。那张在舞台上显得健康红润自然的脸，失去了聚光灯的陪衬之后，顿时变得漫画一般的荒唐：颊上的胭脂如同两块剪得边角不齐的红纸，嘴唇被丹朱圈围在一个鲜艳欲滴的椭圆上。望着这张被夸张的化妆术扭曲到男人和女人之间那块模糊地带的脸，小桃突然失去了谈话的兴致。她在他身后默默地站着，直到他擦去了脸上的最后一块油彩，才走上去，轻轻叫了一声"抗战"。

抗战吃惊地转过身来 —— 在这里没有人会用温州话叫他的名字。从他游移的目光里小桃猜到了他一时还没认出她是谁。来上海之后的这段日子里她变了许多，最大的改变当然是在头发上。失去了老虎灶的随时热水供应，小桃终于把两根齐腰的辫子剪了，现在的小桃梳着毫无特色的齐耳短发。那天剪完头发她躲在厕所里偷偷哭了一场，不光是舍不得 —— 其实不舍只是那天诸多情绪中浮在最表层的那一样。从小学五年级开始她就一直留着头发，那天剪下来的每一根青丝都见识过她的童年和少年时光。那天她隐隐觉得是在跟她生命中的某一阶段道别，当然她还要在更后来的日子里才会明白，这只不过是她人生诸多道别的序曲和开场。每一次道别都会有疼痛，但是她会慢慢学会不再为每一次疼痛流泪哀伤。

她的改变不仅仅是在头发上，还有眼睛。她的双眸在灯光中熠熠闪亮，眼神里已经明显带有小城的天空所不能覆盖的丰富内涵。抗战的目光渐渐移到了小桃衣襟上的那枚校徽上，他在那里找到了答案。

"小桃，是你？听说你到上海了，没想到在这里碰见你。"抗战的声气里带着一丝隐隐的惊喜。

"你什么时候进了歌舞团？"她问。

他扯过一张椅子，推开堆在上面的一摞戏装，腾出空地让她坐下，就给她讲了些别后的事。

他回山东后，在当地上完了高中的最后一个学期。他没有参加高考，因为上学从来就不是他的志趣。他当时只有两条路可走，一条是回乡务农，一条是去他父亲老战友的部队里当兵。这两条都不是他想走的路，第一条是因为十几年的城市生活已经使他和土地完全疏隔，第二条是因为他不想让他的父亲来插手他的生活。第一条他是不甘，第二条他是不愿。就当他在不甘和不愿的夹挤中撞得头破血流的时候，他听到民间歌舞团招人的消息，就抱着姑且一试的想法去了，没想到一考就中，就这样到了杭州。

当然，还要很多年后，抗战才会知道，这第三个选择，其实也是他父亲铺的路。如果当时他有足够的耐心和细心去一步步回溯那些貌似顺利的考试过程，他应该发觉每一个关口都留有他父亲的指纹。可是人在年轻的时候更愿意相信自己的能力和命运的恩宠，等抗战终于知道内情的时候，他父亲早已作古。

小桃没想到抗战会跟她讲这么多的家事。大约是因为离开了温州的缘故，小桃暗想。参照物变了，人似乎就变了眼界换了心性，从天然的淡漠中生出些隐约的热情。

"你是听谁说我在上海的？"她问。

其实她还没开问的时候心里就已经有了答案，可是她要听他亲口说出那个名字。她看见他的额头一鼓一瘪的，她知道他在寻思如何回应。她在他片刻的犹豫中找到了一丝促狭的快活。

终于，他说出了赵梦痕。

她想故作无知地表示惊讶，然后再貌似无心地说一句："哦，原来你们一直都保持着联系啊。"她想把这场追问一路进行到底，直到把他死死地顶到墙的犄角上。可是话走到舌尖的时候突然走瘸了腿，因为她看见了他额角的汗。这个看起来从来都掌控着局势的人，原来也有乱了阵脚的时候。她喜欢看见他的破绽，他的破绽让他从高高的台子上走下来，走到和她平等的位置上 —— 现在她终于可以直视他的眼睛。

"她怎么样了，赵梦痕？"她问。

"高考落榜了，现在在一家街道鞋厂上班，做出厂包装。"他说。

"那家厂子，在哪里？"小桃问。小桃问这话的时候，声音微微发颤。

"在谢池巷边上，是几个私营鞋匠合并成的小厂。"

天，果真就是那家她本来要去上班的鞋厂。小桃暗暗惊叹。赵梦痕一定是从她嘴里听说了招工的消息才去报的名。

"她的成绩那么好。"小桃喃喃地说。

抗战叹了一口气，说她家也有过风光的日子，只是，那日子没落在她身上。

小桃觉得抗战变了。抗战依旧沉静。沉静是一块覆盖面积很大的油布，底下遮掩着许许多多复杂纷繁的内容。抗战从前的沉静底下盖着的是优越感，一种跟秉性品行无关，却与征服者的姿势相关的优越感。那是他爸从血液里传给他的，他爸不用刻意教，他也不用刻意学，生来就会了。而现在，他的沉静底下或许还藏着优越感，只是那优越感已经有了裂缝，裂缝里长出了各样的杂草，比如同情，又比如怜悯。

小桃突然醒悟过来，撕裂了抗战优越感的不是别人，而是他的父亲。这是征服者自身营垒的内耗，与旁人无关。

"有机会见着梦痕，替我问声好。"小桃说。

回到座位上，节目依旧精彩，可是小桃的心思已经不在舞台上。一整个夜晚，她只是抑制不住地想着赵梦痕。那本该是她孙小桃的命啊，她的半只脚都已经踩进了命运的鞋子里，可是事到临头她逃脱了。她留在身后的鞋子，不经意间却叫赵梦痕穿了进去，于是赵梦痕就给锁进了本属于她的命，从大小姐变成了粗使丫鬟。

十年河东，十年河西。她记起了开老虎灶的母亲最爱说的一句话。

勤奋嫂早上起来坐在床沿上，双脚在床底下够来够去地找鞋子，只觉得身子有些倦怠。这阵子隔壁一位大婶给她介绍了织毛衣的新营生，大人织一件三块钱，小孩织一件两块，若是加急就各加五毛。勤奋嫂觉得这是桩无本买卖，挣钱反而比一分两分的卖草纸卷烟省力，还能见缝插针地做，并不影响老虎灶的生意。只是这样的好营生一个月也等不来一两回，而且一来就是急活。昨晚勤奋嫂忙到半夜一点钟，才把一件大红开襟线衫给织完了，今天一早人家就要上门来取——是为了赶孩子的十岁生日。

勤奋嫂每天醒来，都正正在四点十五分的点上，比闹钟还准时。今天醒来，只觉得天色比平素暗了许多，就摸索着找灯绳，想开灯看一眼墙上的那个老爷挂钟。不知怎的那盏灯也比平常暗，昏昏黄黄的照得挂钟上的字像水里泡胀了的芝麻粒，怎么也看不清。她趿着鞋子站起来，想凑到钟跟前，谁知墙壁突然风车似的旋转了起来，还没容她喊出一声皇天，就头重脚轻地摔倒在地上。

睁开眼睛，她发现自己躺在一个四壁雪白的屋子里。日头从窗玻璃里钻进来，凶狠地炸开一条光带，光带里飞着一粒粒银粉似的灰尘。她不知身在何处，有些心慌，便握起拳头用指甲抠了一下手心——还好，她活着，尚知道疼。

"别动，你挂着吊针。"有人瓮声瓮气地对她说。

她一下子没听懂，但是她顺着声音找见了说话的人。那人身穿一件白大褂，头戴一顶白布帽，嘴上捂着一个棉口罩，一张脸唯一露在外边的是眼睛。其实眼睛也遮了一半——被一副玳瑁框眼镜。

勤奋嫂的身子虽然醒了，可是脑子还没全醒，那一刻她的脑子正被她的身子拽着行路，步履蹒跚，睡眼惺忪。过了半晌她终于明白过来，那个穿一身白衣的人是个医生。

她的脑子像淋了一盆凉水，一下子脆脆地醒了。她倏地坐起来，说不打了，那个吊针，我要回家。

"你必须等到这瓶葡萄糖打完才能离开。"医生说。

"别劝我，劝也没用，我没钱付你。"

勤奋嫂说着就要拔针，却被医生死死按住了胳膊。医生摘下口罩，勤奋嫂这才认出是谷开煦。勤奋嫂虽然认识谷开煦多年了，却从未见过他穿白大褂的样子，心想这身行头捂得实在严实，一年里能见到多少日头？怪不得从朱家岭带回来的那身乌皮，一到城里就不见了，又变成了一张小白脸。

"你贫血得厉害，昏倒在家里，是二姨娘叫了人把你抬到急诊室的。"谷医生说。

勤奋嫂这才把早上的事，一丁一点地回想了起来。

"老虎灶呢，谁在看？"勤奋嫂焦急地问。

"你放心，二姨娘守着呢。"

勤奋嫂这才略微安了心，便笑，说回去喝一碗热汤就好了，没那么娇气。边说边支起身子找鞋穿，谷医生见拦不住，只好说今天的药费已经交过了，这针打不打由你。

勤奋嫂缩回脚，半晌才说老谷，难为你了。

"你的血色素只有7.5克，平时伙食上太省了，你得注意营养啊。"谷医生说。

勤奋嫂哼了一声，说我还不知道你们这些医生？铜板大的事说成银番钱（温州方言：银元），要都信你们的，开一百家医院也不够用。

"勤奋，不是我吓唬你，你知道一个人正常的血色素应该是多少吗？小桃已经没有了父亲，你想让她也失去母亲吗？"

勤奋嫂不说话，脸色却渐渐地有了些变化，终于慢慢地躺回到床上。

窗外的日头渐渐斜了，光带已经缩成了墙上盘碗大小的一块光斑。光斑里有一块乌紫的干血——那是旧年的蚊子留下的尸身。门外走廊里有个病人在高一声低一声地哀号，那声音叫人听了头皮一阵阵发紧。

"小桃那里，是你寄的钱吧？"勤奋嫂问。

谷医生一怔，过了一会儿才摇了摇头，正想说话，却被勤奋嫂打断了。

"我知道是你。老谷，我们家是个无底洞，你别管了，你管不了。"

谷医生有些尴尬，扭过脸去看着窗外。

"勤奋，有的事其实我能管，你偏不让我管。你们家不是无底洞，等小桃大学一毕业，日子就宽裕了。一份大学毕业生的薪水，养你们三个人没有问题。只是，你得健健康康地等到……"

这时外头突然跑进来一个护士，谷医生咽下了还没说完的那半截话尾。

"谷开煦，病房来新病人了，刘主任到处找你，你还在这里磨蹭。"

那护士斜了谷医生一眼，把一份病历往他怀里一杵。

"吊瓶浅了，你就喊护士。"

谷医生交代了勤奋嫂一声，就站起来匆匆地往外走去。

谷医生走路的时候贴着墙根，眼睛低低的小心翼翼地探着路，仿佛前后左右都有意想不到的拦阻。勤奋嫂不由得就想起了在朱家岭的时候。朱家岭的番薯粉很糙，朱家岭的酒割人喉头，朱家岭的日头晒得谷医生满脸冒油，朱家岭的泥尘叫谷医生屋里剩下不下一块干净的角落。可是在朱家岭的时候，谷医生腰身是直的，眼睛也是直的，谷医生可以扯着嗓门想什么就说什么。

"姑娘，在你们医院里，护士不管医生叫医生？"勤奋嫂扯住护士的衣袖问道。

姑娘不备，脸刷地涨得通红。姑娘很年轻，大概刚从护校毕业没多久，阅历浅显得藏不住一丝惊惶，经不起世上最简直明了的盘问。

"她们，都这样叫他。"她嚅嚅地说。

"凭什么？"

"她们说，他是右派，摘帽的。"

"摘了帽，怎么还叫右派？"勤奋嫂蹙起了眉头。

姑娘踌躇了半晌，才说这个我也不懂。

勤奋嫂哼了一声，说你妈没教你做人的礼貌？他比你年长，又看了这么多年的病，你叫他一声医生也不为过。

姑娘轻轻地动了动脑袋，看不出是点头还是摇头，就要急急地往外走。走到门口，又被勤奋嫂喊住了。

"你告诉我，正常的血色素该是多少？"

姑娘又吃了一惊，过了一会儿才明白过来这是另外一个问题——一个与先前的问题毫无关联的新问题。

"11.5克以上，女同志。男同志是12。"

姑娘逃也似的离开了房间。

屋里突然就静了下来。走廊上的那个病人大概刚刚打过了止痛针，终于沉沉地睡了过去，鼾声把墙壁扎成一个蜂巢。勤奋嫂的眼皮也渐渐沉涩起来。可是这天勤奋嫂的脑子总比身子慢半拍，身子醒的时候，脑子还在睡；身子要睡了，脑子却还不困。这天不仅勤奋嫂的脑壳和身子在打着架，她的眼睛和耳朵也在闹着别扭。眼睛闭上了，耳朵却不肯歇，依旧还半开半合地打探着屋里屋外的各样动静。她听见自己的鼻息声呼哧呼哧地像蛇在草叶间穿行。过了一会儿，她又听见一阵布鞋坠落在地板上的咚咚声。她知道是二姨娘。二姨娘是小脚，只有裹了脚的女人走起路来才会有这样一脚高一脚低的颠簸。

她实在睁不开眼，她的眼皮沉得像压了两座老天爷也掀不动的山，可是她感到了疼，那是二姨娘的叹息落在她脸上的重量。

"你起来，再不吃就凉了。"二姨娘终于忍不住把她推醒了。

"老虎灶呢？"勤奋嫂一睁眼就问。

"仇阿宝的娘帮我看着呢，你吃完了我就回去替她。"二姨娘说。

二姨娘怀里抱着一件捆成一团的旧棉袄，结子打得太死，二姨娘解不开，只好用牙齿把绳子咬断了，从里头掏出一个油纸包着的饭盒。

"猪肝炒菠菜，说是补血最好，是仇阿宝的老娘做了送过来的，你赶紧吃。"

勤奋嫂支起身子，挑了一块猪肝放进嘴里，嗓子一紧差点想吐。外边天冷，二姨娘走得慢，一路上猪肝已经凉了，嚼在嘴里便有几分腥。她勉强吃了几口，就把饭盒盖上了，说拿回家热一热你吃。

　　勤奋嫂便问仇阿宝的娘怎么知道我在医院？二姨娘说你出了事我第一个就去叫仇阿宝，他老娘说他一夜没回来，关在厂里写检讨。

　　勤奋嫂吃了一大惊，说怎么他也犯错误了？二姨娘说是经济上的事。他们厂换了个新厂长，处处跟他作难。他跟厂里借了五十块钱，说好了发薪水就还，可是厂长知道了，非说他挪用公款。人家会计出纳都出面替他做了证，厂长还是非要他在大会上作检讨。

　　勤奋嫂摇了摇头，说这个仇阿宝，一份薪水加上出差补贴，一个月也不少钱，怎么还要欠场面（温州方言：欠债）？

　　二姨娘的嘴唇动了动，却欲言又止。勤奋嫂说我知道你在想什么，你是想说人家不会等我一辈子，人家也得找人结婚，替别人花钱欠场面，是不是？二姨娘说知道就好，大先生死了这么多年了，怕早就托生做了别人家的男人了，你还替他守什么？

　　勤奋嫂叹了一口气，说二姨娘，说句心里话，我从来没想过守大先生。从他扔下我那天起，我就想过嫁人。只是，想嫁的那一个，我偏偏嫁不得。能嫁的那一个，我又不想嫁。我和仇阿宝，实在过不到一块儿。

　　二姨娘斜了她一眼，说你不想嫁的那一个，我知道是为什么。可你想嫁的那一个，又怎么嫁不得了？你不是向来喜欢识文断字的人吗？

　　勤奋嫂咬着嘴唇，目光直直地盯着窗外。日头行了一天的路，终于累了，咚的一声坠在天边，砸起一天的血。窗台上不知是谁搁了一个脏碗，有一只饿得只剩了一层皮的雀子，正当当地啄着碗底硬得像铁的剩饭粒。挂瓶里的葡萄糖水浅得只剩了一个底，水走得极慢，水珠子憋足了劲道，半晌才落下去，声气大得惊天动地。

　　"二姨娘，从前谷医生笑我天真，我还不信。今天我总算见识了，摘不摘帽子他在别人眼里永远是右派。我不怕，可是我不能不替小桃怕。小桃的老师信任她，小桃将来说不定有大前程。我不能害了她。"

　　二姨娘想劝，却搜肠刮肚也找不着一句能劝的话。两个男人两条路，两条路各有各的难处。身子委屈不得，心也委屈不得。在身子和心的委屈上，又压着儿女的委屈。儿女的委屈是山，在儿女的委屈面前，所有其他的委屈都是粉尘。勤奋嫂没有别的路，勤奋嫂只能是寡妇。

"等等吧，等小桃毕业了，有了工作，那时候谷医生的事兴许就不是事了。"二姨娘说，"再熬五年吧，挨一年少一年。"

小桃收到那张三十块钱的汇款单时吃了一惊。虽然那上面没写汇款人的名字，她却知道除了妈妈之外不会有别人。她上学之前，妈妈给了她二十块钱。她收了十块，把那个十块偷偷塞到妈妈的枕头底下。妈妈发现了，又把那十块汇到了学校里给她。后来每一个月，妈妈都会给她寄五块钱。两个星期前她刚刚收到了妈妈寄来的十块钱 —— 妈妈这次多寄了五块钱是给她过年花的，她没想到那十块钱后面又那么快地跟上了一条大尾巴。她知道家里那口一天要烧十几个小时的老虎灶每天要吃进多少个煤饼，家里的煤票还不够垫层灶底，所以每个月妈妈都要买议价煤粉。家里那两个几乎高到天花板的大木桶，每天也要吞下好多水 —— 那是妈妈雇人一毛钱一担从供水站挑来的自来水。刨去煤和水的费用，老虎灶一个月的进账只够三口人糊口，连做一件新衣裳妈妈都要想了又想。妈妈就是不吃不喝，在这么短的时间里也省不下这几十块钱。不知妈妈是不是又把家里的哪样东西送去了委托行？小桃知道家里还有几件衣裳，听妈妈说是奶奶家道中落之前的陪嫁，样子是老旧了，料子却是市面上再也见不着的稀罕。

小桃在邮局取了钱，走到街上，遭冷风兜头一吹，突然就清醒了：她不能收这三十块钱。妈妈几年来一直贫血，却总也舍不得在伙食上花钱。这三十块钱，又要叫妈妈和二姨婆吃上多少顿菜泡饭？她想折回邮局把这个钱寄回家去，转念又觉不值：来回两趟的寄费，岂不白白糟践了？钱还没花出一分，就已经先瘦了身。还不如等暑假回家的时候，再把钱带回家去 —— 但愿妈妈那头不等着急用。

正犹豫间，就听见了身后一阵铃声，回头一看，有人正跨在自行车上冲她打手势，她这才明白过来对面是红灯 —— 原来恍恍惚惚之间她已经走到了马路中间。

她回到人行道上，正想跟那人道一声谢，突然看到那人衣襟上别着一枚和她一模一样的校徽，便忍不住问你是哪个系的？那人的口音很重，连说了几遍，小桃才听清是纺织机械。看见小桃一脸疑惑的样子，那人笑了，说对不起，我的中文不好，我是越南留学生。那人笑起来露出两排雪白的牙齿，照得小桃满目晕眩。

那人看上去比小桃略大几岁，穿的是蓝布学生装，衣裳里罩着肥肥胖胖的棉袄棉裤，肘子和膝盖处绽开一条条粗硕的褶皱。那是学校里所有男生的标准打扮，可是小桃还是觉出了不同。或许是肤色，或许是颧骨，或许是眼窝，或许是那副金丝边眼镜，或许是那些被梳子整理得服服帖帖的头发。过了一会儿小桃终于醒悟过来，那人身上和其他男生最大的区别是他的微笑——一种被水冲洗过的透亮澄明的微笑。那样的微笑叫人几乎忘却了那个人的国度里正在上演一场持久而惨烈的战争。小桃一辈子没见过这样的笑，小桃不禁怔了一怔。

绿灯亮了，她和他一起过了街。她在路边停下来，因为她要等回学校的公共汽车。他指了指他自行车后面的座位，说我带你，路近。他的中文实在还有点生涩，他只能使用很短的词，几乎连不成句子。可是她一下子就听懂了。是的，从邮局到学校的路，只有两站车的距离。而且，她还可以省下三分钱的车票。但这都不是理由。她同意让他载她回去的唯一原因，是他的微笑。他的微笑火信子似的朝着她舔过来，她像一团蜡一样无筋无骨地化成了水。跳上他车座的时候她想到了快活，也想到了死，在这里快活和死几乎是同义词。

刚刚过完年，经过街角时还能时不时地听见几声清脆的爆响，不全是炮仗，也有爆米花，空气中弥漫着丝丝缕缕的火药味和粉身碎骨之后的米香。云很厚很低，仿佛一伸手就能拽上一个角。小桃抽了抽鼻子，就闻到了雪的湿腥。雪重重地压在云上面，幸灾乐祸地等待着云不堪负荷地开裂，它好乘虚倾盆而下。风像个悍妇，积攒了一肚子的怨气，到了这时终于彻底撕开了颜面，伸出刀子一样的嘴，剜得路人皮开肉绽遍体鳞伤。天太冷，男人抵不住寒气，只好飞快地蹬着车轮子，就蹬出了一身汗。男人的脊背像一堵墙，墙有缝，汗气从墙缝里隐隐渗出来，舔到小桃脸上，小桃的心就有些煎熬起来。照着这个速度，再有十来分钟，男人就会骑到学校。可是她还不想那么快地回去——她还没来得及问这个男人的名字和宿舍楼室。此刻小桃的心像是一口泉眼，从底下汩汩涌上来的，是挡也挡不住的说话欲望——她只想和他面对面地坐着，说一些也许根本无关紧要的话。

犹豫了片刻之后，她终于鼓足勇气用肘子捅了捅男人的腰，说我要下车。男人的脚支着地停了下来，疑疑惑惑地问你怎么啦？一阵热气忽地漾了上来，从小桃的脸颊渐渐弥漫到脖子根，不过这回小桃镇静些了，因为她知道寒风已经把她的脸吹成了两面红色的旗子，在这层红的掩护下，没人能看得出那底下的红。

"我特别冷，也饿，你能，陪我吃一点热东西吗？"小桃期期艾艾地说。

小桃已经看清了路边这家店铺的招牌。那是一家小吃店，里边卖的是馄饨和汤面，或许还有一些小碟子盛着的咸菜，最贵大概也不会超过两三毛钱。她身上还存着那刚刚取回来的三十块钱。邮局给的是一沓崭新的票号相连的一元票子。那三十张票子个挨个地躺在她的棉袄口袋里，随着她身体的移动发出窸窸窣窣的快乐呻吟。她原先是想把这钱原封不动地留到暑假，而这顿饭会在这三十块钱里啃出一个洞眼。还好，这个洞眼不大，她总能在以后的日子里再把它慢慢补上。反正是吃进肚肠的，以后再从牙缝里省回来，她只是不能错过这个带着阳光和水一样微笑的男人。她若是错过了他，她即使再活两辈子，全身所有的口袋里都攒满了新票子，她也跟从来没活过一样。

男人显然被这样的请求吃了一惊。他迟疑了一下，小桃理直气壮地把他的迟疑理解成蹩脚的汉语在思维过程里设下的路障。小桃没等他回话就率先推开了店铺的门，男人不由自主地跟在了她的身后。刚过了十一点，还没到吃午饭的正点，两人挑了靠窗的一张桌子坐了下来。男人摘下棉手套，用手捂了捂脸，小桃听见了一阵咝咝声——那是脸上的湿气贴上滚热的手掌时发出的响声。两人看了看墙上贴的价目表，小桃要了一碗菜肉馄饨，男人挑了一碗最便宜的阳春面。

在等待食物的短暂空隙里，小桃问男人叫什么名字。男人取下学生装口袋里别的那支钢笔，在手心写下了一行字。那行字有些像英文，却又不全像，因为那些字母上戴了些形状古怪的帽子。男人见小桃一脸疑惑，就笑，说这是越南文，我给你写中文。男人在那行越南文底下又写了三个汉字：黄文灿。男人的汉字有板有眼，一撇一捺的很有几分劲道，倒比他的口语强了许多。

男人写完了，就问小桃你呢，你的名字？小桃拿过男人的钢笔，也在自己的手心写下了三个字。写完了，却吃了一惊，因为她看见自己写的竟然是"孙小陶"。从小她就像憎恨老虎灶一样地憎恨自己的名字，她觉得"老虎灶西施"的绰号是表，而孙小桃的名字是里，这个里衬着那个表真是表里如一的相宜。她一直想改名字，这个念想像一条埋在她肚肠里的绳子，虽然时不时牵扯一下生出些隐约的疼，却还不是那种忍不下的疼——直到她认识了这个叫黄文灿的男人。这个男人嗖的一下把这条绳子点成了一根灯芯，她便再也耐不住那个"桃"字的灼疼。

面和馄饨很快就端了上来，氤氲的热气把黄文灿的金丝边眼镜熏成两块磨砂玻璃。他既看不见碗里的东西也看不见对面的人，只好摘下了眼镜。失去了眼镜的男人看人时眼睛里就有了一丝丢失了焦距的茫然和温存。

"我们班的中国同学，都回家过年了。你怎么，不回去？"他问。

小桃想了想，才说我想省一张船票的钱。小桃说这话的时候有些不自在，于是她扯来一张硕大的微笑，想遮掩住这一丝小小的难堪。可是男人还是看出来了。

"没关系，我懂。"他说。

"你怎么可能懂？"小桃指了指窗外树下停着的那辆自行车，扬着眉毛说。"二十八寸锰钢永久，全学校能找着几辆？"

过了半晌黄文灿才听懂了小桃话里的那道弯。他开始寻思怎样作答。其实回答早就在脑子里了，只是从脑子里走到舌尖，中间还要经过汉语曲曲折折的沟坎。他终于慢慢地清完了路障。

"车是政府给的，你们的。"他说。他又指了指身上的学生装和桌子上的那杆金星钢笔，说这也是你们政府，给的。我们还有，那个生活补贴，很高。中国对我们，很好，真的。

他终于把这一长串话扯了出来，出口时已是一片烂布絮，他把自己累得一头青筋满额是汗。

小桃掏出自己的手绢递给他，说你擦擦汗。小桃的手绢旧了，已经洗得挂了丝，却依旧干干净净的没有一个污点。黄文灿犹豫了一下，禁不住小桃的眼神一逼，就接了过来，不是擦脸，而是擦放在桌子上的那副眼镜。

"那你，为什么不回家过年？听说你们越南人也过春节。"小桃说。

黄文灿终于把镜片仔仔细细地擦干净了，戴起来，眼里有了焦距，脸上立时就有了内容。

"我不能，浪费钱，我的国家在打仗。"他说。

黄文灿说这话的时候，依旧还是笑，可是声气里却带着苍凉。

小桃不知道这样灿烂的微笑，如何能承载得住那样沉重的苍凉—— 就像是火挂不住冰，水载不了铁一样。可是这个男人的微笑，偏偏就是如此恰如其分地担起了那样的苍凉，叫人觉得那微笑若没有苍凉便有些轻浮，而那苍凉若没有了微笑便有些凄惶。

孙小桃就是在那一刻里猝不及防头重脚轻地爱上了这个叫黄文灿的越南男人的。

小桃走出校门的时候，沿街的路灯还亮着，曙色刚刚在天边撕开了第一个破口。她昨天夜里几乎没敢合眼，就怕睡过了头班车的点。她在站牌底下等了很久，车才来。今天是周日，等车的是另外一些脸，脸上的神情虽然也焦急，却不是那种赶点上班上学的焦急。坐车的人手里提着的不是书包公文包和铝饭盒，而是探亲访友的各式糕点礼品。小桃手里也有一个包，里边装的却不是食品，而是一本汉语成语词典和一块肥皂。这本词典是她上星期从新华书店买的，昨晚她用牛皮纸给它包了一层厚实的封皮，四个角都加了固 —— 那是她从小就熟悉的包法。

路比她想象的还要远，转了三趟车，还要步行二十分钟。等她终于懵懵懂懂地下了车，走到那幢青砖宿舍楼前的时候，阳光已经攀升到树顶，天早已熟透。

但愿他今天没有出门。小桃暗想。

开门的是他的室友，说他在水房洗衣服。他正要去喊，却被她拦住了 —— 她要自己去。

天刚换了季，水房里拥挤着许多洗衣洗被褥的人，可是她几乎没费什么眼力就找见了他，因为他是最笨拙的那一个。他洗的是工作服，衣服很脏，到处沾满了机油，肥皂擦得不够，他搓衣服的架势夸张得像是在制伏一头撒着野的疯牛，脸上身上溅满了污黑的水迹。

小桃忍不住笑了，说黄文灿你这样洗衣服，一辈子也洗不完，还没洗干净手里的，就要洗身上这一件了。

他抬起头来，五官瞬间定格在错愕的表情上。可是这个表情并没有持久，很快就分崩离析，游走成一团肥硕无边的欢喜。一股满足如温水在小桃的心里洇衍开来，她被浸润得几乎有些晕眩。她事先没有告诉他她会来看他。为了这趟不远不近的路程她已经盘算了整整一个星期，只是为了能看见这一刻他脸上的惊喜。

他到底没让她失望。

"我来吧。"她把他推到一边。

她卷起袖口，开始替他洗衣服。他的肥皂只剩下了指甲大小的一坨，被水泡得稀软，她轻轻一抹就化成了泥。她拿出包里的那块新肥皂，撕了纸，涂在领口和袖口的油污之处。

这不是她第一次给他买东西，也不会是最后一次。她至少已经想到了另一样东西，是凡士林霜。他这个学期在工厂实习，每天都和机油打交道，洗手用的是沙子，磨得手上都裂开了皮。可是她已经花完了这个月的助学金，她只能等下个月才能省出那份钱。这几个月她已经在家里寄给她的那三十块钱里啃出了几个洞眼，她知道她绝对不能

再往下啃了 —— 再往下她就永远也补不回那个缺口了。她只能继续在牙缝里省。现在她终于懂得了母亲持家的难：原来牙缝可以细成一条丝，却依旧能挤得出东西。从上个月开始她把伙食标准降到了七块钱，但这还不是她的最低线。如果有需要她还会降到六块 —— 她知道六块钱依旧可以养得活自己。黄文灿的助学金比她多了十来块钱，可是他每个月都会拿出一半的钱来，存在一个叫"胡志明小道扩展计划"的账号上 —— 他比她过得更艰难。

在认识黄文灿之前，越南对小桃来说只是口号里的一个词组，新闻里的一个标题。黄文灿把这个词组和标题演绎成了活生生的筋骨血肉，那里的一动一静，便开始隐隐地牵着她的心。她现在终于知道了胡志明小道不是都市里的一个街名，而是一条美国人费尽心机也找不到的交通要道；"战略村"是美国人制造的集中营，里边的人进进出出都需要出具绿色通行证。他用他牙缝里挤出来的钱，喂养着他的国家。而她用她牙缝里挤出来的钱，喂养着他。她知道她贱，她只是忍不住。她身上流淌着她母亲的血，这腔血里有一样叫不出名字的东西，能让女人为了一个男人把自己贱到泥里尘里，死上千回百回。

其实在洗衣服这件事情上她并没有比他内行多少，她自己也还是一个新手。在家时妈妈和二姨婆只让她好好读书，很少刻意教她做家务。她虽然没有自己洗过衣服，却也看过她们洗衣服。记忆的反刍让她很快无师自通，这两个学期里她已经把自己的生活管理得大体有序，现在她甚至能腾出手来管一管他的事。他的工作服布料很厚，脸盆太小，她冲了许多水才渐渐淘清了肥皂花。洗完了，她就喊他过来拧衣服。她扯住一头，他扯住另一头，她往左拧，他往右拧，水滴在槽子里淌出一条蓝色的溪流 —— 那是衣服上褪下来的颜色。

他和她一起晾完了衣服，甩了甩手上的水珠，说我带你去爬山吧小桃。她疑惑地看了看四周，说你这里都是厂房，哪有什么山？他笑了笑，说不信我变给你看。

就拉了小桃跑到街上。

前几天腻腻歪歪地下过几场雨，雨细，日头一晒，地上找不见几片湿印子，水汽却都洇在了泥里。沿街的树木，突然之间就肥硕了许多。夹竹桃开败了一茬，脚踩过路面鞋尖上时不时会踢起几瓣残红。春天在赶往夏天的路途中被雨耽搁了几日，雨一停，天就轰的一声暴热起来，街上已经有人迫不及待地换上了短裤背心，可是黄文灿依旧还穿着衬衫长裤。

黄文灿一身的行装全是学校发的，不过是白布衬衫灰布裤子，加上一双军绿色的解放鞋。这样的衣装，几乎是那个年头每一个大学男生的统一服装，可是黄文灿却把它穿得不同一般。无论天有多热，他的袖子永远严严实实地一路扣到手腕上。露在皮带外边的半截衬衫，总是会在腰的位置扯出几个清清爽爽的尖角。脚上的球鞋虽然早已洗得辨不出颜色，可是鞋带却永远系成两个一丝不苟的结子。什么样的衣服穿在他身上总能穿出一种架势。后来小桃才渐渐明白，这架势原本与衣服无关。

两人走到街角，就看见了一个小小的公园，里边有一个凉亭。凉亭搭在一圈岩石之上，地势虽然不高，坐下来再看四周，街却矮了。一根柳枝探进亭里，在黄文灿的脸颊上挠来挠去。他扯下一片叶子，揉碎了，便有一股淡绿色的汁液从指缝里渗了出来。

"这就是我的山。"他说，"平时有空我就在这里看书做作业，谁也吵不到我。"

她不说话，只看着他笑 —— 从正月里在邮局边上第一次遇见他到现在，不过几个月的时间，他的汉语已经少了许多毛刺，变得光滑顺溜了。

"是不是，我又说错了话？"他问。

她忍不住笑出声来，说你的中文水准，真是一日不见如隔三秋。你知道这个成语的意思吗？他摇了摇头，她说没关系，你很快就会知道的。他说我在学校的时候听得多说得少，在工厂里实习天天要跟工人师傅说话，他们还请我到家里吃饭。练多了就顺了一些。她说不是一些，是很多。

她的夸奖像一根细柳枝，轻轻一撩就撩皱了一池水，微笑的波纹一路荡漾开来，彻底淹没了他的五官。这些日子里他黑了一些，也瘦了一些，可是他的微笑依旧饱实灿烂。

"人的脑子像海绵，有很多个孔，只要都张开了，就能很快吸收一门外语。"他说。

她摇了摇头，说不是每个脑子都像海绵。她说这话的时候想起来的是二姨婆。二姨婆的脑子是木疙瘩，没有一个孔眼，渗不进半滴水。二姨婆到温州十几年了，到现在还只能说几句应急的温州话。

她从包里掏出那本牛皮纸封皮的词典，递给他，说这是送给你的，几乎所有的常用汉语成语，都收在这里边了。刚才那句成语，你可以自己回去查。

他接过书，翻开扉页，看见了她的赠词："愿汉语很快不再是你的外语。"小桃写这句话的时候想了一个晚上，撕毁了一沓草稿纸。其实她更想写的是另外一句话，那句话是："愿汉语成为我们心灵之间的那道桥梁。"她最终没写那句话，因为她觉得那句话带了太明显的私心。她不怕把她的私心亮给他看，但她怕他一不小心把她的私心亮给了别人看 —— 即使再莽撞她也知道词典的扉页不是抒情的好地方。于是她换了另外一句话，一句把私心藏在了一个冠冕外壳里的话。赠词上没有题头也没有签名，在本该是他和她名字的地方，她画了两个头像。

他的手停留在画着他俩头像的那页纸上，久久不动。她以为他要说一句感谢的话，可是他没有。他的喉结像一块不小心鲠在喉咙里的肉骨头，上上下下颤抖游走了半晌，笑容如落在沙滩上的雨水，渐渐低浅了下去，最后只剩下嶙嶙峋峋的严峻 —— 那是一种小桃从未在他脸上发现过的表情。

终于，他把喉咙里的那块骨头嚼碎了，一字一顿地吐了出来。

"孙小桃同学，我不希望，你再给我，买任何东西。"

话很硬，一下子戳进了她的心。委屈如一条暴烈的缰绳，挣脱了脑子的束缚，蛮横地套住了她的腿，扯着她不由分说地跑出了凉亭。她知道她跑得很快，因为风打在脸上有一丝隐隐的疼，口鼻里泛起了飞尘的泥腥，街道如电影里的快镜头在眼前闪过，颜色和形状都很模糊。她不知道她要跑向哪里，前面纵然是万丈深渊她也会毫不犹豫地跳下去，只要能逃离那个她亲手打造的耻辱。

她听见了身后刷刷的脚步声 —— 她知道是他在追她。快一些，再快一些。她的心在声嘶力竭地喝令着她的腿，她的腿却有些低三下四，因为它已经没有了回嘴的力气。后来，有一只手从身后伸过来，拽住了她的胳膊。她狠命挣扎着，身子一偏，就摔了 —— 摔在了他的怀里。她想喊你走开，可是有一样东西猝不及防地堵住了她的嘴唇，压得她出不得声。

那样东西很柔软，却也很有劲道，它撬开她的嘴唇和牙齿，长驱直入地吮住了她的舌头。渐渐的，她觉得它吮的不再是她的舌头，而是她的心——她不知道她的心是什么时候走到她的舌头上的。其实走到舌头上的，不只是心，还有肺腑。丢失了五脏六腑的腔子，突然轻得没了章法，云似的浮在了半空。

脚呢？脚在哪里？

她把脚也丢了，可是她却不着急找。这二十年的日子里她每天都有脚，她的脚每天都实实地踩在地上。平生第一次她找不着脚了，她这才知道，悬空的感觉竟远比踩在地上好。

他终于松开了她。她失魂落魄气喘吁吁地望着他，猝然落地的身子还很轻，弹了几弹才慢慢站稳。

"小桃。"他颤颤地叫了她一声，"我不知道战争还要打多久，我不能，让你为我吃苦。"

她看见了他脸颊上斑驳的水迹，她不知道那到底是他的还是她的眼泪。她走过去，把头放到了他的肩上。

"我，乐意。"她贴着他的耳根说。

两人相拥着站在街上，听着初夏的蝉在枝叶间掀开第一轮的聒噪，纷繁的街音熙熙攘攘地从他们身边流过，刹那间，心中生出了一丝地老天荒的相依。

后来他带她去了他们厂的食堂吃午饭。他给她叫了一毛钱一份的海米炒油菜，而他自己的却是五分钱一份的白菜汤。她不肯吃，把自己的菜倒在他的汤里混成一份。

"一人一半。"她说。

他看见了她洗衣服时被颜料染蓝的手指，说对不起，我太笨了。从小家里就有用人，我什么都不会干。不过，我在慢慢学习。

用人？这是一个老古董的词，在市面上已经消失多年。小桃一时无法把这个词和眼前这个喝着五分钱一碗白菜汤的男人联系起来。

"你说你家，有用人？"她问。

"是的，战前我们家有三个用人，一个开车，一个煮饭洗衣服，还有一个管花园。"他若无其事地说。

"那，你们家是地主老财，还是资本家？"

他被她的语气惹得哈哈大笑起来。"那得看你怎么理解。我母亲是法国人，外祖父在河内投资五金工厂。我们小时候上的是法语学校，所以学习汉语有些困难。"

小桃终于明白了，黄文灿身上那些在人群中按捺不住地要蹦跳出来的特质，原来来自他身上二分之一的法国血统。这是漂在水面的一片油，无论搅拌糅合多少个回合，它永远也不可能混在水中，变成水的一部分。

他见她不说话，就问我吓住你了吗？可是我父母都不是资本家，他们在大学里教书。她说你没吓住我，只是我以为，只有穷人才会去干革命。

他忽地涨红了脸，说你这是狭隘。其实我们只想要一个不受外国控制的国家，人人能过上好日子。连我的法国外公也是这么想的。这是社会理想，和阶级无关。

小桃突然想起了宋老师。宋老师说过世界上所有的事情都与阶级有关。这话也不是宋老师自己编出来的，这话若一路追溯上去，可以一直追到一位让山河改道日月失光的伟人身上。小桃其实是想和黄文灿争辩几句的，可是小桃搜了搜肚肠才发现自己有些理屈词穷——在阶级和觉悟这些事上她永远是个糊涂虫。

"你把自己饿死了，还怎么去打仗，去救你的越南？"小桃指了指碗里的汤，对他说。

他嘿嘿地笑了，说其实我根本不懂打仗，我想得更多的，是怎么在战后重建越南。

他说到"重建"两个字的时候，眼里炯炯地闪着光。她在宋老师眼里也见过这样的光。如果说宋老师把阶级做成了一副担子挑在肩上，黄文灿挑的就是一个国家。他的国家在他心里燃着一团火，那团火不是老虎灶的火，烧的不是煤饼——煤饼总有烧完的时候。那团火烧的是他的热血精华。只要他活着，身上还有血，那火就是长明灯，永远不灭。

小桃悄悄地叹了一口气。就在那一刻她突然明白了，她其实永远也不能完全得到这个男人，因为他已经把自己投给了这团火。除非她把自己也投进他的火里，或许她还能捡着一两片他烧剩下的热情。

此刻的小桃只想到了纵身投火的壮烈，却还没想到焚烧的痛楚和废墟的凄惶。她还很年轻，还有长长的未来可以慢慢销蚀这些哀伤。二十岁是桃花灿烂的日子，痛楚和凄惶匍匐在前面的某个犄角里，一时半刻还进不了她的视线。

小桃提着一个行李袋走到谢池巷口，已经热得浑身湿透。从码头到家有几步路，她舍不得雇三轮车。行李袋不大，但是里边装了几本她想在暑假里看的书，越走越沉，渐渐地便沉得像石头。她走走歇歇，歇歇走走，终于看到谢池巷的路牌时，已经是日头西斜的时候了。

走到家门口时她却突然犹豫了，停住了脚步。

家里的房子朝西，日头把一天里最后的狠毒肆无忌惮地扔进窗户，屋里的一切都丢了颜色，只剩下白与黑——落着阳光的，是眼晕目眩的白；没落着阳光的，是叫人喘不过气来的黑。老虎灶这个时候应该刚刚添过新煤，等待着下班来灌水的客人。隔着门，小桃似乎听见了炉火舔着灶膛的呼呼咆哮，木桶被滚水撞出的嘶嘶呻吟。这是一天里最热的时候。热是听不见的，她只看见母亲的头发湿湿地贴在额角鬓边，二姨婆的蒲扇在半空中划出一个又一个疯狂的半圆。

没变啊，什么也没变，就连门口贴着的那张鲤鱼跳龙门的年画，也还是旧年她走时就有的，只是颜色淡了一层，边角有些翻卷。生活像水，她刚走开去，就在她身后严严实实地合上了。她再回头，却已找不见她脚劈开的那条缝。

其实也不全是。假若她走得再近一些，把眼睛睁得更醒一些，她兴许就会看见母亲的鬓角，已经有了一丝在黑和白之间形迹可疑地漂浮着的灰，而二姨婆的手背上，又多出了几条青紫色的蚯蚓。日子的脚步很轻，可是再轻也总会留下痕迹。只是日子也觉得老虎灶乏味，常常会在别的地方绕行很久，才肯在老虎灶门口留下一个轻浅的脚印。

屋子里很清闲，只有一个客人 —— 一个老女人。小桃认定她是老女人，是因为她梳了一个老式的发髻，发髻上扎了一段青布条。这几年城里的女人略微年轻几岁的都已经随着新潮剪了头发，只有二姨婆这个岁数的，还有人留发髻。那女人背对她坐着，小桃看不清她的脸，只看见她的双手在空中甩出一个个激越的手势，脊背一抽一抽的，像是在控诉，又像是在哭。二姨婆从衣襟里扯出自己的手绢递给女人 —— 她果真是在哭。二姨婆是劝不了人的，因为二姨婆说不通话，能劝人的只有母亲。可是母亲似乎没劝。母亲只是默默地站着，陪着女人叹息。母亲脸上的表情有些古怪，是同情怜悯，又不全是 —— 母亲的同情怜悯底下似乎隐隐藏着一样东西。一直到推门进屋，小桃还没明白那到底是什么。

见到小桃，三个女人同时吃了一惊：小桃虽然写信告诉过家里暑假她会回来，可是她没有说具体日期。勤奋嫂愣了一愣，便去推二姨婆，说米，你去再加一筒米，快。二姨婆颠着小脚往后屋的米缸跑去，跑了半路却忘了是为什么去的，又折回来，上上下下地打量着小桃，一迭声说瘦啊，你怎么这么瘦。那个老女人见状坐不住了，说了声小桃你回来就好，隔天阿婆给你买汤圆吃，就起身告辞了。女人哭得两眼红肿，人中上横着一条半干半湿的鼻涕，喉咙里还堵着一股没来得及倾倒干净的怨恨，说话便有些瓮声瓮气。那人看上去有几分眼熟，小桃却一时想不起到底是谁，只好含含混混地应了声阿婆走好。等人出了门，小桃才问是谁？勤奋嫂说你不认得啦？是仇阿宝的娘。

仇阿宝的娘从前也来老虎灶买过草纸皂角，小桃原先见过，却不是这个样子的，就问妈她怎么就干巴成这样了？二姨婆叹了一口气，说都是让她儿媳妇给气的。小桃惊讶地问仇阿宝什么时候结婚了？勤奋嫂就说你别仇阿宝仇阿宝的，让人听了说我没教你礼数——人家到底比你长一辈。小桃伸了伸舌头，说好了好了，叫阿宝叔行不？他娶了亲，我怎么不知道？勤奋嫂就笑，说这温州城里天天有人娶亲，难道都得先通知你？二姨婆说阿宝是今年正月结的婚。那个女人出过天花，脸上有几个麻子，嫁不出去，盯他盯得很紧，天天在他厂里的门房坐着等他下班，弄得他同事个个都知道，就非娶她不行了。

到底还是，娶了那个女人。小桃想。

"那女人追阿宝的时候，阿宝说什么是什么。等一嫁过来，生米煮成了熟饭就不是那张脸了，天天给阿宝娘气受，要阿宝把他娘轰到乡下去住。"二姨婆说。

假若那天仇阿宝请她在温州酒家吃饭的时候，她没跟他说过那些话，他还会那么快就决定娶这个女人吗？小桃暗暗问自己。仇阿宝的路有千种万种走法，本来哪种也和她无关，可就在他走到十字路口的时候，她推了他一下。这一下不轻也不重，却刚好让他拐了一个弯。路虽然是仇阿宝自己走的，可是她却在他的选择上有了份儿——就因为她说的那几句话。

小桃的心隐隐的有些沉重。

勤奋嫂冷冷一笑，说怨不得别人，只怨他自己没长眼睛，猴儿急。

小桃突然明白了，母亲刚才在听阿宝娘诉苦的时候，神情里隐隐藏着的那样东西是幸灾乐祸。

二姨婆斜了母亲一眼，说你这话讲得真霸道，他急不急你最清楚，你还以为人真能等你一辈子？

母亲呵呵地清了一下嗓子，二姨婆明白了这话不能在小桃跟前说，便住了嘴。

"等你歇过气了，抽空去看看他，他总是打听你的消息。"母亲对小桃说，"从前他还能捞着出差的机会到上海看你，现在只能你回来看他了。"

"他怎么啦?"小桃问。

"他这几年走霉运，他那个厂长一直给他小鞋穿。供销员油水大出差补贴多，人人眼红，厂长找了个由头撤了他，把这个位置给了他自己的人。"

小桃说那我明天去看他，什么时候麻子不在家?

吃完晚饭收拾了碗筷，勤奋嫂和二姨婆就坐下来卷纸烟。小桃掏出一沓纸，趴在桌子上写东西。小桃写字从来就很用力，鼻尖低低地压在手背上，额发随着身子一颤一颤地晃动。勤奋嫂恍恍惚惚地觉得日子又回到了从前，小桃仿佛从未离开过家，依旧还是那个蜷在旧报纸堆里做作业的小毛头，便忍不住凑过身子去看小桃在写什么。没想到小桃惊得身子一跳，像一只被人猝然踩着了尾巴的狗。小桃倏地拿手挡住了纸，说妈我在写信。小桃把这个"妈"字扯得很长，尾巴高高地挑起来，挑出了一片明明白白的恼怒。勤奋嫂不识趣，还接着问写给谁啊，这么急? 小桃说同学。勤奋嫂又问是什么同学? 小桃长长地停顿了一下，才说妈说了你也不认识。勤奋嫂这才有些臊，终于讪讪地住了嘴。

铺子里陆陆续续来了几拨灌开水的客人，有几个是认得小桃的，见了小桃免不了停下来问候几声。小桃的思路被一次又一次地打断，碎得像妈妈和二姨婆手里的烟丝，便卷了信纸往楼上跑。一边跑，一边暗自寻思：这本来就是她的日子啊，她十九年都熬过去了，为什么到了第二十年，她就忍无可忍了呢? 那是因为她见过了外边的世界，心变大了，再搁回到老虎灶里就搁不下了，磕着碰着，便免不了生出些烦躁。

楼上没桌子，小桃坐在床上，把信纸搁在膝盖上接着写。她和黄文灿分离不过几天，她却觉得比她这一辈子的二十年都长。其实信上的话，大多是说过了的旧话，可是她忍不住还是要把旧话再说上一遍。在未来的日子里，当她生命的激情如灯油被岁月渐渐熬干，她回首往事时，才会明白恋爱原本就是把同样的废话说上千遍百遍，而每一遍还像从未说过的那样新鲜。自从他去了工厂实习，他们就保持着每周三次的通信，她写两封，他回一封——他用汉语写信毕竟要比她多耗费些心神。渐渐的，邮票也成了她的经济负担，她就想到了一样省钱的方法：她去邮局买一沓新邮票，然后在票面上涂上厚厚一层的胶水。她把这样处理过的新邮票夹在信里寄给他，等他回信给她的时候，她剪下邮票放在水里泡湿了，抹去表面的胶水，胶水上的邮戳便自然也跟着褪去，她就可以多次重复使用——直到邮票旧得显了痕迹。这个方法是很久以前仇阿宝在老虎灶里扯牛皮时讲给她听的，想不到竟在这一刻意外地派上了用场。

当然，也不是每一件事都是旧话。有一件事就是新事，但她没准备把它写在这封信里。那是关于宋老师的。这次她回家探亲，黄文灿上班没能来送她，送她的是宋老师。暑假很多同学回家探亲，只要系里没有会议，宋老师几乎都会抽空来给每个同学送行。小桃这个学期成绩大有进步，各门功课非优即良。宋老师却没夸她，他用不着，因为他的夸奖已经明明白白地写在了脸上。"逃出了美术基础课的牢笼，你就像逃出了生天。"宋老师说。小桃笑笑没言语，其实小桃知道这不过是一个浮在表层的原因。压在底下的那个原因，她是不会告诉任何人的：她看到了黄文灿的刻苦，她只想学他的样子。

从学校到码头，一路上宋老师都很沉默，可是小桃知道他有话说。小桃听见了宋老师的话在肚肠里咕噜咕噜地冒着泡，一路冒到喉咙口，却又被他狠狠地压了回去。小桃知道他要说什么，她几乎想替他开口——她比他更受煎熬。后来当宋老师终于开口的时候，小桃长长地松了一口气。

"有同学反映，你在和一个外系的同学，谈恋爱。"他说。"恋爱"两个字仿佛长了无数个小钩子，扯出他喉咙的时候，扯得他一脸痛楚。"你知道，学校有学校的纪律。"

"你信吗?"她没回答,她只是这样反问。

他看了她一眼,神情严肃。"我从来就讨厌在背后打别人小报告的人,所以我才要听你亲口解释。"

"宋老师你谈过恋爱吗?"她顿了一顿,突然问他。

话一出口她就觉出了唐突,可是她已经无法反悔,她只能等待着他的震怒。可是他没有。他只是低头看着地,一下一下地踢着撞到脚尖上来的石子。就在她几乎要放弃等待的时候,他开了口。

"当然谈过,两回。第一回她牺牲在朝鲜战场——宣传队慰问演出时遇到了空袭。第二回她是我的大学同学,后来嫁给了一位首长。"

她怔住了。她知道她捅着了他的伤处。其实他的伤处一直都在,兴许已经结了痂,只是痂还浅,轻轻一捅就破,还会有新血渗出来。她可以不去捅,因为她不需要自卫,她并没有受伤。

她想说一声对不起,可是这句话太大,她的喉咙太窄,怎么也挤不出来。

"宋老师,我,没有影响学习。"她听见自己含混不清地说。

宋老师在路边停住了,抬起头,直直地看着她的眼睛。

"孙小桃你知道战争的残酷吗?"他问,"接到她牺牲的电报两周之后,追悼会都已经开过了,我才收到了她的最后一封信 —— 是在她死的那天早上邮出来的。在信里她第一次,也是最后一次,谈起了我们结婚的事。"

小桃突然发现宋老师脸上有了皱纹,一根一根的,不知从何处生出,也不知要往何处去,每一根的尾巴上仿佛都拴着一只秤砣,重重的似乎要坠到地心。

"你知不知道他的国家在打仗?他毕业了是要去第一线的。"他说。

"等到他毕业的时候,战争也该结束了,天下已经太平。"她说。

"小桃你太天真了。"他忍不住发出一声叹息。"战争在一步一步升级,你还看不出来美帝国主义的狼子野心?短期内根本没有停战的可能。"

"可是,他也可以毕业之后留在中国工作的。"小桃争辩道。

"绝无可能。他们这批人，是越南精选的人才，恐怕不能等到毕业，就要回国效劳 —— 他们的国家等不起。"

当时无论是小桃还是宋志成都没有料到，这句话竟会如此迅速地得到印证。

"你想过，要跟他去越南生活吗？"他问。

小桃摇了摇头。她才刚刚迈出恋爱的第一步，站在恋爱的门槛里望进去，爱情是一条曲折的充满惊喜的五彩路。她眼睛不够使，耳朵不够使，鼻子不够使，一切一切的感官都不够使。她手忙脚乱，来不及穷尽那路上的景致，她当然还没有心思去思考那景致尽头的事。

"那不是你的国家，你没有必要为它牺牲。"宋老师说。

"我没有想为它牺牲。"小桃说。小桃说的是真话，只不过她只说了一半的真话，还有一半在溜往舌尖的路途中被小桃扣住了。

那半句话是："我只是爱他，我没有办法。"

等小桃终于写完了信，勤奋嫂和二姨婆也打烊上了楼。小桃收拾了行李正要躺下，突然看见母亲手里捏着一条枕巾斜倚在门口。

"要不，你今晚跟我睡吧。"她说。

这个请求听起来很陌生，耳朵和脑袋一时还不知道如何应对。从记事起小桃就是和二姨婆睡一张床的，因为妈妈起得早，怕吵醒她。她扭过头来迟迟疑疑地看了一眼二姨婆，二姨婆对她点了点头，说你妈想了你一年了，你过去，娘儿两个好说说话。

小桃只好去了母亲的房间，母女俩一人一头躺下。关了灯，眼睛很快适应了短暂的黑暗，就看见了窗棂格里爬过来的月光。外头该是个大月亮夜，照得屋里墙上的树影纤毫分明。母亲睡的是木板床，小桃略略动了动身子，骨头隔着一层薄薄的篾席和床板打了个照面，发出响亮的咯咯声，她便知道这阵子她又瘦了一些。母亲的身子近近地挨着她的身子，她甚至觉出了她的腿散发出来的温热 —— 那是劳累了一天还没有好好洗去的汗酸味。她不敢动，怕不经意间碰着了母亲。从小到大，母亲像男人一样挣着她碗里的每一粒饭，可是母亲很少像别的母亲那样搂抱过她，也很少说别人的母亲都说过的那些亲昵而肉麻的话。肌肤和耳朵都有记忆，记得亲昵也记得距离，它们跨不过她的身体和她的身体之间相距的那条窄线——那是记忆日积月累形成的万丈深渊。

她在等待着母亲跟她聊天，可是母亲只说了一句小桃你走了一天海路累了吧，就睡过去了。小桃甚至怀疑母亲在说话的时候就已经半睡半醒，因为母亲的鼾声是骑在那句话的尾巴上出场的。起初母亲是想抗争的，鼾声像一把哨子，母亲用牙齿紧紧地叼着它，不让嘴唇靠近，于是哨子只能发出几声羞羞答答含含糊糊的低吟。后来母亲抗不住了，松了牙齿，没了拦阻的哨子终于发出了惊天动地的呼啸。小桃扯过枕巾蒙住了头，可是枕巾是绵纸，哨声是铁钎，再厚的绵纸也抵挡不住铁钎，小桃的睡意被捅得千疮百孔。

终于迷迷糊糊地睡着了，便开始做梦。梦像小时候看过的一种画儿书，一篇接一篇地扯开来，一直连出好几里路——全是打仗的。在一个梦中她看见黄文灿挎枪骑马从她身边走过，她声嘶力竭地喊他，他回头看了她一眼，淡若路人。她抓住了他的马尾巴，却被马一脚踢翻在地上。踢醒了，捂着胸口坐起来，一身冷汗，心跳得犹如万面锣鼓。

还好，只是个梦。小桃暗想。

"你怎么了？喊成那个样子？"勤奋嫂被小桃惊醒了，噌的一声坐了起来。

"没什么，做了个梦。"小桃轻描淡写地说。

两人都睡不着了，便都转过身来靠墙坐着，看着月光把蓝布窗帘洗成两片稀稀疏疏的白，听着虫子高一声低一声地发泄着对露水的不满。

"小桃，妈本想和你说说话的，真没用，一挨着枕头就睡着了。"勤奋嫂说。

"你累了，妈。"小桃说。

"今天打了一天的煤饼，老了，力气不如从前。"

小桃的心略噔了一下。母亲的嘴是生铁铸的，轻易撬不开一条缝，母亲一生极少漏出过伤感之类的口风。母亲说过人是让嘴说老的，人的嘴不松，人就老不了。可是今天母亲却第一回认了老。

"妈，以后，不要再给我寄钱了。"小桃喃喃地说。

"小桃，妈没本事，只能给你寄这么多了，还得靠别人接济你。"勤奋嫂长长地叹了一口气。

"妈，你说那些钱到底是谁寄的？"小桃问。

小桃这一年里陆陆续续收到了几笔钱，三五十元不等。小桃问过母亲，勤奋嫂说不是她寄的，小桃信了，因为她知道家里就是把锅底刮下来也凑不齐这个钱。

勤奋嫂沉吟了片刻，才说除了谷医生，我看没别人。他从前说过要资助你上大学，是我一直不肯。小桃说那些钱我一分没花，都带回来了，你看什么时候还给人家。勤奋嫂说没用，我问过他，他死也不肯承认。小桃说妈那你留着花吧，打煤饼的事，以后也可以雇个人。勤奋嫂笑笑，说傻孩子，我在家，能有什么用？你看你瘦的，身上还有几两肉？你把钱带回去买几样肉菜吃。那份人情就只好先欠着，等你毕业了好好报答人家。小桃就问谷医生日子过得还好吗？勤奋嫂说能好成什么样？连门房都敢欺负他。你看看他现在的样子，连只老鼠都怕。幸亏是学医的，靠的是本事吃饭，听说医院的内科医生里就数他的医术最棒。

小桃把头栽在两个膝盖中间，半晌无话。突然一抬头，目光炯炯。

"妈，要不，你就嫁给谷医生吧。"她说。

勤奋嫂吓了一跳，说你，怎么生出这个想法？小桃看了母亲一眼，说我早就知道，你喜欢谷医生。我就怕，他也跟阿宝叔一样，不肯等你了。

哗的一声，勤奋嫂的心给拉开了一条细缝，有一股温热从缝里汩汩地冒出来，一路行走到了眼睛。

小桃不再是那个孵在她翅膀底下的小鸡了，小桃早就看懂了天下的事理。

勤奋嫂忍了一会儿，直到忍下了眼里的那团湿热，才颤颤地说："我从来没期待，谁能等我。"

勤奋嫂伸过手去，搂住了小桃的肩。小桃的肩很瘦，硌得勤奋嫂的手掌生疼。勤奋嫂觉出了手心的湿，她不知道这是她的还是她的汗。小桃微微躲闪了一下，最终还是停住了，两个影子渐渐地并成了一个。

"小桃你知道妈期待的是什么吗？"勤奋嫂问。

小桃摇了摇头。

"妈期待的只有你。你在外头用不着事事都赶先进，省得遭人嫉恨，只是不能犯学校的纪律，不能犯错误。只要犯了一回错，一生就毁了，你看看谷医生就知道。"

小桃不说话。

"你答应我，小桃。"

勤奋嫂一字一顿地对小桃说。勤奋嫂的眼睛里有两把钳子，紧紧地夹着小桃的眼睛，叫小桃无处藏身。

"知道了，妈。"小桃低声说。

小桃知道自己撒了谎——这只不过是她一生中诸多谎言的开端。

八月的天热得叫人发狂。太阳像个改嫁过多回的悍妇，再也没有一丝的羞涩和含蓄，从一露脸开始便是肆无忌惮的刁蛮凶横。耳朵里只有蝉声。不是一只，也不是两只，而是一个师，一个军，此起彼伏撕心裂肺地呼喊着对夏天的憎恨。风刚刚吊起人对雨的朦胧联想便戛然而住，地对水的感觉已经陌生了，一粒汗珠子落下去，都会招来一团泥尘的热烈拥围。也许每一个八月都是如此，只是这个八月小桃的耐心很薄，一捅就破。

小桃寒假没有回家，暑假也是过了一半才动身去买船票的——还是因为母亲写了信来催。刚刚踩上轮船的舷梯她就已经在想着回上海了，一边想一边羞愧——离别一年了她竟然一点儿都不想家。直到很多年后，她自己的女儿也上了大学，也在外乡流连忘返，她才醒悟过来原来青春还有一个名字叫渴望离家。

这天小桃迷迷糊糊地睡了一个绵长的午觉，起床后胡乱抓了一本书就往外跑。二姨婆拦住她，说米都要下锅了你还往哪里走？母亲说算了，人在心也不在，家里留不住她。小桃头一低，谁也不看就一脚溜出了门。她知道她的心思都晾在眼睛里，眼睛没穿衣服，母亲一眼就能看穿。

其实二姨婆问她的时候，她还不知道要去哪里，走了几步路才明白过来，她的腿已经自作主张地替她选了一个去处。等她停下来的时候，她发觉她已经站在了那家工厂的门口。

厂是近几年才建的，标牌还很新，正中的那个铁皮五角星还没来得及被风雨锈蚀。传达室里坐着一个昏昏欲睡的老头子，嘴里衔着一根抽了一半的烟。厂门开着，没人进去，倒有三三两两的人往外走——差不多已经到了下班的时候。小桃等了一会儿，才终于看见她要找的那个人混在一群女工里走了出来。

小桃几乎没认出她来。她和她们一样穿着蓝色劳动布的工作服，戴着套袖，头发严严实实地裹在一顶蓝布帽子里。衣服不合身，肥肥大大地吞没了她的腰身。她身上唯一还能叫人勉强认出来的标记，是手里提的那个印花袋——从小学开始，她就不肯用那种大众化的布兜。

"梦痕。"

小桃走过去，叫住她。她停下来，略略有些吃惊，不过那惊讶只是一条极细的波纹，轻轻一抖就淹没在一脸淡淡的笑容里。小桃以为她会问她什么时候回来的，有什么事要找她，可是她没有。她只是拉着她站到了路边的一片树荫下，等着她开口，仿佛她早就吃定了她会来找她，尽管她们中间隔着不通音信的一年光阴。小桃暗暗有些恼怒——赵梦痕的淡定像是一匹四百支的超精纺布，柔韧得叫她永远也扯不开一个缺口。当然，这时的小桃还太年轻，她还不懂赵梦痕的淡定是一扇门，门里藏着一种不为人知的情绪叫认命。

"我在上海碰到抗战了，他说你在这里上班，我就过来看看你。"小桃说。小桃本来不想提抗战的，至少不想用抗战来敲梦痕的门。可是除了抗战之外她竟一时找不到别的敲门方式 —— 梦痕的沉默堵住了所有其他的可能。

"他告诉我了。"梦痕说。

小桃觉出梦痕的眼睛在自己身上游走。梦痕的目光走过她的胸脯时犹豫了一秒钟，轻轻一颤就跳到了别的去处。小桃知道梦痕要逃的是那枚白底红字的校徽。

"上海那个地方，还习惯吗？"梦痕问。

梦痕问这话时的语气听上去很哀婉，甚至带了微微一丝的怜悯，仿佛上海是一个水深火热的地狱，小桃刚刚在那里被剐了一层皮。小桃突然想起来梦痕的继母是上海人，小时候梦痕跟着父母不知出过多少趟门，每一趟回来都会带来一小片的上海，有时在头上，有时在身上，有时在脚上。那时候小桃忍不住担忧照这个速度下去，上海会不会让梦痕一家人掏空。岁月如沙，渐渐磨暗了梦痕身上的光彩，十几年过去了，如今只剩下平凡。当然，梦痕的平凡和寻常人的平凡还是不一样。梦痕的平凡底下垫着一层厚厚的衬里，那就是赵家人的自尊。羞愧如蚊子叮了小桃一口，她有些后悔没在出门前摘下那枚校徽。

"你知道上海人是什么样的，在他们眼里，出了南京路就是乡下。"小桃说。

"一群，井蛙。"梦痕说。两人忍不住笑了起来，笑声如雨点在空中砸开一个个小洞，突然就感到了风。

"你怎么样，在这家工厂？"小桃问。

小桃的问话似乎捅着了梦痕心里的一把锁，梦痕突然就有了话。"小桃你知道吗，从前我以为做鞋有多难，现在我已经学会了每一道工序。我可以完完整整的，从鞋底到鞋帮的制作一双鞋了。粘底的，纳底的，两种我都会。你看看我脚上的这双，就是我自己做的。"

梦痕脚上穿的是一双黑色的皮鞋，猪皮，毛孔很粗，样式圆头方脸，脚背上有一条丁字形的襻带 —— 那是街上常见的大众鞋。小桃暗暗叹了一口气：梦痕从前不知穿过多少双质地精良样式摩登的皮鞋，哪一双也比这一双惹眼，可是她现在却会为一双普通得不能再普通，但却是她亲手做的皮鞋大惊小怪。妈妈曾经说过看人先看鞋，穿什么样的鞋，就会走什么样的路。梦痕已经换了鞋，梦痕也已经换了路。梦痕穿这样的鞋，走的不再是千金公主的路。当年梦痕在九山湖畔欲说还休的那句"皮鞋西施"，原想是给小桃的，没想到一语成谶，竟落到了她自己身上。

"告诉我你穿什么尺码，喜欢什么样式，以后我给你定做一双。"梦痕说。

阶级。小桃突然记起了宋老师最爱说的一个词。

阶级不是高墙，也不是鸿沟，阶级只是水。风从东边吹过来，水就往西边走；风从西边吹过来，水就往东边去。阶级没有定性，阶级只跟风走。风刮到这个时节，梦痕的水现在正朝着她的河湾汇流。在这个小城里，她和她都是两个被人叫做"西施"的女子——一个在过去，一个在现在，谁也不用仰着脖子和谁说话。

小桃感到无限轻松。

"你这儿，有一块黑。"小桃指了指梦痕的鼻尖说。

"是鞋油吧，下班前我擦过鞋。"梦痕从兜里掏出一条手绢，轻轻擦了擦。没有镜子，反把一粒豆子大小的污迹擦成了一块糨粑。小桃忍不住拿过她的手绢，用口水蘸湿了帮着她擦，终于擦干净了。

"你要不要，上我家吃饭？我妈做饭的手艺，真的很不一般。"梦痕说。

梦痕的语气有一点试试探探——是那种害怕拒绝的心虚。从小学到中学，赵家的院落里不知沾过多少双同学的鞋印，可是小桃从不在邀请之列。

"下回吧，今天我妈等我吃饭。要是不回家，她要唠叨得我脑壳爆炸。"小桃说，"我送你一段，咱俩一块走着回家。"

八月的白天很长，日头早已斜了，却赖在天上迟迟不肯落山。下班的人流渐渐浓稠起来，自行车的铃声把颜色和景致都很沉闷的街市瞬间搅动得云起风生。走到街角的时候，梦痕把手插进了小桃的臂弯。小桃颤了一颤。平生第一次，有一个和她年岁相仿的女子，以这样的方式和她一起走在街上。亲昵太突兀也太陌生，她一时想不好应该拒绝还是接受，最后她犹犹豫豫地停留在了拒绝和接受中间的那块模糊地带——她选择了默认。

"你知道吗？抗战的爸爸去年提了省委副书记，全家都搬到杭州去了。"梦痕说。

小桃摇了摇头。这一年里小城发生了许多事，她都一无所知。

"抗战也在杭州，可是一次也没去看过他爸。要是抗战没和他爸闹得这么僵，兴许他就考大学了，实在考不上也可以考个中专技校什么的。"梦痕说。

"考不考大学，和他爸爸有什么关系？"小桃问。

"以抗战家里的经济条件，抗战在学校里很难申请到助学金。可是抗战打死也不会拿他爸爸一分钱，所以他选择放弃考大学，直接参加工作。"

小桃侧过脸来，定定地看了梦痕一眼。"梦痕你怎么什么都知道？你是不是，在和抗战谈恋爱？"

梦痕没有立刻回答，她只是避开了小桃的眼睛。梦痕的目光落在脚上那双黑皮鞋的鞋尖上，怔怔的，小心翼翼的，仿佛那上面歇了一只轻轻一动就要飞走的蝴蝶。

"他常常给我写信，他没有人可以说话，除了我。可是，我还不知道，那是不是爱情。"梦痕喃喃地说。

"我觉得，无限接近。"小桃有些得意，她发觉幽默感正渐渐向自己靠拢。

梦痕突然抬起头来，也定定地看着小桃的眼睛："小桃你才在谈恋爱呢，你瞒不过我。"

小桃吓了一跳，说你怎么知道？梦痕哈哈大笑，说我妈告诉我的，恋爱中的人，眼睛里都开着一朵桃花。你不只一朵。

一阵热气腾腾地漫上了小桃的面颊，她知道她脸红了。这回的脸红和从前哪一回都不同。这回不是害羞，而是失措——是那种在毫无准备的状况下被人捅着了心窝的惊慌。

"我爱上了，一个不该爱的人。"半晌，小桃才轻轻地说。

话一出口小桃就吃了一惊。她没想到第一个截获那个在她心里膨胀得几乎要爆裂的秘密的人，竟然会是赵梦痕。

孙小陶早上是被鸡惊醒的。李家峤的鸡跟城里的鸡不一样，三天两头吃不饱饭。肚皮一饿，就扯着嗓子喊，全然不顾天色明暗冷暖。那叫声也跟城里的鸡不一样，像一把磨得雪亮的镗猪刀，再粗皮糙脸的睡意遭这样的刀迎面一劈，也得粉身碎骨。

小桃已经把户籍上的名字正式改成了孙小陶。她事前没跟母亲商量，只在事后写了一封信说了这事。母亲倒也没怪她，只告诉她其实她生下来最早取的那个名字就是小陶，她只不过绕了一圈又走回了老路。小陶问母亲当时为何改了名字，母亲却没有回答。

这个学期不上课，一开学全年级就被学校派去参加了四清工作队。小陶他们去的，就是这个叫李家峤的地方。虽然李家峤离上海只有三四个小时的车程，小陶一离开上海城，就感觉是从柏油马路一脚踩进了一摊烂泥，这才明白，原来贫穷是洋葱，长着一层又一层的皮。上海小市民的苦日子，是最外头的那一层，离李家峤的苦日子，中间还隔着十万八千层。

到了李家峤，小陶这个班级就分成了四个组，分别驻扎在四个生产队里。小陶这一组有六名学生，领队的是一位纺织厂派来的徐姓干部，宋老师是副组长。小陶不是党员，自然也不算是工作队的核心骨干，很多牵涉到决策内容的会议，都是避着小陶开的。小陶的工作，无非是在访贫问苦时做些笔录，剩余的时间就是参加劳动。小陶是唯一的女生，没安排她和男生一起下地，只让她跟着几个老农修理农具或编织竹篮箩筐。

小陶住的那家房东姓陈，是队里的会计。让他当会计，仅仅是因为他是村里唯一的一个初中毕业生。村里没人管他叫陈会计，甚至也没有几个人知道他的真名，无论男人婆姨见了他一概喊他陈公鸡，说的是他整天爬母鸡，家里隔一两年添一口人，现在已经有了八个娃娃，还不算他女人肚皮里怀的那一个。

陈公鸡爬起母鸡来并不避讳人，墙壁薄得像纸，挡不住声，一墙之隔的小陶听着那屋传来的动静，心就紧紧揪成了一团 —— 她总觉得那个可怜的女人已经被碾成了一团肉泥。可是隔天起床，见那女人照样烧火煮饭喂猪洗碗，便知道自己是杞人忧天。只是到了夜里她还是忍不住把心提到了嗓子眼上。

如此这般在陈家住了一阵子，小陶发觉自己添了一样毛病：每天得等到隔壁的山呼海啸完了才能入睡。若遇到哪一天那头没了声响，便觉得心里吊着一块砖头，迟迟落不了地。有动静时是一种揪心，没动静时是另一种揪心，小陶从此睡不安生。几次见到宋老师，小陶都想提出来换一家房东，话到嘴边又咽了回去 —— 她怕宋老师问原因，她实在说不出口。没想到机会终于来了，还不是她提的头。

小陶出了屋，天才麻麻亮。昨夜下过了一场雨，泥尘有了重量，不再在空中飞扬。空气里有一股昨天没有的味道，小陶抽搐着鼻子狠狠闻了几下，才醒悟过来那是树木吸足了水之后呼出来的快活。

陈家的女人比她起得还早，正在院子里搭出来的一条木板上切猪草。陈家婆娘的腰身已经很显了，自己的裤子穿不下，便胡乱扯了一条她男人的旧裤子来穿。男人的裤子前头有开口，她纽子也不扣，只在本该系皮带的地方穿了根草绳打个结了事。听见响声，女人转过身来对小陶说孙同学你等我一等，便急匆匆地进了屋。出来时手里拿着一个碗，碗里装着一块桂花红枣米糕。

"我一早蒸的，这会儿还热乎，你赶紧吃了。"

小陶犹豫了一下，才摇头说我不吃。可是小陶的脑壳却管不了小陶的肚子 —— 小陶的肚子自作主张异常响亮地鸣叫了一声，当场拆穿了她的心思。陈家人多口粮紧，三顿吃的几乎都是一样的东西：稀饭红薯加上自己腌的雪里蕻咸菜，只不过早上的那顿稀饭是汤，午饭和晚饭的稀饭里才找得见米粒。陈家从来不做这样精致的点心。在陈家搭了这阵子的伙食，小陶从城里带过来的那层稀薄油水早已干涸。现在她每一寸肚肠都伸出舌头，急切地想舔一舔米糕上那一层闪亮的猪油。可是她不能。还没出发的时候工作队就宣布过纪律：要和搭伙的农民吃一样的饭食，绝对不能搞特殊。

"等那几个饿死鬼出来，就没你的份儿了。"陈家婆娘把装着米糕的碗往小陶跟前杵了一杵。陈家婆娘还不到四十，脸上的褶子却多如千层饼，嘴角裂着口子，一说话就扯出两条血丝。

我就是吃了又怎么样？反正没人看见。就算是陈家婆娘告诉别人了，我也可以死不认账，反正没有第三个人在场。小陶暗暗嘀咕着。

小陶的手抖了一抖，正想去抓那个碗，突然听见哗的一声门响，屋里冲出两个乌黑的孩子 —— 是老四和老六。两个孩子第一眼就看见了碗里的米糕。其实眼睛是靠鼻子引的路，饥饿的鼻子找起路来很是灵光，眼睛耳朵远远跟不上。两人怯生生地走过来，一左一右地站在了小陶身旁，两眼一眨不眨地盯着那个碗，却不敢说话 —— 他们见识过母亲的藤条和巴掌。母亲的盛怒来得像雷电，他们就是长了风一样快的腿脚，也来不及躲藏。

小陶从女人手里接过那个碗，把那块米糕掰成两半，递给了两个孩子。她还没来得及收碗，米糕已经一口不剩地落进了肚肠。

老六吃完了，细细地舔过了手指，就扒下裤子蹲在地上痛痛快快地拉了一泡屎。一股恶臭忽地涌进小陶的鼻子，先是惊，后是麻，堵得她几乎背过气去。

"老四，猪圈。"陈家婆娘喊道。

老四熟门熟路地跑去开了猪圈，两只黑花猪崽呼哧呼哧地跑出来，你推我搡地舔起了老六的屁眼，舔得老六很是舒坦，哼哼唧唧的半天不肯起身。

"我知道，你是不敢吃我们家的米糕。"陈家婆娘叹了一口气。"其实，我就是想你今天要搬走了，你在我们家，没吃过一顿好饭。"

"在谁家，都一样。"小陶轻轻地说。

昨天宋老师告诉她，工作队已经决定把陈会计列为重点清查对象，让她赶紧搬离陈家 —— 看来陈家婆娘已经知道了工作队的动向。

"孙同学，我们家的光景，你都亲眼看见了。他爸要真是贪污了公家的钱，我们能过成这个样子吗？你跟工作队反映一下，求求你。"

陈家婆娘扑通一声跪了下去，脑门咚咚地撞着地。两个孩子不明就里，吓得哇哇大哭起来。小陶慌慌地去扶，却哪里扶得起？女人的身子沉，倒差一点把她拽到了地上。

"我们家算上公公婆婆，还有肚子里的这个吃货，是十三口人。十三口啊，靠的就是他爸一个人。求你，我求求你了。"女人的鼻涕像条软虫子爬到了手背上，女人一甩，地上就多出了一块亮斑，便有鸡咿咿喔喔地拥上来啄食。

小陶想点头也想摇头，点头和摇头却都是一样的难 —— 点头她做不了主，摇头她狠不下心，她只好挣开女人的手，飞也似的逃出了陈家的院子。

小陶跑到路上，心犹跳得万马奔腾。靠在一棵树上歇了一会儿，才喘匀了一口气 —— 却依旧难受。弯腰掸了掸裤腿上的一片湿鸡屎，就慢慢地朝饲养棚走去。

小陶是要去看阿黄。阿黄是一头牛的名字，小陶进村那天，正好赶上了阿黄出世。阿黄的妈生了半天还没生下来，四周围了一大群看热闹的人。这方圆几十里地都没有兽医，村里只有一个略知牲畜性情的人，众人便喊了那人过来帮着接生。那人涂了一手的肥皂，就伸进母牛的肚子里掏小牛。母牛的肚子一鼓一瘪地夹着那人的手，疼得他出了一脸的冷汗。终于掏出了小牛的两个蹄子，拿一根粗绳子绑了，几个男人就喊着号子用力往外扯绳子。小陶想看又不敢看 —— 怕小牛的身子给活生生地扯散在母牛的肚子里。扯了好一阵子终于把小牛扯出来了，是一团湿漉漉的黄肉，闭着眼睛瘫在稻草上一动不动。小陶蹲下来近近地看着它，以为它死了，就忍不住拿手摸了一摸，谁知它竟懒洋洋地睁开眼睛，张开嘴轻轻地舔了舔小陶的手 —— 这一舔就把小陶舔得化成了水，从那以后一天见不着阿黄便觉得心里空荡荡的。

远远地听见了小陶的脚步，阿黄就长长地哞了一声。小陶每天一起床就来饲养棚，阿黄早已记住了她的时辰。从那声叫唤里小陶听出阿黄昨晚睡过了一个好觉，精神头正足。推开门，阿黄已经等在门口，眼睛亮得像两盏小灯笼。小陶喊了它一声，它就低头用两个尚未长成的软角来拱她的手 —— 那是它每天都要上演的亲昵。饲养员告诉过她，牲畜落地第一眼看见了谁，它这一辈子就只认那一个人。小陶被阿黄拱到了墙角，便知道阿黄这几天很是长了几斤力气。就拍了拍阿黄的脑袋，骂了声你这个小坏蛋，你欺负人。阿黄遭了骂，就松了小陶，羞羞答答地来舔小陶的手。阿黄左一下右一下舔得小陶的手心湿湿的，小陶呆呆地望着阿黄突然就叹了一口气。

"你还是，慢慢地长吧，阿黄。"小陶喃喃地说。

小陶从饲养棚里出来，迎头就撞上了宋老师。宋老师说小陶你又去看阿黄了吧？长个儿了吗？小陶愣愣的不出声，半天才问宋老师，牲畜生下来就是为了挨刀，为什么老天还要它出生呢？宋老师就笑，说牲畜不死，人又靠什么活？牲畜本来就是为了造福人类而生的，盘古开天地就是这个规矩，你别悲情泛滥了。小陶想想也是，才渐渐释了怀。

宋老师说我正要过去给你搬铺盖，从今天起你就住在村口的老郭那里。他家三代贫农，政治上绝对可靠。

小陶忍了忍，没忍住，就问那个陈会计果真有事吗？他要是贪污犯，他贪的钱又用到了哪里？你没看见他家那个穷吗？八个孩子只有五条裤子，除了老大专门一条，剩下的谁起得早谁才轮得着穿。

宋老师看了小陶一眼，说这次我们是带了任务来的，查陈会计的事，是徐队长的决定，我们都要配合。

小陶说徐队长是工人阶级，他应该最了解贫下中农的苦。陈会计家也是贫农……

"小陶！"宋老师一下子截住了她的话尾巴，"事情比你想象的要复杂，你并不了解所有的情况。对你不了解的事情，千万别那么随便发言。"

小陶一下子给吓住了 —— 不是被宋老师的话，而是被宋老师说话的语气。宋老师的话大多都站在正理上，可是小陶并不怕宋老师的正理，她时常用她的歪理来挡他的正理。她之所以不怕宋老师，是因为她隐隐感觉到宋老师其实有点喜欢她的蛮不讲理。可是今天不一样,今天宋老师脸上多了一种她从未见过的表情,那种表情叫严厉。

两人一路无话地走到了陈公鸡的家门口,宋老师的脸色才裂开了细细一条缝。

"我只是不想你在我手下犯错误。"他说。

小陶哼了一声,说大不了我到别人手下犯就是了。

宋老师禁不住被她逗笑了,摇了摇头,说孙小陶你是我见过的,最糊涂的孩子。

后来一整天小陶都在想宋老师的这句话 —— 她一直没想明白那到底是表扬还是批评。

两个星期之后,陈公鸡死了 —— 是掉在河里死的。尸首是三天以后才浮到河面上来的,肚子被水泡得像个大冬瓜,有人想给他穿衣,没想到轻轻一碰就炸了,污水流了一地。对于陈公鸡的死,李家峤的人有多种说法。有人说是自杀 —— 工作队查得紧,他顶不住了。也有人说是失足掉进河里去的,因为那天下了一场大雷雨,山路有些滑。也有人说是叫人害死的,因为他的账目里猫腻太多,牵扯到了别的人。这三种说法听上去都有些道理,却也都没有铁证,于是陈公鸡的案子就作为无解的悬案被永远锁进了文件箱。

很多年后,李家峤的老人们聚在一起喝酒,还会想起1965年秋天发生的事。他们依旧没想明白,陈公鸡明明有千条万条的死法,怎么偏偏会死在水上?陈公鸡不仅是公鸡,也是水鸭 —— 陈公鸡的水性,是方圆几十里有名的,从河这岸到那岸,他可以脸不改色心不跳地游上十数个来回。

小陶回到住处的时候,觉得脊背上有些疼。不,其实在树林里的时候,她就已经觉出了疼。疼在这里是一个简单的替代词,真正的感觉小陶无法在字典里找到这个字。也许有一点像是煤火贴近皮肉时的灼热,也许有点像是毛绒擦过肌肤时的刺痒,也许还有点像是竹刺扎进指缝时的肿胀。

都有点像，却都不是。

小陶明白，这是陈家婆娘的眼睛。陈家婆娘把她的眼睛像炭一样烙在了她身上 —— 那是一种洗多少回澡也抹不下去的印迹。

小陶早晨去给粮食仓库送箩筐，回程时不想走原路，就换了条路经过了一个小树林。拐弯的时候她看见有人在烧纸钱 —— 原来是陈家婆娘。今天是陈公鸡的头七，陈家婆娘不敢去坟上祭拜，怕工作队看见了太张扬，就挑了这个僻静的角落给男人烧纸。这个地方据说是陈公鸡落水之处，因为有人在这里找见了他的一只鞋子。

陈家婆娘已经是八个月的身孕了，肚皮很鼓也很尖，低低的几乎坠到了膝盖上。陈家婆娘蹲不下去，只能跪在地上，往火堆里一张一张地扔着纸钱。纸钱只是一种笼统的说法，其实陈家婆娘烧的，还有一沓纸船。她男人是水里淹死的，她想让她男人的魂，能早早搭上一班船划到河对岸。

陈家婆娘很警觉，远远地听见了脚步声就想躲藏，无奈身子太笨半天起不了身，眼看着来不及了，她索性破罐子破摔一把坐到了地上。

其实想躲避的不仅是陈家婆娘，还有小陶。小陶来不及躲，是因为一路上小陶都在想心事，等她看清楚是陈家婆娘的时候，她已经几乎踩到了火堆上。

小陶今天收到了黄文灿的一封信。这个学期黄文灿班里的同学也参加了四清工作队，只剩下两个留学生在学校里，不上课不实习，时间充裕了些，信也就写得勤快了。

这封信里黄文灿说他正在读一本叫《安吉堡的磨工》的小说，是外国语学校的同学帮他借的法文原版书，作者是一个叫乔治·桑的法国女人。黄文灿对这个女人赞不绝口，说她"充满了爱的力气（量），敢于把年龄性别阶层的边界砸个稀巴烂"。这不是黄文灿第一次夸乔治·桑，从前他就跟她讲过乔治·桑和肖邦的故事，里边的一些细节听得她耳热心颤。他说将来他要带她去拉雪兹公墓，看一看巴黎公社墙和肖邦墓前的音乐女神尤特普的雕像。黄文灿说的那些事，小陶从来没有在任何一本教材里看到过 —— 她知道那是他的法国血液在作崇。他身上的法国血液让她着迷 —— 那是一个她所不熟知的世界，里面充满了陌生的声音色彩和欲念；而他身上的越南血液却叫她心生敬意 —— 那是一个她从小就熟知的世界，那个世界相信流血流汗克己奉献。这两个世界一个是蜂蜜一个是黄连，黄文灿把它们一边一层均匀地涂在面包上，递给了小陶。小陶从未尝过这样的面包，一尝就上了瘾，他就成了她戒不掉的鸦片。

工作队员的信都是宋老师统一去队部取回来的，每一次从宋老师手里接过黄文灿的信，小陶都不敢看宋老师的眼睛。宋老师的目光让她感觉她已经站在悬崖峭壁的边缘上，再有半步她就会落入死无葬身之地。宋老师喊她也不是，不喊她也不是 —— 喊怕惊了她，不喊怕误了她，于是宋老师就在两种怕的夹缝里挤得鼻青脸肿。

今天宋老师给她信的时候，却说了一句话。

宋老师说小陶如果我是你妈，真想抽你一嘴巴。

宋老师一开口，小陶的心就咚的一声落了实处。小陶不怕宋老师骂，她就怕宋老师不说话。

"幸好你不是我的妈，要不然我还没犯错误，你就先犯了。你的错误比我大 —— 打人犯法。"小陶嬉皮笑脸地说。

宋老师被小陶噎了一噎，半晌才回得出话 —— 小陶见了宋老师总能临阵磨牙。

"孙小陶！"宋老师喊了她一声。

小陶知道每一回宋老师连名带姓地喊她，就是有紧要的话要说。她的头皮紧了一紧，却还不是怕。

"黄文灿的家庭出身是资本家，将来回去了，他们国家也不见得会重用他。"他说。

小陶吃了一惊："你怎么知道，他的家庭出身？"

宋老师没回话。

"你是不是，看过了他的档案？"小陶知道这话里有一根粗鱼骨，因为话扯过喉咙和舌头的时候，她觉出了疼。

"你和他，不是一路人。"宋老师说。

"是不是一路人，只有我知道。"小陶说。

"你还太年轻，不是天底下所有的路，走错了都可以再回头。"宋老师说。

"我没想过，他会不会被重用。"小陶说。

"可是你想过自己吗？你的前程？你是真正的劳动人民出身，你这样的家庭，出个大学生容易吗？"

小陶似乎被这话砸了一下，愣了一愣，才说宋老师你不是说过，我会是个好设计师吗？

"你实在，太……"

宋老师叹了一口气，挥挥手让小陶走。宋老师那一刻看上去像一头空着肚子拉了半晌犁的牛，疲惫得连完成一个表情的力气都没有。

小陶不是没听见过宋老师叹气，可是这一次的叹息却和往常有些不同——她觉出了重。宋老师的叹息落到地上，把地砸了一个坑。这一刻小陶突然觉得宋老师有几分像自己的母亲——他和母亲对自己都有指望。有指望的人最经不起摔打，失望轻轻一磕一碰，就能把指望碾成渣粉。

她就有些难过起来，不是为自己，而是为宋老师。

小陶想着宋老师的事，心思就没在路上。远远看见有人烧纸，也没在意，等走到紧跟前，才看清是陈公鸡的婆娘。四目相对，都有些慌乱，却是陈家婆娘先镇静下来的。

陈家婆娘低了头不看小陶，挪了挪身子取出坐在屁股底下的那沓纸船，捻出一张，扔进火里，烧着了。然后再捻一张。陈家婆娘的眼睛虽然没看小陶，可是陈家婆娘身上不止一双眼睛。陈家婆娘身上的每一个毛孔都是眼睛，黑幽幽地淌着无声的哀怨。冥船上有帆，帆是用胶水贴在船身上的，火舌舔着胶水就生出些毕毕剥剥的声响。终于烧尽了，便有纸灰像一群褐色的蛾子，失魂落魄跌跌撞撞地飞在斑驳的阳光里。

小陶就想起了在陈家搭伙的日子，每一顿饭陈公鸡都要交代婆娘给她盛锅里剩的最后一碗——锅面上多半是米汤，沉在底下的，才是最稠的一碗。小陶的喉咙忍不住紧了一紧，没头没脑地说了一句"真没想到"——却说不下去了。

陈家婆娘哈哧一声朝地上吐了一口痰，却没接她的话。小陶原本想问她讨一张纸来烧的，可是她犹豫了一下，终究还是不敢——她再糊涂，也知道她在李家峤的身份。

她只好讪讪地走了。

走出几步，她就觉出了背上的疼，是陈家婆娘的眼睛在剜着她身上的肉。她知道她在怨她——她怨她不肯替她男人向工作队说句好话。

其实小陶也后悔，尽管她知道她即使给徐队长带了话，她依旧救不了陈公鸡的命，她甚至还会踩进一摊屎。可是她若带了话，她就安了心，她便可以在陈公鸡的死上干干净净地无份。

晚上回到住处，小陶摊开纸给黄文灿写信。这封信写得很艰难，小陶撕撕写写，写写撕撕，折腾了大半个夜晚。话很多，可是一落到纸上却都变了样，仿佛脑壳和手中间蹲着一个怪兽，话走到一半，就给推搡着拐了一道弯。直到房东一家都熄了灯，她才写了几行字：

"文灿：我现在才知道，原来生命是这样脆弱。生和死之间的距离，有时短得只有一眨眼的工夫……"

小陶早上一起床，喝了半碗稀粥，就急匆匆地往饲养棚跑去。这几天工作队都集中在公社开会，小陶没法回来看阿黄，心中很有几分念想。跑到门口，也没听到阿黄的哞声。阿黄认得时辰也认得她的脚步声，平素老早就要扯开嗓子迎她，今天却没有。

小陶推开门就骂："阿黄你这个没良心的臭东西，才几天不见就不认人了？"进了屋却是一怔——阿黄没在。小陶往屋里扫了几眼，才发现屋角的干草上，躺着一堆棕黄色的肉——那是阿黄。阿黄的妈在草堆四周走来走去，时不时低下头来咻咻地闻一下那团肉，仿佛在查看臭了没臭。

"拉了三天肚子，站不住了。"饲养员说。

小陶蹲下来，摸了摸阿黄的脑门。阿黄水润光滑的鼻子，现在成了皱皱巴巴的一团干肉 —— 那是生病的迹象。阿黄快快地睁开眼睛，想抬头，抬了一半，却没了力气，只好又软软地趴了回去。小陶知道它还想用犄角顶着她玩，它只是顶不动了。

"赶紧喂食啊，吃了才有抵抗力。"小陶焦急地说。

"它什么都不吃。"饲养员指了指草堆边上的一个木盆说。

盆里盛着一团糊糊，是红萝卜丝豆饼渣和鲜牛奶的搅拌物 —— 那已经是最好的精饲料了。阿黄这阵子长得太快，单靠母奶吃不饱，才拌了些干料加进母乳。小陶掰开阿黄的嘴，舀了一小勺糊糊来喂它。阿黄已经长出了几颗牙齿，能嚼得动软食了，可是它却偏过头去，不肯接小陶手里的食。

"乖，吃了就有力气，吃了就能站起来，看你顶不顶得动我。"

小陶坐在地上，把阿黄的脸扳过来放在自己的腿上，一边哄孩子似的哄着它，一边用勺子撬着它的嘴。阿黄蔫蔫地看了小陶一眼，仿佛在说好吧，我好歹给你一个面子，就勉强吃了一小口。小陶还想喂，阿黄就紧紧闭了嘴，死活不肯吃了，却把小陶的指头含在了嘴里。阿黄轻轻吮了一下小陶的指头，小陶的心忍不住抽了一抽。

"兽医，兽医在哪里？我去找兽医。"小陶说。

饲养员说哪有兽医？最近的也要走几十里的路，光来回就是两天了。再说就是有也请不起。小陶说那抗菌素呢？如果是痢疾，给它打一针抗菌素就有治了。饲养员叹了一口气，说孙同志你们城里来的，实在不知道我们乡下的事。说实在的，村里娃娃头痛脑热都不看病，哪会给牲畜买抗菌素？

小陶觉得背上有样东西扎了她一下，回头一看，原来是母牛 —— 母牛的尾巴一扫一扫地蹭了她几下。她看着母牛，母牛也看着她。母牛的眼睛睁得大大的，眼眶眦裂开来，淌出一眼的话。小陶一下子听懂了，它在说你救救它。

小陶搂住阿黄，把脸埋在了阿黄的脖子上。病中的阿黄像是一摊剔了骨头的散肉，软绵得几乎托不动小陶的头。小陶的脸蹭着阿黄的皮微微的有点刺痒，阿黄的身上有一股说不清楚的味道，有点酸，也有点骚，小陶明白了，那是被汗水搅和了的奶香。

小陶贴着阿黄的耳朵，轻轻地说了一句话——这是一句她不想让任何人听见的私房话。

"阿黄，你要是好了，我就替你去拜菩萨。"她说。

这个愿许得有些辛苦，因为小陶压根儿不信菩萨。她得把心吃力地扭成一根麻花，才说得出那句她不信的话。阿黄现在落在水里了，她信的事一样也抓不住，她只能抓住唯一那样近在手边的东西，尽管她不信。

阿黄没动，可是小陶知道它听懂了，因为她的手背突然被烫了一下——那是阿黄的眼泪。

这天工作队开了一整天的会，小陶回到住处，早已错过了晚饭的点。房东老郭的婆娘已经睡下了，听见响动，又披衣起身开火给小陶热了一碗面。面是晚饭时剩下的，已经泡成了烂糟糟的一坨。小陶中午只吃了两个咸菜饼子一碗白菜汤，到这时已是饥肠辘辘，三口两口就把一碗面吃完了，方觉得肚子里略略地有了一层底。其实那也就是一碗光面，上面稀稀地洒了几根雪里蕻，可是小陶却觉得出格的香，这才知道自己真是饿狠了。

郭家婆娘来收拾碗筷，看见碗里光光的连汤都没剩下一滴，面皮就有些臊，说吃不准孙同志你到底会不会回来吃饭，也不知该留多少。小陶看出郭家婆娘没有再煮的意思，赶紧说没事，我吃饱了。郭家婆娘端着碗，靠在门口，要走不走的，小陶看了她一眼，她才支支吾吾地说："其实，我也给你留了一块，只是你不回来，这群饿死鬼，实在是太馋，就，就给吃了。"

小陶这才恍然大悟，那碗面里的香味，原来是肉汤。

"今天怎么割肉了，又不是年节？"小陶问。

老郭婆娘的眉毛挑了一挑："你没听说？今天分肉了——队里杀了那条病牛。队长说再不杀，就瘦得全是骨头了。要是病死了，那肉就更吃不得了。队里多少户人家，分到手里，一人一口都不够。"

小陶噌的一声从椅子上跳了起来，"你是说，阿黄？"

　　女人点了点头，说畜牲也通人性啊。听说杀牛的拿了刀去栏里牵牛，一回头就找不见刀了。一群人找了个天翻地覆也没找着，最后还是去邻村借了一把了事。到了晚上，那条母牛坐在干草堆上死活不肯吃食，都说是伤心呢。几个男人过去死拉硬扯，才把它拉起来。你猜怎么着？它屁股底下坐着那把刀！

　　有一根细绳子在小陶的胃里狠狠地牵了一牵，一股腥味轰的一声涌上了小陶的喉咙。小陶一脚踢开门，冲到路边，蹲在一棵树底下翻江倒海撕心裂肺地吐了起来，直吐得五脏六腑都翻到了舌头上，还觉得没吐干净那股血腥。

　　终于吐完了，站起身，只见一弯月牙儿白光光地悬在树顶。冬天的月光长了牙齿，啃到哪里，哪里就是一个冰冷的坑。冬天是离别的季节，虫子早已散了伙，各回了各自的巢穴。花儿别了枝头，鸟儿别了热窝，只剩下一只老鸦，还在荒野里孤孤单单地哀号。

　　阿黄，哦，阿黄。

　　小陶喃喃地呼唤着。她知道从今往后，她这一辈子再也不敢和任何牲畜亲近了——她受不了这样的别离。

　　这个季节的风云变幻，二姨娘最早是从广播里听出来的。

　　这阵子广播里天天在讲十六条。十六条里用的是最简单直白的字，是个人都听得懂。二姨娘听不懂的，是这些字连成一串之后的话。二姨娘听不懂广播里的话，却听得懂广播里的歌。当然不是歌里的词，而是歌里的调调。二姨娘觉得这一季的歌怎么都变了调调，节拍很快，一句赶一句，一字一吼，唱歌的人像是在黑皮黑脸地掐着脖子对骂，那歌尾巴上再也听不着从前慢悠悠的拖腔了。

　　二姨娘不仅耳朵听出了变化，二姨娘的眼睛也看出了变化。这一季街上的人不知怎么的都换了衣装，先是裙子不见了，再是花样不见了，再后来，连颜色也不见了。从街头望到街尾，一街只剩下了两种颜色：不是军绿，就是警蓝。

　　这些变化叫二姨娘有些心慌。每天她起床打开窗户，都能从空气中闻到一样味道，可是她不敢说。她觉得那是天机，她若不道破，日子兴许还能懵懵懂懂一天一天地过下去。倘若她说破了，指不定天下就真要乱了。她把这个天机在心里藏了一天又一天，直藏到五脏六腑都要开炸。终于有一天她忍不下了，就半夜起来，摇醒了勤奋嫂。

"杀气，我闻见了，杀气。"二姨娘颤颤地说。

猝然惊醒的勤奋嫂丈二和尚摸不着头脑。"什么气？"她问。

二姨娘逼着勤奋嫂赶紧起床给小陶写信，让她买船票回家。勤奋嫂说二姨娘你也真是老糊涂了，小陶是大学生，哪能说回家就回家？她不是来过信了，说学校里要学生都留校参加运动，暑假里谁也不许回家吗？

二姨娘呆呆地坐在床沿上，喃喃自语："皇天，我可不要，再看见一个乱世。"

二姨娘是在三天以后死的。临走的前一天晚上，都宽衣躺下了，她突然坐起来，擂着板壁跟勤奋嫂说要吃灯盏糕。勤奋嫂说明天一早就去买，谁知二姨娘突然就翻了脸。

"我在你们家做了半世牛马，还不值一块灯盏糕吗？"

二姨娘从来没跟勤奋嫂要过吃的，二姨娘也从没为这么点小事跟勤奋嫂发过脾气。勤奋嫂吓了一跳，赶紧穿衣下床出门去找。天晚了，小吃店和街头的贩子都关了张，勤奋嫂走了好几条街才买着了两块。捧回家来，二姨娘还坐在床沿上眼巴巴地等着。见了灯盏糕，二姨娘两眼放出光来，油纸也来不及撕就慌慌地往嘴里塞，那样子像是一辈子没吃过饱饭。勤奋嫂怕她吃多了滞食，原本想劝她留一块早上再吃的，可看着她那副样子也不敢劝，只好由着她狼吞虎咽一口不剩地吃完了，又舔过了手指，才心满意足地睡下了。

这一睡，就再也没醒过来。

很多年后，每当勤奋嫂想起这个夏天发生的事，她总觉得二姨娘是事先挑好了日子死的——二姨娘是在天刚刚裂了条细缝的时候走的，她躲过了身后天塌地陷的乱世。

二姨娘这一年才刚刚六十三岁，加上身子骨一直很硬朗，所以勤奋嫂之前没有预备过她的后事 —— 谁也没想到她会走得这么突然。小陶不在，身边也没有一个可以商量支使的人，勤奋嫂一时乱了方寸。

这时老虎灶来了一个人，进门就大呼小叫："家里出了这么大的事，也不招呼一声，把我当外人了是不是？"

原来是仇阿宝。

仇阿宝几年前结了婚，家里开了伙，便和老虎灶疏了走动。自从娶了那个麻脸女人，阿宝的娘和媳妇之间就没断过纷争，两个都是刚性子，谁也不服谁的管。每逢阿宝娘从乡下来到温州住，阿宝就过不上一天安生日子。两个女人哪个都觉得自己受了天大的冤屈，事无巨细都拉着阿宝评理。阿宝成了夹心烧饼里的那片薄肉，而两个女人就是那隔着肉的两层面饼，谁都想多占着一片油星。两层面撕来扯去，终于把中间的那片肉给扯成了碎泥。阿宝实在不堪烦扰，下了班也不回家，就待在单位里抽烟喝酒打扑克，落得个耳根清净。

可是阿宝越不在家，家里就闹得越凶。有一天，麻脸女人干脆买了一张票，半押半送地把阿宝娘塞上了回乡下的长途汽车。老太太哪受得了这样的屈辱？回去没几天就躺下了，从此一病不起。阿宝赶回乡下给他娘送葬，一乡的人都给他黑脸看，说他纵容着媳妇逼死了娘。阿宝是个孝子，听不得这样的闲话，回来就搬到了厂里住，从此不再理会那婆娘，也极少在谢池巷露面。这天他碰巧回家取衣服，听说了二姨娘的事，就急急地赶了过来。

阿宝那天身上穿了一套不知从哪里捞来的军装，头上戴了一顶军帽。衣服和帽子明显洗过了很多水，却又没洗均匀，绿早已洗飞了，只剩下些斑斑驳驳深浅不一的黄，但却是货真价实的东西，不是街上的那些冒牌物 —— 原先钉领章帽徽的地方，还看得出大脚的针眼。

仇阿宝见勤奋嫂怔怔的，就说看什么看，认不出我来了？勤奋嫂半天才说你怎么穿成这副模样？阿宝说你真不识货，这副行头是我花三十块钱托了一个兄弟，从军分区一个老兵手里买下的。勤奋嫂喊了声皇天，说这破烂货还值三十块钱？阿宝说人要脸，虎要皮，这身衣服就是我的皮。有了这身皮，走大街上看谁敢欺负你？你没看见我们那个厂长，从前是什么气性？见了我是用鼻孔说话的。自打我有了这身皮，现在我一进厂他第一个给我端茶敬烟。你说值不值这三十块钱？勤奋嫂哼了一声，说小人得志。阿宝并不恼，却正了色，说人不先害我，我决不先害人。我穿了这么些年小鞋，还不容我松松脚？勤奋嫂说你别做过了就是。你这样瞎糟蹋钱，拿什么给白丽珍吃饭穿衣？白丽珍是那个麻脸女人的名字。阿宝呸了一声，说她也配吃人食？勤奋嫂就说不得话了。

阿宝就问人呢？勤奋嫂说谷医生来拉到医院太平间了。又问寿衣备了吗？勤奋嫂说去年做下了一套棉袄棉裤，还算九成新。又问棺材买了吗？勤奋嫂就摇头。又问墓地在哪里？勤奋嫂还是摇头。阿宝见勤奋嫂一问三不知，说了句你甭管了，就走出了门。

那天阿宝很晚才回到老虎灶，倒把一应事情都安排妥当了。第二天二姨娘就出了殡，来送行的只有谢池巷的几个邻里。

众人送到了山上，便都散了，勤奋嫂却站在墓前不走。墓碑上的名字是"刘玉桂"——这当然不是二姨娘的真名。日头斜了，夕阳涂在坟尖上，颜色红得有些令人生疑。微风起来，把墓前的纸灰卷成一根圆柱，越卷越细，越卷越浓，渐渐成了一枚黑针。那黑针对着勤奋嫂晃了一晃，突然拦腰折断，化成一股轻烟飘然远去。勤奋嫂的心咯噔了一下，她醒悟过来那是二姨娘在跟她道别——她这回真是走了。

勤奋嫂此时还不知道，她今天烧的，兴许是这个城市里的最后一沓纸。北方来的风暴已经厚厚地积攒在地平线上，渐渐地朝着小城逼近。风暴过处，再也留不下老祖宗的一丝旧俗了。虽然小城依旧还会死人，虽然小城也依旧还会送别死人，可那将会是另外一套陌生而怪诞的路数了。

这个本名叫柳月桂的女人，为了另外一个不是她亲人的女人和她的孩子，十几年流落在一个不是她故土、她甚至连话语也讲不通的地方，就是死了，墓碑上也不能留下爹娘给她取的真姓名。

勤奋嫂想到此，不禁悲从中来，在月桂婶的墓前倾金山倒玉柱地跪下，放声大哭。她已经把眼泪攒了一路，她只是不想在众人面前哭。

　　仇阿宝坐在旁边的一块岩石上，一边等勤奋嫂，一边慢慢地抽着他的烟。他看见勤奋嫂鬓边的那朵白绒花，在随着她身体的起伏如蝴蝶翅膀似的轻轻颤动。"若要俏，就戴孝。"他想起了一句不知从哪里听来的老话。他没有劝，因为他知道眼泪总得找到一个去处。眼泪若不在眼睛里找到出口，就要在五脏六腑里四下乱走，寻找不该它停留的住处。

　　勤奋嫂终于哭完了，揩干脸，跟着阿宝慢慢走上了回家的路。

　　"写信告诉小陶了吗?"他问。

　　"她还是个孩子，告诉她也管不了用。"勤奋嫂沙哑地说。

　　"你在她这个年纪上早就当娘了，你什么事都不让她管，她就一辈子乐得当孩子。"

　　勤奋嫂摇了摇头说："我看她心思根本不在这儿，放了假也不想回来，家里的事我指望不上她。二姨娘一走，我也真就是，一个人了。"

　　勤奋嫂的嗓子裂开了一条缝，她咳嗽了一声，赶紧收住了——她已经哭过了该哭的事，她不能事事都哭。

　　阿宝突然走近来，一把抓住了她的手，"你还有我，你从来不是一个人。"

　　勤奋嫂愣了一愣。

　　"我还不是你的木偶? 绳子在你手里，你怎么牵，我怎么走。"阿宝说。

　　阿宝的手很热，也很有力，捏得她的腕子隐隐生疼。她只要把身子轻轻一斜，就能稳稳地靠上他的肩膀。他的肩膀和他的手一样强劲有力，靠得住，却不能靠。

　　她抽回了她的手，"赶紧走吧，白丽珍在家等你呢。"

　　"不要提这个名字!"阿宝吼了一声。

　　勤奋嫂吓了一跳 —— 仇阿宝从来没有用这样的声气跟她说过话。

　　"要不是你，我怎么会娶了这样的烂人!"他说。

　　一股气从勤奋嫂心底噌地涌了上来，刚上路的时候是愤恨，可那愤恨走着走着，就拐进了一条歧路，变成了委屈。那委屈也没走多远，又拐了个弯，变成了歉疚。歉疚终于走到了喉咙，却在喉咙里迷了路，没在舌头上找到出口。勤奋嫂用肘子轻轻撞了一下阿宝。这个姿势有些暧昧，像是息事宁人，像是安慰，甚至还有点像是鼓励纵容。她说不得话，她实在是理屈词穷。

"我是个土佬，我就是明天为你去死，你也不见得稀罕。"阿宝叹了一口气。

勤奋嫂一把捂住了阿宝的嘴。

"不许说那个字。你死了，我就真连个说话的人都没有了。"

阿宝哼了一声，说你不是有那个四眼佬吗？

勤奋嫂沉默了。她不能承认，也不能否认 —— 承认是对阿宝残忍，否认是对自己撒谎，这两样她都不喜欢。

"他怎么没来送二姨娘一程？"他问。

"请不动假，单位看得很紧。"她说。

"你还是躲他远点。运动就要来了，他这样的人就算是废了，哪次运动不是目标也是陪绑。"

赵老板靠墙坐在阁楼的地上，闭着眼睛，慢悠悠地抽着一斗烟。他抽了多年的烟，却从不是纸烟 —— 他觉得那东西含在嘴里像是一片草叶似的轻薄。抽烟的快活不仅在烟丝的劲道上，也在烟斗带给唇舌的醇香和厚重感。这柄烟斗是女儿梦痕出生的那年，一个朋友专程从印度买来送他的贺礼，一用就是二十多年，烟斗还是那柄烟斗，烟丝却不是当年的烟丝了 —— 那种烟丝早已在市面上绝了迹。

阁楼很矮，直不起身，平日里很少有人进出，只是用来堆积一些留也不是扔也不是的旧物。前几天他让人把旧物都收拾出去了，又铺了张席子，为的是避开闲人独自坐一坐。

这是他一辈子能想得起来的最冷的一个秋天。其实这一年没有秋天，冬天几乎直接续在了夏天的尾巴上。窗外淅淅沥沥地下着雨，雨水顺着屋檐流下来，一路攒着气，等砸到青砖地上时，那响声便有些粉身碎骨的凄厉。墙仿佛长了无数个看不见的细毛孔，每一个毛孔里都嘶嘶地透着阴湿的寒气。往年这个时节，棉袄棉裤还压在樟木箱底，忍受着旧年的樟脑丸渐渐淡去却依旧刺鼻的气味，可是今年他早早就换上了冬衣。屋角虽然生了一个小炭炉，那炭火却只够暖一暖指尖，棉袄里还是一副硬邦邦的碰上去铮铮作响的冻骨。

可是再冷再湿他也不敢乞求晴天——他情愿雨能下得长久些，再长久些，直下到他非死不可的那个日子。那些戴红袖箍的人已经在这条街上行走过几回了，他们随时可能踏上他家的台阶。这样的天是打狗也不出门的天，他不出门，也盼着他们不出门。

阁楼的地上，放着一架唱机——这是除了烟斗茶杯之外，赵老板唯一带到阁楼上的一样东西。唱机上放的是舒伯特的曲子《听，听，云雀》。唱针已经和唱片磨合了二三十年，早已磨成了老夫老妻，再也没有年轻时的盛气。唱针沙沙地转过几圈，忍不住就要走一走神，唱片就打出一个充满哀怨的嗝。赵老板在窗户上蒙了一条破棉被，为的是隔音。

赵老板每天都听广播，家里订了十几份报纸。赵老板听广播，不仅是听广播里说的那些话，而且学会了揣摩那些话背后的音调和语气。赵老板每份报纸都至少看上两遍，第一遍看字面，第二遍看字里行间的蛛丝马迹。赵老板虽然长居温州，可是在北京上海都有至好的朋友——他足不出户也知道天底下的事。北方的风暴往南刮到温州，一路上要走几个月，行的路程长了，免不了还要走点样。当小城的人们还懵懵懂懂地看着天色作着各样的猜测时，赵老板其实早已经知道了准确的风讯。他明白他口里的这斗烟，兴许就是他的最后一斗安生烟了；他耳朵里的这支曲子，兴许就是他的最后一支太平曲了。可是他这一辈子已经抽过了无数斗令人销魂的烟，也听过了无数支缠绵悱恻的曲子，再多一斗烟一支曲子，不过是锦上添花的奢侈，有也好，没有也罢，他并不放在心上。他唯一放心不下的，只是他的独生女儿梦痕。

今天赵老板的阁楼里多了一个人，是抗战。

抗战的歌舞团这阵子正在准备一台节目，要到省属的各市县演

出 —— 当然是宣传这场运动的。抗战被歌舞团派到温州到瓯剧团蹲点，要创作一个用当地方言表演的曲艺节目。这天是星期天，剧团不上班，抗战就到赵家来看梦痕。

抗战并不是第一次登赵家的门。赵家的人，包括洗衣煮饭的柳妈，都认得他。赵家原先有四五个用人，现在只剩了一个柳妈。她是梦痕爷爷时就来到了赵家的，因是个孤老婆子，赵老板就当是半个家人留下了她。

从小抗战就讨厌梦痕。其实，在还不认识她的时候，他就已经讨厌她，或者说她这一类的人。他们不是一路人，他们中间隔着一条万丈深的鸿沟，她在这边，他在那边，她跨不过来，他跨不过去 —— 他也压根儿没想跨越。这条鸿沟，当他们还没在母腹里孕育成生命的时候就已经存在了，是他们的父亲、父亲的父亲、父亲的父亲的父亲手里就有了的，他曾以为任世上哪样东西也别想填平 —— 连垫个底都不可能。那一年班级里排练节目，完了之后她突然喊他一起练口琴。他本来打死也不会跟她走的，可是那天他偏偏跟继母吵过一架，不想回家，鬼使神差的，他就跟她去了她的家。其实练口琴只是她的一个借口，到了家她就把他叫到书房里，给他放唱片听。那是他第一次看见唱机，她告诉他她选的那个曲子叫《田园》，是一个叫贝多芬的德国人创作的。他从未听过贝多芬的名字，只觉得那个黑转盘里流出来的声音有些古怪，从耳朵里进去，经过他的心时，突然在那里剜了一个洞。那旋律像蘸了温水的丝绵，轻柔地抚摩着他来时还完好、现在却突然破了的心。眼泪毫无防备地涌了出来，他吃了一大惊，仿佛脸颊不再是他的脸颊，眼睛也不再是他的眼睛。后来他偶然抬头看了梦痕一眼，发觉她的眼睛里也充盈着泪水。他这才知道她跨过来了，他也跨过去了，鸿沟已经留在了他们身后，因了一个叫贝多芬的德国人。

高三那年，他父亲听了继母的挑唆动手打了他，他就发誓永远不再回那个家。当他父亲和学校的老师发疯一样地满城找他的时候，他正坐在赵家的书房里如醉如痴地听唱片 —— 当时谁也没想到是赵家私自留下了地委书记的儿子。赵家的女儿可以不懂事，可是赵家的大人却不能跟着女儿糊涂。赵家之所以答应了女儿让抗战暂住几天，直到他联系上了他的生母，只是因为赵老板动了恻隐之心。赵老板从小丧母，一生里有过几个后娘。

见识过赵家的唱片之后，抗战就觉得他的口琴乐谱至多只能算是哼唧或者嘶吼。从那以后，隔一阵子他就往赵家跑，为解一解耳朵的饥馋。后来去了杭州工作，一有假期他依旧还是来温州。假若赵家主人不在，他也能自己一个人熟门熟路地摸进书房，在里头窝上一两个小时 —— 柳妈已经知道了他的爱好，很少惊扰他。

可是今天却有些不同。

他已经好几个月没见过梦痕了，今天一进门，还没和梦痕说上几句话，就被赵老板请到了阁楼上。赵老板说免得招人耳目，他已经把唱机搬到了阁楼。梦痕正要尾随他们上去，赵老板却挥了挥手，说你下去看着门，万一有人。抗战隐隐觉得老头子今天有些反常，像是有话要跟他说，可是赵老板上了楼就挑了张舒伯特的唱片来放，却一直没有开腔。

终于把一斗烟抽完了，又慢慢地磕净了烟灰，赵老板才抬起头来问抗战："你听得懂歌里的词吗？"

抗战摇了摇头，说我听不懂，是英文吗？

"德文。"赵老板说，"'云雀在天空歌唱，太阳之神升起……迷人的金盏花，开始睁开金色的眼睛。'这明明是小夜曲，唱的却是清晨的景。"

"音乐是有颜色的，我看到了，绿色的太阳。"抗战说。

赵老板呵呵地笑了，说只有坠入爱海的人，才有可能说出这样的傻话。

抗战的脸刷的一下涨得通红，说我真的，看见了绿色的太阳。太阳从树林草木中间穿过，太阳被染绿了。

赵老板收了笑，说这样的乱世，你倒还有心情。你看看五马街的大字报，一层盖一层，都有一尺厚了。你爸在省城，现在还太平吧？

抗战上唇咬着下唇，不语。半晌，才一字一顿地说我，没有，爸爸。赵老板拍了拍他的肩头，说我年轻时也说过这样的话，现在想收也收不回来了。我爸爸的坟头都长过几茬苦艾……

赵老板的话还剩了一个尾巴，却突然被截断了 —— 他听到了楼梯口传来三下急促的拍击声。这是他和家人约好的暗号：外头来人了。赵老板把唱片从唱机上卸下来，匆匆塞进席子底下，对抗战做了个袖箍的手势，说终于来了，只是没想到，这个天他们还出门。

一丝惊恐如蚊蝇，在抗战的眼睛中扑闪了一下。赵老板忍不住暗叹：即使听过了世上所有的洋曲子，他还是一个，没真正经过事的孩子。赵老板有些庆幸，他没有跟抗战说出那句话。抗战的肩膀还没长成，还不知人生第一副担子的轻重。那句话其实已经在赵老板心中积攒了好几个月，一天比一天沉。早上柳妈告诉他抗战来了的时候，他几乎觉得那是天意。当他在舒伯特的云雀中一口一口地抽着烟斗的时候，那句话在他的心里转来转去，寻找着一条合宜的出路。可是现在他突然改变了心思，他觉得抗战的猝然来访并不是天意，真正的天意是那群戴着袖箍的孩子 —— 他们让他咽回了已经走到喉咙口的心事。

"一会儿见机行事，你赶紧走人。"赵老板对抗战说。

下得楼来，赵老板发现院门已经大开，院子里站着男男女女十余个孩子。说他们是孩子并不完全准确，因为女孩的厚衣服底下，已经有了关于线条的模糊暗示，而男孩的嗓音，也已完成了从尖细到粗哑的嬗变。这大概不是他们的第一站，因为他们的裤子已经湿透，裤脚正滴滴答答地淌着污水。他们都打着伞，可是伞挡不住风。风把雨扯斜了带进伞底，伞防不胜防。为首的是一个比其他孩子看上去略长一二岁的男生，他带着一路积攒起来的胆气嘶吼了一声："破四旧来了，我们！"他的嗓门很大，震得院子抖了一抖，一团湿泥从门框上滚落下来 —— 那是陈年的老尘。赵老板却放了心：他听出来了，这是例行的抄家，他们并不知道他的身份。

门外立刻围上了一群看热闹的人，桐油纸伞在台阶上开出一团一团黄褐色的花。伞很厚也很大，你推我搡地彼此交缠着，碍着视野也碍着路。于是有人干脆收了自己的伞，钻到了素不相识的人伞下。有几只好事的脚，已经试试探探地踏进了门槛里。赵老板没想到这样的天气街上竟然还有这么多的人，他以为这是个打狗也不出门的天，可是他忘了，下铁也挡不住看人打狗的好奇。

"你和梦痕去厨房烧一锅姜汤，给同学们驱驱寒。"赵老板丢了一个眼色给夫人。

夫人立刻听懂了他的意思：他不想让梦痕留在院子里。赵夫人拉了梦痕正要往后院走去，突然有一个女学生一下子扯住了梦痕的袖子。

"你是，赵梦痕？"女孩问道。

梦痕点了点头。

女孩的嗓子突然提高了八度，中间没有合宜的过度，结尾处便嘶地裂了开来。

"我姐姐和她是同学，她家是，大资本家。"女孩说。

女孩的话像一根柴扔进了一个已经烧到了尾声的火塘，瞬间搅起一束新焰，孩子们饥寒交迫的眼中，突然炸出了一团希望的光。今天他们已经行了很多的路，几乎撞开了沿途每一扇略具气派的屋门，可是他们所斩获的，只不过是几本旧书，几件样式稍稍古怪些的旧衣物。想象中的电台、发报机，甚至女人的三角裤，还深深地藏在某个不打算被他们发觉的隐秘之处。冷雨湿了他们的衣服，身子在风里瑟瑟发抖，早上出发时的万丈雄心，一路走，一路瘪，到了这一刻，已经瘪成了赶紧回家吃口热饭的卑微私念。赵老板刚才那一声"姜汤"，几乎成了骆驼背上的最后一根稻草。其实，在经过赵家门口的时候，这支小小的队伍差一点发生了一次重大的兵变：有几个孩子提出了打道回府。现在这几个险些成为叛军的孩子，眼神开始躲闪——那是羞愧：这一天里最辉煌的胜利，几乎要葬送在他们最后一刻的游移徘徊之中。

领头的那个孩子挥挥手，学着战争片里常见的劈刀手势，喊了一声："搜，仔细点！"那群戴着袖箍的学生就四下散开，分头冲进了几个房间。赵夫人想尾随着他们进屋，可是她只有两条腿，她不知道该把一个身子劈成几份。她终于明白了：风水转到这一程，她就是长了三头六臂的金刚之身，怕也是抵挡不住了。她膝盖一软，脸色煞白地瘫坐在了堂屋的地上。柳妈不知如何是好，两只手窸窸窣窣地在裤腿上擦来擦去，颤颤地喊着夫人啊夫人。赵夫人小声斥责着她："你这不是害我吗？现在都是阶级姐妹，谁还是什么夫人？"

这时就有学生从屋里抬出了几只樟木箱，开始从箱里往外抖搂衣物。都是些陈年古董——她的旗袍丝袜，他的马褂洋装。看热闹的人已经走进了院子，在堂屋跟前围成了一个黑压压的圈子。圈子越收越紧，赵夫人觉得她的脸上贴满了眼睛，脑瓜仁子一蹦一蹦地跳动着，仿佛里头在炒着盐豆。学生每抖出一件衣物，人群就发出一声半是诧异半是鄙夷的惊叹。这十几年里，小城的生活就像是一张粗号的砂纸，在日复一日毫不懈怠地磨除着旧时代的痕迹。箱子里抖出来的那些色彩和样式，让早已经习惯了中山装劳动服的人们，一下子想起了诸如"剥削"和"糜烂"这样的词语。

有人哗的一声点着了一根火柴。最先遇难的是一件桃红绣金丝的织锦缎旗袍——这是赵夫人新婚喜宴上给宾客敬酒时穿过的礼服。衣裳在箱子里已经藏了很多年，吃足了木头和樟脑的陈腐气味，那人把它抖搂出来的时候，忍不住打了一个响亮的喷嚏。火柴贴上去，衣裳仿佛吓了一跳，轻轻地躲闪了一下，躲不过，便有一条暗褐色的裂缝从中间生出，把前襟撕裂成两半。渐渐的，那裂缝越来越宽，把桃红一点一点地吞没，最后化成一群四下翻飞的黑蝴蝶。赵夫人紧咬牙关闭上了眼睛。赵老板知道她心疼的不是衣服，而是记忆。他走过去，坐在妻子身边，轻轻地捏了一下她的手臂。他在告诉她：和性命相比，记忆实在是一样不值钱的贱东西。

又有一件衣裳烧着了，这次是他的海獭皮袍。海獭在做成衣裳的时候已经死过了一回，现在它正经受着第二遭死刑。它实在不愿意再死一回，它从头到尾都在和火做着抵力的抗争，于是空气中噼噼啪啪地蔓延开一股刺鼻的焦臭。

在声音色彩和气味都很浓烈的院子里，赵老板注意到了一个穿着雨衣的女人。那女人远远地站在圈外，看到那件海獭皮袍终于百般不情愿地化成了灰烬，就转身跨出了赵家的院门。

女人临走时张了张嘴，似乎说了一句话。女人的话只是喃喃自语，没人听得清楚。

女人说的是："罪过啊，罪过。"

赵老板不知道那个女人是在谢池巷口开老虎灶的勤奋嫂 —— 她是在去供煤站拉煤的途中赶上了这场热闹的。

勤奋嫂离开赵家后就一路飞跑，到供煤站借了那里的电话找人。勤奋嫂找的那个人，是新成立的工人造反大队副队长仇阿宝。

又有几只箱子从屋里搬了出来，叠放在堂屋的空地上。这群学生已经越来越深地钻进了赵宅的腹地，下一个就该轮到书房里的那些旧书和字画了。书房过后，就该上二楼。赵老板暗暗地在脑子里画着他们的行踪路线图。虽然他已经撤掉了从二楼通往阁楼的梯子，可是这群孩子一定能找到他们的路。

他知道他们是迟早要来的，他心里已经有了盘算，所以看到他们时他并没有显出格外的惊慌。两个月前，他在北京的一位至交托人捎话给他，让他尽快处理掉家里会给他惹上麻烦的物件。他早就烧毁了亲朋好友的往来书信和旧照片，家里剩的几样金银珠宝首饰，也已经换成了现金存在银行的账户里 —— 他知道这一刻暂时还不会有人动他的储蓄。现在能落到那群人手里的，只是些不会给他带来特大麻烦的杂物。他唯一心疼的，是藏在阁楼里那几十张旧唱片。他其实完全可以一早销毁它们，和书信照片一起，可是他当时犹豫了一下，还是把它们留了下来。不是心存侥幸，而是实在不舍，他只想把它们一路听到末日 —— 他的，或是它们的。而现在，末日终于来了。

有人抬出了屋里的最后一只箱子。这只箱里，存的是梦痕小时候穿过的衣物：缝着花边的白纱裙，钉着小鸭子的毛衣，镶着毛边的绒帽子……那个领头的男生失去了兴趣，正想盖箱，突然发现了箱底的一件女式丝棉袄 —— 那是箱子里唯一的一件大人衣物。衣裳已经旧得看不出颜色了，只有盘花纽扣的夹缝里，还隐隐存留着一丝蓝色的印记。那人把衣服揉成一团，正要往火堆里扔，一直没开口的梦痕突然喊了一声："住手，那是我妈妈的衣服。我妈妈是劳动人民。"

那个男孩斜了一眼坐在地上的赵夫人，哼了一声："她要是劳动人民，我就是大地主了。"

人群哄的一声笑了起来，梦痕的脸涨得绯红。

"我是说，我的亲生母亲。她是劳动人民，三代都是。"梦痕眼角的余光扫到了抬头看她的赵夫人，可是她顾不得了，这句话她不能不说。

"你看看这些资本家，一个人娶多少个老婆。"男生的情绪调动起来了，他意识到了他的听众。

人群又笑了。前一阵笑声还没消逝，后一阵笑声已经诞生，后一阵笑声骑在前一阵的尾巴上，闹哄哄的，院子里竟有了些过节般的欢欣。

赵老板站起来，揪住了梦痕的手臂 —— 他想拦住她让她别再开口。可是梦痕的手臂仿佛穿了钢丝，硬得他怎么也拉扯不动。梦痕一把甩开父亲，定定地看着那个男孩："请你，还我衣服，那是我妈留给我的，遗物。"

男孩把衣服高高地举在手里，摇过来晃过去，像在逗弄一只贪食的狗。

"你要是那么喜欢这件衣服，你就脱了身上的，换上这一件。"男孩说。

"梦痕！"赵夫人扯着嗓子喊了一声，可是梦痕仿佛没有听见。她慢慢地解开了身上那件厚毛衣的纽扣。

"还有，这件。"男孩指了指梦痕的棉毛衫说。这是梦痕身上的最后一件衣服，里头再无内衣。

梦痕怔住了。

院子突然静了下来，空气重得像一块玻璃，一句话，一声粗气，仿佛就能让它砰然坠地，粉身碎骨。

众人还没回过神来，梦痕已经把身子弓成一个圆团，朝着那个男生一头撞去。男生本能地躲闪了一下，梦痕没撑住，身子一斜就摔在了一只樟木箱角上。一股鲜血如蚯蚓，从她的嘴角慢慢地蠕爬出来，在她的棉毛衫上爬成一朵暗红色的花。赵夫人叫了一声皇天，冲上去一把抱住梦痕，颤颤地喊柳妈赶紧去屋里拿一块湿毛巾。

男孩吓了一跳。今天早晨他领着这群人从学校出发的时候，满脑子想的都是如何制造一场他一生中还不曾经历过的热闹。这场热闹里有撒野嘶喊喧嚣欢呼，兴许还有一些连他自己也还没想清楚的东西，但是肯定没有鲜血。

围观的人也吓了一跳。赵老板知道这片刻的沉静之后，人群就会爆发出一阵喧哗 —— 不是同情，就是愤怒。此时众人的情绪正骑在同情和愤怒之间的那条窄窄的墙缝上，任何一丝最轻微的风，也能把它推过那条缝。假若它落到了愤怒那边，梦痕的行为就会被上升到一个她完全无法掌控的级别 —— 她将被戴上一顶她一辈子也卸不下的帽子。这片刻的沉静也许只有几秒钟，他必须在众人醒悟过来之前把自己变成那丝风，把他们引到墙的另一边去。他仿佛听见了一只无形的时钟在嘎啦嘎啦地走着秒针，把他的太阳穴划出一道一道的血痕。他搜肠刮肚地想着一句合宜的话，脑门上急出了一个包。

这时，突然有人从人群里挤出来，站到了那个男孩的跟前，大声说："'人民群众中有不同意见，这是正常现象。几种不同意见的争论，是不可避免的，是必要的，是有益的。群众会在正常的充分的辩论中，肯定正确，改正错误，逐步取得一致。在辩论中，必须采取摆事实、讲道理、以理服人的方法。对于和自己持有不同意见的人，也不准采取任何压制的办法。要保护那些和自己意见不同的少数人，因为有时真理在少数人手里。即使少数人的意见是错误的，也允许他们为自己申辩，允许他们保留自己的意见。在进行辩论的时候，要以理服人，要用文斗，不用武斗。'"

那人是抗战。赵老板这才注意到，原来抗战一直没走。抗战说这话的时候抑扬顿挫，字正腔圆，连标点符号都表达得恰如其分。抗战用的是一种舞台剧里常见的语调，气势磅礴，先声夺人。

"你知道，这是谁说的话吗？"抗战问那个男孩。

男孩愣了一愣。这话听起来有些熟悉，可是他却说不出具体的出处。他在脑子里飞快地搜索思忖着正确的答案，气势不觉已经短了几分。

"你要是不知道，我来告诉你，这是十六条中的第六条。你们连党中央毛主席的指示都没好好学习过，还出来闹什么革命？"

人群开始发出细细碎碎的窃笑声，抗战知道他已经赢得了听众。这阵子歌舞团的排练任务中，有一项就是一字不漏地全文背诵十六条。当然，在场的人不会知道，倒背如流的他，在几个关键之处偷换了几个至关紧要的词。

"'无产阶级同过去几千年来一切剥削阶级遗留下来的旧思想、旧文化、旧风俗、旧习惯的斗争需要经历很长很长的时期，而且要有组织地进行，由文化革命小组、文化革命委员会、文化革命代表大会领导进行。它不但适用于学校、机关，也基本上适用于工矿企业、街道、农村。'这话又是谁说的？"

抗战这次的篡改更加大刀阔斧，因为他知道在没有文字记录的情况下，没人可以轻易抓住他的谬误。

男孩已经土崩瓦解，嘴唇开始微微颤动。他向他的同伙们投去求助的眼光，可是没有人能拾得起他扔给他们的包袱——这些日子他们尽情地享受着没有老师没有家长管教的生活，他们已经很久不去读书背书了。

"还是我告诉你吧，这是十六条中的第九条，标题是文化革命小组、文化革命委员会、文化革命代表大会。你是代表哪个组织的，是文革小组，文革委员会，还是文革代表大会？"

男孩哑口无言。

"你学好了十六条，再回来革命。"抗战说。

抗战的话紧得像石头也像铁，没有一丝缝隙可以插得下辩解和质疑。男孩还想说话，可是他知道他的大势已去。赵家院子里依旧还有热闹可看，只是主角已经不是他了。他回头看了一下他的同伙，他们在三三两两的撑雨伞，卷裤腿。他在他们的眼神里找见了一样闯进赵宅时所没有的神情：除了疲惫之外，还有恐惧。

"我们明天再来。"男孩撑着最后一丝的骄傲，领着他的同伙走出了赵家的院门。

看热闹的人终于渐渐散尽了。院子有些不习惯那失而复得的安静，脚步走在青砖地上擦出了嘤嘤嗡嗡的回声。雨住了，天离晴虽然还很遥远，但是云却已经裂开了丝丝缕缕的缝。赵夫人扶着梦痕进屋清理唇边的伤口，柳妈去厨房生火做饭 —— 主人吩咐了，今晚要做一大锅鱼丸汤面压惊。

赵老板点起一斗新烟，正要往嘴里送的时候却突然改了主张 —— 他把烟斗递给了抗战。这是抗战一生中的第一斗烟，他还没有摸着门道，烟在不该去的地方拐了一道弯，抗战剧烈地咳嗽了起来，咳出了一眼的泪。不要紧，他会找到路的，兴许就在第二口。赵老板暗想。他很庆幸这群毛孩子进来的时候，他没对抗战说出那句在他心头压了很久的话。那是一句愚蠢而多余的话 —— 抗战的肩膀已经长成，它担得起一个女人的一生。

这天晚上赵家大院又来了一拨戴红袖箍的人，这次是工人造反大队的，领头的是一个叫仇阿宝的男人。那群人只在门上贴了两张相互交叉的黄色封条便走了。

"这是你的镇宅之宝，没人敢撕这张封条。"仇阿宝对赵老板说，"只是要麻烦你和你家里人，从今往后进出都走边门。"

这个夏天校园里似乎一夜之间变了样。林荫道两旁硕大的法国梧桐树之间，挂起了各式各样的横幅；教学楼的窗口里，吐出一条条长舌似的标语；高音喇叭里一遍又一遍地播放着一些旋律能把生血煮熟的歌曲。沿着校园主干道摆设的几个宣传栏上，贴满了白纸黑字的大字报 —— 红字还要在稍后来的日子里才会渐渐出现。想说话的人很多，可供张贴的地盘不够，于是一张大字报还墨迹未干的时候，就已经被另一张覆盖。层层叠叠，越贴越厚，糨糊干了，变成铁硬的一坨，一阵风来雨去的，就整团滚落到地上。新的一轮便重新开始。

有话要说的人很多，想看热闹的人也很多，宣传栏前每天都挤满了黑压压的人群。甚至当绵长无尽的白日终于逝去，昏暗的路灯把夜色剪开一个个边角模糊的大洞时，依旧还有人把鼻子紧紧地贴在宣传栏上，逐字逐句地嗅着那些劣质纸张上的话语。小陶挤进人群看过一两回，却很快失去了兴趣——大字报上的那些人那些事似乎离她很远。小陶现在终于知道了自己的血比别人热得慢。

夏天的热闹持续到了秋天。当然，当时谁也不知道这仅仅只是一部长戏的开场锣鼓，真正的热闹还会持续十年。初秋的时候，这场热闹里又加进了一项新的内容：全国各地的学生到北京，北京的学生到各地，就此开始了一场名为"大串联"的免费旅游。于是，校园里便到处都是背着行囊的学生，一眼看过去就能分清是两群人：两眼放光衣装整洁的是准备出发的人，而蓬头垢面衣衫褴褛的是刚刚归来的人。

小陶也跟着人流走了短短的一程。小陶的目的地很近，只有两站，先去杭州，再去南京。小陶从未想过去北京——高年级的同学告诉过她天安门广场上挤掉的鞋子装满了一卡车的恐怖情形，她一下子给吓蒙了。小陶是跟同宿舍的两名外系女生一起动身的，可是到了火车站她就后悔了：她没想到避开了最热门的北京线，南方的路程竟也是如此拥挤。在火车上她被几个男生前后夹攻地挤在中间，他们几乎是靠在她的肩膀上一路睡到停靠站的。她出门前多喝了一杯水，上车就想上厕所，结果却一动也不能动，终于憋到了忍无可忍的地步，只好放任自流了一通。幸好她那天穿的是一件深色裤子和一双塑料凉鞋，也幸好车厢内极差的通风使得满车的汗臭盖过了尿臊味。这一次的经历使得她对这样的旅行方式有了永远的心理障碍。抵达杭州之后，她只住了两夜就丢下同伴独自回到了上海——她受不了招待所床铺上的跳蚤和观光景点看不到头也看不到尾的长队。这只是她给自己找的借口，她知道真正的原因是她放心不下还留在校园里的黄文灿。

这阵子没有人可以静得下心来，担忧和兴奋把每一颗心都揪到了不该是心的地方。谁也没想到毛笔突然成了如此强大的武器，可以随心所欲地横扫一切边界等级。过去高不可攀的人，现在一支笔轻轻一勾，就变得触手可及。已经被毛笔点过名的，正惶惶不可终日地揣测着一声呼喊到底可以引起多大的回应；还没被毛笔光顾过的，在战战兢兢地害怕着某一个早晨，宣传栏最新的那张大字报上会出现自己的名字；不大可能被毛笔惦记上的那群人，正摩拳擦掌跃跃欲试地用毛笔在大字报的角上署下自己的名字。一群比小陶高一两年级的学生，在点名和署名的狂热过去之后，突然意识到这场运动已经莫名其妙地把他们圈在了校园里，毕业遥遥无期，他们还要和家里幼年的弟妹一起，持续地成为父母的经济包袱。

黄文灿不是他们中间的一员，他的快乐和忧愁都和他们截然不同。

黄文灿的快乐是：学校的管教体制正在土崩瓦解的过程中，现在再也没有人关注他和小陶的恋情。在那张原先满布了人眼的监控网络里，他终于找到了一个自由喘息的空间。

黄文灿的快乐一句话就说完了，可是他的忧愁却需要几页纸。在他的国家里，战争正在进入白热化阶段，美国人的武器和人员增援都在不断升级。家里来的每一封信，传达的都是艰难和残酷的消息。他的国家需要面对的不仅是敌人，还有盟友。苏联和中国的援助也在升级——是那种暗含了攀比意味的升级。他的国家在两位急切却互怀敌意的盟友的夹攻下始终闪烁其词，不敢露出任何厚此薄彼的痕迹。这样的暧昧像一个大脓包，终有一天会被压力挤破，他的国家只是还没有力气来设想后果。黄文灿在中国的学业已经被各样运动数次打断，他不知道他是否能完成出国前就预定好的学习计划。他和他的留学生同学们对校园里的骚乱迷惑不解，可是他们对此唯一能够表达的态度也只有缄默。他到中国来，原先就是想找一个可以安放他书桌的地方，没想到这块地盘正在他眼前沉陷。他的前面是深渊，身后是战火，他被进也不是退也不是地阻隔在了人生的瓶颈之中。与这样深重的忧患相比，和小陶在一起的快乐，只不过是无边暗夜中的一丝烛光，只够照亮鼻子跟前的一两步路，却不能让他走得更远。

于是，他就格外地沉默了。

那天小陶从火车站回来，宿舍也没回，就直接去找黄文灿。她知道他的中国室友去陕北串联去了，他现在一个人住。

黄文灿正在屋里看书，见到小陶吃了一惊，说你怎么这么快就回来了？小陶斜了他一眼，说人家放心不下你嘛，学校这么乱。黄文灿的嗓子喑哑了，顿了一顿，才说小陶你为我，实在是操心太多。

小陶端起桌子上的茶杯，咕嘟咕嘟地喝了几口剩茶，坐下来，从军用书包里掏出一个纸袋子，对黄文灿晃了晃，说这是杭州特产，好吃得很。

是一包山核桃。

小陶撕开纸包，挑出一个浑圆周正的核桃塞进嘴里。小陶的牙齿尖利如鼠，坚硬的核桃壳在吱吱呀呀的响声里四分五裂。小陶取下头发上的卡子，一块一块地挖着肉，神情专注得像在从事显微镜下的牙雕，刘海儿随着身体的动作一晃一晃，有一丝细细的笑意从嘴角泄露出来，一路蜿蜒着淌到眉梢。

黄文灿呆呆地看着，忍不住叹了一口气。"小陶，你是我看到过的，最容易满足的女孩。"

小陶把一块油亮的核桃仁塞进他的嘴里，扑哧一笑："你见过多少个女孩？五个，还是十个？"

小陶的笑容像街上的流感，瞬间就传给了黄文灿 —— 小陶不在的日子里，他几乎忘记了什么是笑。

"小陶，你有梦想吗？我从来没听你说过，梦想。"他问。

"当然有。"小陶抬起头来，把汗湿的额发撩到脑后。"要是能有一天，想吃就吃个饱，想画就个够，想睡就睡它个天昏地暗。这就是，我的好日子，当然，你得在场。"

黄文灿的喉结动了一动，却没说话。

小陶哼了一声，说你是不是看不起我的梦想？那你有什么大不了的梦想？

"我只想，天下不再打仗，人人能过太平日子。"他说。

小陶又扑哧一声笑了，说所有的梦想，结果不都是通往好日子吗？这叫殊途同归。

小陶的话其实只说了一半，还有一半她藏起来没说 —— 她怕他听不懂。

她没说的那一半是：老虎灶的女儿，没有远虑，只有近忧。

黄文灿的喉结又动了一下 —— 他有话说，可是他知道他说不过小陶。小陶能把歪理说得理直气壮，所有的正理在小陶跟前经过，三绕两绕，就都被绕到了小陶的歪道儿。

"这几天我不在，学校有什么新闻吗？"小陶问。

"我没出门，只去了一趟领馆，参加国庆晚会。"他说。

她知道他说的是越南国庆。

"好玩吗？"

黄文灿沉吟了半晌，才终于说了声没什么，无非是改善了一次伙食。

小陶知道，他一定是在领馆里听见了什么坏消息 —— 战争的结束似乎越来越遥遥无期。她也为他的国家揪心，却不是和他一样的揪心法。夜深人静的时候她曾暗地里希冀那场战争会永无止境地拖延下去，这样他就有可能一直留在中国。她被自己的念想吓了一跳：一边是他的国家，一边是她的情人。为成全她小小的一段情缘而押上一整个国家的性命，她知道那是罪孽，可是她只是抗不住罪孽的诱惑。

她走过去，轻轻地抚了抚他的额头。他的眉心有一个大大的结，那个结乱得像无头的线团，解了这根还缠着那根，越解越乱。

"船到桥头自然直。"她说。

他没听懂，问这话是什么意思？她贴着他的耳根说这是我们老家的土话，就是说世上所有的难处都有解决的方法，只要人活着。

"小陶。"

他喃喃地叫了她一声。她以为他有话要跟她说，可是他什么也没说。他只是默默地从身后搂住了她。那天他的臂膀箍得非常紧，紧得她几乎背过气去。他把头靠在她的肩膀上，很沉，也很深，她几乎觉得他的颧骨已经嵌进了她的肉中。他的呼吸走过她颈脖的时候，烫起了一串燎泡。是欲望，又不全是。他以前不是没有搂过她，可是她总觉得这天他的举动里有一丝异常。很多年后当小陶回忆起当时的情景才恍然大悟，他那天的举动有一种解释叫绝望。

那天黄文灿向小陶隐瞒了一件事情：就在那个国庆晚宴上，领馆官员向所有的留学生传达了越南政府的内部指令：如果中国的政局在近期内没有稳定的迹象，越南留学生将要全部撤离回国。

小陶离开黄文灿的宿舍回自己的住处，远远地，就看见宋老师在楼外等她。她正奇怪他怎么这么快就知道了她回来的消息，可是他没等她开口就朝她扬了扬手，转身走在了她的前头。

"你到我办公室来一下，有事。"他说。

他没有等她，一路走得极快，解放球鞋的鞋底踢得路面的沙石刷刷乱飞——她注意到了他最近很少穿皮鞋。一绺被枕头压歪了的头发随着他的脚步在他的后脑勺一撅一撅地晃悠，从背后都能看得出他的脸色很沉。小陶猜想大概是哪个耳报神又去告发了她去找黄文灿的事——学校有规定不能随便进留学生宿舍。小陶紧追慢赶地跟在宋老师的身后，一路都在气喘吁吁地寻思着怎么找个嬉皮笑脸的理由。这几年里她已经摸熟了他的脾气——他吃软不吃硬。

到了办公室，坐下了，宋老师打开抽屉，取出一个信封放在桌上，看了小陶一眼，欲言又止。过了一会儿，又打开另外一个抽屉，拿出一个苹果削了起来。宋老师的手有些抖，刀子差点切到了手。终于削完了，递给小陶。小陶接过苹果，也接住了他的目光。他的目光深邃如井，小陶看见了井底铺着一层东西，半晌才醒悟过来，那是怜悯。宋老师从来没用这样的眼神看过她，小陶一下子慌了。

"严重吗？"她问。

"非常严重。"他说。

小陶顷刻明白了，这个回合嬉皮笑脸没用。

"我向你保证，以后不去那边了。"小陶垂头丧气地说。

"去哪里？"宋老师扬起了眉毛。

小陶一下子松了一口气：他原来不知道那件事。

"不该去的地方。"小陶的嘴角忍不住往上挑了一挑。

"孙小陶，你妈最近给你来过信吗？"宋老师的脸刷的一下紧了，语气异常严峻。

小陶的心里咚的一声撞了一下鼓 —— 她已经差不多一个月不曾收到家里的信了。

"我妈，她，出了什么事？"小陶颤颤地问。

"你知道你父亲的情况吗？"他没回话，只是反问。

"我还没出生他就……"

小桃还没说完，就被宋老师切断了。

"你知不知道你父亲在老家藻溪乡里拥有大笔的田产房产？"

小陶从椅子上跳了起来，大叫了一声不可能。"我妈妈说过我爸的祖上很有钱，但是后来家道中落，轮到我父亲，就是赤贫了。"

"这些年你妈一直在骗你。为了逃避土改和地主成分，你妈带着你和一个用人隐姓埋名逃到温州。你知道你的名字是怎么来的吗？那是'逃'字的谐音 —— 逃命的逃。"

宋老师拿起桌上的那个信封，对小陶扬了扬："这是温州寄来的材料。是一个老乡在街上认出了你妈，到街道检举揭发的。"

宋老师的话像一枚巨大的图钉，把小陶昆虫标本似的钉在了椅子上动弹不得。

怪不得。妈妈和二姨婆之间莫名其妙的眼神，妈妈说起老家时的含糊语气，替她填学校登记表格时的紧张表情，还有，妈妈和二姨婆从来都没有任何亲戚走动……突然间小陶就把这一切一一地想了起来。这些纷乱的记忆如七巧板，这一刻在她脑子里拼成了一幅清晰精准的图形。她终于，知道了真相。

她的身子剧烈地颤抖了起来，椅子在她身下发出咿咿呀呀的呻吟。天不怕地不怕的孙小陶，就在这一刻知道了害怕的滋味。在这天之前，她走起路来目不旁视，昂首挺胸。可是从今天起，她的天哗的一声降下来了，比别人矮了许多。从今往后，她行走在世界上只能有一种姿势，那就是佝偻。

皇天。为什么她的命里会摊上这一天？若她有回天的本事，她一定指头一动，把这一天在她的生命中彻底抹除，她情愿做回"老虎灶西施"。那个她鄙视了一辈子的外号，如今已经成了高不可攀的奢侈。

"你马上给学校和老家写封信，说明你对这件事完全不知情，并且表明你的立场，和你母亲彻底划清界线。"宋老师的声音嘤嘤嗡嗡地传了过来，半天才聚成一句话。

"还有，以后你只能完全依靠你的助学金过日子，你不能再接受家里的任何资助。这样兴许还能救你一命 —— 学校里现在很乱，希望没有人会抓着你不放。"

宋老师把那个信封咣嘟一声锁进了抽屉。

"孙小陶，你不能，再惹，任何，麻烦。"他一字一顿地说。

小陶神情麻木地看了他一眼，没有吱声。

"贱货，头毛（温州方言：婊子）！"

白丽珍揪住勤奋嫂的头，狠狠往地上按了一按。

白丽珍的语气像嵌了铁钉的鞭子，而声音却像轻风 —— 她不想让太多的人听见她的咒骂声。

"要不要给她挂上这个？"身边的一位随从体贴地问。

那人手里拎着两只破布鞋，中间穿着一根草绳。

白丽珍的脸变换了很多种表情，最后才含含混混地说了一句："下回。"

白丽珍知道此刻她的男人仇阿宝正胸前挂着一把哨子，手里举着一本红书，雄赳赳气昂昂地率领着一支几千人的工人游行队伍，行走在通往人民广场的十字路口 —— 那是这些日子里决定小城风向的场所。虽然他一年也不回几趟家，可是她还得顾及他的面子，毕竟她在街道做的每一件事，扛的都是他的牌子。假若她手里的这个女人被人叫做"破鞋"，那么她的男人也逃不了干系，他将会是那个穿破鞋的人。

白丽珍这些年狠长了几斤肉，格子衬衫的腰身里，鼓出一圈又一圈的脂肪，红袖箍在胳膊上几乎胀裂开了缝。脖子和下巴的分界线，早已模糊不清。说话嗓门若略高几分，脸颊上的皮就会禁不住漾起一阵水波纹。

压路机。白切大肠。碱水泡过的猪头。

勤奋嫂的心里有千个百个形容这个女人的词语，她把它们一一地走过了一遍，发现她依旧还是恨不起她来——只因为那天她说的那番话。

那天白丽珍领着一拨人马冲进老虎灶，她一把将勤奋嫂拖进后屋，却把随从关在了门外。

"地主婆子，我让你死也死个明白。"她扇了她一个耳光，"要不是我男人这些年都补贴了你，我婆婆至于为几个铜板天天跟我急？我怎么会过到今天的地步？"

血轰地涌了上来，勤奋嫂的颊上瞬间凸起了五个指印。忍，她得忍。她暗暗地对自己说。风向不对，潮水现在不顺着她走，她只能咽下眼前的这一口气。

她捂着脸，说你男人给了谁钱我不知道，我若收了他一分钱出门就让车撞死。

白丽珍呸的一声往刚擦过的地板上吐了一口痰。"你以为你家闺女在学校里吃香的喝辣的和小白脸吊膀子是哪个掏的腰包？"

勤奋嫂一怔，这才明白给小陶寄钱的原来是仇阿宝。白丽珍的话虽然歹毒，却不无道理：这些年仇阿宝的心，果真分了这么许多在自己身上。

勤奋嫂就是在那一刻突然觉得了气短。

这是勤奋嫂第二次游街了，她已经大致摸清了白丽珍的路数。白丽珍身子肥胖，走不动路，常常走一段就要歇一歇。大部分的路程白丽珍只是让随从大呼小喊几句做做样子，她自己都在养精蓄锐，真正的好戏她要等到了五马街和谢池巷才开唱。五马街是闹市区，谢池巷是家门口——只有这两处她能好好地出一出风头，也能把勤奋嫂的脸皮撕下丢进茅坑。

果然，远远地看到了五马街口"温州酒家"的牌子，白丽珍就像打了鸡血似的兴奋起来。她朝旁边的人丢了个眼色，那人立刻心领神会，一锤子砸向了手里那面脸盆大小的铜锣。等那嘤嘤嗡嗡的响声安静下来，街面上已经黑压压地涌来了一群看热闹的人。白丽珍这才把那个大喇叭举到嘴边，开始喊口号。今天的游街和上回的不同，上回只有街道上的几个四类分子，这次她联系了街道所在的几个单位，把他们的牛鬼蛇神也一并揪了过来。人一多，就得有声势来陪衬，这回的喇叭都跟上回的不同。上回只是一个马口铁筒，而这回她借来了电池驱动的扩音器。她得记取上一回的教训。上一回她把领口号的事交给了一个年轻后生，没想到那人的嗓门儿跟噎了食的鸭公一样打不起精神。这一回她决不能把喇叭筒交给旁人了 —— 她知道这一队人马里谁也没有她的肺气足。

敲锣的那个人和白丽珍走了一路，彼此已经有了默契。他敲一下，她喊一句。她喊完了，他再敲一声 —— 是铺垫，也是助威。

一队人马慢慢地走完了五马街，白丽珍把一腔子的力气都喊完了，嗓子已经裂了好几条缝。看热闹的人渐渐稀少了，勤奋嫂揣摩着她该歇脚了，果真，白丽珍停在了一条僻静的巷口。她放下喇叭，招呼了几个人去街角买冰棍止渴。

勤奋嫂斜靠在一棵树身上闭了一会儿眼睛。头上的那顶高帽压了她一路了，脖子像穿了根铁丝似的疼。她想扭一扭头，却发觉脖子已经硬得转不动了。

小陶。她轻轻在心里喊了一声。你千万，千万，不要在这个时候回家。只要你没看见你娘这副模样，我就是死了也行。

勤奋嫂这时还不知道：小陶是不会回来的，可是小陶的信正走在路上，还要等两天才会抵达温州。小陶的信不是写给她的，却会被抄在一张大字报上，正正地贴在老虎灶的门口。那张纸上说的话叫那些进她屋里打水的人，都不敢抬头看她的眼睛。勤奋嫂会在这张纸的耻辱底下生活好多天，直到老天过意不去，下了一场大雨，才把它湿成了碎片。

"把帽子往前推一推，这样看上去像是低着头，你就不用总那么死命低头了。"有个声音在她耳边轻轻地说。

她吃了一惊，用眼角的余光一扫，才看出是谷医生。没想到她走了这么长一程的路，竟然还不知道身边是个熟人。

她有一阵子没见到谷医生了。她曾经去医院找过他，一进门就看见了他的大字报，她没敢进他的科室，怕有人给他扣生活作风的帽子。

"他们让你，开老虎灶吗?"他问。

她知道他是怕她断了粮。

"她总不能天天都来吧? 她只要不来，我就开门。"她说。

他没做声，半天才颤颤地喊了她一声勤奋。

"只要活着，总见得着天日。那是你告诉我的。"他说。

这是这些日子以来，她听到的唯一一句温存话。一股热气渐渐地涌了上来，她却知道它只会待在喉咙，却绝不会涌出眼睛 —— 她的眼窝现在很深。白丽珍可以把她碾成尘剁成渣，她只是不能，让她看见她的眼泪。

这一天走到日头西斜的时候，终于走完了半个城市，白丽珍已经累得两腿一瘸一拐的撑不住身子了。回到老虎灶门前，白丽珍喘着粗气撂下了一句话：

"你妈我今天累了，等歇过了身子，明天再找你玩。"

第二天勤奋嫂照常起床，早早开了老虎灶的门。那天她只添了半炉煤饼，准备着白丽珍来就随时灭火。

可是白丽珍没来。

两天之后白丽珍来了，一句话也没说，把小陶的那封信贴在门上就走了。

从那以后白丽珍就再没在老虎灶现过身。

过了很久才有一位老邻舍忍不住告诉勤奋嫂：白丽珍之所以放过了她，是因为仇阿宝答应回家住了。

老天爷大概是最早知道黄文灿要走的消息的，过了元旦，天就几乎没开过脸。云像一条又旧又脏的棉胎，低低地蒙在头顶，仿佛脚下垫块砖头，就能拽下一团棉絮来。偶尔有一小束阳光从那条破棉胎的洞眼里钻出来，也是冰冷灰腻的，照在地上犹如一摊要干没干的尿迹。

黄文灿走的那个早晨，天终于破开了脸——不是太阳，而是雪。雪花很肥很大，一片片如脏手绢似的在空中乱舞，终于飞腻了落到地上，还没来得及堆积，就化成了水。那水遭成千上万只脚一踩，便踩成了泥汤。

黄文灿的行李很轻，只有一只军用书包，里头装的是几本教科书和两件换洗内衣。他在上海读书的全套行头都是学校赠送的，临走的时候他就全部还给了东道主，包括那辆永久牌锰钢自行车。他本来连教科书也不想带走的。他说这个冬季美国人的“滚雷”轰炸计划正演绎到高峰，他的国家里每一寸土地都是焦土，书带回去迟早也是毁在一把战火里。后来还是小陶劝他带上的——好歹是个纪念。

他把自己戴的那只手表留给了小陶。这只手表是他还在黄家宅院里做大少爷的时候，他母亲从法国给他买的生日礼物。在太平年月里，这样一只贵重的手表无疑会被解读成男女之间的定情信物，可是在乱世里它却更像是一件久别之前的念想儿。小陶的手心湿湿地揣着这只表，只觉得自己竟没有一样可心的东西可以衬得起它的重。思来想去，最后剪了自己的一缕头发放在一个装过万金油的空盒子里，又在盒子上钻了两个孔，用一根丝线穿起来，让他贴身挂在胸前。

那天她送他到火车站，一路无话。该说的早已说过了，而且重复了许多遍。他说他到了家就会给她写信；他说一等战争结束了，中国的局势也太平了，他就会马上回来；他说他回去之后就要找母亲在外交部任职的一位熟人，用他精通法语汉语英语的优势，争取找到一份长期派驻中国的工作。他说了许多许多话，可是小陶要的那句话，他却一直没说。那句话是：“你等着我。”他毕竟比她年长几岁，知道这会儿说的哪句话，也是镜花水月似的虚晃。乱世里的任何一次分离，都有可能是永别——就像他和他母亲一样。他母亲替一家法国报纸作战地采访，一个月前刚刚死在了前线。

"我亲爱的，我的心肝。"

他上了火车，从开着的窗口里伸出手来，紧紧拉住了她的手。他很少说这样肉麻的话，这几个字他是用法文说的 —— 每当他觉得汉语词不达意的时候，他的舌尖就会自然而然地溜出法文句子。他把脸深深地埋在她的掌心，她觉得她的手钻心地疼 —— 那是他的眼泪钻出的洞。

她想抽回她的手，他不让，她突然在他手背狠狠地咬了一口。他狼一样地号叫了起来，她惊呆了，被他的叫声，也被自己的疯狂 —— 她的牙齿仿佛是从别人口里借过来的，竟完全不听她脑袋的使唤。恨啊，她只是恨。她恨他的国家，也恨自己的国家，她甚至恨那个大老远赶到他的国家撒野的国家。她觉得它们是老天爷指派了来合着伙欺负她的 —— 老天不惜毁了三个国家，只为了不让一个女人成全一段普普通通的情缘。

他紧紧地捂着受了伤的手，她硬给掰开了，看见烙着她牙印的地方，渐渐地开出了一朵猩红色的花。她掏出手绢，在他的手背上扎了一个结子。

"这是我的印记，你一辈子也抹不掉了，看见它你就会想起我。"她说。

火车沉沉地叹了一口气，呼哧呼哧地走动起来。她追着跑了大半个月台，最终还是跑不过它，被它远远地甩到了身后。

当时她没有流泪，她的眼泪是在火车走出她的视野以后才涌上来的。那天她的眼泪不是滴也不是流，而是一片一片的，如磅礴的洪水顺着她的面颊冲下来，将她的脸冲得千沟万壑。

她几乎想不起来她是如何回到宿舍的，她只隐隐记起她的身子轻如气球，她想用脚去坠住身子，可是脚比身子更轻 —— 那是因为她已经把心和脚都丢在月台了。失重的身子在冬日的泥泞里磕磕碰碰跌跌撞撞半飘半滚地走回了家。手冻僵了，指头硬得像铁，怎么也拧不开锁。等她终于打开门的时候，她却没有力气进屋了 —— 她两眼一黑倒在了地上。

当晚小陶被送进了医院。

接下来的几天里她持续高烧，昏睡不醒。医生说是重感冒导致的肺炎。

有一天夜里小陶突然醒了，发现床前趴着一个人。正想说话，突然剧烈地咳嗽了起来。一口浓痰如一团厚棉絮堵在她的喉咙里，棉絮上有一根绳拴着她的肺。她咳一声，那绳子就狠狠地扯一下她的肺。她咳也不是，不咳也不是，咳是疼，不咳是憋气，脸颊便喘成了两片艳丽的桃红。

趴在床沿上的那个人被她咳醒了，直起身来——原来是宋老师。"你攒点力气再咳。"

宋老师站起来，就往外走。小陶的身子突然紧成了一根木头，她想抓他的衣袖，手颤颤的只是没有力气。

"宋老师，别，别走。"

那团棉絮挪了个地方，喉咙略略地松了一松。在两阵咳嗽的间隙里，小陶终于挤出了一句话："你走了，就再也不会，有人管我了。

宋志成觉得心里有样东西给捅破了，隐隐地渗出水来。他顿了一顿，调整了呼吸，才敢开口，因为他不想让她听出他声音里的那条破绽。

"我只是想给你打瓶开水，我怎么会走？"他说。

她的身子这才慢慢地懈怠下来，靠在了枕头上。

"你知道，我没有爹也没有娘了。"她说到"娘"这个字的时候，嘴角咧了一咧。她其实是想哭的，可是她实在是哭不动。

他急急地走出了房间。他知道他若再在那里待下去，他的镇定就会土崩瓦解。他做过好几年的任课老师，也当过多年的辅导员。他教过的女学生里，有他喜欢的，也有喜欢他的，可是哪一个也没有屋里的这一个让他如此揪心。

宋志成打了水回来，泡了一杯热茶，扶着小陶慢慢喝下。小陶咂了咂嘴唇，不是茶叶味，而是一种古怪的甜。他告诉她这是蜂蜜和红糖。氤氲的热气腾上来，熏得她脸颊湿湿的全是汗，刘海鬈成一个个圆圈，纷纷乱乱地贴在她的额上。

"你得赶紧把烧退下来，要不然，做手术就太晚了。"

他说这话的时候低了头，没看她。

"什么手术？"小陶问。

他吃了一惊："你难道不知道，你已经怀孕三个月？再拖下去，就不能做人流了。"

小陶怔住了——他仿佛在说着一种她从未听过的外语。过了很久，那些陌生的似乎互不相干的字渐渐地串成了一个边角模糊的意思。又过了一会儿，那些模糊的边角渐渐淡去，小陶终于清晰地看见了他话语里的那个核心。

一丝笑意慢慢地从小陶的嘴角流了出来，一路蜿蜒地攀爬过被肺炎烧得龟裂的面颊，在她的眉梢开出两朵绚烂的花。

"那我，终于，留住了他。"她呻吟着，声气里满是快乐。

宋志成一时无话。这个名字里含了一个"逃"字的女孩，从小就跟着母亲经历了逃亡，可是她却似乎永远不懂"逃"字的真正含义。这个见了水见了火见了沟壑都不知道躲闪的傻女子，她真敢拿性命去换一时的快乐。

"小陶，光凭这事学校就可以开除你。你没有工作，你拿什么养这个孩子？他靠什么活？"

小陶眉梢的笑意依旧还在，像星星一闪一烁。

"我妈能靠老虎灶养活我，我就能养活他。"她说。

"这个孩子没有父亲，他怎么去申报户口？他将来怎么上学？怎么参加工作？"

小陶终于被难住了，眉梢的星星陨落在沉思的汪洋里，阴云遮暗了眸子。

喉咙里那团棉絮又开始走动起来，一阵剧烈的咳嗽把她的身子抽成一团，心肺仿佛已经撕成了碎片。

宋志成拿过一条毛巾蘸着温水给她揩额上的汗，她却推开了他的手。

　　"别劝我，宋老师，我一定要生下他。总会，有办法的。"她说。

　　宋志成沉默了，呼吸如一条细蛇，蠕爬过他的喉咙他的鼻孔，一屋都听得见窸窸窣窣的声响。

　　"除非……"他的嘴唇翕动了一下，却欲言又止。

　　勤奋嫂一早起来，右眼皮噗噗地跳了几下，心里就咯噔了一声。她忘了右眼跳到底是福还是祸，转念一想，这辈子该来的事一样一样都来过了，剩下的只有一条命了。这条命老天爷若稀罕，取就取了吧，死了倒比活着轻省。如此一想，就把心放下了。

　　正扣着衬衫纽子，眼睛一斜就看到了桌子上的镜子。镜子很久不用了，镜面上蒙了厚厚一层灰。她用手指一抹，抹出小小的一片亮，往里一看，却吓了一大跳——她看见了一个完全不认识的女人。她啪的一下翻过镜子，捂着胸口坐在床沿上发起怔来。半晌，才抓起床头的那顶蓝布帽子戴上，慢慢地朝楼下走去。这几个月头发长了许多，帽子里已经有了一些内容，只是依旧参差不齐——白丽珍的手虽然狠，那天的剪刀却很钝。

　　窗外街道的轮廓已经明晰了，天亮得一天比一天早。勤奋嫂猜想这大概是六月了。现在她完全不用日历，也很少看钟，因为她再也不用掐着钟点留意邮递员的自行车，算计着她的信在路上已经走了多少天，小陶又会什么时候给她写回信。她再也不会指望哪天谁会出乎意料地坐到她的饭桌前，叫她多添一副碗筷。那些曾经让她把心揪成了麻花的人，如今都已经离她远去。小陶跟她彻底断了联系，二姨娘走了有大半年了，仇阿宝回到了白丽珍的家，谷医生一天二十四小时被人监视着。他们曾经是她的日历她的时钟，提醒着她某时某刻当做某样事情，叫她知道日子总是朝前滚动的，多多少少还有个奔头。现在对她来说，这一天和那一天，这个月和那个月，已经没有任何区分。她的日子只是一沓没有页数没有段落也没有标点符号的纸，上面反反复复地写满了孤独。

来她这里打水的客人比从前少了些，但只要还有喝水揩身子的需要，老虎灶总不至于绝了人迹。只是进她门来的顾客如今是打了水就走，几乎没人会停下来跟她聊天，仿佛她是城里一种还没有找到药方的新病，谁都害怕一不小心沾上了身。有一天夜里她打了烊，刷牙时闻见了嘴里的味道，她才明白这一天里她竟还没有开过口。

勤奋嫂烧旺了火煮上水，臂弯里搭了条洗脸的毛巾，就去卸老虎灶的门板。卸了一半，只觉得比平日沉了些，探出头来一看，原来门前坐着一个人。那人背靠着门板，头埋在膝盖上打盹，白衬衫的肩头和腋下洇着一团团黄色的汗迹，头发里裹着一绺一绺的泥尘。勤奋嫂用腿轻轻顶了一下那人的腰，说同志你让一让，我要开门。

那人揉了揉眼睛站起来，四目相对，勤奋嫂手里的毛巾咚的一声掉在地上 —— 原来是小陶。

小陶已经两年多不曾回过家了，乍一看勤奋嫂险些没认出人来 —— 她猜想小陶也一样。

"你怎么，睡在这里？"勤奋嫂吃惊地问。

"昨天船到就是半夜了，怕吵醒你。"小陶说。

勤奋嫂开了门让小陶进来，又重新顶上了门板 —— 她不想这么早开张了。

灶里的水还没开，却已经温和了，勤奋嫂从桌子底下掏出一个脸盆，拧了一盆水让小陶洗脸。毛巾走过小陶的脸颊脖子，立刻就成了一块黑布。后来小陶干脆把脸整个浸在了盆子里，却觉得出母亲的眼睛像长了刺的茅草，一下一下地扫过她的脊背，最后停留在她的腰身。

小陶终于慢慢地洗过了脸，擦干了脖子和手臂。

"你怎么不问，我几个月了，是和哪个男人？"小陶说。

小陶说完，松了一口气。这是第一道门槛，她是非过不可的，倒不如趁着还有点剩下的胆气，眼睛一闭一脚就跨过去，省得零敲碎打地挨着母亲的慢剐。

勤奋嫂冷冷地笑了一声："配问吗，我这样的人？"

小陶知道，母亲没忘记几个月前她那封每一个句子都砸满了铁钉的绝交信。

这是第二道门槛。小陶没想到两道门槛相连得那么紧。第二道门槛更险更高，她就是踩着梯子也够不着。她一时不知说什么好。

"这么热的天，为什么戴帽子？"她转过身来，换了话题。

勤奋嫂不说话，只是扯下了帽子。失去了遮掩的头发如钝镰刀之下的稻草茬子般长短不齐，长的已经过了耳朵，短得还只有两三寸。头顶有一块铜钱大小的白——那是拔得太狠了没能长回来的秃斑。

小陶捂住嘴，喊了一声皇天。"谁，这样狠心？"她问。

勤奋嫂看了她一眼，半晌才说："狠心？再狠能狠得过……"

勤奋嫂的话没说完，留了一截尾巴。小陶知道母亲的牙齿和舌头之间，咬的是一段千斤重的幽怨。

她低了头，不敢去看母亲。她打开随身带的那个军绿书包，慢慢掏出里边的几样东西：一件淡蓝色的府绸衬衫，两双军绿布袜。那是她离开上海时给母亲买的礼物。她想递给她，可是她的手很重，怎么也抬不动。腿却很轻，膝盖一软，就不由自主地跪在了地上。

"妈，我现在才知道，你当年养活我的难处。"

她不用抬头，也知道母亲在哭。母亲的喉咙咕噜咕噜地响着，在努力吞咽着涌向眼睛的酸楚。可是酸楚太多，喉咙藏不住，最终还是在眼睛里找到了出路。所有的委屈在最初的一刻都是柔韧的，只是经不住岁月一层又一层的打磨，到后来就生出了厚硬的茧皮。母亲的眼泪很咸也很苦，茧皮泡烂了，露出了底里赤红的肉。

"你肯回家，就好了。"勤奋嫂泣不成声地扶起了女儿。

"妈，我怀了孩子，可是这个孩子，没有父亲。"小陶嚅嚅地说。

勤奋嫂像是迎头挨了一拳，一下子瘫坐在凳子上，久久无言。小陶见过从前母亲生气不语的样子，可是这回的沉默跟从前哪回都不一样。从前的沉默是一块稀薄的纱布，一眼就看得出底下情绪的蠕动。而今天的沉默是一块厚实的木板，她找来找去找不到一个喜怒的毛孔。小陶终于明白了，她跨不过去的不是母亲的哀怨，也不是母亲的盛怒，而是母亲的失望。

"妈，你能养活我，我就能养活他。"小陶说。

这话在肚腹里的时候是一根钢柱，没想到爬到舌尖时却成了一条细细的铁丝。小陶不知道自己是在哪一程泄了气。

勤奋嫂撑着墙壁缓缓地站起来，嘴唇动了一动。过了一会儿小陶才听出她说的是："孩子，有我。"

小陶一把拽住了母亲的衣襟："妈，你真肯让我，在家里生产？"

勤奋嫂没回话，只是矮下身子，把脸贴在了小陶的肚腹上。刹那间，一街的嘈杂如潮汐退去，漫天的尘埃都一一落了地，耳朵里只剩下一个声音。

轰。轰。

这是血在冲撞着身子，这是心在击打着肌肤。这是她的外孙在生命的那一端朝这一端行走过来时迫不及待的脚步声。

"难为你了孩子，是你把你妈，领回家的。"勤奋嫂喃喃地说。

"妈，我结婚了，是跟另外一个男人。"小陶说。

那次小陶肺炎病愈出院后，宋志成去宋书记那里开出了两张介绍信，悄悄地和小陶办理了结婚手续。

这是宋书记任内唯一一次利用职权开的后门。直到这时小陶才知道，宋书记原来是宋志成的叔叔，当年就是他带着宋志成兄妹投奔部队去了延安。

宋志成趁学校的混乱局面钻了一个不大不小的空子。当时两派人马打得天翻地覆，造成了暂时的权力真空。仅仅几天之后，造反派成功夺权，宋书记被打翻在地关进了牛棚。

领结婚证那天，宋志成先带小陶去餐馆吃了一顿饭。大病初愈的小陶胃口很好，把一大碗猪肝汤一气喝完。她依旧还想黄文灿，却不是那种撕心裂肺的想法了，因为她已经把他留住了，就在她的身子里。

后来她注意到宋志成一直没说话，她就在桌子底下踢了他一脚："要后悔现在还来得及。不过，我不会缠着你不放的，生下孩子，我们就离婚。"

宋志成突然隔着桌子伸过手来，轻轻地用手背蹭了蹭她的脸。

"小陶，你觉得，你会慢慢地学会喜欢我吗，哪怕一点点？"

小陶没有回答。其实她想摇头也想点头，摇头的意思是我用不着慢慢学，我已经学会了；点头的意思是我本来就是喜欢你的，至少有一点点。可是她觉得无论是点头还是摇头都不能表达她那一刻的想法。她心里真正想说的话有点长有点复杂，她没有心思也没有力气把它扯出肚肠。于是她就选择了沉默。

小陶以为母亲会追问宋志成的情况，可是她没有 —— 她根本就没接她的话头。

"他是老师，学校有运动，他走不开。我只能，自己生。"小陶结结巴巴地解释道。

勤奋嫂微微一笑，说没事，生孩子的事，用不着男人。

几天之后老虎灶突然来了一个人，是赵梦痕。

梦痕带来了一个大背包，里边装的都是她小时候穿过的衣服，那质地花色样式，都是小陶从未见过的新奇。

"要不是你妈，这些衣服早就化成灰了。你妈救下来的，现在用到你身上，真是因果相宜。"梦痕说。

小陶不明就里，问母亲怎么回事？勤奋嫂就笑，说一言难尽，谁叫你总不回家，错过了多少精彩的故事。小陶说要是个男孩呢？这么稀罕的东西不就全废了？梦痕说那你就接着生，生一窝里头总能撞上一个雌的。小陶说有这样骂人的吗？你当我是猪？三人就忍不住哈哈大笑。

小陶问梦痕今天怎么不上班？梦痕说请过假了，明天要去杭州。小陶一下子猜到了抗战，就看着梦痕，似笑非笑地说是害相思病了吧？梦痕红了脸，说我这回，是和抗战结婚去的。

小陶有些意外。她知道日子是水，她在不在都要朝前流，她只是没想到流得这么快。就问梦痕你这一去是长住吗？梦痕说现在只能分居着，以后再慢慢找对调的机会。小陶又问抗战在杭州怎么样？梦痕说情况很糟糕，他爸爸是第一批揪出来的，到现在还在隔离审查，他单位现在根本不让他上台演出。他后妈扔下两个双胞胎孩子，跟他爸离了婚。现在是他亲妈从山东赶过来，照顾后妈的两个孩子。

勤奋嫂就唏嘘，说结发夫妻的好处，男人总是死到临头才知道。

一根线上离得最远的两个点，终于相连在一起了，乱世意想不到地把这根线扭成了一个圆。小陶暗想。

小陶把梦痕送到门口，想说几句喜庆吉利的话，搜肠刮肚，竟一无所得——这会儿所有的花好月圆到了嘴边都显得虚浮。她掏出皮夹子，从里头挑出一张五块钱的纸币，塞到梦痕手里——这沓钱是她离开上海时宋志成给她坐月子用的。

"我知道你不稀罕，多少是个念想儿。你替我去买一个搪瓷脸盆，梅花双喜的那一种。"她对梦痕说。

勤奋嫂和小陶是在吃早饭的时候听见那阵爆响的。第一声是怯生生的，像在探路。顿了一顿之后，路探着了，后边就稀稀落落地又跟了几声。

勤奋嫂就奇怪，说这两天街上挺乱的，怎么还有人出来爆米花？话音未落，只听得街上一声尖叫，踢踢踏踏的就全是脚步声——都是朝路边躲闪的人。这个时候开门的店铺不多，就有几个行人轰的一下子涌进了老虎灶。

有一个老太太大约刚从小菜场回来，手臂上挂了一个竹篮，捂着胸口喊皇天，篮子里的豌豆颤颤地抖了一地。

"正打在肩膀上，扑通一下就倒下了，在我眼前。"老太太哆哆嗦嗦地说。

"头毛生的温联总，仗着军分区撑腰，真敢开枪啊。"有个男人忿忿不平地说。

"你眼睛沾了糨糊，没看见开枪的是工总司？"另一个男人立马反击。

"你脑子才糊了屎，工总枪倒是有的，可惜都是木头的。谁不知道抢军火的是联总？还用抢啊，人家明明是开了大门送的。"

"不抢怎么办？坐等着那帮混虫把他们个个炸死？"

"死了都是便宜的。没听说把医院的两个门都守住了，不是联总的一个不让进？自古两国开战不碰医院，这都是些什么烂人？"

"要说烂，谁能烂得过工总？昨天围攻港务局，连幼儿园的孩子都不放过，二百多号人，个个打得鲜血淋漓。"

两个男人面红耳赤地争了起来，刚开始时还像玩石头，你扔过来一颗，我还你一粒，到后来就成了刀子，你剜我一片肉，我剐你一层皮，刀刀见血。小陶听得烦了，就嚷了一声不怕死的上街吵去，别在我家磨嘴皮，我家庙小容不下你。

两人这才住了嘴。

小陶这阵子身子一天比一天沉，脚肿得像两根在水里泡过的白萝卜，踩在地上能压出两个坑。加上天热，夜里睡不安生，脾气便有些腻歪。

过了一两刻钟，街上渐渐没了动静，众人才散了。

"老宋给的钱还能花一阵子，街上不太平，妈要不咱们就关一天门？"小陶说。

"也好，我正想出去一趟。隔壁刘家姆妈告诉我，渔丰桥有个接生婆，接了二十年的生。我想去她家看一看。万一你要生了，医院又进不去，咱们也能多条路。"勤奋嫂说。

勤奋嫂正要上门板，门外突然跑进来一个人——是仇阿宝。

勤奋嫂已经有些日子不曾见过阿宝了，就有些吃惊，问你怎么来了？阿宝一眼瞧见站在勤奋嫂身后的小陶，愣了一愣，就大声嚷了起来："阿桃你回来了？肚子都大得像个瓮了，怎么连喜糖也没舍得送一颗给你阿宝叔？"

小陶哼了一声，说我敢上你家吗，不看看是谁把门？勤奋嫂瞪了小陶一眼，说跟大人说话呢，你懂不懂规矩？小陶的火噌的一声蹿了上来，一把扯下母亲头上的蓝布帽子，说我就想让他看看，他家养了只什么样的母蝎子。

勤奋嫂的头发已经被小陶修剪过了——当然是剪了长的来就短

的，现在大抵齐了，却还遮不住耳朵，尴尴尬尬地待在男人和女人中间的那片古怪中。

勤奋嫂两手抱头背过了身，像是被人扒了衣裳似的无地自容。

阿宝不说话，可是阿宝的腮帮子像咬了一块山核桃，在咯吱咯吱地鼓动着。突然嘭的一声响，他一拳砸在了饭桌上。盛着松花豆的碟子没提防，吓得跳在半空中，白花花的盐粒洒了一地。

桌上有一团几天前留下的饭嘎巴，干硬得像铁砂。阿宝的拳头砸在铁砂上，就有一条黑虫子从他绷得很紧的指关节里钻了出来，越钻越肥，越钻越长。勤奋嫂扭过头来看见了，啊呀了一声，就慌慌地扯出兜里的手绢给阿宝擦。那虫子和勤奋嫂较着劲，她按狠了，它就缩一缩身子；她略一松手，它就再露头。勤奋嫂急了，就把手绢紧紧地打了个死结，才终于把虫子给憋了回去。一斜眼，突然就发现了阿宝裤腰里鼓鼓囊囊的那样东西。

"阿宝你作死啊，拿这东西吓唬我。"勤奋嫂尖叫了一声。

阿宝嘿嘿一笑，说没什么，防身。勤奋嫂说你欠下什么血债了，需要防身？阿宝正了脸，说我来就是要告诉你，联总的人马把温州大块地盘都占了，有的还上了山。工总现在守在邮电大楼和温州酒家，两拨人马手里都是真刀真枪，要是真打起来，就不是刚才那阵毛毛雨了。你家在街面，楼上地势高，枪子不长眼，最好还是睡楼下保险。

勤奋嫂拍了一下大腿，猛然想起了一样东西。

"蚊香，蚊香没了，要赶紧去添。"

"蚊香是小事，趁着还没开打，赶紧去囤点东西，吃的喝的都要起码备够十天半个月。待会儿我给你扛一袋议价米。"

阿宝说完了，拔腿就要走，走到门口又回过头来，看了小陶一眼。"你妈那事，都怪……"话说了半截，原本是期待小陶接过去的，可是小陶偏偏没接，那话尾巴就无着无落地飘在了半空。他只好讪讪地住了嘴。

天还早，知了却已经扯开了嗓子吱呀吱呀地聒噪。街市受了惊吓，像个没醒好的孩子，无精打采一脸丧气。勤奋嫂看着阿宝一摇三摆地走进一街白花花的日头里，心里突然紧了一紧。

"阿宝你不是也要去邮电大楼吧?"勤奋嫂追出去问。她知道阿宝是工总司的一个小头目，平日遇见热闹是绝不会错过的。

阿宝回过头来，对勤奋嫂挤了挤眼睛，说我小仇已报，大仇没有，才不会傻得搭上性命。你放心吧。

勤奋嫂回到老虎灶，上了门板落了锁，才叹了一口气，对小陶说你不该这么对他。小陶说你怎么不说，他老婆不该这么对你。勤奋嫂说谁叫咱们有短处捏在人手里? 这年头……勤奋嫂说这话的时候顿了一顿，小陶一下子想起了自己写的那封信，就低了头不再吭声。

"这些年，你猜猜是谁给你寄的钱?"

勤奋嫂的话像一粒石子一下子打中了小陶的脑门心，小陶愣了一愣。

"你要是他老婆，你能不生气? 为了不叫那姓白的再来闹我，他只能回去跟着她过，那日子是什么样的煎熬?"勤奋嫂说。

小陶终于从一团乱线中抽出了那个头。

天哪，天。小陶喃喃自语。她想起了临上大学的那个夏天，仇阿宝领她去温州酒家吃饭时的情景。年少的任性是一把锋利的刀，可是她只敢拿它来割母亲，还有爱母亲的人，因为她知道他们即使被割得一身是血也不会还手。她只是没有想到，她的刀还伤及了一个场外的人 —— 那个脸上长着麻子的女人。

半晌，小陶才说妈你要是出门我陪你去吧，街上太乱，我不放心。勤奋嫂拿手指戳了戳小陶的肚子，说万一打起来，我一个人还灵便些，带上你谁也跑不脱。小陶只好随她去了。

勤奋嫂一走就是半天，小陶在楼下呆呆地坐了一会儿，只觉得恹恹的，就想上楼歇一歇。没想到楼梯口放着一沓卷烟用的旧报纸，过道里半明不暗的，小陶没看清楚，一脚踩上去，就一屁股滑坐在了地上。开了灯一看，只是脚踝上擦破了块皮，并无大碍，就一瘸一拐地上楼躺下了。一躺就再也不想动了，一直在床上赖到了母亲回来。

勤奋嫂回到家，身上的一件短袖衬衫湿得像是从河里捞出来似的，额头叫太阳晒得褪了皮，却是一脸得意。

"那个接生婆，二十三岁开始接生，今年四十六，手里经过的孩子比老鼠还多。说定了，要是到时候进不了医院就去喊她来，横竖是差不多的路程。"

小陶看见母亲手里提的那个布袋，出去的时候是瘪的，回来却满了，就问妈你囤了些什么货？掏出来一看，是厚厚几卷的紫菜和三包虾皮。小陶说妈那东西管用吗？怎么没买菜呢？勤奋嫂就笑，说一听就是太平日子里长大的，没逃过难。菜才真是没用，最多吃一两顿就没了。撕一角紫菜放几片虾皮，一泡就是一大碗汤。就是什么都没了，只要有盐有水，靠这点东西还能维持一两个月。

勤奋嫂就问小陶吃了午饭没？小陶摇了摇头，勤奋嫂这才看清了小陶的脸色，吓了一跳，说怎么啦，你？小陶不敢说摔跤的事，只说不饿。勤奋嫂就骂，说你不饿，还有肚子里的那一个呢。那家伙一丝也饿不得。勤奋嫂正想下楼做饭，枪声又响了。

这一阵枪声和早上的不同，完全没有了试探和腼腆，跟炒豆子似的一片连着一片，密密麻麻尖利果断。勤奋嫂一下子想起了仇阿宝说的枪子儿不长眼的话，立刻扯下床上铺的那张篾席，拉着小陶慌慌张张地跑下了楼。

两人在桌子底下铺开席子，就钻了进去坐下。枪声越来越密集，炒豆子的声响后边，又跟了些嗖嗖的风声 —— 那是子弹飞过近处的声响。再后来又多了一样声响，比枪子更沉更闷，像是蒙在棉花胎里的爆炸声。小陶说是炸药包。勤奋嫂说皇天，连炸药包都下来了，还不得把一个城给平了。

两人在桌子底下坐着，闷出了一身的汗，蚊子在头顶嘤嘤嗡嗡地飞来飞去，一掌拍过去却是空的。勤奋嫂突然咻咻地笑了起来，小陶说妈你抽什么风？勤奋嫂说我想起了年轻的时候逃日本人的炸弹，也是躲在桌子底下，也盖着一床棉被。那时我怀着你，现在你怀着他，你说这是不是命？

小陶问是和我爸吗，逃日本人？勤奋嫂摇了摇头，说是和你娘娘

（温州方言：奶奶），你爸那时不在家。小陶顿了一顿，才问我爸真的，有很多田产？勤奋嫂说他们家里是有几亩地，那也是祖上省吃俭用积攒下来的。你爸是个连只蚂蚁也不忍踩死的菩萨心肠，除了日本人，他一生也没恨过谁，他怎么可能害人？

小陶腰沉，坐不住，只好挪过半个身子斜靠在墙上。勤奋嫂见她半晌没说话，以为她忘了这一茬了，没想到她突然又问妈，你爱我爸吗？这句话像根粗木橛子，一下子把勤奋嫂杵住了，竟一时做不得声。后来勤奋嫂伸手摸了摸小陶耳廓上的那团肉，轻轻地叹息了一声。

"我看着你，就会想到你爸，可是我怎么都想不起来他的样子了。都这些年了，还什么爱不爱的呢？连张照片也没存下。"

小陶的心突然揪了一揪，揪成一团。

要是再过这么些年，我是不是，也记不得黄文灿的样子了呢？小陶暗想。

幸好，我还有照片。

日头终于落尽了，天却迟迟不肯彻底暗下去。枪声终于静了些，勤奋嫂忍不住从桌子底下爬出来，趴在窗口看外头的情形。只见天边有一片红光，忽高忽低，忽明忽暗。红光往上一蹿，天就像受了惊吓似的微微一颤。过了一会儿，勤奋嫂才明白过来，那是火光。她一时无法目测那火光离谢池巷有多远，心却一下子慌了，寻思着先上楼收拾几件应急的物件，随时得准备逃命 —— 还不能吓着小陶。

这时突然有人在嘭嘭地砸门 —— 是侧门。"阿桃妈，快，开门。"她听出是阿宝的声音。

阿宝一进门，把一只沉甸甸的布袋往地上咚地一扔，就瘫软了下去，像只毒日头底下晒蔫了的狗似的喘着粗气。

勤奋嫂问你是从哪儿钻出来的，这一身的灰？阿宝说十五分钟的路，我走了几个小时，都得贴着墙根。勤奋嫂说这个时候还在外头疯，你到底要不要命？阿宝看了勤奋嫂一眼，说还不是为了那二十斤的农垦米。勤奋嫂的喉咙就打了个结，半晌，才喑哑地说我给你倒杯水。

阿宝咕嘟咕嘟一口气喝完了半杯子水，才擦了擦嘴，说头毛的儿子，打不过就开始烧城了，服装大楼已经烧没了。

服装大楼是城里最高的建筑，一共有五层。勤奋嫂吃了一大惊，说难怪呢，天亮得那样邪门儿。

两人正说着话，突然听见小陶喊了一声妈，那嗓音听上去不像是人，倒像是给夹住了尾巴的老鼠。勤奋嫂扭头一看，小陶不知什么时候从桌子底下爬出来了，身后的砖地上蜿蜒着一条湿漉漉的黑蛇。

"我忍半天了，实在是，疼。"小陶望着母亲，眼里是一丝仿佛做错了事的惶恐。

"皇天，她，她要生了！"勤奋嫂惊叫了一声，"赶，赶紧送医院。"

"过不去了，医院对面是个据点，垒着沙袋架着机枪，谁一走动就看得一清二楚。"阿宝说。

"那我去叫接生婆，她家在渔丰桥，只有几步路。"

勤奋嫂说着就要出门，却被阿宝死死拉住了。

"你疯了？联总的指挥部离那里最近，你就是冲过去了，人家也不会跟你过来，你不要命她还要命。"

"那你说，怎么办？"

勤奋嫂狠命压住了话语里的那丝恐慌。她知道此刻小陶的眼睛正死死地盯在她身上，她是她的骨头她的胆，她若失了方寸，她就要散成一团。

阿宝从兜里掏出烟嘴来，慢慢地装上了一支烟。烟在他的汗水里受了潮，费了好几根火柴才终于点着了。烟顺着他的喉咙走过他的五脏六腑，又从原路返回，在他的脑门上汇集成几条蚯蚓似的青筋。她想催他，却不敢催，只能用目光一层一层地刮着他的脸。他终于忍不下那个疼了，掐灭了烟嘴，说我去找四只眼。

勤奋嫂说他关在医院里，你怎么进得去？阿宝说他们的牛棚不在医院里，在太平间旁边，有条小巷可以通。我敢担保现在没人看管，谁也顾不上。

勤奋嫂的嘴唇翕动了一下，话在心里的时候是"太危险了"，可是一出口却变成了"你小心"。

　　天边的那团火烧了几个钟点，终于慢慢地烧过了劲。天彻底暗了下来，枪声一时疏一时密，不时有光亮带着尖锐的啸声，在空中划出一道道尖利决绝的弧线，将夜色切割得支离破碎。

　　勤奋嫂从楼上搬来一床褥子和两个枕头，在地上打了一个铺。窗户上已经蒙了两层厚实的床单——为的是不漏出灯光。炉火早已捅开，墙边摆了一溜十数个灌满了热水的暖瓶，木头瓶塞正吱吱地冒着气。剪刀，绳子，棉花，纱布，红汞，碘酒，都整整齐齐地放置在一个用滚水烫过的木盆里，随时等待着派上用场——老虎灶时时有人割伤烫伤，家里常年预备着几样应急的东西。

　　小陶躺在地铺上，半睁着眼睛看着天花板默不做声，汗水已经把身下的褥子和枕头洇出了一大圈湿痕。天花板上垂挂着一只长腿蜘蛛，滚圆的肚腹在灯光下闪着绿色的荧光。它紧紧地攀在自己吐出来的丝上一动不动，仿佛在艰难地思索着去路。

　　它是不是，也要生了？小陶想。

　　腿上被蚊子咬了一个大包，可是她却没有力气去挠痒。前一轮的阵痛，排山倒海似的消耗完了她所有的体能，她现在连呼吸也感觉费劲。墙上的挂钟刺啦刺啦地走着，在她的心上划着一道一道的痕，不是疼，只是闹心。仇阿宝出门已经两个小时了，可是谷医生还没有踪影。

　　"来，喝一口。"勤奋嫂端着一个陶瓷盅子，来喂小陶喝汤。

　　盅里其实也就是鸡蛋花，加了几个北枣和桂圆干——这已经是家里此刻能找得出来的唯一补品了。后院虽然养着鸡，她却腾不出手来杀，也没有工夫炖。

　　汤里有股腥甜的味道，叫小陶的肠胃抽了一抽。疼痛杀死了所有的味蕾，叫一切佳肴变成毒药。小陶摇了摇头——她连拒绝的力气也没有。

　　"听话，喝了有力气，第一胎都难。"勤奋嫂把汤勺送到小陶嘴边，哄孩子似的劝她。

小陶终于勉强喝了几口。

"谷医生，不会来了。"小陶说。

小陶说这话的时候，定定地看着勤奋嫂，眼神像是一块干旱了很久龟裂得不成形状的土地，正盯着一片万里晴空，徒劳地寻找着一朵可以化成雨的云。

勤奋嫂的心，针似的扎了一扎。她就是小陶的指望啊，她就是劈山填海也得给她变出那朵云来。

勤奋嫂放下盅子，紧紧地捏住了小陶的手。

"老谷来不来我们也得生。从前乡下女人在猪圈里都能生，你体力好，你一定行。"

小陶没说话，可是她的手却轻轻地回捏了一下母亲的手 —— 勤奋嫂知道她把力气传给小陶了。这个从小不怎么跟她亲近的女儿，非得到这一刻，才知道世上最靠得住的肩膀，原来还是母亲。一股巨大的感动如洪水袭过她的身体，勤奋嫂觉得有些晕眩。

又一轮阵痛凶猛地袭来，小陶松开了母亲的手，却抓住了身边的桌腿。勤奋嫂不知道她抓得有多紧，只看见她的关节骨头在她的肌肤底下显出清晰惨白的纹理，仿佛随时要破皮而出。她的额头上渗出了一颗一颗豆大的汗珠，勤奋嫂觉得那汗珠子也有了颜色 —— 是隐隐约约的粉红。

"忍不了，你就喊，喊了好受一些。"她对小陶说。

可是小陶没喊，她只是把牙齿咬得更紧。她的嘴唇上有点脏，勤奋嫂用指头一抹，是湿黏的 —— 她把下唇咬破了。

她的血里流着我的血啊，我的闺女，身上到底有我的秉性，她真能忍。勤奋嫂想。

勤奋嫂拧了一把热毛巾，给小陶揩着脸上和脖子上的汗。

"我真的，生不下来啊，妈。"小陶终于松开牙关叫了一声。那声音像锩了刃的钝刀，在勤奋嫂的心尖尖上剜开了一个边角模糊的口子。

菩萨，你让我替她受一回过吧，我实在，看不下去她的疼了。勤奋嫂喃喃地说。

枪声又响了起来，这回比先前的几回都更加密集嘈杂，声音各有远近高低，听得出是好几拨人马。枪声打破了宁静，枪声也创造了另外一种宁静：偌大的街市鸦雀无声，连婴儿也屏住了啼哭。只有狗除外——狗不解世事，狗依旧在这个能把人憋成水的夏夜里发出一阵阵狂躁的吠声。

突然，枪声停了。枪响的时候是陆陆续续参差不齐的，而枪停的时候却仿佛听从了某个人的指令，整整齐齐的没有一丝拖泥带水。渐渐地，街市从惊恐中蠕爬了出来。有人开了门，小心翼翼地朝街上泼出了一桶脏水；有人呵呵地咳出了一口在喉咙里压了很久的痰；也有人坐在门槛上，轻轻地摇动着手里滚着布边的蒲扇。街市是一条最贱的野狗，总能在天塌地陷的乱世中找到一个针眼一样窄小的活处。

勤奋嫂摘下蒙在窗户上的被单，想打开窗户让屋里通一通风。刚刚探出头来，就觉出了一丝风。那丝风从她的脸颊上擦过，不凉，反而微微的有一丝烫。扑哧一声，窗边的砖墙上裂开了一条缝，那缝的中心是一个豆子般大小的洞。过了一会儿她才明白过来，那是一颗流弹——就在离她几寸远的地方。她的腿哆嗦了起来，心跳得一屋都听得见。她蹲在地上闭了会儿眼睛，终于把气喘匀了，才站起来，关了窗，若无其事地回到了小陶的铺前。

时钟走过了九点，谷医生那里还没有消息。小陶已经进入半昏迷状态，勤奋嫂把她搂在自己的怀里，只觉得她的力气像沙漏一样从自己手里一丝一丝地流走，却欲哭无泪。勤奋嫂的嘴唇一直在不停地翕动着，是在向菩萨乞求。她已经这样乞求了很久。她知道菩萨早就听腻了香烛和金身之类的愿，菩萨要的是她的一句狠话，而不是她的命。她的命太贱，乱世里所有的命都贱，街上走一圈能捡上一把，菩萨并不稀罕。菩萨要的是一样比命还沉的东西。她知道菩萨要的是什么，她已经把这样东西在心里过了无数遍。她实在是舍不得啊。这样东西，她给了是死，不给也是死——却是不同的死法，给了要比不给难上一千倍。

可是她要是把那样东西舍了，小陶说不定就能活。

她放下小陶，双手合十，在墙角跪了下来。

"菩萨，你若是慈悲，让小陶好好生下这个孩子，我情愿她不认我这个妈，一辈子。"她默默地说。

她还没来得及起身，就听见了敲门声。先是一下，很轻。接着是一个小小的停顿，然后又是一下，依旧很轻。她听出来了，这是谷医生惯常的敲门声。

皇天，菩萨听见她的祈求了。

她跌跌撞撞地站起来，给谷医生开了门，只见他的衣袖上沾着斑斑血迹，脸色黯淡如死灰。就吓了一跳，问你怎么啦，这半天才来？谷医生顿了一顿，才说路上遇见了个受伤的人，耽搁了点工夫。他的声音很疲软，像一片剥了皮剔了筋骨的鱼肉。勤奋嫂顾不上细问，就扯了扯他的衣袖，轻声说快，她要再不生，怕是没力气了。

谷医生急急地蹲下身来，给小陶做检查。没有听诊器，他的耳朵废了，他只能仰赖他的眼睛和手指。小陶含含混混地哼了一声，却睁不开眼睛。

"胎位还正，可能胎儿太大，生不下来。"谷医生说。

"那，怎么办？"勤奋嫂焦急地问。

谷医生舀了一茶缸凉水，往小陶脸上噗地一浇，小陶一下子惊醒了，倏地睁大了眼睛。

"快醒利落了，谷医生来了。谷医生是城里最好的医生，接生最有经验。"勤奋嫂拍打着小陶的脸颊说。

谷医生想制止勤奋嫂，可是已经来不及了，他看见了小陶灰烬一样的眸子里，嚓地蹿出了一颗火星。

谷医生吸了一口气，捏住了小陶的手。

"今天你生不生得下来这个孩子，光靠我还不行。有一半得靠你 —— 你得配合我，听我的指令。"

小陶点了点头。

谷医生让勤奋嫂帮衬着，把地铺挪了个位置，正对着饭桌。又要了两根绳子，把小陶的脚分开着捆在两只桌腿上。

"要是疼，你就咬，多紧都行，只是不能动。"谷医生找了一块干净的毛巾，塞进小陶的嘴里。

他站起来，问勤奋嫂讨了一把干净的刷子，开始仔细地刷手消毒。

"勤奋，我必须跟你说实话，我从来没有，接过生。"他贴着勤奋嫂的耳朵，犹犹豫豫地说。

勤奋嫂另盛了一盆水给自己烫手。

"可你总见过别的医生接生吧?"她问。

他不吭声。

"你记得，那年我救了你一命。现在轮着你，还我一条命了。"勤奋嫂定定地看了谷医生一眼，谷医生觉出了疼。

谷医生示意勤奋嫂在小陶身后坐下，让小陶半躺半靠在勤奋嫂的怀里。

"现在你是她的墙，她动，你不能动，一定要撑住。"谷医生吩咐勤奋嫂。

谷医生把开水煮过的剪刀和纱布摆在地铺上，蹲下身去。勤奋嫂看见他的手颤得如同风里的落叶，瓶子里的碘酒在褥子上洒下几片橙红色的花瓣。

"小陶，别怕，有菩萨看着。"勤奋嫂大声喊道。

谷医生知道这话是说给他听的。他憋了一口气，定住神，一刀猛地剪了下去。

小陶呜地喊了一声。说喊实在是一种夸张，其实那至多只能算是哼 —— 小陶嘴里的毛巾堵住了小陶的声音。

谷医生把耳朵关了，什么也不去听。他就着同一口呼吸又下了一剪子 —— 这次在另一侧。

这回小陶的嘴完全没有做声，放开嗓门的是小陶的腿 —— 小陶的腿一蹬，把一张硬木桌子蹬出了一尺远，桌上的卷烟散了一地，一根一根白花花的滚到墙边，像教书先生匣子里的粉笔。

谷医生松了一口气，因为他看见了小陶两腿之间的污血里，隐隐露出一团黑茸茸的东西——那是头发。

接下来的过程快得超出了想象。孩子在肚子里憋了一个晚上，到这时已经完全失去了耐心。从露头到露脚，统共没超过十分钟。

一阵尖锐的哭声锥子似的在房顶上钻了个洞，墙颤颤地抖着，天花板刷刷地往下掉着灰土。

"女孩，起码有九斤。"谷医生掂了掂手里的那团粉红。

趁着谷医生包脐带的工夫，勤奋嫂已经飞快地用眼睛把孩子上上下下扫了一遍：是个女孩，眼睛，耳朵，鼻子，嘴唇，十根手指，十个脚趾，样样齐全。

勤奋嫂身子一软，泥似的瘫在了地上。

"小陶啊，你又，逃过了一劫。"

小陶没有力气回应，小陶的笑才扯出一个隐隐的开头，就昏昏地睡了过去。

终于把孩子和大人都擦洗干净了，勤奋嫂才记起了仇阿宝。

"阿宝直接回家了吗?"她问。

谷医生看了她一眼，嘴唇翕动了一下，欲言又止。

这一眼有些奇怪，看得勤奋嫂心里一惊。她突然想起谷医生衣服上的血迹，身上刷地竖起了一片寒毛。

"他，他怎么样了?"勤奋嫂的声音像是在枝头熬过了一冬的枯叶，轻轻一碰就要碎裂。

谷医生回头看了小陶一眼，见她睡得正沉，才低声说："他是快到牛棚的时候中弹的——那一路都是探照灯。爬进牛棚的时候，人还是清醒的。外头枪打得太凶，没人肯抬他去医院……"

勤奋嫂的身子晃了一晃，谷医生以为她要倒，赶紧伸过手来扶她，却被她一把拂开。

"他，在哪儿? 现在?"她问。她的声音很远，像一团雾气一阵青烟袅袅地飘在房子之外的某一个地方，仿佛与她的身子没有任何关联。

"太平间。"他说。

她看着窗外不吱声。夜深了，枪声彻底平息了下来，街市提了一天的心，到了这刻终于沉沉地睡去了。明天醒来，太阳照样升起，谁也不会留意街面上少了一个人。

除了她。

或许还有那个脸上长着麻子的女人。

她推开了门，在谷医生还没来得及阻拦的时候，就已经走到了暗夜之中。这是一个无星无月的夜，路灯被流弹打碎了，天黑得没有一丝破绽。不过没关系，她知道他在哪里，她找得着路。

太平间的门虚掩着，隔得很远勤奋嫂就听见了里面隐隐的哭声。平日老虎灶买煤买烟丝买各样杂货都要经过这条路，她总是贴着对过的墙根走，远远地避开了这扇黑幽幽的门。可是今天连她自己也吃了一惊：推开这扇门的时候她竟没有一丝恐惧。

屋里有人 —— 是几个大人围着一个小孩的尸身哭天抢地。昨天的枪战里死了十好几个过路人，尸首一时无人认领，都先拖到太平间胡乱扔在地上。勤奋嫂进来的时候，谁也没有多看她一眼。乱世把人心变成了一个孔眼粗大的箩筐，那上面存不住多少和自己无关的事。勤奋嫂一眼就认出了屋角躺着的那个人是仇阿宝 —— 是他身上穿的那套衣服。这些日子阿宝只穿那套花三十块钱从别人手里买下的旧军装，天热的时候松松垮垮地光着身子穿，天冷的时候紧绷绷地套在棉袄棉裤外头。实在脏得不行了，就拣个晴天洗了挂在晾衣绳上等着日头把它晒干。

子弹是从一侧的面颊上穿过去，再从另一侧的额角上钻出来的，伤口很小，边缘收得很紧，看上去几乎像是苹果梨子上一个不起眼的虫孔。脸上没有血迹，只有几片泥尘，身子却缩了一号，军装的袖口裤边里只露出半截手脚。

勤奋嫂坐在地上，把阿宝的头搬到自己的腿上。阿宝的嘴角吊着一丝还来不及展开就被猝然切断的促狭微笑，一只眼睛睁着细细的一条缝，仿佛在说："怎么样？说给你找人就找了吧？我说到做到。"勤奋嫂一下子想起了那次他给二姨娘送丧，回程时对她说过的"我就是明天为你去死，你也不见得稀罕"的话，没想到他果真就为她死了。眼泪刹那间汹涌地流了下来，砸在他冰冷铁硬的脸上，那声响仿佛是雨滴落到青砖地上似的触目惊心。她掏出兜里的手绢，蘸着自己的泪水擦拭着他脸上的泥，动作轻得似乎手下是一件稍不留神就要裂成千万个碎片的明代青瓷。

"阿宝，小陶平安生了，你可以闭眼了。"她趴在他的耳边说。

勤奋嫂用指头捻着阿宝的眼皮，可是皮硬了，她怎么也合不上他的眼睛。她犹豫了一下，便俯下身来，用舌头来舔眼皮之间的那条缝。突然，她的心咯噔了一下 —— 她觉得阿宝的身子在她的怀里动了一动。抬起头来，她愣住了：阿宝的鼻孔里缓缓地淌出了一条乌黑的血。

"阿宝我欠你啊，我实在是，欠你。"勤奋嫂泣不成声。

突然，她觉出了头皮上的热，脚前的青砖地上，落着一团大大的黑影 —— 是一个人，一个脸上长着麻子的女人。

女人这些日子又胖了一些。女人身上添的分量似乎不是肉，而是水。女人像背了一个巨大的水袋，走起路来咣啷咣啷地晃悠着，仿佛轻轻一碰就要洒出来淹死一屋的人。

她看着她，她也看着她，四目相对，勤奋嫂听见了半空中有些震耳欲聋的声响 —— 那是刀刃和刀刃相撞的声音。

"衣服带来了吗？再不换，怕就换不成了。"勤奋嫂咽下惊惶，平静地对女人说。

她知道女人这刻的思绪很乱，她得趁女人还没有把一团乱麻理成一条粗绳子之前，给她画一个圈定一个调，或许她会跟着她走进这个圈，随上她的调。

女人果真恍恍惚惚地点了点头，呆呆地解开手上的那个包袱。包袱里是一件八九成新的布衬衫和一条在箱底压得皱巴巴的新府绸裤子。

"鞋子呢？"勤奋嫂问。

"脚上那双，是去年刚买的。"女人恍恍惚惚地说。

"你扯这只袖子，我扯那只，先把衣裳脱下来。"

"掏一掏兜里还留着什么东西。"

勤奋嫂说一样，女人做一样，女人仿佛是勤奋嫂手里牵的一具木偶。

女人从阿宝的衬衫口袋里找出了一个烟嘴。女人把烟嘴举到鼻子上闻了闻，烟嘴磕得很干净，可是依旧有气味 —— 是烟味，又不全是。从烟味底下丝丝缕缕地渗出来的，是她男人身上的油垢味。

女人突然醒了过来，咚地扔了烟嘴，忽地一下朝勤奋嫂扑过去。那一刻女人浑身上下的肉都化成了骨头，凶猛强悍得犹如一头被叼走了幼崽的母狮。

"头毛，烂货！要不是你，他这会儿能躺在这儿吗？"女人高声叫骂着。

勤奋嫂不备，一下子被女人扑翻在地上，女人尖利的指甲在她脸颊上留下了几道殷红的印记。旁边的那家人吓了一跳，终于止住了哭，却没有人上来劝 —— 这些日子街面上有太多的怪事，谁也不知道沾上哪件会惹来杀身之祸。

"他活着你俩没姘够，死了还要来一手。你那个地方痒，不会找块搓衣板蹭蹭？"

女人把一辈子所有的哀怨都化成了一股浓烈的墨汁，女人的话流出女人的嘴时染黑了她的牙齿。

突然，女人住了嘴，因为她看见勤奋嫂在她身下腾出一只手，从她男人的后裤腰里摸出一样东西。那样东西有一根铁管，在灯光底下闪着黑森森的寒光。

女人一身的汗瞬间干了 —— 她看清了那是一把手枪。

"白丽珍，仇阿宝活着忍了你这么多年，他死了你敢再糟践他一个字，我叫你立马就死。你信不信？"

女人瘫坐在地上，水袋破了，水流了一地。

"晚了，你已经没有任何机会，可以让他喜欢上你了。"

勤奋嫂冷冷地说。

女人呆坐了半晌，才双手捂脸，呜呜地哭了起来。

　　小陶是被一阵尖锐的鸟啼声惊醒的。乡下的鸟嘴尖皮厚，叫起来就像泼妇骂街，能在人的太阳穴上掏个洞。

　　小陶一摸身边，床空了，赶紧趿着鞋子跑到门口，就看见母亲背着武生，在院子里的青石板上洗尿布。母亲手里的棒槌咚咚地在尿布上砸出一堆淡淡的皂角沫子，背带在肩膀上勒出两道深深的沟。谷医生正趴在井边提水，一桶一桶地装着母亲脚下的那只大木盆。

　　武生是谷医生给取的名字。勤奋嫂说是谷医生拼死赶过来接的生，就该让谷医生给孩子起个名。谷医生说既然是武斗时生的，就叫武生吧，也算是一个时代的纪念。

　　小陶是在生产后的第三天逃到乡下来的。城里的枪战一天比一天厉害，街巷里到处是一块一块污黑的疥疮 —— 那是大火焚烧之后留下的疤痕。勤奋嫂没法给小陶坐月子，因为菜市场都关闭了，城里已经很难买到像样的副食品。于是谷医生决定带小陶去朱家岭 —— 先前发配到那里待了几年，结识的那些乡下人至今都还在走动。自从城里一开战，看守牛棚的人就回家躲子弹去了，没了管事的，牛棚里关着的人便也四下散了自逃活命。谷医生就是趁着这个空当开溜的。

　　离家时勤奋嫂所有的行囊只是一个背篓，里头装了几件换洗衣裳和后院养的三只鸡。谷医生常年睡眠不好，身边总带着安眠药。临行前他把安眠药碾成了粉，泡了些在水里喂武生喝了，又拌了些在糠里给鸡吃，三两刻钟后，人和鸡便都服服帖帖的不再出声。谷医生背着行囊，勤奋嫂抱着武生，又各自腾出一只手来搀着走路还腻腻歪歪的小陶，三个人贴着墙根，在枪战和探照灯的间隙里，一步一挪地走到了河边，这才发现码头上已经等着一长队和他们一样半夜逃难的人。顺着河岸停着一溜好几艘机帆船，都是趁阎王爷打盹儿的空隙里赶紧挣几个钱的亡命之徒。平素几毛钱一张的船票，那天一下子涨到了五块。众人一边骂着黑心，一边你推我搡地挤上了船。船老大斜了一眼勤奋嫂怀里的武生，牙缝里蹦出一句小孩三块，谷医生从兜里掏出三张五块钱的纸币往他手里一塞，就头也不回地朝前拱。上了船，船老大却迟迟不肯动身，还想再多等几个搭船的人。

谷医生刚把小陶扶到船边安顿下来，岸上突然扫过来一排雪亮的探照灯——那是造船厂的工人武装民兵。他暗暗喊了一声不好，就将小陶和勤奋嫂一把按在了甲板上。只听得耳中响起了一阵连根针也插不进去的哒哒哒哒声——是机关枪。子弹嗖嗖地贴着头皮擦过，一船的人鸡飞狗跳地乱成一团。终于静下来时，众人抬头一看，才发现船上的风帆已经成了一张米筛。有人觉得腿上痒，拿手一摸，才知道已经被弹片崩了一块鸡蛋大小的肉。船老大这才慌了，启动了马达飞也似的逃出了城。

转眼间他们在朱家岭就已经住了一个多月，天转凉了，早上起来一脚踩出门，秋露就沾湿了鞋尖。勤奋嫂带过来的那几件衣裳早就不够用了，现在他们身上穿的，都是从村人那里借过来的物件。一直没有城里的确切消息，只听得几个从温州逃难经过朱家岭的人说，枪战越打越升级，现在都用上了火焰喷射器。大火烧了十好几天也没停歇，铁井栏没了，县前头烧了一半，五马街的几家名店也成了灰烬。勤奋嫂一边听着这些熟悉的地名，一边在脑子里飞快地画着地图，她知道那场火正慢慢地逼近她的家门。如果顺风，用不了多久，她的老虎灶就会变成一堆焦炭，二十年里她从牙缝指头缝里省下来的全部家当，兴许一样也留不成了。

她想哭，却觉得眼中只是一味地干涩。这一阵子她该哭的事情太多，眼泪不够用。这一年里她失去了二姨娘，也失去仇阿宝。这一年天疯了地也疯了，她无端被疯狗咬了几口。可是这一年里她不光是失去，她也有得着。这一年里她得着了两样她以为一辈子都再也捡不回来了的东西：她的女儿和她的外孙女。老天心眼小，老天爱斤斤计较。老天给了你一样东西，他就要收回另一样——他不能叫你样样都有。兴许老天觉得给她的这两样东西实在太金贵了，所以老天要收回她的老虎灶。

如此一想，勤奋嫂就释了怀，不再牵挂城里的火势。

小陶从门里望出去，只看见母亲今天穿着一件蓝花斜襟布袄，头上包着一块蓝布帕子，甩起棒槌的那副凶狠样子，远远一看，活脱脱就是一个朱家岭的家常妇人。谷医生上船的时候，塑料凉鞋被人踩掉了底，一路上就是用一根绳子绑着鞋底走的，到了这里村支书的婆姨连夜就给他赶了一双新布鞋。确切地说，村支书现在已经是前支书了，他是被他自己的亲侄子打倒的。所谓的打倒，其实只是做个样子给外人看的，表明朱家岭并没有和世界脱节。打倒前和打倒后的唯一区别，不过是把村里商量要事的地点，从一家搬到了另一家而已。和城里的真刀真枪相比，朱家岭最激烈的运动，也不过是一群人聚在一起，面红耳赤地争一争刘少奇是否太娇宠了自家的婆姨。

谷医生到了朱家岭，就立时换了张面皮，说话嗓门大了一截，腰直了，人就高了许多，走起路来踢着路边的石子噼噼啪啪地乱飞。谷医生能跟朱家岭的男人一起抽八分钱一包的纸烟，喝把嗓子割成肉丝的劣质米酒，还能吆三喝五地玩上几局扑克牌。谷医生不仅在男人中间如鱼得水，他还能陪朱家岭的婆姨们摘自留地里的瓜菜，听她们絮叨她们家男人的种种不是。朱家岭的每一个人每一头牲畜都认得谷医生，谷医生在哪家歇脚，哪家立时就会杀鸡下糖水荷包蛋。

勤奋嫂那时还不知道"膨胀"这个说法——那是许多年之后的时髦词。勤奋嫂只会说瞧你那副轻狂样子。谷医生嘿嘿地笑，说勤奋啊，其实日子本来就该这样的，这才是一个人的正常状态。勤奋嫂叹了一口气，说是啊，别说你，连我都不想回到城里去。谷医生看了一眼勤奋嫂的脸色，顿了一顿，说勤奋要不然你就让我娶了你吧，从前我不敢说，是怕给你惹事。现在你跟我都在茅坑里待着，半斤八两一样臭。倒不如两个人搭伙，日子也好过一些。

勤奋嫂低了头没回应——当然不是羞涩。日子过到这一程，心已经给磨得像一块粗粝的石板，所有的矫情在上面都待不住。她只是想到了以后。她知道谷医生和她一样，心里都藏了一个不能说出来的念想：打吧，打吧，打得越久越凶越好。让城里的子弹永远也打不完，让城里的火烧到天边也不灭——当然最好绕过了谢池巷。这样就再也不会有人惦记着他们，把他们从热乎乎的被窝里扯出来，再让疯狗咬一顿。

可这是什么样一个罪孽的念头啊？她怎么能想着把一个城毁了，只为了成全她的一己私心？所以，她只能把脑子里的那根灯绳扯了，像关灯一样地关掉了她的非分之想。她觉得自己是个大烟鬼，朱家岭就是她最后的一口鸦片膏。她只能死命地享受那最后的一口快活，说不准明天醒来天已经塌到了头顶。

小陶走到门口，突然觉得有些腰沉腿软，就在门槛上坐了下来。月子里她受了太多的惊吓和颠簸，她只是感觉疲乏。日头跳离了地平线，初醒的潮红褪去了，天色已经大亮。朱家岭的房子没有城里密集，小陶一眼能望到远处的果林。沙梨已经熟了，枝头密密麻麻的挂满了白花 —— 那是怕遭虫咬霜冻而裹上的纸袋子。听朱家岭的人说今年是个罕见的大年，可惜大年偏偏落到了乱世里。去上海的水路切断了，沙梨卖不出去，朱家岭的人只能可着劲儿地吃可着劲儿地存，村里的每一个箩筐每一把稻草都派上了用场。这几天家家户户的饱嗝里都泛着酸甜的梨味，连鸡都不爱啄烂在地里的果子。天已经很久不下雨了，可是朱家岭的人还期盼着雨能再往后延一延，因为一场雨就能叫一年的收成落在泥里，变成明年的肥。

水路断了，邮路也断了，她给宋志成写过几封信，如今都躺在抽屉里送不出去 —— 她已经好久没看见邮递员来村里了。离开上海时宋志成交代过她，没有他的信她不要轻易回学校 —— 他们结婚的事至今还无人知晓。她惊异地发现自己竟然有些惦记这个名字出现在她结婚证上的男人，尽管不是那种牵肠挂肚的惦记法。

偶尔她也会想起黄文灿，只是她已经想不起他的模样了 —— 逃离温州时她没来得及带出他的照片。他走后给她来过一封信，说他正在河内接受培训，等待组织分配，之后便再无音讯。原先她以为他走了她会活不下去，她过不了他这个坎儿。可是才几个月的工夫，现在她想起他来已经恍如隔世。情缘是一根美丽的丝线，太平年月里可以绣成花存上一辈子，却经不起乱世里轻轻一阵风吹雨打。他在她心里留下的那个大洞，已经轻而易举地被别人填满 —— 不是宋志成，而是她的女儿宋武生。

小陶发现门边放着一个竹篮，里头是满满一篮的蔬菜。有豆角黄瓜茄子韭菜，还有一大把葱，都是邻居刚刚从地里摘下来的，菜根上还沾着被夜露打湿的泥土。篮子边上有一个铝锅，是刚刚从灶上端下来的。小陶一揭锅盖，一阵浓郁的香气扑了出来，鼻子还没来得及说话，肚子就叽叽咕咕地开了腔。那是从奶牛身上挤下来的鲜奶，上面漂着厚厚一层的白皮。朱家岭有一个奶牛场，原先每天都给城里送牛奶。村里有人前阵子在赶车送奶的路上吃了一颗流弹，至今还躺在床上动不得身，从此没人敢再往城里瞎跑。牛奶卖不出去了，于是全村的人就把奶当成了水喝。

这个秋季朱家岭的人放开了肚子吃喝着他们一辈子都舍不得的珍稀，可是他们吃喝的时候却忧心忡忡，因为他们知道自己在预支着明年的饱足。他们不喜欢预支，他们宁愿一年吃喝一年的份额，只有这样才心里踏实。

只是没想到，这老天爷送来的牛奶却救了小陶的急。

武生在船上的时候就得了黄疸症，满月了也不见好，反而越来越厉害，试了几个偏方也不管用。身边没有检测仪器，县医院又太远，路上也不太平，谷医生心里暗暗着急，怕拖久了留下不可逆转的后遗症——还不能告诉勤奋嫂和小陶。谷医生想到了母乳可能有问题，便让小陶试着喂牛奶。谁知才喝了三天，孩子的黄疸便全退了。

武生醒了，觉出了背带的束缚，便在勤奋嫂的背上扭来扭去，发出咿咿呜呜的抗议。武生早产了一个月，生下来却比足月的还沉。朱家岭的牛奶喂得她白里透红，声气很足。

勤奋嫂的背上有副眼睛，不用转身就知道小陶起来了，便说穿上外套，趁热把奶喝了。

小陶盛了一碗牛奶，走到母亲身边，把一根手指在碗里蘸了蘸，就往武生嘴里送。武生不饿，只是觉得好玩，便紧紧地吮住了小陶的手，疼得小陶骂了一声你是人还是狗？武生挨了骂，却也不知道那是骂，依旧舞手舞脚地快活着。

　　小陶抽回指头，便忍不住笑 —— 是那种带着叹息的笑。勤奋嫂斜了她一眼，说又怎么啦，谁惹了你？

　　小陶止了笑，静静地趴在母亲的肩头。母亲的肩膀随着母亲的胳膊一起一落，小陶的下颌一会儿高一会儿低，天摇过来摇过去，树似乎要盖上她的脸，却又渐渐远去。

　　"妈，你生下我，叫小逃；我生下她，叫武生。你说这天底下，什么时候女人生孩子能安安生生？"

　　勤奋嫂的胳膊觉出了一股热气，是小陶的奶涌出来，湿了衣裳。

　　"等我们武生也生孩子的时候，就该天下太平了。"勤奋嫂喃喃地说。

路产篇

宋武生

(1991—2001)

宋武生被广播里机长的通知声惊醒时，飞机已经贴近地面了。坐在她身边的一位同事煞是羡慕地看了她一眼，说年轻真好，你睡了一路，连晚餐都没动。武生弹簧一样地跳了起来，习惯性地去开公文包的拉链，开了一半才意识到：他们到家了，他们不再需要她来保管护照了。

武生去年大学毕业，分配到北京的一家大设计院做科技翻译，一个月前被单位派到美国出差，担任一个合作项目的随团翻译。这家美国公司的总部设在法国，许多技术资料用的都是法语。武生在大学里学的是法语，第二外语是英语，正好派上了用场。

四月的天气依旧寒冷，武生从窗口望出去，一眼就看见了风。风有颜色，风的颜色很是强悍。沿路的树枝已经开始肥胖起来——那是春天的第一抹新绿。穿着蓝布工作服的地勤人员，正隔着白口罩彼此高声对喊。这里的绿、蓝和白都不过是武生由惯性衍生出来的联想，其实风早已蛮不讲理地在一切所经之处盖下了它的唇印，一天一地之间只有一样颜色，那就是土黄。

手臂的肌肤在隐隐刺痒，她知道那是曼哈顿的艳阳在上面咬下的口子。然而此刻，纽约已经离她非常遥远。她突然醒悟过来，她这一路上的昏睡，其实就是为了攒足精神，来应付飞机点地那一刻的失落。

武生拉着两只饱实得几乎要胀裂开来的行李箱走进单位宿舍大院的时候，已经是傍晚时分。暮色里的天没有颜色，看不出是不是有云，西斜的太阳倦怠而昏黄，却依旧刺目。楼道里生火做饭的人听见箱子的滚轮声，扭过头来看她，都不禁怔了一怔——她知道是因为她身上的那件红风衣。风衣剪裁得有些奇怪，上身很紧，下摆很宽，腰间系着一条闪闪发亮的黑皮带。这是武生用五美金在纽约的救世军商店里买来的旧货，她沉甸甸的皮箱里还有许多这样的衣物。刚从冬天里苏醒过来的人们还不习惯这样的新潮，不过他们很快就释然了——过不了多久，风沙就会蚕食那层鲜艳，让那红不再割眼。

楼道很窄也很暗，两边都摆放着煤气灶，每逢做饭的时候行路就有些艰难。武生敷衍地应付着众人的招呼，杀出重围走到了自己的宿舍门前。摸出钥匙开了门，在那张单人床上坐下来，脊背上依旧还在灼痛 —— 那是目光烙的。她的宿舍在楼道的尽里，每一回进出，她都觉得是一场精疲力尽的厮杀。她个子很高，比街上寻常的女孩子高出近一个头。头发微鬈，眼窝很深，高高的颧骨底下，有一张几乎覆盖了半张脸的大嘴。在那个审美观念正遭受着空前颠覆的年代里，她走到哪里都是一道景致。她并不知道她身上有四分之一的法国血统，她只是厌烦那些落在她身上的目光。每天回家她做的第一件事，就是打一盆热水洗脸擦身 —— 她要尽快洗去那些眼睛残留在她肌肤上的油腻和污垢。她很早就懂得了美丽是一种不堪烦扰的负担。

地上有一张纸，是有人从门缝里塞进来的。她打开来，是一张手绘的卡片，上面画着一架徐徐落地的飞机和一颗被利箭射穿的心。底下龙飞凤舞地写了两行字：

你回来的时候，我正在西双版纳的溪水中游泳。
我只能拿这个来欢迎你，我的爱人。

武生忍不住抿嘴一笑，她知道是刘邑昌。这个时候，刘邑昌正跟着他的导师在云南写生。只有他这样的人，才会想得出这样的信 —— 他知道她很受用。

她同宿舍的那位女同事在她出差期间结婚搬走了。她一直期盼着有一天能拥有独属于自己的私密空间。在女同事第一次跟她谈起婚期的时候，她脑子里就已经展开了野心勃勃的家居布置方案 —— 那是她一辈子都不敢奢望的宽敞和明亮啊。现在她终于独自坐在这里了，她却发觉这间屋子是何等的狭小昏暗压抑，任何的修饰计划只能像用漂白粉清洗墨汁一样的无望。想到她将在这个房间里度过尚无法预计的年月，直到某一天她跟着另一个男人，比如刘邑昌，走进另外一间和这差不多的房间，在那里度过人生剩下的漫长时光时，她不禁打了一个寒噤。

她从床底下拖出一个脸盆，拿指头一抹，是厚厚的一层灰。她晃了晃桌上的暖水瓶，没有任何声响。肚子不肯接受她苍白的安抚，发出了一阵愤怒的嘶吼 —— 她这才记起来她已经错过了两顿饭。她翻找出平素打饭的那个铝饭盒，提着两只空水瓶，无精打采地往食堂走去。

其实城市还是那个城市，宿舍还是那个宿舍，楼道还是那条楼道，人也还是那些人。什么也没变，变的是她的眼睛。

这不是她第一次出差，这一年里她跟着项目组的工程师们走过了全国很多地方。可是这次不一样 —— 这一次她去了纽约。纽约给她打开了一扇陌生的门，从那扇门里出来，她就丢失了爹娘给她的那双眼睛。平生第一次，她认识了贫穷两个字。

她突然就想起了离开纽约前杜克对她说的话。

杜克是美国团队里的项目预算师，是这群美国佬里唯一一个会说中文的人。

杜克的父亲是1949年离开大陆的老兵，老家在江苏盐城，杜克是老兵到台湾再娶之后生下的孩子。杜克虽然没跟父亲回过老家探亲，却对大陆的一切充满了好奇心。杜克的问题多得让人无法招架，比如说四川的变脸，陕北的秦腔和皮影戏，广东的碉楼，八旗里究竟哪一旗为首，等等等等。大多时候武生回答不了杜克的追根寻源，不过杜克并不在意，似乎他只要和武生聊聊天就好，至于说的是什么反倒无关紧要。

下班的时间里，杜克整天和中方代表厮混在一起。杜克带他们吃遍了纽约中国城的每一家餐馆，每一顿饭上，总会声情并茂地唱一首《我的中国心》。杜克说那是他的"醉茶之曲"，回回都唱得席上的每一个人热血沸腾 —— 除了武生。杜克若年轻个十岁八岁她或许还可以容忍这样赤裸裸的煽情。在武生这个年纪，三十五岁以上就算是半只脚入土的人了，而杜克很不幸刚刚过完了三十六岁生日。有一阵子武生甚至怀疑杜克是美国人派来钓中国人合同的密探 —— 他们的合作刚刚处在可行性研究阶段，最后的合同究竟落在谁手里还是一个硕大的未知数。后来她才慢慢明白了，杜克仅仅是无可救药地崇拜张明敏而已。

真正让武生觉出杜克的私心，是美方的告别宴会上。那一次美国人把荷包掏得很深，晚宴定在洛克菲勒中心顶层的那家彩虹餐厅。那天晚上每个人都喝了酒，说话有些头重脚轻。美国公司的总裁在祝酒时对杜克和武生眨了眨眼，说中美两国的友谊落到实处，还得靠年轻人，尤其是未婚的。所有的美国人笑得前仰后翻，乐不可支——杜克和武生是这一群人里唯一的单身。武生没笑。武生只觉得被人平白无故地占了一个便宜，还不能吱声。她不想翻译这句话，她只是勉强笑了一笑，敷衍过去了事，却一整个晚上像吞了一口馊食似的不舒心。

那天他们喝酒喝到很晚，武生做了一整天的翻译，很是倦怠了，就扔下众人，独自来到窗口看曼哈顿的夜景。这是她一生中看到过的最璀璨的灯火，与这样的光亮相比，所有她见过的光亮只能算是萤火虫。她甚至产生了一种恍惚：她有些分不清楚到底天和地是在哪里分的界，哪些光亮是灯火，哪些光亮是星星。她觉得她离天很近，只要打开窗户探出手，她就能随意拽住一瓣夜空。车流串成一条连绵不绝的珠链，在城市的腹地来回穿行——那是处于睡眠状态的纽约唯一的生命指征。看着那座被办公室的长明灯火掏出一个个方方正正的大窟窿的帝国大厦，武生的心突然抽了一抽：经历了这样的光亮之后，她是否还能回到她原先的生活轨道，接受那片她生活了二十四年的黯淡？不，其实她并不想拥有这些灯火中的任何一盏，那样的光亮捏在手里太烫，她只想远远地看着它们，她仅仅希望它们待在一个她视野可及的地方。

"其实你不必在意那些话。"武生听见有人在她身后说话——是杜克，"希望你可以慢慢地学会美国人的幽默。"

彩虹餐厅有严格的着装要求，所以杜克这晚换了一副西装革履的模样，深蓝带隐条的西服，暗红色的领带，发蜡油光闪亮，头发带着梳齿的痕迹一丝一缕齐齐整整地梳到脑后。杜克今晚看上去依旧老成，依旧不高，却很周正。周正在某些要求不那么苛刻的眼里，可以勉强地解释为英俊。

武生隐隐有些感动，可是她不想把那丝感动放在脸上。她轻轻一笑，说如果我根本就不想学你们美国人的幽默呢？

她在说"你们"两个字的时候加重了语气，说完了就有些后悔——她听上去有些赌气。赌气是私情的第一丝缺口，赌气是一团需要及时扑灭的火种。

杜克晃了晃手里的酒杯，浅浅抿了一口，说那也没什么，只是你会失去一些可以哈哈一笑的机会。

"或许，有时我并不想，哈哈一笑。"她说。

说完了她又后悔——今晚有一些浓烈的情绪在她身体里流动，她把它归咎于鸡尾酒。

杜克没说话，两人默默地站在窗口。

那是一个满月的夜晚，武生发觉月到最皎洁的时候，那颜色不是白，而是蓝。月光给每一片屋顶都涂上了一层晶莹的蓝光，曼哈顿的月夜看上去像是冰雪严冬。

"这是普拉达吗？"杜克指着武生的衣服问，"你穿这件衣服有些像蜜雪儿·菲佛。"

武生的脸刷的一下红了，一路红到颈脖，耳垂胀得隐隐生疼。她知道如果此刻她把手捂在脸上，一定会烫出一掌燎泡。

她今天穿的是一件浅桃红的连衣裙，领子开成一个 V 字，腰间松松地系着一根带子。这也是她从救世军商店里淘来的旧货——她从国内带来的衣服没有一件适合今天晚上的场合。穷是一件满是破绽的贴身秘密，经不起另一只眼睛的好奇。

她知道蜜雪儿·菲佛是一个好莱坞明星，她看过她主演的《神奇的贝克男孩们》，可是还要过几年，她才会知道普拉达是一个品牌的名字。她那天在救世军旧货店里看上这件衣服，仅仅是因为它的颜色和样式——那是一种她一直喜欢的简约和大气。

"其实在美国，夸奖是一件很寻常的事，你只需要简单地说一声谢谢就行。"杜克说。

武生突然醒悟过来他把她的脸红理解成了羞涩。这是一个出乎意料却妥帖合宜的台阶，她打算就从那里慢慢走下平地。走到一半的时候她突然有些恼怒：她讨厌他做每件事情都要蒙上一个国家的盖头——不是美国，就是中国；她讨厌他随时随地趴在她的肩头指点她的路；她讨厌他的自告奋勇和自以为是。她有脚也有眼睛，她宁愿自己慢慢地找路，哪怕跌跌撞撞。

"你是在逼我说谢谢吗，杜克?"她冷冷地说。

"乔琪娜，你看上去不快乐。"杜克深深地看了她一眼。

乔琪娜是武生的外文名字，是从乔治·桑演变过来的——乔治·桑是她最崇拜的法国作家。

一股细细的温暖从武生心底涌上来，刹那间她几乎觉得杜克兴许真是关心她的，他兴许还真有些懂她。但她很快就把那股温暖咽了回去。习惯了曼哈顿璀璨灯火的他，怎么会知道地球的另一半，还有人过着夜里披着棉袄跑到屋外上厕所、一周里只能在单位澡堂洗一次热水澡的生活方式？他怎么会想到：她身上那件时尚，是她花四个半美金买下来的某位阔太太搬家或腻味时丢弃的垃圾？

她最终打消了谈话的欲望，指了指被他们甩在餐桌上的同事，说你我都走了，谁来给他们做翻译？

他轻轻地拍了拍她的肩膀，说这世上，离了谁地球也照样转。不要剥夺你同事快速改善英文的机会。

她终于被他惹笑了。

那晚回家，武生躺在旅馆松软的大床上一时不能入睡。她开始怀疑自己也许有那么一点点在意杜克，否则为什么她会为他的每一句话每一个举动动气？

一点点，只能是一点点，她不可能在意更多，因为她和他中间隔着两座她一生也攒不够力气去攀爬的山：他太老，她太自尊。

两天以后，中方代表团离开纽约回国，他和他的老板都来机场送别。隔着人群他伸过手来轻轻地握了握她的手，就算是道别了。她期待着他说句什么，可是一直等到她进了候机厅，他依旧还是沉默。她有点失落，因为凭她对他的观察，他们的相识即使在那一刻画上句号，也不该是一个如此沉闷毫无特色的句号。尽管她并不在意他，可是她还是忍不住为自己的判断失误感到羞恼。她被自己的美丽宠坏了，她向来更愿意是那个在人际关系中以她的时间和方式安置句号的人。

当然，当时武生并不知道杜克的淡定是因为他早已有了自己的盘算。在武生的飞机还没有起航的时候，杜克的信已经抢在她的航班之前飞上了天。信是寄到她单位的——那是他唯一知晓的地址。信很简单，疏疏的写了一页纸，都是一些内容普通得几乎可以贴在墙上供公众阅读的问候——他不知道她的私信会不会经过他人的手和眼睛。但是他最终还是憋不住在信尾加了一句蕴意深远的话：

"如果你愿意，你可以在任何时候到美国来找我，我一定尽地主之谊。"

"我把风给你带回来了。"

刘邑昌一进门，把他那本厚厚的写生册往桌上一扔，一屁股坐在了武生的床上。床没防备，咿呀地尖叫了一声。

"野人。"武生剜了他一眼，他很疼，却很受用。

他们已经一个多月没见面了——她去了纽约，他去了云南。他黑了些，也瘦了些，海军蓝运动衫底下的肌肉里，开始隐隐约约地有了骨头的感觉。新剪的板寸头硬如猪鬃，西双版纳的太阳把他脸上的轮廓削得明晰清朗，他看上去比任何时候都更不像是画家。

她和他是在去年秋天相识的，那时她刚刚从上海分配到北京工作，还在慢慢熟悉北京的街巷和风景。她身边随时带着一张地图，每一个周末她都要找一个地方走一走。那天她的目的地是北海公园。

那天的太阳极好，头顶竟然有一片罕见的蓝天。树木仿佛知道了末日将临，枝叶在绽放着落地前的最后辉煌。她拿出照相机，开始寻找可以为她按快门的人——那时她还不懂相片的主角也可以仅仅是风景而没有人。后来她就看到了他——他正坐在一块石头上写生。

他很专注，完全没有注意到身后有人。他穿了一件在当时已经渐渐淡出历史舞台的蓝布工作服，头上随意戴了一顶遮阳帽，脚上的那双白球鞋上，沾着一层厚厚的兴许是从前一个写生地点带过来的泥，衣服的肩肘之处隆起一丝关于肌肉的朦胧联想。她的眼睛里驻留过太多各式各样的画家形象，她几乎是在第一眼就把他掸入了自以为是的小混混那一档。

可是当她看见他手里那张完成了一半的画稿时，她立刻知道她的判断出现了一次少有的失误。她很快就忘记了她找他的初衷，在他身后一站就站了半个上午。当他终于合上颜料盒的盖子时，她忍不住惋惜地叹了一口气。

"风呢？风在哪里？"她问。

他转过身来看见了她，不禁一怔。正像她的眼睛见识过了许多画家一样，他的画笔也见识过了许多女人。他不是她见识过的那些画家，她也不是他见识过的那些女人。

"形体和色彩都有了，只是我没有找到风的感觉。"她说。

这是一句很到位的评价，不懂画的人很难说出这样的话。

"你也是学画的？"他问。

她摇了摇头。

"我爸是。我家住的宿舍区里，看门的狗都知道谁的画好谁的不行。"她说。

他被她惹得哈哈大笑起来，说就算我欠你吧，以后专门给你画一幅风。

这时他注意到了她手里的相机。

"是尼康F3HP吗？"他问。

她有些吃惊。在那个年代拥有一架进口相机已经是奢侈，而一个如此年轻的女孩子拥有一架如此新潮的相机更是奢侈中的奢侈。她已经习惯了人们的羡慕眼光，只是几乎没人能这样准确地说出它的机型。

"你懂相机？"她反问他。

"我已经在梦中拥有过它一千次，你说我到底算懂还是不懂？"

他说。

她忍不住笑了。

"这是我爸送给我的礼物。"她说。

她只说出了一部分真相，另外一部分说起来太麻烦，绝对不适宜做初识的谈资。

这部相机是父亲动用了全家几年的存款给她买的大学毕业礼物。其实父亲动用的，还不仅仅是存款。父亲逼着一个从国外出差回来的朋友，让出了自己的小件电器指标，而父亲给那人的回报是每周两次免费辅导他那个想考艺术院校的儿子。母亲为这件事和父亲吵过架，甚至几天都不和父亲说话。

"我说呢，原来你有一个阔爸爸。"他说。

"我爸只是一个普通大学老师。"她其实是不想生气的，可是不知为什么她说这话的时候涨红了脸。

她说的是实话，又不全是实话。她父亲宋志成的确是在大学里教书，却不是普通的老师——他是一个系的总支书记。

他看了她一眼，说我去给你拿个玻璃瓶子。她有些疑惑，问做什么？他嘿嘿一笑，说脸皮这么薄，不住在玻璃瓶子里你怎么活？她这才明白了他的意思，刮遍了脑壳却找不出一句话来回他——她是在那一刻意识到了论嘴皮的功夫她绝对不是他的对手。

那天他背着画架，陪着她散了很久的步。他说他是工艺美术学院的研究生，老家是苏北一个只有在详尽的区域地图里才找得见的小乡村。他自小爱从老师的包里偷彩色粉笔，在家里的墙壁上涂鸦。他画一回，他爸给他一顿拳脚。揍过了，他忘了疼，还接着画。渐渐的，他的皮肉长了茧子，倒是他爸老了，打不动他了，只好由着他把家里的四壁都画满了画。后来，他终于把家里的每一个角落都画遍了，只能另找地方。他找到了离家几里地的一片河滩。河滩是他最大最好的画板，树枝是他无所不在的画笔。无论他画过什么，一阵风过潮涨潮落第二天又是白纸一张。唯一的遗憾是他再也不能使用颜色。有一天，一位县中学的美术老师到乡下看亲戚，碰巧撞上了他在河滩上画画。那天他画的是一个骑在牛背上的放牛娃，老师在他背后看了很久，却不说话。后来老师问他住哪里，就跟着他到了他家，向他阿爸提出来要收他做学生——他爸这才肯把他当真。

武生听了，就说你这个故事简直是我妈的故事的翻版。我妈小时候也爱画画，也穷，也没有钱买颜料画笔画纸。

邑昌就问你妈也是画家？武生哼了一声，说她那几下连我都瞧不上眼。不过她是个好设计师，专门设计衣料上的花色。

从北海公园相识之后，他们就开始了频繁的约会，几乎每一个周末都见面。她的宿舍有人，他的宿舍也有人，他们只能约在户外。早上她看他写生，下午他陪她散步，直到严冬封锁住所有通往户外的路。于是，他们就把约会的地点，改到了她的办公室。

他不是想吊她膀子的第一个男人，可是他却是她第一个迷迷糊糊地爱上了的男人。她如醉如痴地听他讲述着童年和乡野的故事，框在往事里的苦难呈现着旧油画里尘封的铜黄，那种凝重深远让她一下子觉出了自己的单薄。她的一生过于平顺，她像是一张刚刚出厂的白纸，急切地期待着第一抹色彩，而刘邑昌既是颜色，也是那个涂颜色的人。

武生打开刘邑昌带来的素描册，一页一页地翻看起来。溪流，树林，竹楼，女人。风是看不见的，风却无所不在。风欲盖弥彰地藏在水的涟漪里，叶子和叶子之间的缝隙中，竹楼窗口挡亮的那块花布帘上，女人身上筒裙的褶皱里。风没有色彩也没有形状，风却是潜伏在一切色彩和形状之下的那股灵气，风仿佛解开了万物身上的锁链，风叫万物有了行走飘逸的自由。

武生看完后久久无话。武生的沉默是一把锥子，在邑昌的自信上凿了一个眼，底气渐渐地就漏浅了。

"到底，怎么样？"他忐忑不安地问。

她终于开口了。她说你应该娶个土司的女儿，在云南住上十年。

他从她的话里听出了赞许，他终于放下了心。他相信她的判断，甚至胜于他的导师，因为她从不轻易说好话，也因为她对绘画有一种未被规则修理过的天然直觉。

他走过去，从身后搂住了她。

她刚刚在单位的公共澡堂洗过澡，半湿半干的头发里有一股割草机走过青草的芬芳。他问她换洗头水了？她含糊地答应了一声，不想告诉他这是从纽约下榻的旅馆里拿回来的剩余洗发露。他撩起她的头发，看见了她脖子上一圈淡淡的近乎棕黄色的茸毛。欲望从苏醒到绽放只需要一眼，他还没回过神来，就已经把她抱到了那张单人床上。

他已经有一阵子没碰过她了，他的脑袋几乎管不住他的手。他急切地撩起她的套头毛衣，解开了她身上的一切束缚。她想说不要，因为她毫无准备。可是那句不要走到舌尖时，却已经化成了一声潮湿的呻吟。他的指尖仿佛有一种魔法，一挨上她的身子就瞬间剔去了她的筋骨，把她的意志化成了一滩水。她的身子不由自主地颤动起来，迎合着他身体的起落。

这不是他们的第一次 —— 第一次留给他们的唯一印象是恐惧。与后来的熟稔和炽烈相比，第一次只不过是一次痛楚而笨拙的操练。虽然他十七岁时就已经被一位论辈分该是他堂姊的女人哄去了童贞，可是当他遇到武生时，他还是第一次经历一个没有任何经验的女子。他听说过女人初次的生涩和艰难，他也为此做了心理准备，可是他再厚实的准备里也没有涵括她近似痉挛的剧疼 —— 他被她如此低的疼痛阈值吓了一大跳。其实那天她不是唯一一个感觉疼痛的人。那天她的身子紧张得如同一块没有任何缝隙的岩石，她把他和自己都硌得遍体鳞伤。那天的经历几乎成了他们之间无法跨越的鸿沟，然而他和她都没有想到后来他们竟然还能迈过这一道坎，而且只用了一脚。

可是今天又和往常有些不一样，她觉出了他急切之下掩盖着的心不在焉。

完事之后，他扶起她来，两人靠墙坐在床上，慢慢地喘匀了被欲望逼得走投无路的呼吸。

"你怎么什么都不顾，不怕我怀上了？"她有些恼恨地斜了他一眼。

他说那才好呢，你要是有了我们立刻去登记结婚。

她不说话。他把她的头扳过来，靠在自己的肩上。

"我知道你想说什么，你在想面包和牛奶。"

她被他猜中了心思，她不想承认也不想否认，她索性继续沉默下去。

"如果你爹妈等到面包和牛奶都齐全了才结婚，这个世界上就不会有你。"

她被他的话震了一震——她从来没有这样思索过她自己的生命起源。她知道他说得有道理，可是他的道理太正，而今天她的心思腻腻歪歪的，总也不肯归顺。

他用衣袖轻轻地擦着她额上的汗，问她美国怎么样，好玩吗？

这几天她一直在等着他从云南回来，她攒了一肚子关于美国的话想要告诉他。可是面包和牛奶的话题如同一口变了质的食物，突然败了她的胃口，她失去了说话的兴致。她只是摇了摇头，说了一声一言难尽。

他把她的下颌转过来，让她面对着自己。

"丫头，有什么心事，说。"

他只比她大两岁，却总丫头丫头地叫她——她喜欢听他这样叫她。

她避开了他的眼睛，说没什么，只是时差还没全倒过来。

他信了，不再追问。

"丫头，我今天找你，有事。"

他说这话的时候，突然有些期期艾艾。

她一下子坐直了，因为他很少用这种神情跟她说话。

"你身边，能匀出些钱来吗？"他问她。

她猜想这句话这一路上已经不知在他肚腹里打磨过多少个回合，如果她可以钻进他的肚腹，她一定会看见里边的血肉模糊。他这样的汉子，让他开口跟她借钱是比逼他下跪还难的事。

她现在知道了他刚才心不在焉的原因，原来他心里藏了一句进出两难的话。

她掏出自己的皮夹子，从里边抽出所有的钱——是一沓十几张的大团结，塞进他的口袋里。这是她上个月的工资 —— 她出了一趟洋差，上个月的工资还存着基本没动过。

他接过这沓票子，想了想，又捻了两张放回到她的皮夹里。她说不用了，过两天就发下个月的工资了。两人推来推去推了几回，最终他还是收了下来。

"我争取，尽快还你。"他说。

她知道这是男人的自尊。自尊是一根铁棍，保护了自己也拦阻了他人，她觉出了距离。他在她身子里残留的余温似乎猝然凉了。

"不用急，我有。"她说。

他在等着她来问他借钱的理由，可是她没有。他只好自己开口。

"我妈查出来胃癌，晚期。前些日子人就瘦得不成样子了，就是舍不得去医院看病，耽搁了。"

他说这话的时候语气很平静，仿佛在说着一件与他并无多大关联的事。

可是她看见了他眼睛里的血丝。

她抓起他的手，把脸贴在他的手背上 —— 这是她唯一知道的安慰方式。从小到大她每一个步子都有人扶着，她遇到的最大伤痛是母亲在擦窗户的时候从凳子上下来，失脚踩死了一只她养了两年的猫。安慰和被安慰对她来说都是陌生的经历，她还在慢慢学习。

他弓腰系好鞋带，拿起外套就往外走："今天邮局关得早，我要马上去寄。"

她穿上风衣，拿起他忘在桌子上的写生册，跟在他身后走了出去。

"我陪你去吧。"她说。

周日的过道里很是清闲，人群已经被商场公园街道和公共汽车分流。街边的空地上，有一对父子在放风筝 —— 是一只黑色的燕子，尾巴上描着金粉。风喜怒无常，燕子在风里上下颠簸，跌跌撞撞，终于挂在了一棵杨树上。孩子尖声哭了起来，父亲低声下气地哄着，却怎么也哄不顺。

"邑昌，我想，申请出国留学。"武生犹犹豫豫地说。

从上海到藻溪的路不仅远，而且不顺，一路上要换三趟车。三趟车在这里有些粉饰太平的意味，事实上，最后的一程是拖拉机。拖拉机不是在平路上行驶，拖拉机行走的是坑坑洼洼的山路，一个弯拐急了，就可能连人带货一起甩出去。

武生在上海待的时间只有十天，到藻溪扫墓原先不在计划之中——这是勤奋嫂的坚持。

武生出生那年的春节，勤奋嫂和谷医生结了婚。谷医生依旧在医院上班，勤奋嫂依旧开老虎灶，只是谷医生把自己的物什打了一个包，搬进了谢池巷勤奋嫂的家里。谷医生在单位是只死老虎，"文革"初期被揪出来打了几棍，渐渐的，众人的目光有了新的目标，就对他失去了兴趣。虽然谷医生的薪水这些年里降了几级，却还可以支付两个人的开支，他就劝勤奋嫂关了老虎灶。只是勤奋嫂劳作惯了，闲不住，她的小店铺后来还开了很多年，一直到"文革"结束。

勤奋嫂和谷医生辗辗转转地行了二十多年的弯路，才总算走到了一起，可是他们只做了两年的夫妻，谷医生便走了——是心脏病突发。那天夜里勤奋嫂被一阵呻吟声惊醒，谷医生只来得及捏住她的一根手指，说了一个"你"字就咽了气。勤奋嫂永远也无法再去探究那个"你"之后的巨大空白里所隐藏的玄机。

谷医生没有熬过那些多事之秋。后来回想起来，勤奋嫂伤心之余也有一丝不敢道为人知的庆幸——她见过了和谷医生同样境遇的人得意之后的轻狂，她不知道谷医生若活到枯木逢春的日子，他是否能守得住他和她的那份平庸。死亡把谷医生定格在一幅无法被现实颠覆的永恒美好之中，如同大先生，也如同仇阿宝。至此勤奋嫂才明白，走过她生命的每一个男人都不是来和她相守过日子的，他们仅仅是上苍派来供她长长远远地缅怀的。从此她便死了再嫁的心。

小陶生完孩子不久，学校就复课了。小陶悄悄地把孩子放在娘家养着，自己一人回到了学校。直至小陶毕业分配到一家服装设计院工作，武生才回到了父母身边。武生小学毕业那一年，小陶终于说服母亲关闭了经营多年的老虎灶，来上海和自己一起生活。从那以后勤奋嫂的称呼就成为历史，现在所有认识她的人都管她叫勤奋婆。从温州搬到上海，她的辈分一下子跳了两级。

勤奋婆知道现在女儿才是一家之主，她极少坚持自己的主张，除了这一次——这一次她不依不饶地坚持武生必须跟着大家去藻溪。小陶虽然觉得让武生花两三天的时间在路上颠簸有些耗神，但她也理解母亲的固执：武生这次不是寻常的出门，她这一走不知道什么时候才能回来。

武生申请出国留学的过程顺利得超出了所有人的想象。

其实她还在上大学的时候，母亲就鼓励她出国，只是那时武生还没有动心——武生真正动心是在去年。母亲说她有个同事的儿子一年前去了辛辛那大学留学，可以提供一些相关专业的录取信息。那人提供的信息很管用，武生从开始申请到通过各样考试再到获得签证，从头到尾还不到半年时间。更出乎意料的是：托福和GRE成绩并不十分出彩的她，竟然拿到了全额奖学金。

拖拉机轰隆轰隆地终于开过桥，进了藻溪乡里。宋志成搀扶着丈母娘下了车，勤奋婆却回头在车斗里东看西望。众人问找什么？她说找骨头，颠了这一路。司机听了忍不住哈哈大笑起来。

刚下过雨，路很泥泞，不用看日历也知道刚刚过了清明：路边的泥地里沾满了五颜六色的纸片，有被风刮飞的金箔银箔，有祭奠的花篮里落下的五彩纸花，也有鞭炮粉身碎骨之后残留的红屑。勤奋婆咚咚地走在最前面，后面那三个比她年轻了很多的人，却没有一个追得上她的脚步。

这不是她第一次回藻溪。"文革"过后，大先生的学生找到她，告诉她陶家的祖坟这些年都有人暗中照看着，还算太平。从那以后，每隔两三年，勤奋婆都要回藻溪一趟扫墓，有时带着小陶一家，有时一个人。每趟回来，都像第一趟那样激动。说起来，她嫁作陶家的儿媳妇，在藻溪前前后后也不过才待了六七年，远不如在温州住过的年数多，甚至还比不上她在灵溪度过的少女时光长。可是藻溪的日子给她烙下的印记实在太狠太深，她总觉得她后来的一切幸与不幸都是从这里衍生出来的。这里发生的事，才是万事万物的根。只是可惜，乡里知道陶家故事的老人越来越少了，勤奋婆每回来一趟，走时心里都要添几分伤感。

进了镇勤奋婆就急急地寻找着桥下的南货铺。南货铺似乎是藻溪一块亘古不变的地标，无论修过多少回路，盖过多少幢新楼，换过多少届政府，南货铺依旧站在路口，任世道的洪流涌过来淌过去，缄默，破旧不堪，却不肯让路。

可是这回勤奋婆一下桥就傻了眼：南货铺不见了。不仅南货铺没了，桥底下那一排店铺都没了，道路已经扩出了一两丈。勤奋婆找了个路边的闲人一打听，才知道守铺的章嫂去年殁了，拆迁之后她的子女都去了县城长住。勤奋婆听了一脸落寞。小陶就劝，说天底下哪有不散的筵席不死的人？要不社会怎么朝前发展？勤奋婆叹了一口气，说我管不了天下的事，我只知道最后一个认识你爸你奶奶的人，也没了。小陶嘴上没说什么，心里却嘀咕：连我都不认识我爸我奶奶，章嫂又怎么样？

众人就上了山。

两年没来扫过墓了，墓边的草修剪得倒还齐整。大先生的那个学生"文革"之后职位一连提了好几级，他吩咐一声，底下就有的是颠颠儿地跑腿的人。只是墓碑上刻的字里长了些青苔落了些鸟屎。小陶捡了根树枝，刮着凹缝里的脏东西，勤奋婆就开始烧纸钱。勤奋婆的纸堆内容很丰富，有金箔银箔，有各种各样的书，也有几个折叠得方方正正的纸烟盒。最底下，还压着一艘纸船——这是小城通往外边世界的唯一交通方式，火车飞机还是几年以后的事。

"你外公活着只喜好三样东西，一是书，二是烟斗，三是到外边走走。钱他倒是不稀罕的，他只是不能没有这几样东西。"勤奋婆对武生说。

武生就笑，说没钱他能买得起这三样东西吗？那都是富贵人家才有的癖好。勤奋婆想了想，说这倒也是。武生说外婆你过时了，现在人家早就不烧船了，都烧出租车呢。勤奋婆说好啊，那咱们下回也赶个时髦 —— 等你回来。

勤奋婆就跪了下来，对着墓碑磕了一个响头。

"妈，大先生，我把武生给你们带来了。上回武生来看你们，还没上大学呢。这回武生大学毕业，要出远门了，远得谁也管不上了，只能求你们看着点她的路。"

宋志成点了一根烟，坐在不远处一块石头上慢慢地抽着。他十三岁跟着叔叔离家参军，他不信鬼神也不信来生。他管得了自己不信，可是他却管不了他丈母娘信。对这个丈母娘，他心里多少有点怵。那年他让小陶给她写的那封绝交信，这么多年还像根鱼刺鲠在他的心头。他知道勤奋婆没忘记，可是她从来不提。她给了他这个面子，他就留了个短处在她手里。这个短处像把刀悬在他的头顶，似乎随时都能落下来，却不知道到底是哪一刻 —— 他就这样提心吊胆地过了二十多年。

这一两年里宋志成一下子老了，不是因为年纪，而是因为他突然悟出了自己的没用。他虽然是系总支书记，可是真正说话管用的，不是他而是系主任。将他边缘化的不是从上至下的硬指令，而是从下至上的软眼神。他没有抗争，因为他没有抗争的资本 —— 他知道自己在业务上的斤两。不知从哪天起，延安的经历已经不能再为他修补专业知识上的空洞。他依旧背负着那个已经背负了几十年的阶级使命，他一如既往地怜惜关注系里那些家境贫寒的学生，可是他没有想到的是，没有人再以苦难贫穷为荣。世道变了，他觉得他埋头行走了千里万里的路，猛一抬头，才发现他的脚早就踩偏了。时代是一部强效离心机，浑然不觉毫无噪音地把他甩出了话题的中心。

他甚至在家里也不再是轴心。他的妻子孙小陶如今是一名高级工艺师，当年蹩脚的美术基础并没有妨碍她成为顶尖的布艺设计师。她对色彩和形状的天然敏锐使得她设计的每一个样品都能在第一时间成为服装市场的新宠。她的生活里再也没有需要他施以援手的沟坎，她再也不会像从前那样用含泪的眼神对他说："宋老师你不要走，你走了再也没人管我。"反倒是他，常常萌生出说这句话的冲动。

女儿武生从上大学开始就有了属于她自己的羽翼，而且一天比一天刚硬，现在她要用它去丈量另一片遥远而陌生的天空。所有的人都在成长，用日益强壮的触须去深入那个变幻莫测的新世界，而他只是一个远离一切圆心的孤独老头，尽管他才刚刚六十岁。

"武生你过来，给你太婆和外公跪下磕个头，也算是告别。"勤奋婆招手喊武生。

地很湿也很脏，到处是鸟屎和土坑，武生犹豫了一下，偏过头去看了一眼父亲。宋志成扭过头去，避开了武生的眼睛。在丈母娘和他的意愿产生分歧的时候，他通常选择回避。

武生只好掏出手绢，找了块略微平整干净些的地方铺下。

"大先生，求你给武生找个伴，让她走得多远都有人照应。"

勤奋婆的声音很低，低得几乎像呢喃自语，可是武生却听见了。武生的眼眶突然热了一热。她此行最大的恐惧，不在路远，也不在路难，她怕的是在黑暗和艰难中间，找不到一只可以抓得住的手。她的恐惧连母亲也不知道，可是外婆却懂了。

她跟着外婆懵懵懂懂地磕了一个头，起身时却发现铺在膝盖下边的那块手帕上，蠕爬着一条鲜红的，仿佛刚从血水里捞上来的蚯蚓。那虫子在那块雪白的布上爬了一会儿，慢慢地将身子蜷成一个猩红的圆圈，便不再动。武生的心在腔子里咚地猛撞了一下，险些将她撞翻在地上 —— 她不知道那是一个什么样的兆头。

过了半晌，她才渐渐地定下了心，起身，和外婆母亲一起，一张一张地往火堆里扔着冥纸。火光灼着她的脸颊微微发烫，墓碑上的字在烟火的熏燎中显得时而清楚时而模糊。她先前跟外婆来过几趟藻溪，已经大致理清了那些名字和自己的关系。陶公至深是她的太外公，也就是她外婆勤奋婆的公爹。陶吕氏是她的太外婆。她不知道这个娘家姓吕的女子叫什么名字。不仅她不知道，连她的外婆也不知道。这个姓吕的女子将带着她名字的秘密长眠于这片荒野之中，直至有一天，都市的魔爪最终扰乱这片宁静。

陶之性是她的外公。外公只是一个符号，一个抽象的称呼。不仅她没见过外公，连她的母亲也没见过她自己的父亲。她听母亲背地里讲过那个与母亲的名字密切相关的逃亡故事，有几处听得她毛骨悚然。她觉得那个叫陶之性的男人不仅虚假懦弱，而且冷酷无情。她觉得不是外婆害死了丈夫和婆婆，而是外公几乎亲手把自己的妻子和女儿推上了绝境。

陶之性右边的那块墓碑上的名字是陶万氏。武生知道她是外公的原配夫人。这个女人本该成为她外婆，可是她在朝她走来的路上突然被命运劫持，阴差阳错，在即将和她的生命产生交集的时刻擦肩而过，于是就永久地成了一个与她毫无关联的名字，无声地做着外公墓边的一件饰物。

陶万氏右边还有一块墓碑，它是这群墓碑里最新的一块，石面还没来得及被风雨污蚀，上面的铭文是"陶公之性夫人上官吟春之墓"。这块石碑是外婆几年前叫人雕刻的，外婆还特意叮嘱石匠一定要刻上自己的全名。其实当时这里竖的是另外一块碑，上面刻的是另外一个女人的名字："陶公之性萧氏夫人之墓"。那块旧碑是在那个姓萧的女人过门的时候就立下的，只是她没轮得上用。她最终没能以陶家儿媳妇的名义在陶家终老，而因不能生育被赶出了家门。外婆在本来为这个女人预备的空穴前立了自己的碑文，每一次武生看到这块碑都有些胆战心惊 —— 她无法把活人和墓碑联系在一起，总会忍不住想起电影里所见的活埋场景。

"武生，不管你走得多远，这里都是你的根。"

终于烧完了带来的冥纸，勤奋婆踩灭了纸灰里的最后一块余烬。

武生避开了外婆的目光，遥望着被祭祖的香烟搅扰得轮廓模糊的竹林，还有落日在远处山巅上涂的那一抹橙红，却默不做声。她还没有迈出背井离乡的第一步，她还不知道什么叫做根。她无法在尚未失去的时候开始缅怀，她毕竟太年轻，思乡应该是多年之后的事情。

下山的时候，大家都很安静。日头终于落尽了，暮色渐渐浓腻起来。路虽然拓宽了，街灯依旧昏暗，一盏一盏的相隔很远，黑暗被剪裁得支离破碎。这是全家聚得最齐的一次祭墓，可是四个人却都在想着各自的心事，步履沉重。

"这个孩子，看不出有什么不舍的样子。大学毕业的时候就不肯留在上海，她不喜欢待在我身边。"小陶轻声对母亲说，声气里很有几分失落。

勤奋婆沉吟了半晌，才说："你让她再长一长，她就知道靠得住的还是亲娘。你那个时候，不也总想离开家，放暑假给你寄了船票的钱，你都不肯回来。"

小陶怔了一怔，突然就想起了那些久远而荒唐的往事，还有那些她借着年少轻狂扎在母亲心上的一根根针。她叹息着，轻轻捏住了母亲的手臂。

"志成，你有没有眼力见儿？就不知道紧走几步去路口先喊上拖拉机，省得我们站在风里等？累了一天了，妈走不动。"小陶冲着宋志成嚷道。

宋志成扔了手里的烟，啪嗒啪嗒地朝着路口跑去，半明不暗的灯光把他已经开始佝偻的身影扯得很瘦很长，看起来活像一只张牙舞爪的螳螂。

"外婆，你也不管管，我妈这样欺负我爸。"武生忿忿地说。

勤奋婆拍了拍武生的手背，说老男人娶了年轻媳妇，就是这个下场。武生说那我外公娶了你，是不是也这样？勤奋婆的眼里飞过一丝迷茫。往事太轻浪，经不得任何诱惑，轻轻一勾就走出了封尘。大先生大概也是宠过她的，只是那个世道太乱，容不得简简单单的儿女之情。她轻轻一笑，说没有哪个男人不喜欢年轻女人的。你爸要是不叫你妈收拾收拾，他就皮痒 —— 你妈是给他挠痒痒呢。将来你要是嫁了个比你大许多的男人，你就明白了。

武生撇了撇嘴，说我才不要老男人呢。

小陶哼了一声，说别嘴硬，我可都记着你的话。

老宋很快喊来了拖拉机，众人便都上了车。路上到处在盖房子，隔几步就有新挖的和没填平的坑。拖拉机在坑和坑中间颠簸着，轰隆的马达声里，武生突然有了困意。她趴在父亲的肩膀上昏睡了过去，也不知过了多久，一睁眼已经到了灵溪车站。走下拖拉机的时候，她看见父亲灰卡其春秋衫的肩上，有一块铜钱大小的湿印 —— 那是她的口水。

"武生，要不，咱就不走了吧，有爸在。"宋志成掏出兜里的手帕，擦了擦女儿的嘴角。

眼泪毫无防备地涌了上来，武生赶紧扭过了脸。从拿到签证那一刻起，她就期待着有人说这句话，可是没有，谁也没有。刘邑昌得到消息后立刻报了一个托福培训班，准备花一年的时间攻克外语，争取明年和她在美国相聚。母亲拿着她的签证看了一遍又一遍，喃喃地说美国才是世界发展的方向。她以为拦阻的话终究会来自外婆，因为外婆是一家人里最守旧的那一个，可是外婆却说想做的事就得趁年轻去做，免得老来后悔。从一开始，父亲在这件事上一直保持着沉默。然而父亲从来话少，她很难从父亲的缄默里猜度他的心思。她只是没想到她期待了很久的一句话，竟会来自向来寡言的父亲。

她虽然一直等着这句话，可是她明白她绝不会被这句话左右 —— 她终究还是要走。她只是想知道有人贴心贴肺地牵挂着她，而不仅仅是拿她当指望。现在她终于讨到了这句话，她突然觉得心落在了实处 —— 她终于可以放心地走了。

武生喑哑地叫了一声爸，却是无话。

宋武生参加完单位的送别晚宴回到宿舍时，发现门上钉的那块豆绿色布帘子被折叠成了一朵大花，而花蕊是一束剪成细波纹形状的彩纸。她就知道刘邑昌已经到了 —— 他有她屋子的钥匙。

开门进去，她吃了一惊。灯没开，屋里却不黑，有一股比灯黯淡却比灯厚实的光亮，如化了一半的黄油，浓郁肥腻地绊住了她的脚和她的眼睛 —— 是桌子上的两根红烛。蜡烛大概烧过一阵子了，烛芯高了，发出些细碎的爆响，扯着烛光一惊一乍地颤动着，烛泪在白塑料桌布上淌下一堆肥软的残红。窗户蒙上了，可是蒙住玻璃的不是窗帘，而是一块洋红色的纱巾。烛光舔到纱巾上，满屋便溢流着暖烘烘的喜气。

刘邑昌坐在床沿上等她，身上穿了一件白隐格的衬衫。衬衫很新，还带着包装盒的犀利压痕。他手里捧着一个锦缎盒子，脸上流溢着一股刚洗过澡之后湿润松软的潮红。

"给你的，可是你现在不能看。"他把盒子放到了她的枕头底下。

"今天你身上，多少得有一样红。"他的眼神里有一根细细的刺，上上下下地挑剔着武生身上那件湖蓝色的连衣裙。他从书包里掏出一朵绒布剪叠的红玫瑰，别在了她的前襟。

"坐下来，我们喝一盏交杯酒。"

他把桌子上的两个空杯子都斟满了酒，一杯给她，一杯给自己。他一仰脸，把自己手里的那杯一口饮尽了，将杯底亮给她看。

"明天你就走了，今天这一杯，你怎么也得喝。"他说。

她先前已经和同事喝过酒了，她的酒量浅，那点酒在胃里待得不安生，总有点想兴风作浪的意思。她不想喝，可是她禁不住他眼神的逼促。

"喝过这一杯，我就算娶过你了。有没有那张纸，你走到哪里也是我的女人。"

他喝得太急，那一杯酒刚落进肚子，就泛到了脸上，他连眼睛也红了。

她喜欢他话语里的霸气。他的霸气是一堵结实的高墙，她在里头待得舒适而安全。只是这时她还不知道，她已经把他的霸气做成了一把尺子，她将拿着这把尺子来衡量后来进入她生活的每一个男人。

她喝了一口，喝不下去，放下杯子就去解他的衣扣。他被她的主动吓了一跳，却猝然醒了。他拽住她的手，让她在床沿上坐直了。

"今晚你是新娘，你得像个新娘的样子。"他说。

她低眉敛目，双手交叠着放在腿上，把自己拿捏成一副羞涩矜持的模样，想笑，却不敢笑，颊上的肌肉轻轻地颤了几颤。

世上所有的男女私情都是单行道。她暗自叹息着。他们早就已经跨越了欲望的门槛，见识过了门里的每一条通幽曲径，他们如何还能回到门外，隔着门再重新经历一次不知就里的好奇？

他取下她的发卡，她的头发浓云似的散落在她的肩上。他撩开她的头发，俯下身来吻她。他吻她的肩膀，她的颈脖，她的耳垂，她的脸颊，她的唇。他的舌头像一根火柴，舔到哪里哪里就嗖地燃起一团火。渐渐的，那一团团的火汇集起来，将她的身子烧成了一盏通明透亮的灯。她的身子盛不下那份炙热了，她渴望着被炸成一地碎片。

她终于忍不住呻吟了起来。墙壁薄得像纸，过道里的每一个人都看见了一个男人在夜深人静的时刻用不属于他的钥匙，堂而皇之地打开了她的门。可是，她不在乎。明天一大早，她就要告别这一双双无时无刻不烙在她脊背上的眼睛。从明天起，她和他们将天各一方，她的路和他们的路也许永远不会再有交集的时候。

他开始脱她的衣服。他脱得很细心，一颗一颗小心翼翼地解着她的纽扣，仿佛那是些绵纸糊的空心球，略一用力就会在他的指下爆瘪。他可以复制耐心，也可以复制温存，甚至可以笨拙地复制一丝惶乱，可是熟知了她身体每一根曲线的他，却怎么也不能复制无知。无论走过多少繁琐的铺垫，他终归还是要走回他的熟稔。

那晚他在她的身体里待了很久，他不走，她也不放，她的指甲在他的脊背上留下一条条血痕。他们似乎都想掰下对方身上的一块肉，嵌在自己的身子里带走。

终于完了事，睡意在欲望的余烬中突袭而来，他们在彼此的臂膀中沉沉入睡。

第一个醒来的是武生。武生一睁眼，猝然看见了身边有一个人，吓了一大跳，过了一会儿才把昨夜的事渐渐地想了些起来。蜡烛已经很低了，几乎烧到了底座，烛芯里冒出一丝丝苟延残喘的青烟。黯淡的烛光中他的脸上显出一丝倦容，眉心有一个隐隐的结子 —— 那是离别咬伤的瘢痕。

她突然记起他塞在枕头底下的那件礼物。她翻出那个锦缎盒子，打开来，是一个梨形的景泰蓝制品，梨头上有一个可以扭开的细柄。

她轻轻一拧，露出里头一个镂成心形的盒子，盒子里装了一只景泰蓝戒指。

她一下子想起了那个和梨谐音的字，心里抽了一下，就把他推醒了。

"你怎么可以，送我梨？你懂不懂送别不送梨、送病不送钟的规矩？"她愤怒地嚷了起来。

他揉了揉惺忪的睡眼，怔了一会儿，才明白了她话里的意思。他嘴角一吊，吊出一丝狡黠得意的微笑。

"这梨是简单的梨吗？你没看出来它是样什么容器吗？"他问。

她想了一想，才犹犹豫豫地说不就是一个盒子吗？

他斜了她一眼，说你自己仔细体会体会吧，这是什么意思。

梨盒。

电闪雷鸣之间，她突然醒悟了，这是离合的意思。

她并不知道，这件礼物是他花了一个月的工资，还从同学那里借了钱，托人从友谊商店买的。他本想在他们别后的第一封信里告诉她这件礼物的寓意，可是她赶在他的前头扎破了这个秘密。

她没说话，只是从身后抱住了他，很紧，很紧。

武生从未见过这么大的书橱，从地板一路延伸到天花板，占了整整一面墙。橱门前摆了一张小梯子，专为取高处的书用。书的类别和装帧风格都很杂乱，天文地理哲学历史美术包罗万象，却不是那种套着封皮摆成整整齐齐一排的装饰版。每一本书似乎都被翻阅过，留在封皮上的指痕已经将它们折旧。

这是武生的导师克劳德·布夏教授的家。这个周末是哥伦比亚纪念日，是开学之后的第一个长周末，导师请了手下所有的研究生到家里吃烧烤。

书橱不是唯一放书的地方，桌子上也铺满了书。看得出来桌子是为了迎客而刚刚整理过的，被一双女人的纤纤细手。书归置成整整齐齐的一摞，电脑屏幕上一尘不染，桌角上摆了一个玻璃花瓶，里头插着从花园里采来的菊花。花瓶前放着一张全家福的照片，两个大人和两个孩子。女孩十五六岁的样子，男孩略小几岁，两人笑起来，都露出一口银光闪闪的牙箍。照片里的那个母亲披着一头亚麻色的长发，脸颊上有一些淡褐色的雀斑——那是阳光吻过的痕迹。女人也笑，却是和孩子们不同的笑法：女人只用眼睛笑。武生知道这个女人是布夏教授的妻子西琳娜。

布夏教授是八十年代初在法国取得博士学位的，西琳娜应该是他在索邦大学时的同学。武生暗想。武生对导师的学术背景了如指掌——这是母亲叮嘱她做的功课。布夏教授拥有哥伦比亚大学的硕士和索邦的博士学位，精通四国语言，在来到辛辛那提之前曾在新西兰的一所大学任教。

在选择专业的过程中母亲不遗余力地参与了意见，有时甚至啰唆到了武生腻烦的地步。原先武生没有想过文化比较这个专业，母亲说她的法语英语再加上汉语的背景，会使她在所有的申请者中脱颖而出，得到奖学金的几率会比别人高出许多——后来发生的事证明了母亲的先见之明。

武生到美国已经一个多月了，可是她依旧觉得还半悬在空中，没有完全落地。来之前导师已经给她找好了一个单间的公寓，虽然小，却五脏俱全，而且很干净，离学校只有十五分钟的步行路程。房租是一百七十美金，在同类房子里是异乎寻常的便宜，可是武生还是嫌贵。武生的奖学金是六百五十美金，寒暑假停发，九个月的收入要平摊到十二个月，武生不得不精打细算。她曾想过要搬出去和同学同住，再省点房租，可是导师说第一年学业繁重，一个人住学习和休息的效率都要高些。她只好作罢，她只能把掰过的钱掰得再细一点花。即使过得再节俭她也不能抱怨，她知道系里像她这样免了学费又外加奖学金的学生屈指可数。

钱不是她唯一的烦恼，更让她头疼的是英文。她在大学里学的那点英文，只够作简单交流，一到听课和写作业的时候，她就感到了捉襟见肘的窘迫。她现在像海绵一样张开了身上所有的毛孔，拼命地汲取一切可能的英文单词,可是她的英文却容不下她的法文——她觉得英文在一天一天地蚕食着她肚子里本来就是异物的法文。她害怕等她终于得到英文的时候,她却已经丢失了法文,毕竟两样都是外语。

从窗口望出去,外头的太阳极是明艳,把草尖晒成一片接近于白色的浅黄。这是俄亥俄州一个难得的好秋,阳光依旧带着夏天的钩子,啄在身上隐隐生疼。树叶子分不清季节,依旧待在枝头痴痴地等待着第一丝秋风的引领。武生刚从同学那里学到了一个新词,英文里管这种秋老虎天气叫印第安夏天。

烧烤炉的架子上摆满了食物,西琳娜已经拧开了煤气罐,空气里很快就要弥漫起鸡腿香肠和玉米的香味。草地上很热闹,武生的同学们正在和布夏教授的两个孩子玩飞碟。桑迪很久没见过这么多人了,有些疯,一路追着飞碟从这头跑到那头,时不时猛然起跳,身子在空中划出一道轻浪的弧线,喉咙里发出些半是欢喜半是撒娇的呼噜——桑迪是布夏教授家的狗。

武生的眼睛在书橱里匆匆走了一遍,突然发现了一本法文版的《情人》。这是她在大学里读过的书,只不过那时候读的是删节本。她抽出这本书,站在窗口翻了起来。才翻了几页,突然就翻到了一张照片。是老式照相机拍的黑白照,很小,不到两寸,颜色已经泛黄,但还看得出是一个年轻的军人,背景是一片看不出地域特色的荒原。军人的五官和军服的细节都已经被岁月磨蚀得模糊了,只有笑容还依旧灿烂真切。

"乔琪娜,你喜欢杜拉斯?"

布夏教授不知什么时候走进了书房。

布夏教授说的是法语。只要不在公众场合,布夏教授常常和武生以及班里几个欧洲背景的学生讲法语。布夏教授是法国人,法国人对英文有一种天然的轻蔑。布夏教授很绅士,他把他的轻蔑包装得很是老到,可是再老到也有破绽,逃不过武生的火眼金睛。

"在中国,所有法国文学专业的学生,都要读杜拉斯的小说。"武生说。

"你还是没有回答我，你喜不喜欢她的小说。"布夏教授说。

"不喜欢，她太矫情。"

"此话怎讲？"

"世上最有钱的一个男人，遇上了世上最穷的一个女孩，他给钱，她卖身——那都是陈词滥调，只不过角色换了个，受惠的是白种人。当然，我的喜恶丝毫不影响杜拉斯在中国热销。"

班上的同学背地里谈起布夏教授，都管他叫三W，意思是说他凡事爱刨根问底，随便一句话都要盘查出处（where）、道理（why）和用途（how），同他聊天着实费劲，便都有些避着他。只有武生不怕。武生不怕的原因，不是因为她把三W都捋清楚了，而是因为她敢把没想清楚的话扯出唇舌，而且一见情况不妙就能拔腿走人。布夏教授似乎给她留了格外的面子，竟从未追着她给她自己的胡言乱语擦过屁股。众人见了，就暗地里议论布夏教授偏爱亚裔学生——当然，这些话刮不到武生的耳朵中来。

布夏教授哈哈大笑起来，说对一个法国人批评一个法国作家，你得当心。我倒是很少见到你这样直言不讳的中国学生。

"这是谁？"武生指了指手里的那张旧照片问。

布夏教授迟疑了一下，才说是我，许多年前。

武生有些意外，问你当过兵？在哪里？

布夏教授说在印度支那，杜拉斯小说里的那个地方。

武生又吃了一惊，说怎么法国人也参战了？你到底是站在哪一边的，美国？还是越南？

布夏教授把那张照片拿过来，对着窗口的光亮细细地看了起来。他的眼力已经供不上了，他得把照片举得很远。武生发现有一颗流星刷地划过他的眼帘，又瞬间消失了，却已经留下了痕迹——他的脸上有了光擦过之后的温热。

"乔琪娜，假如一个人在二十岁的时候没有社会理想，他就是没有心肝。可是到了四十岁还抱着社会理想不放，那他就是没有脑子。"他说。

他到底还是没有回答她的问题。

他的话很重，一下子把武生砸蒙了，半晌，她才垂头丧气地说："心肝我是没有指望了，但是我努力争取有脑子吧。"

两人便一起笑了起来。

"克劳德，别猫在屋里了，快出来晒晒太阳，晚饭马上熟了！"

窗外响起了西琳娜欢快的呼喊声。

武生还在摸钥匙开门的时候，就听见了屋里的电话铃声。冲进去接起来，是电讯公司接线生温婉的声音：

"请问你是乔琪娜·宋小姐吗？这里有一通从中国打来的对方付款电话……"

接线生尚未报出名字，武生就已经猜到了是刘邑昌——这是这个月的第二次。

他只是遏制不住地想她。他的声音从电话那头流过来，她手里捏着的那根电话线就会热得烫手，她甚至觉得话筒随时要在她耳边炸出一个火球。其实她也想他，只是把念想和账单放在天平上一称，还没比出孰重孰轻，念想就已经蔫了一半。

"托福没过，只考了四百五十分。"电话那头传来的声音很沮丧。

这对他来说是新闻，对她却不是——她早就预料到了这个结果，只是成绩比她想象的还要糟糕。刘邑昌语言能力极差，到北京上了七八年的学，至今普通话里还带着家乡方言的生硬烙印。把他的耳朵眼睛嘴巴凿磨成可以让英文通行的道路，将会是一个移山填海的硕大工程。

"我又报了一期培训班，这次是在外院，听说那里的通过率比北大高。"他说。

她知道托福班的现价是一百元——这几乎是他一整个月的工资，剩下的那几个小钱，甚至不够他在食堂里吃一份哪怕最简单的伙食。他母亲还苟延残喘地活着，可是她不敢问她的病情。这个话题太沉重，她知道她挑不动。临行前她把剩下的几百块人民币全都留给了他，他家是个无底洞，那几张钞票走不了多远的路。

"你说有什么办法，可以快速提高英文水平？"他焦急地问。

她看了一眼手表，他们在这个话题上已经耽搁了五六分钟。这个月的账单已经来了，上一通电话花了她二十一美金，这一通即便立刻挂断也至少耗费了十美金。除去匀给寒暑假三个月的费用，再除去房租和伙食，这个月的奖学金大概还剩下三四十美金。在离开家的这些日子里，武生已经把心算的本事演绎得炉火纯青。

她叹了一口气，说要不我给你写信吧，这个话题三言两语讲不清楚。她知道他还有话要说，她感觉得到他没说出来的话正在他舌尖上蠢蠢欲动，她却顾不得了，径自挂断了电话。

刚放下电话，铃声又响了，她以为没挂断，心里有一股怨气腾地蹿了上来，劲道太猛，嘴唇想挡却没挡住，冲出来的时候撞得她腮帮子生疼："刘邑昌你知不知道，这是一块七毛五美金一分钟，你这样打下去，我这个月别吃饭了。"

那头是一阵死一般的沉寂。半晌，才传过来一个陌生的声音。

"乔琪娜，是我，杜克，我在你楼下。"

武生猛然醒悟过来，原来这是连在电话线上的门铃。

她只是在刚到辛辛那提的那个星期给杜克写过一封信，后来就一直没有和他联系，她完全没想到他竟然会来看她。她按了一下开门的键钮，冲进厕所胡乱梳了梳头，还没来得及把口红抹匀，杜克就已经到了门口。

"对不起，我没事先告诉你，是想给你一个惊喜。是不是太晚了？"杜克拿着一个大纸箱，犹犹豫豫地站在半开的门外。

"你是怎么来的，开车吗？"武生惊讶地问。

杜克点了点头。

"那要，开多久啊？"武生问。

"早上五点半出发的，没想到长周末路上有这么多的人，出了纽约就堵车，一路堵到这里。"

武生看到杜克眼白里那一根根细细的血丝，暗暗在心里喊了一声皇天，就赶紧让他进屋。他放下纸箱，说了声车里还有东西，便又下了楼，再上来时手里提了两个饱胀得要开裂的黑塑料袋。

"我刚刚买了房子，在曼哈顿。原先公寓里的东西都用不上了，你或许还能派点用场。"杜克说。

武生瞟了一眼杜克放在地板上的东西，塑料袋系着口，看不出里边装的是什么。纸箱子倒是大大敞开着，里头都是些锅碗瓢盆之类的厨房用品。一只炒锅的手柄上，还贴着一张没撕干净的价格标签。武生便知道这是他专门给她买的，不是旧货。她的眼睛再往箱子深处探了一探，发现锅和碗中间的那一小块空地里，居然还塞了几只洗碗用的丝瓜筋。

武生很是感动，想说谢，又觉得那一个谢字反而有些轻薄，搜了半天肠子，最后只说了一句没想到你这么细心。

杜克哼了一声，说那当然，我可不像有些人，到了纽约也没想起给老朋友打个电话。

武生无话可回。她在纽约机场转机到辛辛那提，中间其实有半天的空当，她竟然一点也没有想起来要联系杜克。

她问他吃饭了吗？他说吃了，不过那是中饭，我带你出去一起吃个消夜吧。她摇头，说辛辛那提这个鬼地方，哪能跟纽约比？这个时候哪还有什么消夜？算了，不如先喝杯茶，我给你煮碗面。

武生进了厨房打开冰箱，才发现里面几乎空空如也，只剩了一棵白菜和半盒鸡蛋。话已经出了口，也反悔不得，只好硬着头皮下了一碗挂面，扔了几片菜叶子和两个水煮蛋。端出来一看，杜克已经斜靠在沙发上睡着了。一年多没见，杜克还是那副老样子，只是走近些，就看见了他鬓边有几丝变了颜色的头发 —— 那是从黑到白的过渡层。垂在沙发扶手上的那只手依旧五指空空，没有戒指。

武生放下碗，从床上揭下一条毛毯盖在杜克身上。谁知轻轻一碰，他就醒了，揉揉眼，一脸歉意。

"怎么话还没说上一句，就睡着了？"

她把筷子塞进他的手里，说你开了一天的车，不困才怪。赶紧把面吃了吧。

他端起碗来，挑了几挑，就犹犹豫豫地停住了。

"我从小就吃食堂，真的不会做饭，是不是很难吃？"她忐忑地看着他说。

他没绷住，终于扑哧一声笑了，说咸得可以腌鸭蛋。

她赶紧把面端到厨房，倒了些开水进去，把汤冲淡了又端回来，手忙脚乱狼狈不堪。

"看起来你离贤妻良母的目标，还有很长的路要走。"他说。

"谁稀罕做贤妻良母？"她说。

"不做贤妻良母，那你要做母夜叉，就像刚才电话里那样？"他看着她，依旧一脸坏笑。

她的脸刷地一下子红了，如同是窃贼在钩取钱包的那一刻被人正正地擒住了手。

"有事没事，就打对方付款电话，烦……"她期期艾艾没头没脑地解释着，说了一半就觉得有些后悔 —— 这是一个她并没有准备和他分享的话题。

他没有说话，只是默默地吃着面，最后呼噜呼噜地喝完了碗底剩下的那点汤 —— 她知道他是为了不让她难堪。空气突然厚重了起来，呼吸撞上去，仿佛撞上了一堵坚硬的墙，满屋都是回声。

"你是不是觉得我，有点儿太小气？"她把脏碗收拾进了厨房，又从厨房里探出头来，嚅嚅地问。

他没回答，只是站起身来，尾随着她进了厨房。他撑着门站着，看着她哗哗地开着龙头洗锅洗碗。厨房很小，她不用回头也知道他就站在她的身后。距离虽近，却仍在安全的范围之内。可是不知为什么，她的动作突然僵硬了起来，一不小心，刷锅的铁刷子扎着了她的手。她杀猪也似的叫了一声，紧紧捏住了食指。杜克吓了一大跳，掰开她的手一看，不过是条细细的划痕。便从兜里掏出一个创可贴，缠上了，她却依旧还在哟哟地喊痛。

杜克忍不住笑了，说宋武生你是我见过的最最怕疼的一个人，吃奶的孩子都比你能忍。武生说没有办法啊，谁叫我命里欠了人？杜克说不过是疼痛阈值低一点而已，谈得上命不命吗？别吓唬人。武生说我出生的时候真的押上了别人的一条命，所以这辈子，连风吹过都会觉得疼 —— 这是我外婆说的。杜克睁大了眼睛，说你杀过人？武生说这是一个很长很复杂的故事，等你睡足了再讲给你听。

杜克就推开武生，说我来洗吧，你别沾水了。武生侧过脸看他，说杜克你是我见过的唯一一个随身带着创可贴的人。杜克说我还有许多其他的好处，在等着你一一发掘。武生哼了一声，说我说了这是好处吗？杜克说你说不说不要紧，我觉得它是就行。

那一晚，武生留了杜克在家里住。武生的公寓只有一间房，没有厅，武生睡床，杜克睡沙发，中间隔了一扇屏风。屏风是武生花了几块钱在旧货摊上买的，是三屏的日本山水图。月光从窗帘的缝隙里钻进来，把屏风上的丝绸照得薄如蝉翼，图上的树枝被扯得细细长长的，形同鬼魅。

武生听见杜克在沙发上翻来覆去，像是没睡，就问你们公司的同事都还好吧？

杜克的公司到头来也没得着那个合作项目的合同。武生想起来，总觉得有那么微微一丝的愧疚，仿佛是她在某一个环节上玩忽了职守。

杜克说我年初就离开了那家公司，现在在华尔街供职。武生就笑，说难怪，要不怎么会买房子呢，一定是大大地加了薪水。杜克说不加我跳什么槽啊？人为财死鸟为食亡。武生问是什么样的豪宅啊，你买的？杜克叹气，说你没听说过曼哈顿的房价？不过是比鸟笼略大一些的一房一厅公寓。

杜克就问武生书读得怎么样？武生说辛苦啊，英文跟不上，幸亏导师不错，从不为难人。杜克顿了一顿，才说硕士学位两年就读完了，将来有什么打算？武生沉默了。杜克忍不住又问你想没想过留在美国？武生无精打采地说我现在愁的是能不能顺利毕业，哪有精力考虑去留这样大的事情？

两人便都安静了下来，武生在等着杜克的鼾声响起。在武生的记忆里，所有的男人——她爸，刘邑昌，还有去年跟她一起来美国出差的同事们——睡觉都无一例外地打呼噜。可是杜克那里却迟迟没有响动。她不知道是他没睡着，还是他压根儿就不打呼噜。她等着等着，就把自己等得醒醒的，睡意全无。

杜克果然还醒着，正沉沉地想着心事。杜克的心事在这个过于静谧的夜晚里满屋爬行，他几乎害怕那嘈杂的声响会惊动了武生。他在思忖着是否要告诉她他跳槽的真正原因。其实去年武生刚离开纽约回国，他就动了离职的心思。公司里有个不成文的规定：项目的工作人员不能和合作方成员发生感情纠葛。他的公司和武生的设计院商谈的是一个巨额合作项目，假若事成，收入可以维持一整个公司好几年的运营。他不想戴着镣铐去找武生，于是他最终决定离开公司。只是在两份工作的间隙里发生了一件意料之外的事情：就在他悄悄地计划着动身去北京看武生的时候，武生却先他一步来到了美国。

尽管他知道她不是为他来的美国，她甚至对他的心思一无所知，他还是忍不住暗自欢喜——她总算把脚跨过了太平洋，现在她离他毕竟只有一州之隔。真正让他看到希望的不是她，而是那个不停地给她打对方付款电话的男人。他不知道他是谁，他也不需要知道，因为他已经凭直觉猜到了那个男人的年轻和愚蠢。感情的绳子最初的时候也许是粗壮的，可是却经不起时间和距离的拉扯，渐渐地，它终将被扯得稀薄而露出破绽。那个男人太懒也太自信，过早地把自己的重量挂在了那根靠不住的绳索上。和那个男人相比，他有一样他没有的好处：他就在武生触手可及的地方。他在年华上输了的东西，兴许能在距离上赢回来。

"假若我是他，真想你了，砸锅卖铁，哪怕卖血，也会自己花钱给你打电话。"

杜克突然在静默中听见了自己的声音。他吓了一跳——他没想到他的心事竟然自行其是地爬出了他的嘴唇。

武生怔了一怔，半晌才醒悟过来他说的是什么。

他的话在她的心尖上戳了一个洞，她身子疼得抽了一抽。

不，洞不是他戳的。洞其实一直就在，他不过是提醒了她而已。武生想。

武生拿着那份史密斯教授批改过的文章站在布夏教授跟前时，神情万分沮丧。

武生这个学期选修的五门课，成绩都在B+和B中间徘徊，而手中这门欧洲艺术史课，期末文章的批分是C+。这篇文章占学期总成绩的百分之三十，也就是说，这门课的最后分数将会是B-。她知道学校的规定，如果研究生有一门课程成绩低于B，将会被取消奖学金资格。奖学金是她在美国唯一的一条绳子，那上面吊着的不仅是她的脸面，还有全部生计。

布夏教授正趴在办公桌上看学生的考卷。这是一年里最忙的时节，大考刚过，寒假即将开始，除了改卷批分之外，家里通常还有一个庞大的圣诞度假计划在等候着执行。布夏教授今年要带全家人去巴黎和岳父岳母一起过圣诞，节后再和孩子们去奥地利的因斯布鲁克滑雪。他现在正努力地在堆积如山的考卷里钻出一条通道，好尽快回家打点行装准备旅途中所需的种种繁琐。

这会儿不是系里规定的问答时间，武生也没有事先预约，可是她手里的事实在十万火急，她等不起。她推开办公室的门，期期艾艾地问了一声可以吗？就不知所措地愣在了那里。

布夏教授抬头看了她一眼，这一眼看得很慢很恍惚，仿佛过了一会儿他才看清楚了她到底是谁，脸上方渐渐绽开一丝裂纹。

"什么事，请说。"他说。

布夏教授今天看上去和平常有些不同。今天他似乎起了床就直接跑到学校来了，一绺额发耷拉在两条眉毛之间，衬衫的领子松松地咧着口，颧骨上有一片没洗干净的墨汁似的阴影。布夏教授今天从神色到衣装到声音看起来都像是一个被老婆赶出家门的倒霉男人。

在美国，每一块钱都不是好挣的。武生突然想起了杜克说过的一句话。

　　武生结结巴巴地把事情说了一遍。她知道这事的权力在任课老师手里，导师未必使得上劲，可是她没有办法——除了导师，她再没有任何可以商量的人。

　　布夏教授慢慢地看完了武生手里的那篇文章，沉吟半晌，才说其实文章论点挺好，只是没有表述清楚，还是你的英文不够。你下学期去英文系选一门写作课程，保证达到B以上的成绩。以这个为前提去和史密斯教授谈一谈，看他能不能答应给你一个"未完成"的评分，待到下学期再重修一遍这门课程。这样，你的成绩单上就不会出现B以下的成绩。

　　武生觉得她那个硬木箍成的脑袋瓜子突然松了一条缝，她看见了一丝光。棋，这整个学术机制不过是一盘棋，而布夏教授熟知每一只棋子的位置。他巧手轻轻一拨，一盘顶得死死的棋一下子就走活了。武生匆匆说了一句谢谢，拔腿就往外走——她得赶在史密斯教授回家之前谈妥这事，一旦总成绩定下来，就再也没有通融的余地了。

　　"不用着急，下午系里有教务会议，四点以前他不会走的。"布夏教授说。

　　武生听出了导师语气里的挽留，就转回来，用眼睛问了一句有事吗？

　　他没有说话，可是她知道他有话。他的话在他身子里匍匐挣扎着，爬到哪里，哪里就鼓出一个小包。武生的肌肉开始紧张地收缩。

　　天，别再节外生枝。武生暗想。

　　"你圣诞节怎么过？"半晌，他才问。

　　武生没想到是这个话题，便一下子放了心。

　　"中国学生会有个聚餐。"她说。

　　他的目光像一把刷子，一遍一遍地在她身上刷着关切。她感觉呼吸有些不畅。

　　"这个圣诞节，我们很早就计划了。希望明年圣诞，你们几个无家可归的国际学生，能在我们家里过节。"他说。

　　"这么多人？"武生想起了哥伦比亚纪念日那天的烧烤。

他宽容地看了她一眼，仿佛在说你这个傻孩子。

"我家不够大吗？难道容不下你们？"他问。

"不是的，我只是想，为什么？"

这句话武生只说出了一半，后面的一半溜到喉咙口时，被武生吞咽了下去。她知道质疑在这个时候是一种粗鲁。明年还是很遥远的事，还要走过三百六十五个日日夜夜，她用不着在今天就预先押上她的态度。于是她笑了一笑，含含混混地说了一声谢谢。

"我这里，有一张去纽约的灰狗套票，长途汽车外加三天的旅馆住宿。原本是我儿子要去看他表哥的，现在我们改了行程。如果你没有别的计划，可以拿去用。"布夏教授递给武生一个信封。

他看出了她的犹豫，就说期限是今年年底，如果你不用，就浪费了。

武生这才接过了信封。

"你在纽约有朋友吗？"他问。

武生一下子想起了杜克，就点点头，说算是吧。

布夏教授说那就好，叫你朋友带你去时代广场听新年钟声，那是纽约人的传统。

武生把信封放进书包，正要走，却被布夏教授叫住了。

"乔琪娜，我注意到了，你手上戴了一只很有意思的手表。"他说。

武生哦了一声，说那是只老掉牙的表，是我妈给我的，难看死了。我自己的表电池没了还没来得及换，就拿这只先用几天。

布夏教授说你能拿下来，让我看一眼吗？

武生把表取下来，他戴上老花镜，把它放到台灯跟前，翻来覆去地仔仔细细地看了几遍。

"这是1957年版的欧米茄海马系列表中的一只。当时全世界已经有了多种名贵手表，只是还没有几只能经得起水的考验。1932年，欧米茄推出全球首枚为潜水员而设计的腕表，这个品牌就成了专业潜水表的代表。早期的海洋探险活动中，许多冒险家就是戴着欧米茄表潜入深海的。你这只'难看死了'的手表，在当时是西方每一个爱探险的男孩子的梦想。"

武生忍不住笑了，说教授没想到你对钟表这么在行。布夏教授说我外公的家族有人在巴黎开钟表店，我从小听说过很多关于名表的故事。武生拿过表，小心翼翼地放进了口袋，说听你这么一讲，我倒舍不得随便戴这只表了。

布夏教授说这款表当时发行得就不多，你手头怎么会有？武生说我也不太清楚，好像是我妈的一个朋友送给她的礼物。

布夏教授把头重新埋进了考卷里，武生不知道她到底该走还是该留。布夏教授今天举止有些古怪，仿佛用一只眼睛挽留她，又用另一只眼睛暗示她走。

"乔琪娜，你还从来没有告诉过我，你的家庭背景，比如你妈妈，是个什么样的人？"他突然抬头问她。

她有些惊讶，又渐渐觉得坦然。他和学生们在一起时，经常谈起他的妻子儿女，而他们也时时提及自己的家庭，只是她还没有融入他们的随意之中。

"我妈妈是个服装设计师，更确切地说，是个面料设计师。"她说。

"还有呢？"他似乎不过瘾。

"跟别人的妈妈也没什么区别，爱唠叨，管得很紧。"

武生后来还用了一个形容词，是"犹太式母亲"。这是她刚刚学会的新词，她为自己的活学活用暗自得意。

布夏教授笑了，说其实世界上所有的母亲，在儿女心目中多少都有一点像犹太母亲，你烦的是这个，爱的也是这个。那么你父亲呢？

武生突然就想起了出国后第一回给家里打电话时的情形。她到美国三个星期之后，才给家里打了第一个电话，是父亲接的。他刚喂了一声，她就哭了。她其实是想告诉父亲她在美国过得很好，现在她住的公寓楼道里，再也不会有人盯着她，看她早上出门穿的是什么衣服，晚上回家带进了什么人；她的生活环境很安静，周一到周四四天上课，接着就是三天的自由安排。这三天如果她不出门，基本不会有找她的电话铃声——刨去杜克时不时的问候。周一再出门时，她说话会有些艰难，因为她已经三天不曾开过口；她也想告诉父亲：她现在终于可以天天洗热水澡了，想什么时候洗头就什么时候洗头。只是洗完澡洗完头，再也不会有同事陪着她，披头散发地去街角的副食店买一罐酸奶，或是去单位边上的那家小放映厅，看一场从情节到对话都十分拙劣的电影，一边放肆地嘲笑着影片里漏洞百出的桥段，一边毕毕剥剥的满地吐瓜子皮。她原本是想好好和父亲说一说美国的新鲜事的，可是不知为什么每一句话每一个字涌到喉咙口，都化成了滔滔的泪水。也不知哭了多久，才听见父亲在那头说："宝贝，快别哭了，电话费太贵。"

那天放下电话，她还哭了很久很久。

他叫她宝贝，那是小时候他扛着她去动物园看猴子老虎时的称呼。这么些年了，他突然把这个称呼从尘埃里翻出来，她听了，突然就软成了一滩水。

武生从书包里捻出一张面巾纸，擦了擦眼角。

"对不起，教授，我只是有点想家。"武生说。

"你似乎，和父亲很亲近，是吗？"他问。

她想说是的，可是她不敢开口，喉咙口哽咽着一团温软，她怕她一开口嗓音就会露出破绽。

"慢慢的，就好了。"布夏教授说，"从前我在国外读书，也是一样。"

"你是说，在美国吗？"武生问。

布夏教授没回答，只是疲惫地摊开了一份新的考卷。

武生知道这一回她真是该走了。

走到了楼道里，她突然听见他又喊了她一声。

"乔琪娜，等我度假回来，再找个时间，和你认真谈谈，有些事。"他欲言又止。

武生的心倏地紧了一紧："是关于奖学金的事吗？"

他愕然地看了她一眼，半晌，才明白了她的心思。

"你放心吧，奖学金不会有问题。"他说。

　　武生如释重负。虽然她还不知道和史密斯教授谈话的最终结果，但从导师的语气里她听出了胜算的几率。和刚才进门时的心情相比，现在简直可以说是雨过天晴。

　　今天还有很多事要办。她想。和史密斯教授谈完之后，她要立即赶回家，因为她有三封信要写，而且必须在四点之前投进邮筒。这个时节邮局很是繁忙，她要保证她的信能赶在元旦之前抵达目的地。

　　第一封信是给家里的，算是新年祝福。

　　第二封信是给刘邑昌的，也是新年祝福，但不只是新年祝福。她还要告诉他，不要在单位里等她的电话了 —— 她原先和他约好在元旦那天通话。

　　第三封信是给杜克的，她要问他有没有空陪她去时代广场辞岁。

　　五，四，三，二，一。

　　一颗硕大而璀璨的水晶球缓缓落地，哗啦一声将旧岁碾成齑粉，碎裂处将长出些新枝新叶来 —— 那就是新年。

　　音乐声，歌声，欢呼声……这些声响渐渐地失去了各自的边界，混成一团像云也像气的东西，把武生紧紧裹住，武生的双脚不知什么时候就离了地。她站在半空往下看，看见了一地的色彩和光亮。人群分流成一个一个小方块，方块的边界在随时变更合并着，每一个人都在和身边的人握手，拥抱，亲吻。她恍惚看见杜克拉着一个身穿蓝色羽绒服的女孩子，在人群中间的狭小空隙里鱼一样地游动。其实杜克是想拥抱那个女孩的，可是女孩的嘴角上吊着一丝看不出是邀请还是拒绝的微笑，一下子拦住了他的胆气。天很冷，两人的鼻尖上都有一块红斑，呼吸在冒着火车头一样的白气。杜克摘下自己的羊绒围巾，围在女孩的脖子和下颌处，女孩一下子就丢失了半张脸，只露出两只点漆似的明眸。

　　武生这时才醒悟过来，被杜克牵着的那个女孩原来是自己。

　　这是一个独属于纽约的火树银花不眠之夜。这是人生不可没有也不可多有的记忆：没有是缺憾，多有是画蛇添足 —— 任何的叠加和重复只能使最初的印迹变得模糊。

　　　　亲爱的快来干一杯，
　　　　为过去的好时光；
　　　　来为那友谊干一杯，
　　　　为过去的好时光……

　　广场上的人震耳欲聋地唱起了罗伯特·彭斯的老歌。武生还不到二十六岁，远未到怀旧伤感的时节，老去是个陌生的怪兽，此刻还匍匐在她视野不及的远处。然而，今夜的纽约，突然让她听见了时光的脚步。

　　"你许个什么样的愿，今夜?"杜克趴在她的耳边，大声问道。

　　她咚的一声落到了地上，感到了脚指头的僵冷。

　　她很贪婪，她有太多的愿望。她希望父母外婆长生不老，她希望她每一科成绩都能保持在B以上，她希望刘邑昌能考过托福……想到这里她吃了一惊 —— 这个夜晚直到这一刻她才想起了刘邑昌。在美国的这些日子，她有太多的事等不及要讲给他听。电话费太贵，信又太慢，片刻不停一去一回也要一个月，收到回信时早已时过境迁，当时炽烈的情绪已经成为恍若隔世的惘然。她需要他的时候，他遥不可及。他需要她的时候，她也一样。才几个月的时光，他们就已经不再是彼此生命中那份随时存取的依赖。写出"天涯若比邻"诗句的人，不是没有经历过天涯之别，就是从未真正有过知己。

　　"我的愿望是，世界和平。"武生趴在杜克的耳边，大声嚷了一句。他知道她说的不是实话，可是在这样一个夜晚里没有人需要实话。两人不约而同哈哈大笑起来。

　　"你呢，你的新年愿望?"武生问。

　　"要听实话吗?"他反问。

　　"千万不要。"她说。

　　他深深地看了她一眼，说我希望我的小屋里，能有一个同住的人。

　　她知道这是一句实话。实话在这样一个喧嚣的夜晚很不合时宜，太一本正经也太沉重，她知道她不能接应，一接就是错。于是她一笑了之。

　　但是她不知道这就是杜克曲折委婉的求婚。

　　杜克至今无法理清他对武生是一种什么样的感情。在他三十八年的生命历程中，他并不是没有遇见过心仪的女子，可是几乎每一次都是在即将进入正题的时候节外生枝。上大学，服兵役，出国，搬到纽约就业……每一次感情的枝条刚抽出第一片芽叶，就会因异地分离而猝然夭折，生活似乎进入了一个被施了莫名诅咒的怪圈。父亲虽然没有责怪过他，但他知道父亲对自己的迟迟未婚深感失望。他是父亲最钟爱的儿子，父亲临终前瘦骨嶙峋的手紧紧抓住他，直至僵冷依旧不肯放开。父亲死后他才知晓家里为筹集他出国所需的款项借了这么多的债，至今他还在用薪水填补着这个天一样大的空缺。夜深人静的时刻他深深自责，他觉得自己是只肥硕的蛀虫，不仅蛀空了家里的基业，也蛀空了父亲对他的期望。

　　其实他很清楚父亲未了的遗愿。父亲希望他能娶一个外省女子，最好老家在江南那一带的，将来好和他一同回乡祭祖。父亲虽然在台湾生活了几十年，但却对故土念念不忘 —— 父亲在老兵回乡还未成为一声口号一个运动时就已经偷偷溜到大陆探亲。

　　可是他爱上武生却不是因为父亲的心愿。事实上他在第一眼见到江南女子宋武生的时候，心里想都不曾想过父亲，他只是脑子一片空白地栽进了眼目挖掘的深坑之中。刚开始他只是看见了她的美 —— 她的美如利刃一下子刺瞎了他的眼睛，其他的感官也紧跟着一一失灵。后来它们渐渐复苏，他才在她身上发现了一些其他的东西，比如任性，比如刁蛮，比如娇气。这些东西如荷叶上的青虫玫瑰上的刺，把飘在半空的美落在了实处，叫他知道了她的真。这一次他是真真切切地动了心的，他若再错过她就可能永远错过了生命之树开花结果的季节。他遥遥地忧心忡忡地望着她，只觉得她是一件技艺超群的工匠手里生成的名瓷，一样纯青的炉火里烧就的玻璃珍品，他略出一口大气就会把她变成一地永远无法修复的碎片。热切的欲念在恐惧的高压里行走过后，只剩下了颤颤巍巍小心谨慎的言行。

广场上的人渐渐散去。不，不是散去，而是离开——这个夜晚没有人愿意那么早散去。人群只是从广场流入了大街小巷的每一家酒吧，他们将在那里喝完窖藏的每一瓶酒，在收音机播放的每一首乐曲的间隙里，无伤大雅地发一发对旧年的种种牢骚，然后在酩酊大醉中慢慢滋生出对新年的星星点点期望。

武生坐在地铁里，听着车轮在铁轨上擦出吭当吭当的声响，看着满是涂鸦的墙壁被车速拉成一块块色带和光斑在她眼前飞闪而过，身子慢慢地暖和了上来，冻僵的手脚开始在手套和鞋子里热烧火燎地复苏。肚子嗷地叫了一声，她感到了饿。

"别去旅馆了，到我家来吧，我给你煮全台湾最好的牛肉面。肉炖了一天了，烂得像糊糊，保证沾到舌头就化。"杜克说。

武生没有答应也没有拒绝，她只是闭上了眼睛靠在椅背上养神。

"杜克你不可以对我太好，我给不起，你要的东西。"半晌，她才说。

他没回答。她感到了她的脚在动，睁开眼睛，才发现他正俯着身子，用手套擦她靴子上的泥。一下，一下，又一下。

"你并不知道我要的是什么，所以你也不知道，你给不给得起。"

他终于把她的靴子擦干净了，抬起头来，脸上是一片半睡半醒的朦胧笑意。

武生在学校的教工俱乐部等了布夏教授一下午，也没等到人。

两天前，她在学校的邮箱里收到布夏教授留下的一个便条，约她这天在教工俱乐部见面。收到条子时武生觉得有些奇怪：她这学期选了导师的一门课，几乎隔天就能在课堂里见到他的面，见面时他什么也没说，却偏偏要留张条子约她。圣诞节前导师就说过有些事要找机会和她谈一谈，一句话折腾得她心里一直忐忑不安。一整个寒假她把各式各样的可能性都在脑子里罗列了无数遍，开学的时候她藏了一肚子的问号想问他，可是一旦见了面，却发现他仿佛已经忘记了他说过的话。武生刚把这事放下了，却又收到了他约见的便条。

武生沮丧地回了家，心想上课见到他一定得问问到底是怎么回事，谁知第二天布夏教授并没有来上课。学生们等了他半个小时，系秘书凯西才进了教室，告诉大家刚收到布夏夫人的电话，说布夏教授这天清晨突发大面积中风，正在医院抢救，课程临时取消。

几天后，武生正在家里做晚饭，就听见有人敲门 —— 是房东。这才猛然醒悟，开学后学校里的事情太多太乱，她竟忘了交房租，而且已经晚了十余天。就赶紧进屋取出支票本，写了一张一百七十美金的支票。可是房东拿了支票，却不肯走。

"你还欠我一百三十块钱，乔琪娜。"房东说。

"不会的，我每个月写的都是这个数目。"武生说。

"不错，那是因为月月都有人替你另付一百三十块钱。这个月我联系不上那个人了，没办法了才来找你。"

武生吃了一惊，说怎么可能？

房东急了，说你这样一个单间，怎么可能才一百七十块钱的租金？你走大街上问问去，别说辛辛那提，就是全世界也不会有这个价钱。你要是不信，我给你拿租约来看，白纸黑字是三百块钱。

武生一下子傻了眼 —— 合同是导师替她签的，她从未见过租约。

"那个替我付钱的人，是谁？"武生问。

房东支支吾吾的，面有难色。"我答应了人家，不能披露他的身份。"

"我要是不明就里，怎么能胡乱付你这笔钱？"武生嚷道。

房东无奈，只好百般不情愿地说是一个叫克劳德·布夏的先生，他不让我告诉你。

武生虽然心里已经有了一个大致的谱，可等到房东真的说出这个名字时，她还是愣住了。

"这会儿时机不错，他午睡刚醒，精神还好，没发脾气。"

一位黑人女护士把武生领进了康复病房。

"他常发脾气吗?"武生忍不住问。

护士呵呵地笑了,脸颊上的赘肉水波纹似的颤动起来:"相信我,待不了多久,他就能教会你怎么写脾气这个词。"

护士又指了指墙上一个形迹可疑的红色键钮,说有情况马上按铃。她说这话时的神情,仿佛是在谈论一场战役中绝不容掉以轻心的敌情。

护士带上了门,把武生独自留给了病人。武生第一眼差点没认出他来 —— 他的身子似乎一下子缩了水,小小的松松垮垮地陷在一张气势庞大的轮椅中,蓝色条纹的病员服底下隐隐爬着一条枯瘦无力的蛇 —— 那是他还能稍稍动弹的一只胳膊。

"布夏教授,你好吗?"

武生蹲下来,把自己安置在一个可以和他平视的位置,然后轻轻地捏住了他的手,神情自然熟稔,仿佛她一辈子从来就没有以别的姿势和他对话过。疾病的巴掌轻轻一动,就彻底地抹去了隔在她和他中间的一切障碍,现在她可以眼睛也不眨地一脚跨进他的领地。此刻在她眼中他既不是教授也不是男人,他只不过是一个被疾病狠狠地狙击过一回的老人。

他的手指在她的掌心动了一动 —— 他想握得更紧,可是他没有力气,醒着的脑子指挥不动睡着的躯体。他含混不清地呜噜了一声,她听不清楚他到底想说yes还是no,一条细细的闪闪发光的口涎从他合不拢的嘴角里慢慢地流了下来。她从柜子上扯下一张纸巾,他侧过了脸想躲避她的触碰 —— 那是他的自尊。可是虚弱的肉体扛不住沉重的自尊,自尊落在地上,玻璃杯似的摔得粉碎。武生突然有点想哭,她没料到从钦佩到怜悯的路途竟然这样短促,中间的分水岭仅仅只是一场中风。

她把她带来的那盆花放到了窗台上。阳光正好,把花尖子上的水滴映照得犹如闪闪发光的金珠。窗台和床头柜上摆满了各式各样的鲜花,看得出在她之前这里已经来过了许多探望他的人。她那盆小小的粉红色的米花在那些娇艳欲滴的玫瑰康乃馨郁金香堆里显得有些寒酸，可是这已经是她能买得起的最好的花了。这个月突然多出的那一百三十块钱的房租，一下子打破了她的收支平衡，她意想不到地陷入了一道几乎无法翻越的赤字鸿沟。

等到那些花都谢了的时候，我的米花还能在泥土里活得很久很久。武生暗想 —— 这是她唯一可以聊以自慰的地方。

"你为什么，要替我付房租？"她问他。

问完了她就感觉滑稽 —— 他不可能回答她的问题，至少现在不能，兴许永远不能。医生说这次中风对他大脑的语言处理中心造成了大面积的伤害，能否康复，康复到什么程度，只能指望上帝的心情了。

他又含混不清地呜噜了几声，脸涨得绯红。武生猜出他有话要说。他的话如同一条饿了很久的蚯蚓，孱弱无力地想穿越脑子里那片塞满了淤血的泥泞之地。后来他知道了自己的无望，便选择了放弃。他只是用眼神示意着武生，食指微微地跷了一跷。顺着他指的那个方向，武生看见了墙角衣架上挂着的那件格子呢西装。

武生取下西装，放到他膝盖上。他又跷了跷食指，武生以为他要穿，就把西装披到他的肩膀上。他迟缓地摇了摇头，她把衣服取下来，茫然地看着他，不知所措。他盯着她的手，下颌动了一动。电闪雷鸣之间，她猛然明白了他要她去掏衣服的兜。她翻了翻西服上的两个口袋，一个是空的，另一个装了一块折叠得整整齐齐的手帕。她把手帕拿出来递给他，他突然嗷的一声狮子似的嘶吼了起来，脸皮紫涨成了两片猪肝，眼里露出刀子般的凶光 —— 那是被囚禁在肉体里的脑子发出的愤怒呐喊。脑子还不习惯失去自由的囚徒生涯，它急待越狱。还要过很久，它才能慢慢地意识到高墙四壁将会是它的永久居所，到那时它才会把自己和它们磨合成一种木知木觉的相安。

武生吓了一大跳，正想按墙上那个红色键钮，门被推开了，进来的不是护士，而是西琳娜。

"嘘，克劳德，可怜的孩子，乖乖，安静。"西琳娜把他搂进她的怀里，贴着他的耳朵轻轻地说。

西琳娜的怀抱像一张无比温软的眠床，武生看见他的怒气正在一丝一丝地消散，终于他成了一块泄完了气的皮子，服服帖帖地黏在了她身上。

"乔琪娜，你先离开，克劳德需要休息。"西琳娜对武生说。

武生一辈子也不会知道，那天布夏教授如此着急地让她做的事，其实就是从西服的暗兜里拿一样东西。那样东西是一个被岁月侵蚀得锈迹斑斑的万金油盒子，里边装了一小撮看上去像干草一样的东西——那是很多年前一个中国女孩剪下来的青丝。

那天武生在布夏教授的心思里走了九十九步路，却还是没走到那最后的一步。

"他出生时的名字叫黄文灿，克劳德·布夏是他到法国之后才改的名字；布夏是他母亲的姓。"

西琳娜坐在一只高脚凳上，一边抽烟，一边对武生说。

"布夏教授不是法国人？"武生惊愕地睁大了眼睛。

"那得看你怎么理解，他母亲是法国人，而他父亲是地地道道的越南人。"

武生终于明白了：布夏教授脸上一些无法解释的特征，原来是两股血液激烈厮杀之后的妥协结果。

看得出来西琳娜是这家咖啡馆的常客，她和武生的对话不停地被熟人的招呼所打断。

"是的，辛迪，克劳德现在稳定一些了，已经转到康复治疗中心了。"

"谢谢你惦着他，莱瑞。下一步我们还没想好到底是回家还是找家疗养院。克劳德当然愿意回家，谁吃得惯医院的那些猪食呢？天天如此，比婚姻还叫人乏味。可是，我家里已经有两个孩子需要照顾，这第三个会比那两个事儿更多。"

"请个菲佣？这个主意我倒从来没想过。我回去跟孩子们商量商量——你知道孩子们不习惯家里有个陌生人。"

西琳娜说起丈夫的病情来，神情平静得如同在谈论家里一只不小心摔断了腿的狗，或是一头刚做完阉割手术的猫。可是她的平静是一只在箱子里压了很久的中国瓷盘，仔细一看就能看出底下头发丝一样的裂纹。

"克劳德一直都是个不折不扣的理想主义者。我说的一直，是指南北越统一之前。可是越南成为一体之后，他没想到这么快就看到了他不想看到的一面。他的理想刚刚实现就破碎了，仿佛是一夜之间。"

西琳娜在说"一夜之间"的时候，打了个响指，像是狠狠弹出了两指之间的一只苍蝇。

"于是他就离开了越南，来到他母亲的祖国法兰西。"

武生默默地坐在西琳娜对面，小口小口地啜着西琳娜给她要的墨西哥咖啡。她平日极少喝咖啡，她的舌头还没学会品尝那股深藏在苦涩之后的香味 —— 她只觉得苦。她已经隐隐感到西琳娜的话语里有一股暗流正朝她涌过来，虽然她还不能判断这场对话会把她带到哪里，她却非常清楚西琳娜今天约她出来，绝对不仅仅是想请她喝一杯咖啡，或是谈一谈她丈夫早已烟消云散的社会理想。

"克劳德来到法国的时候，已经心灰意懒，但是他没有忘记他在上海留学时爱上的那个中国姑娘。他一直在试图联系她，可是那时候你们国家正在进行一场疯狂的文化革命，所有与外界的联络都已经中断。直到1979年，他的信才最终抵达她手中，那时她已经结婚十二年，而我们的女儿也刚刚学会走路。"

天！武生暗暗地喊了一声。西琳娜的话里有一只手，像章鱼的爪子，正缓缓地伸向她的生活轨迹。她还看不清那只手，可是她已经觉出了它渐渐逼近的热气。

"这些事，和我有关系吗，西琳娜？"武生问。

西琳娜没有回答，只是打开了手提包，开始摸摸索索地翻找东西。西琳娜的手提包很大，也藏了很多东西，她把它们一一地倒在咖啡桌上，有唇膏，粉饼，梳子，钢笔，各式各样的钥匙，开车库门的遥控器，装着零散硬币的小钱包，支票本，还有一本厚厚的通讯录，上面潦草地记着兽医诊所的地址，孩子学校老师的电话号码，儿科专家，还有箍牙医生的联系方式等等。

一个彻头彻尾的家庭妇女。武生想。西琳娜和她的丈夫一样，具有索邦大学的博士学位，只是她把她学来的全部知识，都用在了管理她的丈夫和儿女上。

西琳娜终于在一个角落里找到了一面化妆用的小镜子。她用袖子擦了擦镜面，把镜子举到武生面前，说照一照你的脸，乔琪娜。武生偏过了头。她知道她的眼角刚刚生出了第一丝皱纹，眼窝底下有两块青斑。她缺钱，缺觉，也缺爱。她此刻看上去像一个怨妇一样地干涩呆滞，心情萎靡得如同一件被雨水淋湿的旧衣服。早上西琳娜约她出来喝咖啡的时候，她刚刚收到了刘邑昌寄来的两封信。信是一先一后隔着两天写的，却在同一天送到她手里。第一封是噩耗，第二封在某种程度上也是。第一封告知托福再次失利，第二封要她十万火急地寄一张美金汇票，用来支付第三次托福考试的费用。第二封信的信封上画了三根鸡毛，信里的内容原本是想在电话上说的，可是武生最近已经拒绝了他两次对方付款的通话要求。武生看完后把两封信都撕了，可是她撕的只是信肉，信的幽灵却依旧活着，时不时地跑出来在她心里咬上一口。

"你觉得，你长得像一个血统纯正的普通中国人吗？"西琳娜依旧耐心地举着镜子。

武生摇了摇头。从小到大，她和母亲一样，都有一个影子般无法摆脱的绰号。母亲是老虎灶西施，她是洋囡囡。

"你觉得，你是从哪里，继承了这样的眼窝和卷发？"西琳娜意味深长地看了她一眼，"显然不是从你母亲那里。"

武生的心停跳了一拍，世界猝然间变成了一部没有色彩的黑白电影。

"从你上大学开始，你母亲就频繁地来信，和克劳德商量你出国留学的事情。"

"你是说，我出国的事是我妈妈安排的？"武生的眉毛高高地挑了一挑。

"当然。只是她没想告诉克劳德关于你身世的真相 —— 她是想对他永远隐瞒下去的,为了那个一直扮演着你父亲角色的男人。可是克劳德看到你入学申请表上的出生日期,就起了疑心。而当你真正站在他面前的时候,他所有的怀疑立刻烟消云散,他准确无误地知道了,你就是他的女儿。"

西琳娜的嘴唇一张一合,从那里爬出来的声音突然变得边缘模糊难以辨认,如蝇子似的在武生的耳膜上撞来撞去,撞出轰轰的噪音。

"你知道你的那份奖学金是怎么来的?你研究过评审标准码?'给一位来自亚洲、专业背景在文史哲方面的女性申请人;她必须掌握三门以上的语言,其中一门必须是英文或法文,另外两门中有一门必须是东方语种(比如中文或日本文);具有一年以上相应工作经验者予以优先考虑。'你不觉得这个标准有些令人可疑地与你相符,只要签上你的名字,立刻就能成为你的衣服吗?"

"你是说,我不是通过正规渠道申请到奖学金的?"武生喃喃地问。

"那得看你怎么理解'正规'。你的那份奖学金,是克劳德动用了他的私人积蓄,用匿名的方式向学校捐款建立的。这是短期的奖学金,为期五年,目的很明确,就是为了帮助一名学生完成博士学位。当然,甄选的渠道都很正规,因为没有人会比你更贴近这个为你量身定制的标准。无论是学校里还是系里都没有人对此产生过任何质疑 —— 克劳德把这件事做得天衣无缝。"

西琳娜仰头轻轻地吐了几口烟。一个个圆圈从她的嘴唇里挤出来,小小的,紧紧的,慢慢地升腾到半空,就肥了,松了,涣散成一团慵懒的雾气,最后撞碎在天花板上。

"可是自从见到你之后,他就再也管不住自己 —— 他只想和你相认,他一度甚至想把你接到家里和我的孩子们一起生活。这不仅违背你母亲的意愿,也违背了他当初对我的承诺。我没有反对他资助你读书,因为我理解他想报答那个在最艰难的日子里从自己的牙缝里省出食物来帮助他的中国女孩。可是我不同意他出面认你 —— 你能想象我的两个孩子的反应吗？他们正处在人生最脆弱尴尬的成长阶段。"

"后来我知道他约了你见面，铁了心要跟你道出真相，不顾我的坚决反对。我们发生了激烈的争执，我提出如果他一意孤行，我将带着孩子离开家。那晚的争吵之后他没有回到卧室，而是在客厅的沙发上睡了一夜。早上我起来上厕所时，发现他躺在过道的地板上。"

西琳娜说这话的时候身子颤了一颤，眼中飞过一只黑色的蛾子，蛾子的翅膀一扑一扇，遮暗了瞳仁里的一切光亮。武生知道那只蛾子的名字叫负疚。

"我知道，我要为那个晚上发生的事情付上一辈子的代价，这是命。可是你不同。"西琳娜说，"虽然这件事的源头是你，可是你并不知情——至少在那个时候。而且，你并未要求过以那样的方式出生。"

武生渐渐从震惊的瓦砾中把自己一点一滴地刨掘出来，她终于清醒地明白了自己的处境。

"你要我怎么做，布夏夫人？"武生突然发现她已经改变了对西琳娜的称谓。

"克劳德不能再见到你了。上次你走后，他闹了很久，病情越发严重了，医生说他不能再经受任何刺激。况且，克劳德已经不能回到讲台了。他现在不拿薪水，只拿病休保险金，我可能得出去找一份工作来补贴家用——我们家毕竟还有两个在几年之内就要上大学的孩子。我想你应该明白，我们不可能再资助你的生活费用了。"西琳娜说。

武生站起来，摇摇晃晃地朝屋外走去。她曾多次嘲笑过那些俗不可耐的电影桥段，遭受了重创的男女主人公总会在一场大雨中踯躅街头，没想到今天她竟然也遇上了这样落俗的一场雨。走出咖啡馆时压在她头顶的一片肥云，就在她走到街角的时候化成了滂沱大雨。那雨不是点，也不是丝，而是一根根镶着铁钉的鞭子，一下一下地抽得她身上满是窟窿。可是此刻她的神经仿佛蒙上了一层岩石般粗糙厚实的茧皮，她竟然不知冷也不知疼。早上出门时虽然也累，也有一万件烦心的事，脚却还是实实地踩在地上的。可是这会儿往家走的时候，她突然丢了脚，只剩下身子被雨推搡着鬼魂似的飘浮在空寂无人的街路。

原来她的生命从出娘胎那一刻起就是一个遮天蔽日的谎言。她的母亲，她的外婆，还有那个她一直以为是父亲的人，在这二十六年里，都在合着伙儿蒙住她的眼睛，叫她看不见那些有关她身世的蛛丝马迹。她生命的基石是个大虚妄，所有后来发生的事，都不过是从那个大虚妄里长出来的小虚妄，她现在再也不知道那里头到底有没有一样是真实发生过的。谎言没有脚，谎言站不住，一阵风来雨去，她的人生就坍塌成了一堆乱石。

武生恍恍惚惚地走回了家，呆呆地站在屋子中间，竟不知脱下湿透了的大衣，任凭衣服上的雨水在地板上淌成一个污浊的圆圈。她觉得出奇的热，又出奇的冷。心里有一股烈焰，沿着血管筋络嗤嗤地燃烧着，仿佛要把她烧成焦炭。而身子里又有一股寒气，顺着她的毛孔丝丝地渗出，要把她的血肉冻成冰坨。她在冰和火的夹击中瑟瑟地发起抖来，但她还不知道这是高烧的前兆。

就在瘫倒在床上的前一刻，她拨通了一个电话。她听着自己的声音走出嘴唇，钻进话筒，明明是经过了脑袋的，脑袋却不认得——那是一种奇怪的陌生。

"杜克，你能带我，离开，辛辛那提吗？"她结结巴巴地说。

她没有哭。也许以往她已经为比这小得多的事情流过太多的眼泪了，在这件本该流泪的事情上，她竟然没有眼泪。

武生走出地铁的时候，看了一下腕上的表，是五点二十四分。从地铁站到家，如果从从容容地散步，大概是十五分钟；如果疾走几步，七八分钟就够了；如果慢跑，那就只需要五分钟。

今天散步和疾走都不行，今天她需要跑步。出门之前杜克从单位打过电话来，说今天不加班，可以准时回家吃晚饭。杜克的准时，大概是指六点十五分到六点半之间的那个地带。换句话说，她只有四十五分的时间可以准备晚餐。杜克在华尔街供职，华尔街一年三百六十五天连睡觉都睁着眼睛，华尔街只有一个项目和另一个项目之间的短暂歇息，华尔街从不下班，所以杜克一周里很少能准时回家吃饭。轮到他早回来的那一天，武生不知怎的反而有些提心吊胆，她总要先偷偷瞟一眼他的脸色，以判断他是否被公司解雇。现在他是她的粮票饭袋旅馆，她不能不操他的心。

武生来纽约已经两个多月了，一直住在杜克的公寓里，晚上睡在客厅的沙发上 —— 尽管杜克一再坚持让她睡卧室。这两个月里她已经把蜘蛛网般遍布这个城市的地铁线路研究得无比透彻，每个星期她都会到哥伦比亚大学和纽约大学转一圈，了解校园环境并询问她的入学录取进展状况。她的转学理由非常充足，辛辛那提大学已经为她提供了导师因病离职的有力证明。只是从一所二流大学转入一所一流大学，录取的标杆自然提高了许多，奖学金的机会一下子缩了水，况且她再也没有一个像布夏教授那样的人，可以替她在录取审核时大声地说上几句好话。

四月的曼哈顿已经暖了，日头照在身上隐隐的有些酥痒，鞋尖踢起的是一团又一团的粉红 —— 那是凋零的樱花。樱花从街角路口和楼之间的空隙里随意率性地钻出来，东一丛，西一簇，像是街市面颊上的腮红，擦暖了钢筋混凝土的冷硬线条，叫都市突然有了一丝喜出望外的羞涩和娇嗔。

武生弯下腰来，捧起一把落红放在衣兜里，继续跑步。她想起了杜克柜子里的一个水晶雕花糖果盘子。她可以在那个盘子里倒上清水，然后在清水上撒下这些花瓣。灯影里浮游的红会是怎么样的一种红？武生问着自己，忍不住嘴角一吊，吊出了一丝浅浅的微笑。她已经很久没有这样的心情了，笑容爬过脸颊的时候，嘴唇和肌肤都感觉陌生。她知道杜克看见餐桌上的这盘落花，会笑一笑，说你们学文科的女生啊，就是酱紫（这样子）复杂。在杜克的台湾腔国语里，所有的女人都是女生。武生纠正过他许多回，说只有在校读书的女人才可以被称作女生。杜克不跟她争辩，可是杜克依旧还会一成不变地使用女生这个称谓，直到武生再也没有力气继续更正。

　　今天的晚餐其实很简单，凉菜是直接从超市的真空包装袋里拿出来的杂拌蔬菜色拉，热菜只有两道，一道是肉丝炒豆腐干芹菜，另外一道是清蒸鲈鱼。鱼是昨天杜克从超市里买来的，已经刮完鳞清洗现成，她只需浇上汤汁在炉子上蒸十分钟即可。这两样热菜在外婆手里根本构不成一件正事，这样的小事是外婆在各样别的事情的空隙里插花似的顺手完成的。可是她不行。菜刀案板煤气灶，锅碗瓢盆油盐酱醋，厨房里所有的东西都在合着伙儿地欺生。她不能和它们硬顶，她只能忍气吞声地和它们软磨，直到把它们的敌意和警惕磨出窟窿。她现在交不起房租也交不起伙食费，从辛辛那提带过来的那几个积蓄，只够她买几张地铁票和交转学的申请费用。杜克说她想在这里住多久就住多久，她给他随便煮什么饭食，只要往里多放一口就是她的份。她知道杜克说的是真心话，但她也知道世上所有的真心话和食品一样都有保鲜期，真心话存久了就会变质，她得小心翼翼地在真心话变馊之前找到出路。况且，她也听出了杜克在善心的裂缝里不小心显露出来的期待，她明白她得努力学会照顾杜克的饮食起居，和杜克家里的每一样东西磨出某种程度的默契，包括客厅里冷硬的沙发，也包括厨房里桀骜不驯的菜刀。

　　杜克回到家的时候，正是六点半，桌子上的饭菜已经摆置停当。杜克放下公文包，坐下来，看见那盘清水里盛着的樱花瓣，只说了半句你们学文科的女生，却突然停住了，狐疑地瞟了一眼武生，问乔琪娜你有什么好消息要告诉我吗？武生夹了一盘色拉递给他，说我这样的倒霉蛋，喝凉水都塞牙，能有什么好消息呢？两人便开始吃晚饭。武生到现在还吃不惯生菜，只觉得那东西嚼起来咔嚓咔嚓的像牛吃草，刀叉用起来依旧拗手。

　　"乔琪娜，谢谢你。"杜克突然说。

　　"你是在笑话我吗？菜烧得那么蹩脚，有什么好谢的？"武生说。

　　"不是这个。"杜克说。杜克嘴角上的肌肉仿佛受了脑子的逼迫，微微地抖颤起来。武生看到这个神情，就知道杜克有紧要的话要说。

　　"谢谢你，那天，打电话找我。"杜克嚅嚅地说。

"你没后悔我给你带来这么多麻烦?"武生问。

杜克举在半空的刀叉突然停了下来。"有难处的时候,你第一个想到了我。"

武生有些好笑,也有些感动,她知道马上会有一丝讥诮要溜到嘴角,她清了一下嗓子,狠狠地把它扼杀在了萌芽状态。她想说我没有别人可以想,可是她清楚这句话的尖刻和残酷,她最终选择了沉默。

两人终于把凉菜吃完了,杜克挟了一块鱼肚腹上的肉,放到武生碗里,说一盘鱼,其实真正可吃的,不过那一两寸地方。武生说一听这话就知道你是个公子哥儿。杜克呵呵地笑,说我吃苦的时候,你还没出生。武生哼了一声,说你大概都不知道苦这个字是怎么写的。

两人逗了会儿嘴,武生才从口袋里掏出一封信,递给杜克。

"我被哥大录取了,是教育学院。"她说。

转学教育是杜克的建议。杜克说这个专业适宜女生,毕业了容易找工作,而且每年都有寒暑假,拿十二个月的工资,干九个月的活。

杜克把那封信上上下下看了几遍,才说怎么没提奖学金?

杜克的话啪的一下把武生的快乐踩瘪了,她感到了疼。

"我今天去见了导师,导师说只要我第一个学期的平均成绩达到B,他下学期就会雇我做助研,可以维持生活。"她说。

"学费呢,有减免吗?"他问。

武生望着水晶盘子里那些樱花的尸骸在灯影里黑幽幽地睁着哀怨的眼睛,突然觉得自己的快乐如樱花,从出生到销陨,中间只经过了一阵轻风。

"导师说,第二个学期再看情况。"武生有气无力地说。

晚饭后,武生在厨房里洗碗,杜克钻进了自己的房间。杜克不上班的时候其实也在上班,只不过把办公室搬到了卧室而已。

杜克只在屋里待了一小会儿就出来了,手里拿着一张签了字的支票。

"乔琪娜,你自己把数字填上,先把第一个学期的学费交了。"他说。

"怎么，可以？"她的手犹犹豫豫地停在了半空。

话刚一出口她就憎恨了自己的虚伪。和导师讨论学费问题的时候，她第一个就想到了杜克。不，这句话不够确切，事实上杜克不仅是她第一个想到的，而且是她唯一可能想到的人。

"杜克，这个钱等到毕业以后，我才可以还你。"武生低头叹了一口气。

"其实，还有一种方法，你可以替我省下一半的钱。"杜克说。杜克说这话的时候，也低了头。两个人的话在屋里东一下西一下地相撞着，眼睛却到处躲闪。"比方说，你嫁给我，就成了纽约州的居民，不需要交外国学生的高昂学费。"

武生久久无语。她吃惊的不是这句话，而是这句话的时机——她没想到他竟然有耐心等到今天。

"当然，这只是我的一个建议。"他终于抬头看了她一眼，可是他没有遇到她的眼睛。"你是知道的，这张支票不是我的条件。"

杜克逃也似的回了自己的房间——他可以艰难地接受她的拒绝，却无法从容地面对她的沉默。

这晚的月光很是强悍，蛮不讲理地将窗帘撕开一条大缝，照得屋里的实木地板纹理明晰。武生睁着眼睛躺在沙发上，几乎可以读得出对过书架上那些书脊上的字。武生不是在试自己的眼力，她只是在看书架上的一件摆设。假若此刻她收拾起随身带的那只箱子走出杜克的家门，这件摆设在书架上留下的那块椭圆形压痕，可能就是她在这个公寓里生活过的唯一印记。这样东西跟着她走了很远的路，镂花的凹陷处积攒了许多沿途的灰尘和湿气，颜色已经老旧了，再也不是当初的明艳。

武生光脚下了地，走到书架前取下那样东西，撩起睡裙的下摆，擦拭着上面的积尘。哧的一声，那东西上边的把手把她的睡裙钩出长长一条丝。她打开那样东西，从里边掏出一个景泰蓝戒指往手指上一套，松得厉害，便知道这一年里她又消瘦了许多。

梨盒，这样礼物还是送错了。武生暗暗地叹了一口气。合是希望，离是现实，希望是棉，现实是石头，再厚实的希望也磨不穿一片稀薄的现实。武生把戒指摆回去，把盒子塞到了箱子的最底层。她知道，在以后很长的日子里，她不会再有心情去看这件东西了。

武生蹑手蹑脚地走到杜克的卧室前，犹犹豫豫地推开了门。杜克的门果真没有上锁，也许他夜夜都在期待着她会推开他的房门。其实她也设想过，他会在某一个夜深人静无法入眠的时刻摸到她的沙发上来。他给她的地界是四面敞开无法设防的，从投奔他的第一天起，她就准备好了他一旦索求，她便弃甲归从。可是她一直没有准备好在他没有索求的时候主动给予 —— 直到今夜。

"武生？"有人轻轻叫了她一声，是杜克 —— 他果真还醒着。

武生鱼儿似的滑进了他的被窝，赤裸的双足带着春夜的寒气碰触到他温热的腿，她感到他轻轻地颤了一颤。她知道他有话要问，她急切地想把这些问话堵在奔往出口的途中。她摸摸索索地解开了他睡衣的扣子，把脸埋在了他的胸口。她的肌肤一贴上他的肌肤，就知道了他身体的岁数。三十八岁的躯体不再具有二十八岁时的能量，三十八岁的身体已经有了破绽，攻克这样的城堡只需要一丝良心，半点热情。

很快就完了事，她像终于完成了一样惊天动地的使命似的精疲力尽，眼皮立刻有了重量。他却依旧清醒。他用肘子支撑起身子，轻轻地抚摩着她的额发，俯下脸来吻她。他的舌头比他的身体有力，固执地撬着她的嘴唇，试图寻找她的舌头。她却偏过了头。她可以为他打开身体的任何一个通道，可是她就是不能让他找到通往她舌头的路 —— 她已经退到了再也无可退让的境地了，这是她现在唯一一样可以坚守的东西。

"这个周六，我们去市政厅登记吧。"她说。说完了她才意识到，她省略了"结婚"两个字。

他吃了一惊，说这么快？不需要通知一下你的父母亲？武生笑了一笑，说他们怀我的时候，也没问过我愿不愿意出生。他拍了拍她的脸颊，说学文科的女生就是心思复杂，怎么会这样想问题？她哼了一声，说你一生什么也没经历过，自然头脑简单。他说好了好了，我不想和你争。明天我争取早点下班，我们去找件像样的衣服。

武生坐起来，定定地看了他一眼，说衣服不用买了，这个钱可以省。不过我还有一个条件，你能不能答应我，而且不问原因？

杜克说你最好不要让我有太大的惊讶，我的心脏怕是不行。

武生说一张五千美金的支票，在你心脏承受得了的范畴吗？

杜克做出一副如释重负的表情，说还好，暂时还不必持刀抢劫银行。

两人相拥着，开始努力适应一张床被两个身子分享的睡眠方式。呼吸慢慢均匀起来，她以为他睡着了，谁知他突然又睁开了眼睛。

"乔琪娜，你就是为了学费而选择我，也没有关系。日子还长，你总能慢慢地学会喜欢我，哪怕一点点。"他说。

武生的眼睛热了一热。可是她并不知道，二十六年前的一个冬天，有一个叫宋志成的男人，对一个叫孙小陶的女人，也说过这样的话。还要过很多年，等她走到了可以回首往事的年龄，她才会意识到：她这个家族的女人，血脉里似乎都有一样说不清道不明的东西，叫她们忍不住要为一个血气方刚的青壮男人情迷意乱，而最终却都嫁了一个四平八稳的老男人。

第二天早上，武生送走杜克上班后，就去邮局给刘邑昌寄了一封信。信里夹了一张五千美金的汇票，却只有寥寥数语：

> 我知道五千美金不够赎回一段丢失了的感情，可是它却能让你考许多次托福，交许多所学校的申请费，买一张来美国的机票。剩下的，兴许还能勉强支付头半年的房租。

武生被尖锐的电话铃声惊醒，看了一眼墙上的荧光电子挂钟，是一点四十五分。在这个连上帝都睡着了的时刻打电话来的人，只有两种可能性，要么是传递一个刻不容缓的噩耗，要么是压根儿就没弄清楚国际时区为何物 —— 这两种可能都让武生心悸。

　　电话在杜克那头的柜子上。他拿起话筒说了一声哈罗，那头是一阵死一样的沉寂，半晌，才传出一个颤颤巍巍的声音："请问宋武生住这儿吗？"隔着杜克的身体，武生也听出了那是母亲。母亲在上海住了二三十年，可是乡音总要在她的普通话里钻出这样那样的绒头。

　　武生已经四个月不曾给家里写信打电话了。最初是因为气恼，后来气恼渐渐淡化成了怨意，再后来怨意又渐渐演变成了惯性。这四个月里发生了太多的事情，比照她先前的生活，这四个月的日子错综复杂得像过了整整三辈子。这些日子是一团乱线，一旦错过了一个头，便很难再整理出头绪。武生正思忖着到底该如何找那根线头，杜克已经把话筒塞到了她的手里。

　　"武生，是你吗？我找你，都找疯了。要不是王阿姨的儿子帮忙，我怎么也找不到，你的行踪。"母亲焦急地说。母亲一着急，普通话就碎得像一块破布。

　　王阿姨是母亲单位的同事，武生当年申请辛辛那提大学，母亲就是通过王阿姨的儿子找来的申请资料。当然现在武生已经明白了，这不过是母亲诸多谎言中的一个 —— 母亲真正的消息来源是在别处。

　　"你还想骗我多久？王阿姨的儿子，根本就不知道我的新地址。"武生觉得她突然找到了一根线头，猛力一扯，线团山崩水泄，痛快，利索，解气。"你到底转了多少个圈，才打听到我的电话号码的？"

　　"是黄文灿的老婆告诉我的。"母亲低声下气地承认了。

　　这个名字很耳生，过了一会儿武生才明白了它和自己的关系。黄文灿是克劳德的前生，克劳德是黄文灿的后世。母亲不认识克劳德，西琳娜也不认识黄文灿，两个女人本来可以守着各自认识的那个男人互不相干地活到老死，可是中间偏偏横插出一个宋武生。宋武生是前生后世中间的那个结子，把黄文灿牢牢地拴在了克劳德身上，叫克劳德永无可能从黄文灿那里逃遁。

　　"他老婆有没有告诉你，我是被她扫出辛辛那提的？你现在也只能指望他老婆了，他就是有一肚子话，也说不出半个字，连拉屎都得她替他擦屁股。"

　　她听见电话那头母亲噢地号叫了一声，便知道她踩到了她的最疼处。她想象着她如一团湿面粉似的瘫软在凳子上的情形。

　　"武生，你，你怎么能这样残酷？他到底，到底是，你，你的……"母亲语无伦次。

　　"他到底是谁？你说，你说啊？"

　　武生的语气像刀，电话线被她嗖嗖地削成土豆皮似的碎屑。母亲没有说话，后来，武生听见了一阵浓重的鼻息声，她知道母亲哭了。母亲今天的眼泪很贵，二十二块人民币一分钟。母亲从开老虎灶的外婆那里继承了节省的习惯，母亲在大暑天里走一天的路也不会舍得在路边的小摊上买一瓶汽水。父亲，或是那个她以为是父亲的人，曾经戏谑地说过我老婆的籍贯是天下第一省。不过武生知道，无论多贵，今天母亲都不会挂断这个电话，因为母亲明白，这根电话线是此刻她们之间的唯一牵连。

　　"武生，当年我选择生下你，我不指望你感谢我，我只是希望你懂得那个年代的难处。"母亲终于停止了哭泣，"若不是你爸，今天不会有你，兴许也不会有我。"

　　"哪一个爸？"武生尖利地截断了母亲的话。

　　"武生，就算我对不起你，宋志成可没有任何亏待你的地方。"母亲哭过了，声音里开始有了几分平静和镇定。"为了你，他同意不生自己的孩子。从小到大，别的孩子有的，你一样都不差。别的孩子没有的，你照样都有。从幼儿园到小学毕业，每一天，都是他接你送你。你七八岁了，他还是肩上扛着你，一直到扛不动了，才改用脚踏车驮你。"

　　"我没有求你生我，也没有求他养我。"武生原本是想嚷的，话在肚腹里的时候，很厚实很硬，走出舌尖时，却莫名其妙地失去了劲道。不知从哪一刻开始，母亲占了上风。

　　"你真是个宠坏了的孩子。"母亲叹息着，"就算你有委屈，你怎么能忍心，让你爸躺在病床上，天天梦里喊你的名字？"

　　"他，病了？"武生惊问。

"四个月没你的信，也没你的电话。我们找遍了所有的关系，也找不到你的联系方式。你爸心脏病发作，住了两次医院。刚开始的时候，他天天问你，到后来，他不敢问了，怕问出坏消息。可是他每天见到我时的眼神，那眼神……"母亲又泣不成声。

母亲的话像一根棍子，猛地捅了一下武生的心尖子，她疼得身子抽了一抽。她麻木地接过杜克递过来的纸巾，才醒悟过来原来自己也哭了 —— 是那种有泪无声的哭法。

"你告诉他，我，结婚了。"武生终于低声说。

放下电话，武生再也睡不着了，靠在床头怔怔地坐着，身子拱成一个满是骨节的圆圈，双手怕冷似的抱着双肩。杜克过来搂她，她肩膀一耸，抖落了他的手。

"乔琪娜，你是不是，对你妈有点太狠了？"杜克小心翼翼地问道。

"对于你不了解的事，最好不要随便开口。"武生冷冷地说。

杜克躺了回去，却窸窸窣窣地翻着身。

"其实，我也是在读中学的时候，才知道我爸在大陆还有个家，我有两个同父异母的哥哥。可是我们几个孩子都没有因为这事生过爸爸的气，大家都知道那是历史，他做不了主。"杜克说。

武生把头埋进膝盖里，默不做声。墙上的石英钟哗啦哗啦地走着，声响骇人。

武生戴了一副隔音耳机，坐在房间里备课。屋外的噪音长着尖尖的嘴，从耳机的海绵里钻进来，一下一下地啄着她耳膜上的肉。小孩兴奋的尖叫，大人严厉的呵斥，还有狗满心委屈忍气吞声的呜咽。不用探出头来，武生也知道这是杜克在客厅里看驯狗的节目。杜克爱狗，爱到痴迷的程度，街上任何一条名狗野狗都可以让他驻足不前。而武生却害怕一切身上长毛的动物，她的卧室里从来没有出现过女孩子标志性的毛绒玩具。武生令杜克的养狗计划永久地停留在了口头阶段。杜克曾经开玩笑地说过，他后悔没在娶武生之前领养一只狗，把它作为婚前财产的一部分带进他和武生的共同生活。无法实现养狗计划的杜克，便把所有的痴迷转移到了电视上。只要在家，他绝对不会错过任何一档与狗相关的节目，甚至连有狗出现的广告片，他也能一次又一次不厌其烦地重复观看。

"有必要开得这么响吗？有些人休息的时候，另外一些人还在工作。"武生冲着客厅大嚷。

幸好还有一个自己的房间。武生暗叹。武生已经从哥大毕业，并且通过了教师资格考试，现在在一所中学教法语和中文。半年前她和杜克买下了皇后区一处价格相对便宜的三室一厅小洋房，搬离了那个地处曼哈顿的昂贵斗室。现在的三个房间，一间做卧室，一间是客房，还有一间是书房 —— 她常在这里备课。

屋外的分贝明显地弱了下来，不再刮耳，却依旧分心。武生起身关门，看见了手持遥控器仰面横躺在沙发上的杜克。杜克还没换掉上班穿的衣服，上身是一件黄底蓝道的短袖高尔夫球衫，下身是一条水磨石牛仔裤 —— 周五是公司的"随意着装日"，员工可以选择不穿西服。杜克躺得太随意，球衫的下摆歪了，露出一截肚皮。杜克已经明显有了肚子，年初买的那张健身卡，至今还躺在某个抽屉的角落里积攒着灰尘。这几年杜克在工作上的境遇可以毫不夸张地用顺风顺水来形容，连跳几级已经成为一个大部门的经理。四十是一条线，婚姻也是一条线，同时跨越了两条线的男人，身心开始松懈，懒得再用绳索束缚弯曲自己，哪怕是为了逢迎一个上司，一个女人。武生曾经有过逼促杜克健身的冲动，但在第一回合就遭遇了她的滑铁卢。他只是慵懒，并不是成心忤逆她的意愿，那天也如此。只是那天他的回答表面平滑无懈可击，底下却藏着玄机，她知道如果她再往深处轻轻一抠，就会抠出一根骨头。那天他打了一个哈欠，说乔琪娜你给我一个充足的健身理由。她立刻就住了嘴，因为她明白他指的是什么。

从结婚的第一天起，杜克就期待着她为他生一个孩子。她一再拖延，最初的借口是读书，后来的借口是考执照，再后来的借口是试用期。她的借口是一条原本就不够粗壮的线，被她拉扯了这么多年，已经扯得稀薄绵长。她现在已经过了试用期，成为纽约州浩浩荡荡的教师工会的一员，下一步面临的是晋级加薪，几乎没有任何裁员失业的可能。今年她三十一岁，在这个岁数上她的外婆已经有了一个十几岁的女儿，而她母亲生下的孩子也已经上小学。总有一天她会把所有的借口用尽，她提心吊胆地等候着那根线终于在她手里扯断的那一刻。等她被逼到那个绝境时，她就不得不告诉他实情：她对生育有一种无法挥斥的恐惧。当然，如果她嫁的是一个她真爱的男人，她兴许可以为他赴汤蹈火粉身碎骨一回，可惜他不是。这个真相是一把匕首，能轻而易举地剜出杜克的心。她纵然不爱他，却从未想过如此地伤害他。他若死于伤心，她也活不长久——即便她的良心蒙满了尘垢，她一辈子也逃不过它昏聩双眼的追究。现在她只能在他的死和她的死来临之前得过且过拖一天是一天地熬着日子。

她关了门，去书架找一本法国近代大事年谱——下周她的法语课程将要进入法国大革命的话题。书架是搬家时添置的多件新家具中的一件，比原先的大了许多，藏书却寥寥无几——她还没有来得及填充那里的硕大空间。现有的书大多是她的，属于杜克的那两三个格子里，几乎全部是电脑和财经方面的书籍。勉强与闲读沾得上边的只有两本，一本是《艾柯卡自传》，另一本是《狗类智商》——这大致框定了杜克的兴趣边界。杜克的神经系统网眼粗大，很难过滤生命中诸如色彩情趣之类的纤细绒毛。他用他短短的触须在他的四周画了一个几公尺的圆，他的妻子和工作合占了这个圆的一半，还有一半是为将来的孩子准备的——他坚定不移地相信那是迟早的事。他的圆之外虽然也还有天地，但那是别人的圆，不牵着他的心。可是他却不知道，她生存在他触须画出的圆里，像两只渴望走遍世界的大脚穿在一双袖珍小鞋里一样地痛楚窒息。

武生坐回到办公桌，重新打开那本厚厚的课程大纲，书页里露出来的一张红纸片火一样地灼痛了她的眼睛——她知道这才是她心神不宁的真正原因。一整个晚上她都试图回避这张红纸片的窥视，可是现在她终于知道那是徒劳。她把纸片从书里抽出来，又从头到尾地看了一遍。那是一则学术讲座的预告，是她几天前去法拉盛公共图书馆收集中文资料时偶然看到的 —— 法拉盛图书馆每周都有这样那样的演讲。这个讲座的题目是"中国现代艺术",演讲者是几个出访美国的中国艺术家。这样的题目包罗万象却又无比空泛,可以是珍珠也可以是垃圾,武生本来并无多大兴趣,可是她在演讲者名单里找到了一个熟悉的名字。

那个名字是刘邑昌。

武生拿着那张纸怔了许久,最后终于把它揉成一团扔进了垃圾桶。

这天夜里杜克起身上厕所的时候,被眼前两粒荧荧的亮光吓了一跳,半晌才回过神来那是他的妻子武生 —— 她正目光炯炯地坐在床头。他问她怎么还没睡?她说屋里有点闷,他拍了拍她说心静一静就凉快了。他很快就重新入睡,却又被她摇醒。

"我想起来周六下午有个讲座,可以拿进修教育的学分。早上起来你记得取消医生的预约。"武生说。

那个周六杜克约了医院门诊,医生是一位全美闻名的妊育专家。

武生走进大厅时,演讲已经开场。她从后门溜进来,在最后一排悄悄地坐下。她有意选择了迟到,就是为了避开演讲前的接待会 —— 她还没有做好端着饮料和点心盘子与他猝然相对的准备。她需要距离和人群的屏障,来慢慢消化六年的分离。六年是个尴尬的时段,已经久得让人忘掉了许多脸红耳热的细节,却又没有久到尘埃落定心如止水的地步。分手后她就再也没有和他联系过,甚至两次回国探亲都没有想过联系他,也许那时伤痕还嫩,她向来怕疼。她从京城的一些旧友那里辗转得知,他后来并没有出国,研究生毕业后留校当了老师,并私下办了个美术班,给学龄儿童教授美术基础课程,据说小小地挣了几笔钱。听到这个消息时武生忍不住想:她寄给他的那五千美金在他的生活变迁中是否起了一些作用。

其实她是真正爱过他的,他是唯一一个可以搅动她一身的血、让她感悟到生命热度的男人,只是她在美国的那个艰难开头毁掉了他们之间的一切可能。她最需要他的时候,他却在向她呼救。她精疲力竭的时候，他却还浑然不觉地从她那里支取能量。两个低谷相叠在一起，并没有叠出一个高潮来。其实他们两人都具备施以援手的能力 —— 在另外一个时机，另外一种环境。他们在不该相遇的时候相遇了，又在不该分离的时候分离，那是命运的错位。假若他们的相遇始于今天，那将是一个什么样的结局？

武生不敢想下去。

临出门的时候，武生认真地装扮了一下自己。打开那个装着化妆品的抽屉，她的指尖觉出了瓶盖上的尘粒，这才知道她已经很久没用过它们了。梳理完毕，她从衣柜里挑了一件白底红花的连衣裙 —— 那是头天夜里就想好的。衣服剪裁得很合身，无论是遮盖的还是裸露的部分都恰到好处。她看着镜子里的那个人不禁有几分恍惚：她几乎有些认不得自己了。犹豫了片刻之后，她还是在连衣裙外头罩了一件旧外套，所有的张狂瞬间被压住了头角 —— 她只是不想让他看出时隔多年她依旧还为他上心。

武生在靠门的一个位置上坐定了，把手提包随意搁置在大腿上，却突然觉出了重量。不是那个装零散硬币的小皮口袋，也不是那串形状各异的钥匙，更不是那个塞了几张信用卡银行卡的皮夹子，而是那个做成梨子形状的景泰蓝盒子。她不知道自己为什么会把它带到这里 —— 是含蓄的暗示？还是赤裸的提醒？哪一样都充满了万劫不复的诱惑和危险。景泰蓝上的镂花纹理隔着薄薄一层皮革在痒痒地蹭着她的腿，她感到耳垂子微微发烫。

前面两个人的演讲味同嚼蜡，她昏昏欲睡地等到了他上场。看到他时，她的心跳得如同着了魔障的锣鼓，想捂，却捂不住，响得一个屋子都听得见。六年的岁月彻底磨去了一个男人的青涩，他不再生愣，却依旧英俊，明显地懂得了着装 —— 看得出钱在这里派上了用场。他说了一两句应景的开场白，便立刻进入了主题。他讲的是自己在云南少数民族地区的写生经历，普通话里仍然夹带着口音，却不刺耳。他和那名女翻译似乎磨合过很久，彼此有了时间铸就的默契。她看他时眼神有些扑朔迷离，而他则时不时地调侃她几句，偶尔纠正一下她的专业术语词选。已经在沉闷而空泛的话题里熬了一个小时的听众，像吸进了一口清洌的空气，突然眼中有了活意。他知道了自己的魅力，便越发挥洒自如起来。

接着他开始放映一系列名为"风"的云南画作幻灯片。风撩起竹楼窗口的布帘子，风把新竹压弯贴到地面，风在女人的筒裙上留下一道道深浅不一的褶皱，风在溪水上舔出光影迷幻的涟漪。

这是武生熟悉的画面，是根据当年他为她采集的素描所作的水粉。最后几张幻灯片是人物肖像——是一个穿着傣族服饰的少女，正面的，侧面的，低头沉吟的，仰脸浅笑的。武生的心咯噔一声停跳了一个节拍，眼中突然充满了热泪，因为她猝不及防地看见了自己——只不过那是一个年轻的版本。那张脸肌肤光润，所有的皱纹都还遥遥地潜伏在不可知的未来，眼神里没有一丝畏惧的阴影，只是充溢着初见世面的无知和好奇。这张脸像镜子，清晰地折射出时光的质地和纹理。

"你为什么选择风的主题？是受了某种启发吗？"

情绪的飞尘渐渐落下，武生听见人群里有人向他发问。

"艺术家每天都会遭遇各式各样的灵感冲击，启发肯定有，只是记不得细节了。"他说。

"你的几张人物特写似乎格外出彩。是有固定的模特，还是纯粹的自由创作？"又有人问。

这个问题像一根鱼骨头，猛然噎了他一下。他没有立刻回答，仿佛在小心翼翼地挑选着合宜的词句。

"我有很多模特儿，但我不依赖他们。"他终于开了口，"这个人物没有具体的蓝本，只是一个整体印象，她的鼻子，你的眼睛，东一鳞西一爪的，我追求的是神韵，就像我的风。"

人群报以热烈的掌声。他站起来，对台下深深地鞠了一躬。就在那一刻，他神采飞扬的眼波停滞了，像是遇到了一块不可逾越的石头。那只挥在半空的手，突兀地定格在一个滑稽的弧度。

他看见了人群中的武生。

武生抓起手提包，飞也似的逃离了大厅。

幸好，我没有让他看见，这个梨盒。

武生站在大街上，紧紧地捂住胸口，暗自庆幸。

她从皮包里找出几枚硬币，在街边的电话亭给杜克打了一个电话。

"开车出来吧，我请你吃晚饭。"

杜克说烘干机正烤着衣服呢，再说法拉盛这几家中餐馆，哪家都吃腻了。武生说我今天是想请你吃一顿法国大餐，有鹅肝。衣服可以等。

杜克顿了一顿，问出什么事了，乔琪娜？武生忍不住笑，说非得有事才吃饭吗？典型的岛民思维模式。

岛民是武生给杜克起的外号，指的是他的台湾背景。杜克不甘示弱，也给武生回赠过一个别名，叫陆众。

武生不记得是在哪一站下的车，直到看见街口那个悬在高楼上的巨幅电视屏幕，才醒悟过来她已经走到了时代广场。她走了很久的路，却还没有把身子走暖。天已经全黑了，不知什么时候落起了雪。雪很干涩，飘在空中像面粉，打在脸上像沙子。虽然离午夜还有三四个小时，人流已经开始浓稠起来，擦肩而过的呼吸里，已经隐隐闻到了第一丝香槟的气味。

这是 2000 年的最后一天。世纪原本是一道几乎不可逾越的鸿沟，媒体铺天盖地谈虎色变地讨论了整整十年的"世纪虫"。去年的今日，世纪突然变成了一条细线，一记钟声轻轻一推，人们就毫发无损地跨越了边界，"世纪虫"竟然有惊无险地成为历史名词。安然越过了世纪线的人们惊魂初定，回头一望觉得上了当，像是满心欢喜地捧着糖块的孩子突然发现被小贩短找了零头。本该完美的狂欢里有了瑕疵，就想从头再过一次。这次的理由是：2001 年才是真正的世纪分界线。

武生找了一个路边的石阶坐下，看着霓虹灯张大了嘴巴，在夜空中呼出一口口色彩斑斓的雾气，只觉得所有的声响和色彩都离她非常遥远。八年前的今天杜克带着她来到这里，让她第一次见识了水晶球落地的新年狂欢。那时候她对这个叫纽约的城市还抱着满满一怀由无知而萌生的冥想，她急切地渴望在这里拥有一块落脚之地。八年之后她拥有的已经远远不止一尺落脚之地，可是她却渐渐对这个城市产生了一种无法言述的陌生和厌倦——她感觉在这里她贫瘠得一无所有。

这个冬季格外的阴郁，几乎没有见过一个正正经经的艳阳天。她的心情也和天气一样郁郁寡欢。三周前她失去了父亲。尽管宋志成还不到七十岁，他的死对她来说其实并不完全是意外——她暑假回家探亲时，医生就已经跟她详细解释过了他的心脏病情。她在家里待了三个星期，足不出户地陪着他。冥冥之中他大概也意识到了这是父女的最后一次相聚，他依旧寡言，可是他落在她身上的目光里却有了一种从前不曾有过的重量和黏度。有一天全家坐在客厅里看一个动物节目，讲的是一黑一白两只母鸡，它们误孵了彼此的蛋，结果那只白鸡孵出了一窝小黑鸡，而那只黑鸡却孵出了一窝小白鸡。那两窝幼鸡跟着各自的假妈妈长大，主人试了几次互换着养，可是一放出笼子小鸡们马上就回到了养母身边。外婆骂了一句没良心的不认娘，武生随口接应说生的哪有养的亲？她一扭头，突然发现父亲眼里晶莹的泪花。后来回想起来她深感庆幸：她终于在他活着的日子里，说了一句可以让他安然离去的话。

父亲送到医院的时候，已经没有了呼吸。经过全力抢救，才能依赖呼吸机勉强支撑——父亲在最后的日子里已经沦为纯粹的植物人。即使这样也没能持久，但是母亲无论医生怎么劝说也不肯撒手。母亲趴在父亲的耳边，紧紧地攥着拳头，一遍又一遍地唱着国际歌。当然，母亲唱的不是整首歌曲，而是其中的两句："这是最后的斗争，团结起来到明天。"母亲像陈年失修的唱机一样，无休无止地重复着同一个旋律。这是父亲年轻时最爱唱的一首歌，母亲期待着唤醒父亲生命的激情。可是没用，欧仁·鲍狄埃也许拯救了全世界的工人运动，却没有能够拯救父亲。父亲败在了最后的斗争上，父亲没有熬到明天。

父亲的死虽然让武生难受，却不是她情绪低沉的唯一原因。这些日子里，她觉得她丢失了一根贯穿全身的筋骨，身子像一团散肉慵懒地陷落在躯壳里，再也没有一样东西可以推着她让她站起来朝前行走。不上课也不备课的时候，她不是赖在床上昏睡，就是趴在沙发上，茫然地看着杜克走马灯似的转换着电视频道。有一次她起床时发现自己已经整整两天穿着同一套睡衣睡裤，没有说过话也没有出过门了。她开始惊惶起来，私下去看了家庭医生。医生说她可能得了冬季综合征，一种缺乏日照的都市通病。于是她只能萎靡地等待着冬季的结束和一个或许有阳光的春季的来临。直到今天，她才知道她的生命里也许只有永恒的冬日而不会有春天了，因为她的婚姻已经走进了死胡同。很久以来，婚姻对她来说就是一种进退维谷的僵持 —— 进是杀了自己，退是杀了杜克。她不能杀他也不想杀自己，她就只能在不进也不退的窄小空间里，过着一种不仅缺乏阳光而且缺乏氧气的低迷日子，直到杜克把她逼上绝路。她知道这一天是迟早要来的，只是没想到来得这么突兀。

今天武生睡到中午才起床，懒懒散散地吃过午饭，终于决定开车出门。她要去超市转一圈 —— 家里的冰箱早已空空如也，她和杜克已经吃了好几顿外卖。节日购物的人流很厚腻，车在路上堵了一阵子，回到家时天已经傍黑，可是屋里却没有点灯。她以为家里没人，正往冰箱里装东西，突然听见有人在客厅里喊了她一声。那声叫唤有一个长长的拖腔，像坠着一个沉重的问号，或是一个犹疑不决的省略号。武生开了灯，惊异地发现杜克坐在沙发上，神情苍老得如同一粒在盐水里泡过几日全身起了皱皮的花生。他定定地望着她，目光很直，却没有力气，她听见它们如纸折的箭似的落到她身上又噗噗坠地。

武生吃了一惊，问你病了？杜克没说话，却摊开了手掌，在他手心里躺着一个蓝色的小塑料瓶子。武生醒悟过来那是她的避孕药。平日她都很小心地藏在存放贴身内衣的抽屉里，昨晚她服完忘了放回原处。

"什么时候，开始用这个？"他面无表情地问。

武生顿了一顿，才说："一直。"

她在谎言里囚禁得太久了，真话叫她得着了自由。可是自由来得太猝然，她一时不知如何和它相处。

"你是说，在我们去看医生的同时，你一直在吃这个药？"

武生看见杜克两条眉毛之间的距离渐渐缩紧，眉心蹙成一个粗大的结子。过了一会儿她才明白这个陌生的表情叫愤怒。

这几年里杜克带着武生看过了好几个著名的不孕专家，两人做过了无数次名目繁多的检查，都没有查出个所以然。医生的唯一解释是压力 —— 这是现代医学给所有莫名病症的全能诠释。

武生沉默了。沉默本身就是一种回答。

"为什么？"杜克问。

武生再次沉默，她在小心翼翼选择着说辞。伤害是不可避免的，她只是想把它降到最轻。

"我一直，很怕疼。"她结结巴巴地说，"杜克你活在好日子里，你永远不会理解，我们家的经历，我有，阴影……"

哗的一声，是药瓶子砸在墙上碎裂了的声响。药丸如爆了皮的珍珠，灰涩黯淡地滚落在半明不暗的灯影中。

"你永远责备别人不理解你，你什么时候理解过别人？"杜克凶狠地打断了武生的话，"你凭什么认为天底下只有你吃过苦？你听过什么叫'眷村'？你穿过米袋缝的裤子，上面写着'中美合作，十公斤'？你知道一个十五岁的少年被妈妈逼着扮成女孩，给客人洗头是什么样的感受？乔琪娜，天底下你不是唯一一个有阴影的人，每个人都得带着过去继续生存！"

武生觉得杜克很陌生 —— 神情陌生，话语陌生，声音也很陌生。杜克的声音是一种动物被踩痛了忍了很久终于忍无可忍时发出的咆哮。墙壁和地板都被他的声音震得沙沙地颤抖，抖得她浑身发痒，起了一层鸡皮疙瘩。

"我一直想告诉你，我外婆生我妈的时候，是在山洞里，她用石头砍断了脐带。我妈妈生我的时候，是在枪声里，没有麻药没有缝伤口的线。她们的经历，让我对生孩子，充满了恐惧。"

武生试图解释。武生讲的是实话，不过这只是实话的表层。表层疙疙瘩瘩，长满干得翘起了角的瘢痕。可是她还是小心翼翼地回避了比表层丑陋十倍百倍的内核部分。她的掩饰最终成为徒劳，因为杜克已经一指头捅进了内芯。

"我想，如果你真爱一个男人，你是没有任何理由不为他生一个孩子的。你只是不够爱我，即使是在这么多年以后，其他的都是借口，对吗?"杜克颓丧地问。

武生没有回答，武生只是默默地走出了家门。

广场上的音乐会已经开始，有人在吹奏萨克斯风。迎新是一种狂欢，和狂欢氛围相宜的应该是钢琴，或许还有节奏快如旋风的提琴。萨克斯风太忧伤，尤其是在寒风和雪花之中，让人听了忍不住有流泪的冲动。或许辞旧本来就是一件忧伤的事，告别一年，告别一个世纪，顺便也告别旧的自己?

武生突然就想好了她要做的事。

元旦过后，她马上就要去找一个价格不是太贵，离学校也不是太远的单身公寓 —— 她相信今天之后的杜克，已经没有和她分享同一张床同一个屋顶的兴致。

还有，上班后她会立刻给学校递交一份书面申请，要求停薪休假一个学期。她已经在学校工作满五年，她有权利享受这项福利。

武生坐在先贤祠的台阶上，感觉拂面的风里已经有了隐约的暖意。三月是个靠谱的月份，至少在巴黎。她不知道世上还有比这更蓝的天空，云被那些积满了岁月尘垢的房顶钩扯着，天穹布满了细碎的棉丝。她并不是真要进先贤祠，那种地方看过一次就够了。伏尔泰，卢梭，居里夫人，都不过是一尊冰凉得看不出性情的石椁，她宁愿在书或者电影的片段里寻找他们还是血肉之躯时的印记。她只想坐在先贤祠的台阶上，像小时候骑在爸爸的肩膀上那样，借着那些伟人的身高，来窥视这个都市在低处时看不清楚的私密。

索邦大学静静地、安全地躺在相邻的一条街上。这个距离很合宜，近得能隐隐闻得到那些门把手上的铜锈，可是又没有近到压在心头叫人不能喘息的地步。她知道从索邦大学到索邦广场到先贤祠的路径上，已经很难找到二十多年前一个叫克劳德·布夏，或者是黄文灿的男人留下的足迹。不完全是红尘的堆积，也不完全是时空的距离，最紧要的是她已经失去了心无旁骛的清澈眼力。

她到巴黎已经两个星期了。学校里有一位去年就申请了停薪假期的同事因临时有事，和她对换了时段，她得以提前启程。出发前她在网上找到了一个想到纽约体验生活的巴黎画家，他们互换了自己的单身公寓，因此得以在彼此的城市里免费居住七个月。当她搬进他位于第五区的公寓，打开百叶窗，看见黑色镂花窗台上从残雪中钻出来的第一芽郁金香时，她立刻知道从前关于环球旅行的设想纯属多余。巴黎已经是她的世界，这个城市的线条和质地恰到好处地盛住了她的灵魂和身体。她听见了她身上那四分之一的法兰西血统在沉默了三十多年之后，发出了第一声惬意的叹息。

午后的阳光依旧强烈，武生的目光往右斜了一斜，就看见了法学院的大楼。"自由，平等，博爱"，石墙上的题词在斑驳的光影里显得凹凸分明。那个由黄文灿改名为克劳德·布夏的男人，在第一次看到这几个石刻字时，应该是她现在的年龄，可是他的眼中不再有激动的光彩，手心也不再有热血沸腾的汗，因为他已经被理想烧伤。他不仅被理想烧伤，他也被爱情烧伤。这个身子的一部分已经成为灰烬的男人，就是在那时才终于能够静下心来做学问的。西琳娜大概就是在那个空当走进他的心思的。有一天武生坐在索邦广场的烟铺酒吧里喝咖啡，看着年轻的男女学生坐在初春的艳阳里喧哗地抽烟喝啤酒，手里的杯子突然烫着了她的手。二十多年前，那个叫克劳德的已经不再年轻的男人，和那个叫西琳娜的纯洁得像一张白纸的年轻女人，一定也曾经坐过这些椅子，她手里的那个杯子，说不定还沾过他的指纹和她的唇印。

在刚离开辛辛那提的那段日子里，武生曾经强烈地憎恨过西琳娜，因为她是死死地蹲踞在克劳德脑子之外的那个唯一的守门人。武生坚定不移地相信，她生父困在一团烂肉里的那副头脑依旧清晰犀利，只是西琳娜彻底地关闭了自己通往那里的狭窄路径。后来她就渐渐的不那么恨她了，因为毕竟是西琳娜告知了他的死讯——她让他们在他身后有了一次近距离的接触。

布夏教授是在三年前辞世的，死于再次大面积中风。武生的两位父亲都不够长命，生父只活了五十七岁，养父只活了六十九岁。武生总觉得她在他俩的死里边多多少少承担着责任。到了人生这一程，她才恍然大悟：原来爱和负疚都是对生命的耗损。她赶到辛辛那提时，布夏教授已经下葬。西琳娜带她去拜谒他的墓地，他的墓碑除了姓名和生卒日期之外没有任何其他铭文，可是这两行简单的文字却重复了四种语言：英文，法文，越南文，中文——生命轨迹的错综复杂可见一斑。

在他的墓前，西琳娜交给了武生那个装有她母亲头发的万金油盒子。三十年的时光已经在那个廉价的金属盒子上染上了斑驳锈迹，失去了生命滋养的头发干涩如草。武生知道这是西琳娜而不是克劳德的心愿——他一定更愿意随身带着这个盒子行走在一个再也不会有战争和分离的世界里。西琳娜知道无论这一辈子她付出了多少努力，她都无法取代那个被时空定格为永恒的中国女孩子，因为青春的热恋一生只能有一次。即使当他的生命已经完结，她也不敢拿她丈夫的心冒一次风险——这个风险的期限是永远。

武生离开先贤祠的时候，阳光已经萌生了退意，天和云的色彩开始浓腻起来。游人渐渐稀少了，鸽子却有了胆气，在人脚边肆无忌惮地穿行乞食。武生的口袋里还有最后一团面包屑，她蹲下来喂鸽子，却剧烈地咳嗽了起来。她已经咳嗽了好几天，嗓子里仿佛蹲着一个魔鬼，夜里的睡眠被啮咬得千疮百孔——她还没有足够的经验来对付巴黎一早一晚的寒意。终于响雷似的咳过了，她站起身来，只觉得天旋地转，路边的楼房裂成无数块碎石头，劈头盖脸地朝她砸来。她扶着一棵树想躲，身子一斜，便哇哇地吐了一地。

吐完了，安静了一会儿，她走进路边的一家小药房，想买一盒化痰止咳的药。她看了半天标签，终于挑了一瓶水剂，正要付钱，药剂师突然问你是孕妇吗？武生忍不住笑了，说你怎么想起这个问题？药剂师看了她一眼，神情严肃地说这药效力很强，孕妇绝对禁用。武生怔了一怔，突然想起她已经有一阵子没来例假了——这几个月她经历了太多的事，包括搬家，包括离职，包括旅行，她生活的一切周期都已经被打乱。

怎么可能？和杜克在一起的时候，她一直都在服用避孕药。

哦，不。她突然想起了圣诞夜，她认为是绝对安全的那一次。

"假如你不能百分之百的确定，你总是可以花几个很小的钱，买一个测试仪的。"药剂师善意地推荐道。

"不用了。"武生喃喃地说，却已经惶惶惑惑地接过了递在她手里的那个盒子，走进了厕所。

回家后武生拨了一个长途电话。铃声响了很久，才传来一声睡眼惺忪的哈罗。武生这才想起今天是周末，纽约此时正是中午，杜克在周末总是要补一补一个星期欠下的觉。

"杜克，是我，乔琪娜。我要送你一件，你想了很久的礼物……"

到巴黎之后，武生只给杜克打过一个报平安的电话，除此之外两人再无联系。

电话那头是一阵长久的沉默，接着，她听见了一声叹息。

"乔琪娜，拜托你，不要再在我的生活里进进出出。我实在，没力气了。"

杜克挂断了电话。

阿娜依丝·宁 (1903—1977)
美国小说家
于 1931—1935 间在这里居住过

武生在一条几乎没有任何景色可言的小巷里漫无目的地行走时，猛一抬头，突然在一家院门外发现了这个铭牌，便像在一地的泥尘里突然踢到了一颗珍珠一样地兴奋起来。

这里原来是那个搅得左岸所有的文人——包括男人也包括女人——魂不守舍的精灵居住过的地方。院门紧闭，两扇对开的铁门锁住了两栋房子，一栋红，一栋黄，红不是鲜红，黄也不是明黄——都沾染了岁月的灰垢。当然这层漆早已不是当年的漆，这层灰也不是当年的灰了。现在居住在里边的人恐怕不会知道，那个叫阿娜依丝的女人，曾经说过"坚守在花蕾之中的风险，比绽放更疼"的话（"the risk to remain tight in a bud was more painfull than the risk it took to blossom"）。不知为什么，武生总觉得那栋红房子二层面街的那个窗口，就是阿娜依丝和亨利·米勒在翻云覆雨地用身体实验过欲望之后，再用眼睛实验感知的地方。

在巴黎她几乎天天可以遇上这样的惊讶。

转眼间武生就在这里待了六个月了。巴黎的夏天毫无血性，几乎完全没有抵抗就将自己软绵绵地交给了秋天。秋天的风长着毛刺，舔过树木，树木知道疼，就变了颜色。武生喜欢秋的萧瑟，这正符合她对巴黎的认知阶段：她已经从好奇的初识进入了熟稔的深知。她几乎把整个巴黎都逛遍了，对那些地标性的建筑物，她已经失却了兴趣，反倒是地铁图上的那些小站点和街边的特色小吃，在她脑海里渐渐清晰起来。她就知道她已经不再仅仅是过客了。现在她每天起来，就会拿着一个长面包和一瓶水，像一头尖嘴的虫子深深地啃入巴黎的腹地，在那些没有箭头标志也没有游客的小巷里钻来钻去。她明白这样的日子不会很久了，因为她已经有了将近九个月的身孕。两个月前她就已经订了机票，准备下周飞回上海，在母亲身边待产。

过去的八九年里，她每天都在提心吊胆地怕不小心怀上身孕，可是自从她知道怀孕的那一刻起，她就毫不犹豫地决定生下这个孩子。她固执地认定这是一个女孩，后来的检查结果也证实了她最初的猜测。超声波图像里的那个圆球毫无预兆地唤醒了在她灵魂里冬眠了三

十多年的一样东西 —— 那就是母性。

自从怀孕之后，她和母亲之间的联系就突然密切了起来。她肚腹里的那团肉像一张最精良的砂纸，一下子磨平了她和母亲之间的所有疙瘩和划痕，至此她才明白，原来世上所有的叛逆，转折点都在孩子，而归宿总是母亲。

这天武生正在阿娜依丝的旧居前呆立的时候，口袋里的手机突然响了。她看了一眼来电显示，竟是杜克。她已经很久没和他通过话了，他听起来遥远而陌生。

"乔琪娜……"杜克的声音断断续续，夹杂在一些怪异的噪音里。那些噪音很浑浊，像飓风，像纷乱的脚步，也像是钢筋被强力扯断之前发出的凄厉呻吟。

"你在哪里？我听不清。"武生说。

杜克大声喊叫了起来，杂音依旧很响，可是武生终于吃力地过滤出了杜克的话。

"乔琪娜，我这一辈子，都爱你……只爱过你一……"

杜克的话还没说完，线路突然断了。武生再拨回去，却再也拨不通了。

武生站在阿娜依丝住所的铭牌前，看见一片秋叶蜷成一只疲惫的拳头从树上滚落到路边，觉得脸上有些凉 —— 那是眼泪。她知道她就是拨通了电话也无济于事。她不爱他，一天也没爱过。但这不妨碍他成为她歇息时的枕头，揩眼泪的帕子，躲风避雨的屋檐。他是一根纫在她心头的线，她这一辈子注定了无法把他从她的生命中剔除。

这天晚上她回到住所，一边煮意大利面条，一边打开电视看晚间新闻。突然，她看见了电视屏幕上已经来来回回地播放了一个下午的画面：两架飞机一头扎进了纽约的世贸大楼，烈火和浓烟遮暗了曼哈顿的天空。

记者正在播报一系列来自纽约的数字，可是武生已经完全听不清楚了。她只觉得天花板倾斜过来，满屋飞着色彩怪异的星星。她的眼睛被割瞎了，世界陷入一片没有一丝裂缝的黑暗之中。她撕心裂肺地喊了一声杜克，膝盖一软，头重脚轻地昏倒在地板上。

后来她终于醒了——是被疼醒的。一股剧疼像一条钢丝，把她的肚腹扭扎成一根瓣数很多的麻花绳。她想撑起身子，突然发现地是湿黏的，一团污水在她身下淌成了一条肮脏的小径。

她挣扎着爬到屋里，扯下床单裹在自己身上，踉踉跄跄地跑到了街上。夜已经烂熟了，她没想到她已经在地板上躺了这么久。路上的行人和车辆都很稀少，她有气无力地挥舞着床单，几辆汽车从她身边经过，犹豫了一下，却又呼啸而去。她猜想她的样子实在太怕人。

终于有一辆出租车停了下来，司机摇下车窗，她嚷了一声我要生了，求求你……话一出口，她就醒悟过来她说的是温州方言。镇静碎裂了的时候，从缺口里涌出来的是压在记忆最底层的童年印记。

她又用法语说了一遍，司机听懂了，狐疑地看了她一眼，她一下子就读懂了他目光里的疑问：她虽然已近临盆的月份，却依旧消瘦，裹在秋衣和被单里的身子，几乎还可以用苗条来形容。但是司机最终还是给她开了门。

她想钻进去，身子却不肯。司机半推半抱地把她弄上了车，问她去哪家医院？她完全没有准备，随口报了一个曾经做过一次检查的院名。又一潮阵痛袭来，她狠狠地咬住了嘴唇——她不想吓住那个唯一肯为她停车的好心人。

她一辈子都怕疼，可是此刻的疼和以往所有她经历过或想象过的疼都不一样。这疼是一把砍柴的斧子，一下子斩断了她的腿。她觉得她的身子从椅座上弹起来，虚虚地浮到了半空。她不仅没了腿，她也没了五脏六腑，她的腔子空了，只剩下那团死也不肯撒手的肉。

迷迷糊糊之中，有一股轻风如天鹅绒将她整个裹挟着卷进了一条狭窄的隧道。隧道起初很暗，后来渐渐的有了光。是白光，却不是她见过的那种白。这白没有线条没有棱角也没有重量，温软地抚在她的眼帘上，勾引着她只想沉沉地睡去。就在她即将合上眼睛的那一刻，她倏然惊醒了，她明白过来那隧道的尽头是通往另一个去处的门。她若听凭了睡意的诱惑，她就会被那股风那道光带入那扇永无归路的门。这一辈子她欠了太多条人命，比如仇阿宝——那是快刀杀的；再比如她的两个父亲——那是慢刀剐的；甚至还有杜克。杜克早就说过要离开竞争激烈的华尔街，去佛罗里达开一个小会计事务所，却因为她的工作之故，他迟迟没能把计划付诸行动。她虽然没有亲手杀过他们，可他们的死里却到处找得见她的指痕。也许此刻他们合着伙儿地来了，要向她一一讨索那一段段打了折的生命。可是她还不想跟他们走，至少不想在这一刻，因为她得先撂下她肚腹里的那团肉——那也是一条命。今生她欠下的债太多了，她不能再欠下一条新命。

她努力地睁大眼睛盯着窗外街角的路牌——那是她保持清醒的唯一方法。将近午夜的红灯依然尽忠职守，司机在每一个路口都得停车。她的肚子又狠狠地抽了一抽，她突然极想上厕所，但她知道她来不及了，没有时间，也没有力气，疼痛已经吸干了她的意志和体能。她试了几次才终于扯过半张床单，在身下叠了几叠——她不想弄脏他的车。身子还来不及在这个新的姿势里安定下来，一股温热已经从她的两腿之间奔涌而出。她拿手一探，摸着了一团湿黏的头发。

天哪，我把你生在路上了。

这是武生昏迷过去之前的最后一个清醒想法。

论产篇

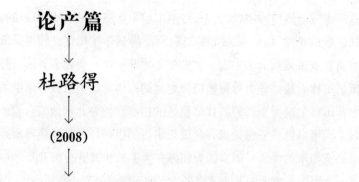

杜路得

（2008）

上海市区一家国际学校的一年级新生班里，这天早上的课程是即兴演讲，题目是："我长大了做什么。"这个题目在平民百姓的学校里会被叫做"我的理想"，而在这个以外交官和外商子女为主要成员的学校里，这样的题目会不可避免地沾上洗脑的嫌疑，于是老师就别出心裁地改了一个换汤不换药的新标题。

孩子们来自世界各地，没有受过约束，想法如行云流水般自由。有的说要做超市的小工，因为能抓住顺手牵羊的小偷；有的说要开运货大卡车，因为每停一站都有上来搭讪的姑娘；有的刚刚看过音乐剧《狮子王》，异想天开要在动物园里给狮子喂肉，因为狮子自己找食太辛苦。有一个男孩说要在月球上搭一个帐篷睡觉，老师和蔼地提醒他，这不是职业，而只是一种爱好。那孩子梗着脖子说我爸爸跟我讲过，所有的职业都应该由爱好开始。老师无语。

老师注意到坐在后排的一个高瘦的亚裔女孩，从进课堂起就一直很沉默。老师微笑着鼓励她发言，说杜路得，你呢？你想挑选什么职业，等你长大了？

女孩沉吟半响，才说医生。

老师心想终于有一个靠谱的了，就问你想当哪个专业的医生呢？

女孩这回没有迟疑，开口就说接生。

老师吃了一惊：很少有七岁的孩子会说出接生这个词。就问你是不是昨天看了企鹅爸爸陪企鹅妈妈生孩子的动画片，才有这个想法的？

女孩深深地看了老师一眼，眸子里的忧郁刺得老师退后了一步。

"那部电影在撒谎。"女孩严肃地说，"我外婆和我妈妈都说，女人生孩子不需要丈夫。"

天哪，这是什么样的一个孩子啊！

老师暗叹。

第一稿 2012.10.30 —2013.8.8
第二稿 2013.9.2—2013.10.7
第三稿 2013.10.10—2013.12.20
多伦多-三亚-迪耶普-巴黎

创作手记

↓

隐忍和匍匐的力量

↓

张翎

↓

(2014)

我外婆一生有过十一次孕育经历，最后存活的子女有十人——这在那个儿童存活率极低的年代里几乎可以视为奇迹。作为老大的母亲和作为老幺的小姨之间年龄相差将近二十岁。也就是说，在外婆作为女人的整个生育期里，她的子宫和乳房几乎没有过闲置的时候。外婆的身体在过度的使用中迅速折旧，从我记事起，她就已经是一个常年卧床极少出门的病人了，尽管那时她才五十出头。易于消化的米糊，从不离身的胃托（一种抵抗胃下垂的布袋式装置）和劣质香烟（通常是小姨一支两支的从街头小店买的），成为了外婆在我童年记忆中留下的最深刻烙印。

　　外婆生养儿女的过程里，经历了许多战乱灾荒，还有与此相伴而来的多次举家搬迁。外公常年在外，即使在家，也大多专注于自己的工作，家事几乎全然落在了外婆和一位长住家中的表姑婆身上。作为她的外孙女和作为一名小说家，我隔着几十年的时空距离回望外婆的一生，我隐隐看见一个柔弱的妇人，日复一日年复一年地用匍匐爬行的姿势，在天塌地陷的乱世里默默爬出一条路。

　　也许这几年甚为时髦的基因记忆一说的确有一些依据，我外婆的六个女儿似乎多多少少秉承了她们母亲身上的坚忍。她们生于乱世，也长于乱世——当然，她们出生和成长的乱世是不同的乱世。她们被命运之手霸道地从故土推搡到他乡，在难以想象的困境里孕育她们的儿女。其中最惊险的一个生育故事，发生在1967年的夏天。那一年北方的政治风云已经遍及了全国的每一个角落，连向来对风势缺乏敏锐嗅觉的温州小城，也卷入了一场史无前例的疯狂。两派群众组织之间的武斗，几乎持续了一整个夏天，小城每天都弥漫在战火的硝烟之中。就在这样的一个夏季，我的一位姨妈大腹便便地从外地来到了娘家待产。她的阵痛发作在一个枪战格外激烈的日子里，医院关门，也没有助产士肯冒着这样的枪林弹雨上门接生。于是，这位在当时已算是高龄的产妇，只好把自己和肚子里的孩子的性命，交给了母亲、小妹，以及一位因逃难暂避在家中的亲戚。她肚腹里的那个孩子，仿佛知道了自己的性命牵于一线之间，竟然很是乖巧毫无反抗地配合了大人的一举一动，有惊无险地爬到了这个满目疮痍的世界里。

母亲家族的那些坚忍而勇敢的女性，充盈着我一生写作灵感的源流。在我那些江南题材的小说里，她们如一颗颗生命力无比旺盛的种子，在一些土壤不那么厚实的地方，不可抑制地冒出星星点点的芽叶。她们无所不在，然而她们却从未在我的小说里占据过一整个人物。我把她们的精神气血，东一鳞西一爪地捏合在我的虚构人物里。《阵痛》里当然也有她们的影子，然而那些发生在女主人公身上的故事，大多并未真正发生在她们身上。她们是催促我出发的最初感动，然而我一旦上了路，脚就自行选择了适宜自己的节奏和方向。走到目的地回首一望，我才知道我已经走了一条并不是她们送我时走的路，因为我的视野在沿途已经承受了许多别的女人的引领。上官吟春、孙小桃，月桂婶，赵梦痕，她们是我认识的和见闻过的女人们的综合体，她们都是真实的，而她们也都是虚构的。这些女人生活在各样的乱世里，乱世的天很矮，把她们的生存空间压得很低很窄，她们只能用一种姿势来维持她们赖以存活的呼吸，那就是匍匐，而她们唯一熟稔的一种反抗形式是隐忍。在乱世中死了很容易，活着却很艰难。乱世里的男人是铁，女人却是水。男人绕不过乱世的沟沟坎坎，女人却能把身子挤成一丝细流，穿过最狭窄的缝隙。所以男人都死了，活下来的是女人。

在《阵痛》里，前两代的女人身上有一个惊人的相似之处——她们生来就是母亲。她们只会用一种方式来表达她们对男人的爱，那就是哺乳。上官吟春只懂得用裸露的胸脯抚慰被爱和恨撕扯成碎片的大先生，孙小桃只知道用牙缝里省下的钱来喂养被理想烧成了灰烬的黄文灿。然而故事延续到第三代的时候，却突然出现了一些意外的转折。在我的最初构思里，宋武生应该是与外婆母亲同类的女人，她依旧会沿袭基因记忆，掏空自己的青春热情来供养她的艺术家男友。可是笔写到了这一程，却死活不肯听从我的指点，它自行其是地将武生引领到了一个全然不同的方向。武生摒弃了那条已经被她的外婆和母亲踩得熟实的路，拒绝成为任何人的母亲——那个任何人里也包括她自己的孩子。这个颠覆多少有点私心的嫌疑，因为我已经被上官吟春和孙小桃的沉重命运钳制得几近窒息，而宋武生终于在压得低低的天空上划开了一条缝，于是才有了一丝风。当然，宋武生没能走得很远，最终把她拉扯回我的叙事框架的，依旧还是母性——只是她和我都没有意识到它的存在而已。

动笔写《阵痛》的时候，我当然最先想到的是女人。但我不仅仅只想到了女人。女人的痛不见得是世道的痛，而世道的痛却一定是女人的痛。世道是手，女人是手里的线。女人掌控不了世道，而世道却掌控得了女人。我无法仅仅去描述线的走向而不涉及那只捏着线的手，于是就有了那些天塌地陷的事件。女人在灾难的废墟上，从昨日走到今日，从故土走到他乡，却始终没能走出世道这只手的掌控。

书写《阵痛》时最大的难题是男人——这是一个让我忐忑不安缺乏自信的领域。他们给我的最初灵感是模糊而缺乏形状的，我想把他们写成一团团颜色不清边缘模糊的浮云，环绕着女人的身体穿行，却极少能穿入女人的灵魂。从动笔到完工他们始终保持着这个状态，而我的女主人公在从孕育到诞生的过程中，形象和姿势已经有过了多次反复。在《阵痛》里，几乎所有的男人都心怀着不同程度的社会正义感，期待着介入世界并影响世界，有的是用他们的社会理想，比如大先生、宋志成和黄文灿；有的是用他的专业知识，比如杜克。他们看女人的同时也在看着世界，结果他们看哪样都心不在焉。女人在危急之中伸手去抓男人，却发觉男人只有一只手——男人的另外一只手正陷在世界的泥淖中。一只手的力量远远不够，女人在一次又一次的重复经验中体会到了她们靠不上男人，她们只能依靠自己，于是男人的缺席就成了危难时刻的常态。唯一的例外是那个没读过多少书的供销员仇阿宝。这个离我的认知经验很遥远的男人，不知为何却离我的灵感很近，我一伸手就抓住了，形象清晰至胡须和毛孔的细节。他也介入世界，可是他介入世界的动机是渺小的，搬不上台面的——他仅仅只是为了泄私愤。他本该是个无知自私猥琐的市井之辈，可是他的真实却成就了他的救赎。这样一个浑身都是毛病的男人却在女人伸出手来的那一刻，毫不犹豫地搭上了自己的性命。与他相比，那些饱读诗书的男人突然显得如此苍白无力。在《阵痛》里出现过的所有男人中，仇阿宝是唯一一个让我产生痛快淋漓感觉的人。对于不太擅长描述男性的我来说，这种感觉从前不太多，将来也不一定还会重复。

《阵痛》里的三代女人，生在三个乱世，又在三个乱世里生下她们的女儿。男人是她们的痛，世道也是她们的痛，可是她们一生所有的疼痛叠加起来，也抵不过在天塌地陷的灾祸中孤独临产的疼痛。男人想管，却管不了；世道想管，也管不了。不是男人和世道无情，只是他们都有各自的痛。女人不仅独自孕育孩子，女人也独自孕育着希望，她们总是希冀她们的孩子会生活在太平盛世，又在太平盛世里生下她们自己的孩子。可是女人的希望一次又一次地落了空，因为每一个时代都有自己的乱世，每一个乱世里总有不顾一切要出生的孩子，正应了英国十八世纪著名的英雄体诗人亚历山大·蒲柏（Alexander Pope）的名言：“希望在心头永恒悸动：人类从来不曾，却始终希冀蒙福。*”（“Hope springs eternal in the human breast: Man never is, but always to be blessed.”）（*中文翻译为作者本人所为）。

《阵痛》是一本写得很艰难的书，不是因为灵感，而是因为时间和地点上的散碎。这是一本在三大洲的四个城市里零零碎碎地完成的书稿，如今回想起来，我觉得这个辗转的写作过程兴许是上帝赐予我的一段特殊生命历程，让我有机会结识了一些平素也许视而不见的朋友。他们凭着单纯的对文学的尊重和热爱，在安排住宿和考察地点以及许多生活琐碎上给予了我具体而温馨的关照。在此感谢我的朋友季卫娟，你的友情使我坚信阳光的真正颜色，即使在阴雨连绵的日子里。感谢温州的白衣天使全小珍女士，由于你，我才得以有机会观察婴孩诞生的复杂而奇妙的过程，你丰富的接生经验使我的叙述有了筋骨。感谢居住在多伦多的艺术家赵大鹏先生，你对六十年代艺术院校生活的详细描述，极大地充实了我认知经验里的空白区。感谢我的表妹洪恺，这些年里无论是在阴霾还是阳光灿烂的日子里，你一直用那两只片刻不停地操劳的手和那双带着永恒的月牙状微笑的眼睛，照拂着我的身体和心灵的种种需要，在遥远的地方为我点亮一盏亲情的灯。尤其感谢我的家人——你永不疲倦地做着我的肩膀我的手帕，尽管我可以给你的总是那样的少。你从未在我的书里出现过，可是每个字里却似乎都留有你的指纹。

谨将此书献给我的母亲，我母亲的故乡苍南藻溪，还有我的故乡温州——我指的是在高速公路和摩天大楼尚未盖过青石板路面时的那个温州，你们是我灵感的源头和驿站。

张翎

2014年2月8日

于多伦多的冰雪严寒之中

图书在版编目（CIP）数据

阵痛 / 张翎 著. -- 北京：作家出版社，2014.3

ISBN 978-7-5063-7308-1

Ⅰ．①阵… Ⅱ．①张… Ⅲ．①长篇小说 – 中国 – 当代 Ⅳ．①I247.5

中国版本图书馆CIP数据核字（2014）第025453号

阵 痛

作　　者：张　翎
责任编辑：王　元　王淑丽
装帧设计：视觉共振设计工作室
出版发行：作家出版社
社　　址：北京农展馆南里10号　　　　邮　　编：100125
电话传真：86-10-65930756（出版发行部）
　　　　　86-10-65004079（总编室）
　　　　　86-10-65015116（邮购部）
E-mail:zuojia@zuojia.net.cn
http://www.haozuojia.com（作家在线）
印　　刷：三河市紫恒印装有限公司
成品尺寸：152×230
字　　数：285千
印　　张：21.25
印　　数：20001-25000
版　　次：2014年3月第1版
印　　次：2014年3月第2次印刷
ISBN 978-7-5063-7308-1
定　　价：29.80元